KB248728

이모네 집에 갔는데
이모는 없고

이모네 집에 갔는데 이모는 없고

2012년 9월 11일 초판 1쇄 인쇄
2012년 9월 14일 초판 1쇄 발행

지은이 신해영
발행인 이종주

기획 편집 박지해

발행처 (주)로크미디어
출판등록 2003년 3월 24일
주소 서울시 용산구 원효로97길 46 5층
Tel (02)3273-5135 Fax (02)3273-5134
홈페이지 rokmedia.com · E-mail rokmedia@naver.com

ⓒ 신해영, 2012

값 10,000원

ISBN 978-89-257-2822-3 03810

이 책은 (주)로크미디어가 저작권자와의 계약에 따라
발행한 것이므로 본서의 내용을 무단 복제하는 것은
저작권법에 의해 금지되어 있습니다.

작가와의 협의에 의해 인지는 생략합니다.

잘못된 책은 바꾸어 드립니다.

이모네 집에 갔는데

신해영 장편소설

이모는 없고

ROCODO

contents

Prologue.

영화 ≪큐브≫ 봤어? 네모반듯한 무서운 방에서 방으로 옮겨 다니며 탈출구를 찾는 사람들의 이야기…….

나는 가끔 그런 꿈을 꿔. 내가 하얗고 네모반듯한 하얀 방에 갇혀 있는 데서 시작하는 꿈 말이야.

뭐 공포스러운 꿈은 아니야. 하도 많이 꿨더니 하얀색만 봐도 이제는 '아, 또 꿈이네.' 하고 알 수 있거든. 이렇게까지 되면 다음 장면도 예측 가능해져. 느긋하게 방 한가운데 주저앉아 다음 단계로 넘어가길 기다릴 수 있게 되는 거야. 다음 단계가 뭐냐고? ……아, 지금 시작되었네.

비야.

정확히 말하면 비는 아니지. 빗소리처럼 후드득후드득 큐브의 천장을 두드리는 물소리가 들리는 거니까. 내가 있는 공간은 건조해. 그냥 소리로만 아는 거야.

그다음에는 방이 더워지고 수증기가 차오르기 시작하지. 그리고 그때가 바로 눈앞에 문이 있다는 사실을 내가 깨닫는 순간이야. 아까까지는 분명 사방팔방 그저 하얗기만 했던 방인데. 꿈이란 그런 거잖아? 필요할 때 필요한 게 나타나지.

이제 나는 내 귀를 때리는 물소리가 빗소리가 아니라는 걸 알아. 저 문 너머 뭐가 있는지도 알고. 하지만 동시에 나는 내가 저 문을 열 수 없다는 것도 알지.

다 아는데도 나는 가슴이 답답해져. 꿈은 어떤 의미에서 사랑과 비슷해. 사랑하기 싫다고 해서 사랑하지 않을 수 있는 게 아닌 것처럼, 꿈에서 도망가고 싶다고 해서 도망칠 수 있는 게 아니거든.

나는 수백 번, 수천 번 꿈에서 같은 문을 봐.

결코 열 수 없을 문을.

꿈과 현실, 그 모호한 경계에서 나는 손을 앞으로 뻗었어. 그 순간 현실이 조금 더 선명해졌어. 온몸을 차오르던, 알 수 없는 감정도 안개처럼 엷게 흩어지기 시작했고.

눈을 뜬 나는 한참 동안 천장을 노려보았어. 그리고 마침내 숨을 내뱉었을 때, 내 숨은 더할 나위 없이 뜨거웠지.

상체를 일으킨 채 나는 어둠 속을 가만히 응시했어. 음, 나는 긍정적인 사람이니까 이 꿈의 긍정적인 면을 찾아보자면…… 글을 쓸 수 있어. 원래는 이 꿈 때문에 글을 쓰게 된 거지만 그러다가 작가가 되어 버렸으니 글을 쓰게 만들어 주는 꿈을 꾸게 되는 건 좋은 거지.

자리에서 일어나 서재로 옮겨 간 나는 부팅 버튼을 누르고 담배에 불을 붙였어. 뜨거운 연기가 텅 빈 마음을 어루……만

이모네 집에 갔는데 이모는 없고

져 주기는 개뿔. 이놈의 담배, 끊어야 하는데. 백해무익이라고 하는데도 끊을 수가 없네.

꿈을 꾸지 않으면 담배를 끊게 되려나?

언제쯤 돼야 꿈을 꾸지 않을 수 있을까?

그렇게 되면 나는 글을 그만 쓰게 되는 걸까?

내 이름은 한승준, 필명 단나인, 멈출 수 없는 감정과 젠틀한 집착, 어쩌면 사랑이라고 부를 수 있는 무언가에 대해 쓰는 사람이야. 아니…… 써야만 하는 사람일까?

바람 소리, 그 사이로 섞인 새 지저귀는 소리……. 처음에는 들릴 듯 말 듯 했던 시냇물 소리도 점점 커지기 시작했어. 어디 시골 생활 하냐고? 아니, 저건 내 알람 소리야.

스위스에서 개발했다는 이 알람 시계는 잔디밭 위에 작은 집을 세워 놓은, 가로세로 20센티 정도의 미니어처야. 지정된 시간이 되면 홀로그램 새가 날며 주인을 깨워. 전원생활을 지향하지만 도시에 머물 수밖에 없는 사람들을 위해 만들어진 거래.

딱 날 위한 거였어. 나는 조용한 걸 좋아하고 전원생활을 지향하지만, 그러기엔 너무 게으른 도시인이거든. 도시가 주는 생활 편의에 완벽하게 길들어 있는.

그래서 아쉬운 대로 좀 비싸지만 이런 알람을 사 놓은 거지. 나는 이가 없으면 잇몸으로 씹을 융통성은 있는 사람이니까.

알람을 끄고 아이팟을 독에 연결시켰어. 성능 좋은 스피커에서 흘러나오는 음악은 바흐야. 새 소리로 시작한 아침이 클래식으로 연결된다……. 척 들어도 엄청 웰빙하지 않아?

샤워를 하고 나와 네스프레소 머신에서 커피가 내려지는 동안 토스트를 굽고 스크램블을 만들었어. 난 요리도 꽤 잘해. 혹자는 혼자 살기 때문이라고 하는데, 내가 요리를 했던 건 엄마에 이모까지 끼고 살았던 옛날 옛적부터야. 사람은 필요하면 뭐든 하게 되거든. 자세한 이야기는 나중에 할게. 들으면 모두 이해할 수 있을 거야.

토스트, 샐러드, 스크램블을 세팅하고 커피를 따라 놓자 내 아침 식사가 완성되었어. 흐르고 있는 바흐의 음악도 딱 좋은 대목에 들어서고 있었지.

전화벨이 울린 건 포크와 나이프를 들었을 때야. 아침 9시부터 울리는 전화라…… 어딘지 전혀 짐작은 안 가지만 궁금하지는 않네.

우아하게 식사를 계속하는 동안 전화벨은 끊임없이 울렸고, 마침내 자동 응답으로 넘어갔어. 요즘은 자주 안 쓰는 기능이라지만 내게는 필수야. 난 메신저도, 핸드폰도 안 쓰니까. 바깥세상과 나의 유일한 통로는 바로 저 '받지 않고 녹음만 되는 전화'뿐인 셈이야.

그마저도 아는 사람만 아는 통로지만.

— 안녕하세요, 작가님. 글과사람 정 실장님께 전화번호……. 어머? 비밀이야? 어떻게 해…….

전화기 저편이 부산스러워졌어. 뭐, 아는 사람만 아는 통로라도 결국엔 이런 식으로 점점 퍼지긴 하지. 이러다가 내가 열

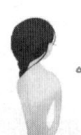

한번 받으면 전화번호 바꾸는 거고, 그러면 다시 통로가 바늘 구멍만 해지고.

어쨌든 이미 늦었어. 나는 다 들어 버렸다고. 정 실장이라……. 주거써.

— 흠흠, 그러니까 저희는 NBM 방송국 다큐멘터리 A 팀이랍니다. 저희가 이번에 작가님을 '인물 집중'의 테마 인물로 선정해서요. 출판사로부터 작가님은 이런 거 싫어하신다고 고지받았습니다만, 저희는 케이블이나 질 낮은 방송과는 차원이 다른 고품격 방송으로 엄격한 심사를 통해 선정한 그 인물을 깊이 있게 조명하고…….

삐 하는 소리와 함께 목소리가 끊겼어. 잘됐네. 계속 듣고 있기 힘들었는데. 하지만 이내 다시 전화벨이 울리기 시작했어. 결국 나는 밥을 먹다 말고 전화벨 볼륨을 무음으로 해 놓기 위해 움직여야만 했지. 남의 아침을 망쳐도 유분수라니까, 정말.

— 작가님, 한 번 뵙고 말씀드리고 싶어요. 다시 말하지만 많은 기성 작가님들께서도 출연을 희망하시는 프로그램인 만큼 작가님의 경력에 도움이 될 거라고 믿고 있답니다.

아아, 하지만 전화벨 소리는 죽일 수 있어도 녹음되는 소리는 죽일 수가 없네. 어디 응답기가 돌아가도 소리 안 나는 전화를 발명할 사람 없나?

— 010 2588 XXXX예요. 작가님, 꼭 전화 주세요. 꼭요. 꼭, 꼭, 꼭, 꼬오오오옥!

닭에 빙의한 듯, 꼬끼오 하는 목소리를 마지막으로 응답기가 꺼졌어. 전화할 거냐고? 응. 전화할 거야. 정 실장에게. 주겨 버려야지.

　데뷔 이래 쭉 정 실장하고 일하고 있는데 자꾸 이런 식이면 난 다른 편집자를 찾아야 할지도 몰라. 사람이 너무 좋아 그러는 건 알겠는데……. 그거 알아? 난 남에게 좋은 사람 되려고 날 괴롭게 만드는 인간은 딱 질색이야. 내가 내 전화기 시끄러워지는 게 싫다는데 자기 좋은 사람 되려고 내 연락처를 뿌려 대면……. 말은 바로 하자. 내 연락처로 왜 자기가 선심을 써?

　그러는데 전화기의 파란 불이 반짝반짝 켜졌어. 다시 전화가 들어오고 있다는 표시야.

　─ 작가님, '비상하는 사람들'에 안현준 실장입니다. 작가님의 책 ≪보이지 않는 얼굴≫이 대중들이 뽑은, 이 시대의 소설 1위로 뽑혔습니다. 기념 인터뷰와 작가와의 만남을 진행하고 싶은데…… 꼭 좀 연락 주세요.

　전화가 끊기자마자 또 파란 불…….

　─ 안녕하세요, 작가님. 이젠 출판사 고명준입니다. 몇 번이나 연락드렸지만 뵙지 못해서 이렇게 또 연락드립니다. 저희 출판사는 소규모지만 탄탄한 재정과 열정으로 뭉쳐 있는…….

　─ 작가님, 대한 일보 박자겸 기자예요! 연재 문제와 인터뷰 문제로 전화 드렸어요. 한 번만 연락 주세요! 부탁드려요!

　─ 작가님, 작가님, 우리 작가님, 한 번 뵙고 싶습니다!

　……어떻게 생각해? 아무래도 나 전화번호 바꿔야겠지?

　보다시피 나는 이 시대에서 나름 핫하다고 분류되고 있는 작가 중 하나야.

이모네 집에 갔는데
이모는 없고

대학교 2학년 때 우연히 신춘문예에 당선되어 등단한 이후로 나는 순문학과 대중소설의 경계, 장르를 넘나드는 천재, 사람의 마음을 가장 깊숙이 들여다보는 시대의 거울, 폐부를 찌르는 잔혹한 서정 등등의 소리를 들으며 문학계에서 활발하게 활동 중이지. ……응, 천재, 거울, 서정…… 그게 바로 나야.

사실 폭풍과 같은 칭찬 중 몇 퍼센트나 진실인지는 잘 모르겠어. 가끔 사람들은 내 글 안에서 나도 몰랐던 뭔가를 발견해 내거든. 사실 내 글은 원인과 결과가 분명한, 아주 단순한 내용인데 말이야. 그런데 개떡같이 써도 찰떡같이 알아듣는다고 할까? 단순한 내 글을 평론가들은 아주 근사하게 해석하더라고.

말도 안 된다고? 말 돼. 그거 몰라? 황순원 선생님의 유명한 인터뷰…….

대한민국 정규 교육을 받은 사람은 누구든 ≪소나기≫에서 소녀가 보라색 옷을 입고 있는 것이 죽음을 상징한다고 알고 있지. 하지만 황순원 선생님은 인터뷰에서 '내가 보라색을 좋아해서 입혔는데?'라고 말해 수많은 국어 학자들을 '멘붕'으로 유도했어.

이 에피소드가 진짜인지 아닌지는 몰라도 전달하는 메시지는 분명해. 평론가들의 평과 작가의 의도는 다를 때가 많다는 거……. 내 경우도 그래.

나는 빗소리가 아닌 빗소리에 갇혀 문을 열지 못하고 있었고, 그래서 글을 써야만 했어. 거기에 이름을 붙인 건 평론가들과 독자들이었지. 그래서 나는 그들에게 가서 꽃이 되었고.

뭔 소리냐고?

그러니까 대부분의 예술들이 어떤 극단에 치우친 '무엇'의 결과라는 거 알아?

그렇기 때문에 작가들은 기본적으로 중독자들이야. 화가, 작곡가 등등, 창작하는 모든 직업군의 인간들이 중독자라는 설도 있는데 거기까지는 내가 확신할 수 없고, 글을 쓰는 사람들은 분명 뭔가에 중독되어 있다는 것은 확실해.

담배, 술, 불법 약물들은 몸을 해치는 쪽이고, 성性적 탐닉이나 도벽은 도덕을 해치는 쪽이고, 쇼핑이나 수집벽은 통장을 해치는 쪽이지. 하지만 어쩔 수 없어. 무언가를 만들어 내는 사람들은 본래 무언가에 의해 탄력을 받아 한쪽으로 극단적으로 당겨졌다 튕겨 나가는 그 힘으로 결과물이 나오는 거거든.

나 같은 경우는…… 그러니까……음, 18살 때의 어떤 경험이 발화점이라고 할 수 있지. 이건 여기까지.

중요한 건 내가 그 덕에 핫한 작가가 되었고, 독립적이고 성숙한 남자로서, 어른으로서, 성실한 납세자의 의무를 다하며 평화롭게 살고 있다는 거니까.

……왜 그런 눈으로 봐? 알고 싶은 게 뭔데?

아까는 그 '꿈' 때문에 글을 쓴다고 하지 않았냐고? 오, 예리한데? 근데 그게 그거야. 그러니까 18살 때의 어떤 경험이 바로 하얀 방, 빗소리, 열리지 않는 문……이라고.

무슨 소리인지 이해가 가지 않는다고?

당연하지. 지금 하는 이야기를 들어도 이해하기 힘들 수도 있으니까. 같은 경험이 있거나, 아니면 최소한 사소한 일에 목

이모네 집에 갔는데
이모는 없고

숨 걸어 본 경험이라도 있지 않으면 내 이야기를 이해 못해. 아주 사소한 우연이, 그러니까 당사자 외에는 아무도 모를 그런 우연이 어떤 사람에게는 운명을 틀어 버릴 정도로 의미 있을 수 있다는 사실이 이 이야기의 핵심이거든.

그러니까 지금부터 하는 것은 내가 18살 때의 이야기야.

나는 아주 평범하고 정상적인 아이였어. 그 당시에는 그런 평범함이 뭘 의미하는지도 몰랐을 정도로 평범했지.

적당히 허세가 있고, 적당히 무심하기도 한 보통 소년, 그게 18살의 나야. 학교 성적은 고만고만했지만 성실했고, 좀 유치했지만 잘생긴 얼굴과 16살 때 극적으로 자란 키 때문에 주변 학교 학생에게 꽤나 인기가 좋았어. 좋았던 시절이라고 생각해. 운동하고 돌아오면 타월 건네주는 여자애도 있고, 쪽지를 건네주는 여자애도 있고……. 그런 청춘 말이야.

하지만 7월 20일. 내 인생이 송두리째 바뀌고 그날까지 온전했던 나의 영혼은 반쪽이 되어 버렸어.

그날은 토요일이었고, 엄마가 불렀을 때 나는 친구들과 롯데월드에 가기 위해 한창 옷을 고르고 있는 중이었지.

"승준아! 이모한테 가서 반찬 좀 주고 와!"

엄마는 항상 이런 식이야. 외출한다고 며칠 전부터 이야기해도 들은 척도 않다가 꼭 당일에 심부름을 시키는 거야. 아무리 내가 말 잘 듣고 착한 아들이라고 해도 이러면 화가 나. 도대체 왜 이러는 거야?

나는 점잖게 항의했어.

"어머니, 내가 오늘은 약속 있다고 말씀드렸습니다만?"

"죽을래?"

나는 입을 닷 발 내밀었고 엄마는 주먹을 내미셨지. 나는 입을 집어넣을 수밖에 없었어. 고금을 통해서 단 한 번도 입이 주먹을 이긴 역사가 없거든. 음, 어디서 들어 봤다고? 그건 덜 맞아서 그래. 입을 나불거릴 수 있을 정도로만 맞았나 보지. 우리 엄마는 한 번 패면 그 정도로 끝나지 않아.

평화로운 가정생활을 위한 규칙은 양보와 타협이라는 걸 나는 알고 있었지만, 슬프게도 엄마는 그걸 몰랐어. 하지만 다행스럽게도 내가 알고 있던 건 양보와 타협뿐이 아니었어. 무력 앞에는 장사 없다는 사실도 알고 있었거든. 만 20살이 되기 전까지는 엄마의 파쇼 정권을 받아들일 수밖에 없다는 것도.

응, 엄마 말을 듣기로 했다는 뜻이야.

하지만 엄마들은 결코 만족하는 법이 없어. 한숨 한 번 쉬고 내 운명을 받아들였으면 장하다 칭찬을 해 줘도 좋을 텐데 오만상을 찌푸리고 있는 게 마음에 안 든다며 잔소리를 늘어놓지 뭐야?

"넌 이모가 굶어 죽어도 좋아? 그 철딱서니 없는 어린것이 제대로 밥도 못 먹고 쫄쫄 굶고 있다는 생각만 해도 나는 가슴이 미어지는데 너는 어쩜 이렇게 애가 모질어?"

첫째, 그 굶어 죽어 가고 있다는 이모는 키 163센티에 몸무게 70킬로를 넘을까 말까 하는 뚱땡이였고, 둘째, 철딱서니 없는 어린것의 나이는 나보다 8살이나 많으며, 셋째, 그 캐릭터는 밥이 없으면 집 안에 있는 농이라도 뜯어 먹을 식욕의 소유

이모네 집에 갔는데
이모는 없고

자이므로 쫄쫄 굶는 일은 없어.

하지만 난 이 모든 걸 내 가슴속에만 담아 두기로 했어. 늦 둥이로 태어난, 나이 차이 많은 자기 동생을 친자식인 나보다 더 사랑하는 사람이거든. 오죽했으면 어렸을 때 난 주워 왔고 이모가 엄마 딸이 아닐까, 나 혼자 막장극을 쓴 적도 있겠어?

"전 그저 이모에게는 내일 가도 될 것 같으니 친구와의 약속 을 지키는 게 우선이 아닐까 싶을 뿐입니다만?"

누가 생각해도 내 말이 맞지 않아? 하지만 엄마에게는 그렇 지 않아.

"아들, 네가 드디어 도덕과 도덕의 충돌을 경험하는구나! 그 래, 살면서 우리는 누구나 그런 순간을 맞이하게 되지. 선과 악 의 대결이 아닌 가치와 가치의 대결! 우리 아들이 고민하는 걸 함께할 수 있어 이 엄마는 기뻐."

고민 안 하는뎁쇼? 내 맘대로 할 수 있다면 오늘은 롯데월드 를 가고 내일 이모한테…….

"하지만!"

……갈 수 없겠지.

"이 엄마가 말하는데 세상 모든 가치에 우선하는 가치가 하 나 있어. 바로 가족이야. 왜냐면 네가 가족의 편을 들어주지 않는다면 세상 그 누구도 그의 편을 들어주지 않을 거니까."

그러니까 편은 오늘 들고 반찬만 내일 갖다 주면 안 될까?

"하물며 너보다 약한 이모야! 여자고, 연약해!"

그 연약한 이모가 내가 11살 때 날 데리고 레슬링 기술을 시 험해 본다며 보디슬램을 했다가 내가 2개월 동안 목에 깁스하고 다닌 얘기를 여기서 해야 하나? 그 기술이 얼마나 우악스럽게 들어왔는지 읽는 사람 목뼈가 뻐근해질 정도로 묘사할 수 있는데.

"네가 이모를 지켜 줘야 해."

……정말? 꼭 그래야 할까? 정말 이게 최선이야?

내 생각에 말이야, 세상을 망치는 건 '주책'이야. 지구 온난화도, 사헬지역의 사막화도, 전 지구적인 생물종 감소 문제도 다름 아닌 인간들의 주책 때문이지. 응? 주책이 뭐냐고?

> 주책 : 1. 일정하게 자리 잡힌 주장이나 판단력.
>   2. 일정한 줏대 없이 되는 대로 하는 짓.

사실 주책이라는 단어는 생각보다 심오해. 뭐가 심오한지 알겠어?

……이해 못했다고 해서 실망할 필요는 없어. 세계를 움직이는 위인들 대부분은 천재가 아니거든. 솔직히 말하면 세상을 움직이는 건 약간 덜 떨어졌지만 뚝심 있는 사람들이지. 그러니 이 순간 필요한 건 뚝심을 발휘해서 이해하려는 노력이야.

예를 들자면, 1번의 활용은 이래. '점점 주책이 없어져 남의 말에 귀가 팔락거린다.' 자, 하는 김에 2번의 활용? '그 남자는 나이 값도 못하고 주책을 부린다.'

어때, 이제 알겠어? 1번은 주책이 없는 게 문제고 2번은 주책이 있어서 문제인 거야. 골치 아픈 일 아냐, 있어도 없어도 문제가 되는 일이라는 건?

이모네 집에 갔는데
이모는 없고

아, 왜 갑자기 주책에 대한 강의냐고? 이 모든 일은 우리 할머니의 주책 때문에 일어난 거거든. 그러니까 내가 이 이야기를 들은 건 내가 16살 때였어. 할머니는 눈물을 글썽이며 이렇게 말씀하셨지.

"네 엄마를 가졌을 때 6.25가 터지는 바람에 네 할아버지는 전장으로 가야만 했다. 그게 마지막인 줄 어떻게 알았겠니? 나는 경우 18살이었는데!"

이 시점에서 나는 세 대나 얻어맞아야 했는데 그건 내가 주책없게도 진실을 말했기 때문이었어.

"우와아, 할머니! 그럼 18살 때 벌써 한 거야? 어우, 야하다!"

왜 세 대냐고? 할머니가 한 대, 어머니가 두 대니까.

그 뒤의 이야기는 생략할게. 들어도 재미없는 뻔하디뻔한 그 시절 그 사람들의 고생담이니까.

왜 그런 이야기 있잖아. 천편일률적이라 하나도 색다를 것 없는, 그런데도 들을 때마다 눈물이, 특히 당사자들의 눈에서는 피눈물이 쏟아지는 이야기들 말이야. 난 이 이야기를 신파로 만들 생각이 전혀 없으니 그 이야기는 안 할래. 다만 그 고생의 끝이 이러했다는 건 말해야겠다.

"그리고 네 엄마가 20살이 되었을 때, 네 지금 할아버지를 만난 거야. 그래서 네 이모를 낳았지."

"우와아, 할머니! 그럼 몇 살 때까지 한 거야? 밝히긴! 어우, 야하다!"

응, 또 맞았어.

그리고 이게 바로 나랑 우리 이모랑 8살 차이밖에 안 나는 이유야. 그리고 우리 엄마가 이모를 딸처럼 취급하는 이유이며, 내가 약속이 있는데도 이모에게 가야만 했던 이유지. 난 엄마의 외아들이지만 20살 때 이미 일 나간 할머니 대신 육아를 전담했던 나의 엄마는 나보다 이모에게 더 강렬한 모성애를 느끼더라고.

솔직히 나는 보통 사람들이 엄마 사랑만 받고 자랄 때 엄마와 언니의 사랑을 더블로 받은 이모가 뭐가 불쌍한지 잘 모르겠지만, 할머니와 엄마에게 이모는 항상 불쌍한 사람이었고 덩달아 조카인 나도 이모를 불쌍히 여겨야 했어.

뭐 내가 말을 이렇게 한다고 내가 이모를 싫어한다는 소린 아냐. 엄마쯤 아니라 나도 이모에 대해 보호 본능을 느끼고 있거든. 그 인간이 의외로 묘한 매력이 있단 말이야. 자꾸 간섭하고 싶고, 자꾸 나무라고 싶고, 자꾸 걱정되는, 저항할 수 없는……. 언제 깨질까 불안 불안 한, 이 빠진 도자기 같은 매력 말이야.

여자들은 다 그런 거야?

도무지 철딱서니라고는 찾아볼 수가 없고 자기 스스로의 몸을 못 챙기는 양반이 바로 우리 이모란 말씀이야.

혹시 주변에, 눈길에 나서면 100퍼센트 자빠지고, 비 올 땐 우산 두고 나가고, 지갑은 연중행사로 잊어버리고, 핸드폰을 약정 기간 끝날 때까지 써 본 적이 없는 데다가 요리한답시고 주방에 두면 불을 내는 그런 친구 있어? ……그렇다면 반가워. 넌 우리 이모 친구야.

어쨌든 그리하여 난 좀 일찍 철이 늘어야 했는데, 알잖아, 원래 함께 지내는 사람 중 하나가 철이 없으면 강제적으로 다

이모네 집에 갔는데
이모는 없고

른 하나가 철이 들어야 한다는 거. 우리 집에 함께 살 때는 내게 이모가 하나 있는 건지, 아니면 늙어 보이는 여동생이 하나 있는 건지 모를 지경이었어. 형식상으론 엄마가 일 나간 사이 이모가 나를 돌보는 거였는데 사실상은 난 젖 떼기 전부터 이모 돌보느라 바빴다니까?

그나마 우리 집에서 같이 살 때는 좀 나았는데, 글 쓴답시고 오피스텔을 얻어 나간 후로는 걱정이 이만저만이 아니야. 할 줄 아는 게 있어야 말이지. 요리면 요리, 청소면 청소, 빨래면 빨래, 인간이 생존하는 데 필요하다는 삼 요소가 의식주인데 이 인간은 해결되는 게 아무것도 없잖아.

날씨는 더럽게 더워서 한여름의 태양이 쨍쨍 내리쬐고 그늘 한 점 없는 아스팔트 길을 올라가노라니 정말 심란하더라. 왜 내가 이 빠진 도자기 때문에 익어 가는 계란 프라이의 기분에 싱크로해야 하는지도 모르겠고, 이 빠진 도자기는 언제쯤 고려청자로 보수될 건지도 궁금했고……. 고려청자가 맞긴 맞는 거겠지?

뭐 어쨌든 중요한 건 내가 이모의 오피스텔에 도착했을 때 즈음에는 이미 정신이 반쯤 나가 버린 상태였다는 거야. 그런데 얼른 들어가서 에어컨을 초강풍으로 틀어야겠다는 생각만 하면서 벨을 눌렀는데 대답이 없는 거야!

"이모!"

자나 싶어서 문을 쾅쾅 두드렸는데도 대답이 없었어. 짜증이 팍 솟구치려는 찰나 혹시나 하고 문을 열어 봤더니…… 오마이 갓! 이 경악스러운 인간이 내가 그렇게 경고했는데 또 문을 열어 놓고 있는 거야! 진짜 이 인간이! 요즘 세상이 얼마나 험해? 여자 혼자 살면서 어떤 배짱을 가지면 문을 안 잠그고 살 수 있는 거야? 자기 얼굴과 몸이 무기면 다야? 다치면 내 이모 다치지 자기 이모 다쳐?

"인간아! 내가 경고했지? 또 한 번 이렇게 위험하게 굴⋯⋯."

문을 벌컥 열어젖히고 들어간 나는 말을 끝맺지 못했어. 아니, 정확히 말하면 너무 놀란 탓에 침이 기도로 대책 없이 넘어가는 통에 자기 침에 질식사한 사나이란 불명예스러운 이름으로 신문에 날 뻔했어. 왜냐면 말이야. 음⋯⋯, 그런 이야기 알아?

어떤 남자가 화장실에 갔대. 갑자기 급하게 큰 일이 보고 싶어서 말이야. 그런데 그 화장실에는 큰 일이 보는 칸이 딱 두 개였다는 거야. 그리고 사람들이 몽땅 한 칸에만 줄을 서 있고⋯⋯.

그는 고민했어. 분명히 한쪽 칸에 문제가 있으니까 사람들이 줄을 서 있는 거 아니겠어? 하지만 그 긴 줄을 기다리기에 그는 너무 급했고, 무슨 문제인지 모르지만 많은 사람들이 줄 서 있는 화장실을 코앞에 두고 실례를 하는 것보다 더 나쁜 일은 아닐 거라고 생각했기에 비어 있는 칸으로 들어갔대. 그런데 예상외로 그 칸에는 아무런 문제도 없는 거야. 내부는 깨끗했고, 휴지도 있었지.

다만 낙서도 있었대.

이렇게 시작되는 낙서.

'친구네 집에 놀러 갔더니 친구는 없고 욕실에서 샤워하는 소리가 들렸다.'

물론 이런 낙서와 옆 칸에 줄 서 있는 사람과의 관계가 궁금

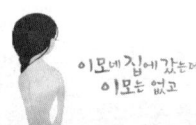
이모네 집에 갔는데 이모는 없고

한 사람도 있을 거야. 그 관계는 이래. 그 낙서는 한참 흥분 진진한 부분에서 끊겨 있고 거기에는 이렇게 쓰여 있더래.

'옆 칸에서 계속.'

응? 그래서 어떻게 됐냐고? 그 남자도 줄 섰지 뭐.

이런 얘기를 왜 하느냐고? 물론 '친구네 집에 놀러 갔더니 친구는 없고……' 부분과 관계가 있지. 그래, 이제 감이 와? 맞아. 그거야, 바로. 이모네 집에 갔는데 이모는 없고 욕실에서 샤워하는 소리가 들렸던 거야.

이모일 수도 있지 않느냐고? 아니야. 왜냐면 욕실 안의 여자는 낮게 콧노래를 흥얼거리고 있었는데 그 목소리는 이모의 것이라기에는 너무 예뻤거든. 욕실의 에코 탓에 착각한 건 아니었지. 우리 이모라면 무슨 노래를 부르든 중간쯤에 저팔계에 빙의해서 '음화화화, 나 노래 잘하셔!' 하는데 목소리의 주인공은 그러지 않았거든. 그냥 예쁘게, 끊길 듯 이어질 듯 노래를 불렀지. 세이렌처럼.

난 잠시 고민했어. 집을 잘못 찾은 걸까? 하지만 그건 아니었어. 왜냐면 낯선 여자가 샤워를 하고 있다는 것 외에, 비뚤어진 탁자하며 어질러진 거실, 죽고 못 살아 이틀에 한 봉지씩은 뜯어 먹는 과자가 널려 있는 것까지……. 여기가 우리 이모 집이 아니라면 세상에 지독하게 닮은 사람이 하나 더 있다는 말밖에 안 돼. 여기는 우리 이모 집이 맞아. 그렇다면 이모는 어디 가고 낯선 여자가 샤워를 하고 있는 걸까?

……그보다 말이야, 목욕탕 문은 잠겨 있는 걸까? 오피스텔 문도 안 잠그고 샤워하는 여자가 목욕탕 문은 잠근 걸까?

응? 변태스럽다고? 이봐. 내가 미리 얘기했잖아. 태양이 얼마나 뜨거웠는데! 그 뜨거운 태양 아래 끓는 아스팔트 길을 걸은 나는 이성이 증발되었고 본능만 남은, 어떤 의미에서는 몹시도 순수하고 솔직한 상태였단 말이야.

게다가 난 18살이었고 엄청 건강했다고. 보통 이 나이의 남자들은 '욕실 + 여자' 이 두 단어만으로도 18년 동안 살아온 모든 역사는 물론 자신의 존재 자체를 까먹을 수도 있어.

어쨌든 내가 목욕탕 문에 대해 사색하는 시간은 그리 길지 않았어. 왜냐면 여자가 자발적으로 목욕탕 문을 열었거든. 그때 내 기분이 어땠냐면, 응, 평생 외계인과의 조우를 기다려온 미친 과학자가 마침내 도착한 E.T의 우주선이 열리는 모습을 바라보는 느낌이었어. 이 순간 이후의 인생이 어떨지 상상도 안 가는, 그런 운명적인 느낌말이야.

그렇게 우주선 해치, 아니 욕실의 문은 서서히 열렸고, 이탈 듯한 여름에 뜨거운 물로 샤워했는지 모락모락 피어오르는 나른한 수증기 속에서 내 심장은 미친 듯이 뛰기 시작했지.

"작가님, 오셨어요? 죄송하지만 수건이 없어서요."

민망한지 목소리 끝에 살짝 웃음이 묻었어.

이성적으로는 판단하자면 평범한 웃음소리였지만 그 순간, 건강한 18살짜리의 귀에는 무엇보다도 고혹적인 교태였다는 걸 짚어 두고 싶어.

그럼에도 불구하고!

난 굉장히 순진하고 교육을 잘 받은 18살이라는 사실은 반전이었어. 솔직히 과하게 순진했지. 그래서 그 순간 나는 내

이모네 집에 갔는데
이모는 없고

머릿속에 떠오르는 모든 종류의, 본능적이고 야성적이고 본질적인 의문과 갈망과 열정을 접어 둔 채 청순하게 내가 수건을 갖다 줘야 하는지 말아야 하는지 고민했던 거야. 수건이 어디에 있는지 알고 있었거든.

물론 그 당시에 여자가 부른 '작가님'이 우리 이모였다는 것까지는 생각 못 했다는 건 고백해야겠어. 그럴 정신까지는 없었으니까. 그때의 나는 무척이나 평면적인 사고밖에 가능하지 않은 상태였단 말이야. 당연하지 않아? 비록 그 여자가 몸을 문 뒤로 숨긴 채 얼굴만 쏙 내밀었다고 해도, 그 문 뒤에 뭐가 있는지 나는 알고 있었다고.

그리고 그 순간 우리의 눈이 마주쳤지.

"꺄아아아아아아아아아아아아아아아아아아아아아아아악!"

여자는 정말이지 엄청난 비명을 질렀어. 멍하니 몽롱하게 E.T의 우주선 어디쯤을 헤매던 내 정신이 순식간에 제자리에 탑재될 정도로 말이야.

지금의 나는 그녀를 이해해. 샤워하고 문을 열었더니 웬 낯선 남자가 서 있다면 아무리 그 남자가 미소년인들 소리를 지르는 게 당연하지. 다만 내가 하고 싶은 말은 말이야. 그럴 때 할 수 있는 가장 좋은 일은 얼른 욕실 문을 도로 닫고 잠그는 거라는 말이야. 그 여자가 그때 그랬듯이 주저앉아 얼굴을 가리는 일이 아니고 말이야.

여자는 쭈그리고 앉아 얼굴을 가렸어. 덕분에 무릎과 어깨의 일부가 문밖으로 튀어나와 내 시야에 잡히고 말았지. 말했지만 난 그때 18살이었어. 그게 나에게 얼마나 자극적이었을

지 이해할 수 있어?

그 순간 내가 이성을 잃은 채 욕실 쪽으로 뛰어가지 않고 다음의 말을 하기 위해서 얼마나 많은 인내심과 이성을 끌어모아야 했는지 이해해 주길 바라. 그 모든 노력 때문에 내 목소리가 다소 음침하고 어색하게 들렸을 수도 있다는 건……. 흠, 사람은 모든 면에서 완벽할 수 없는 법이야. 그렇지? 어쨌든 난 말했어.

"수건 가져다 드릴까요?"

"꺄아아아아아아아아아아아아아아아아아아아아아악!"

오, 정말이지 혼을 쏙 빼놓는 비명이었어. 난 무협지를 읽을 때마다 과연 사자후가 얼마나 사람의 상대의 기를 흩뜨려서 무력화할 수 있을지 궁금했는데, 그날 이후 난 더 이상 의문을 갖지 않게 되었어. 사자후는 짱이야. 사람 죽일 절기絕技가 분명해.

나는 뒤도 돌아보지 않고 도망쳤어. 물론 손에는 3킬로는 족히 넘는 반찬통을 꼭 쥔 채였지만 조금도 무겁지 않았어. 내 머릿속은 혼란, 그 자체였거든.

다시 말하지만, 난 그때 18살이었어.

어떻게 되었느냐고? 글쎄, 나도 그게 참 궁금해.

사람이 너무 충격을 받으면 술 한 방울 마시지 않아도 블랙아웃이 일어나나 봐. 내가 다시 정신을 차렸을 때 온통 땀범벅인 채, 집도 아니고 이모의 오피스텔도 아닌 제 3의 장소에서 파워 워킹을 하고 있었거든. 오른손으로는 씩씩하게 반찬통을 휘두르면서 말이야.

이모네 집에 갔는데
이모는 없고

암만 생각해도 걸어온 건 아닌 것 같고 중간에 어떤 교통수단을 이용한 것 같은데 자세한 건 전혀 모르겠어.

결국 밤이 깊어서야 집으로 돌아갔는데, 엄마는 아무 말도 안 했어. 대강 짐작해 보자면 내가 반항기를 맞아 이모네 가는 대신 반찬통을 든 채 롯데월드로 가출했다고 생각하는 것 같았지만 난 굳이 그 착각을 수정해 주고 싶지 않았어.

왜냐고?

글쎄…….

좌우간 중요한 건, 약간 의구심이 들 정도로 그날 이모네 집에서 일어났던 일에 대해서 나에게 묻는 사람이 없었다는 거야. 엄마는 그렇다 치고 이모 역시 내가 집에 다녀갔다는 사실 자체를 모르는 것 같았지.

그 여자가 '낯선 남자의 침입'과 '수건에 대한 제안'을 이모에게 말하지 않았던 걸까? 이모는 그때 어디에 있었던 걸까? 물론 나는 물을 입장이 아니었기 때문에 모든 것은 안개 속에 남았어. 그리고 부작용은 온전히 내 몫이었지.

무슨 부작용이냐고? 말했잖아. 나는 18살이었다고. 매일 밤 꿈에 여자가 나타나 욕실 문을 붙잡고 '보여 줄까? 말까? 보고 싶니?' 하고 물어 대는 통에 나는 거의 잠을 잘 수가 없었어. 꿈이 몇 차례 반복됨에 따라 나는 큰 소리로 '네! 보고 싶습니다!'라고 외칠 수 있게 되었으나 그 나쁜 여자는 보여 주긴커녕 나른하고 뭉실거리는 수증기 속에 몸을 숨긴 채 '후후후후' 낮은 웃음소리인 듯한 사자후를 질러 댔거든. 이건 밍키가 성인 버전으로 변신하는 모습을 슬로비디오로 돌려 볼 때보다 딱 백

배쯤 답답하고 사람 미치게 하는 노릇이었어. 아유, 지금 생각해도 정말!

그렇게 나는 다른 사람이 되었어. 18살이라는 미묘하고 상처 입기 쉬웠던 그 시기에, 블랙아웃이 일어날 정도로 격렬한 경험을 한 나는 그 전과 같은 사람일 수 없었지.

처음에는 그저 남자니까, 어리니까 일어날 수 있는 반응 정도가 다였어. 방금 말한 꿈이라든지 뭐 그런 거.

하지만 점점 시간이 가면서 양상은 달라졌지. 그 순간은 내 안에서 흐려지긴커녕 증폭되고 또 증폭되어 그 자체가 하나의 생명체처럼 날 사로잡았거든.

어떻게 그럴 수가 있냐고? 그 일은 아무것도 아니지 않느냐고? 그러면 어떤 일이 그럴 만한데? 처음부터 말했잖아. 이건 사소한데 목숨 거는 이야기라고.

사람은 생각보다 약해. 스스로가 전혀 상처받지 않았다고 생각한 순간에도 상처는 나고, 피는 흐르고, 돌이킬 수 없는 길에 들어선다고. 하물며 나는 그때 18살이었어. 영혼에 상처가 나기 정말 좋은 시기지.

어쨌든 그 후의 나의 '모든 여자'는 그 여자였어. 기억나는 거라곤 피어오르는 수증기 속에 젖어 있던 가는 무릎과 어깨, 그리고 그 어깨를 덮고 있던 물방울이 뚝뚝 떨어져 내리는 검은 머리쯤이었는데도 그랬어. 그 후로 어떤 여자도 그 여자만큼 날 동요시키진 못했으니까.

이게 다야. 하지만 충분하지.

난 그녀에 대해 아무것도 몰랐지만, 모른다는 것만큼 상상

이모네 집에 갔는데
이모는 없고

하기 좋은 조건은 없잖아.

그렇게 나는 작가가 되었어.

그게 지금의 나야. 조금 독특한 뮤즈를 가지고 있는 작가.

그리고 나는…… 이게 끝일 줄 알았어. 아직 시작도 하지 않은 것이라는 사실을, 내가 어떻게 짐작이나 할 수 있었겠어?

단나인

집에서 걸어서 20분 정도 거리에 있는 로열 피트니스는 이름처럼 로열하다. 최첨단 피트니스 기구는 기본이고 80여 평의 사우나 시설이 완비되어 있는 데다가 여름에는 야외 풀장까지 이용할 수 있다. 결정적으로 물이 엄청 좋다. 러닝 머신 위에서 뛰고 있는 대부분의 사람들은 이미 관리된 몸매를 가지고 있으니까.

나는 지난 3년간 로열 피트니스의 회원이었지만 최근 회원권 갱신을 앞두고 약간의 손해를 감수하면서 차로 20분 걸리는 블루 피트니스로 옮긴 참이다. 왜냐고? 블루 피트니스는 규모는 좀 작지만 꽤 괜찮은 PT 시스템을 가지고 있었고, 무엇보다…… 스토커가 없거든. 적어도 어제까지는.

차에서 내리며 나는 한숨을 내쉬었다. 두 칸 건너 대각선 방향에 주차해 놓은 차 안에서 선글라스를 끼고 앉아 있는 여자의 얼굴, 아주 잘 보인다. 숨으려면 제대로 숨던지……. 지하주차장에서 저렇게 실내등을 켜고 있으면 아주 무신경한 사람이 빼고 눈치 못 채기가 더 어렵다.

결혼 전에 제주도 섬처녀로 감귤 아가씨에 선발된 경험이 있는 윤 여사(53, 엄마)는 4년 전 아버지가 돌아가신 후 제주도로 갔고, 나는 혼자 살게 되었다. 혼자 산다고 하면 사람들은 외롭지 않느냐고 묻는데, 엄마는 그런 걱정 안 했고 실제로도 안 외로웠다. 일단 같이 사는 건 아니지만 돌봐야 할 이모를 한 마리 키우고 있는 데다가 결정적으로, 외로울 틈 없이 스토커가 들러붙어 주었기 때문이다.

나 무슨 스토커를 부르는 페로몬이라도 뿜어내는 걸까? 등단한 지 5년, 이번 스토커가 그러니까…… 다섯 번째다. 평균적으로 1년에 1명씩은 붙어 준다는 소리다.

그나저나 옮긴 지 얼마 되지도 않았는데 벌써 알아내다니……. 몇 번 겪어 보고 나서 생각하는 건데, 세상에서 가장 능력 있는 건 스토커들이 아닐까 싶다. 사람은 좋아하는 일을 해야 한다는 말의 의미를 알려 주는 인간들이다.

내 첫 스토커는 데뷔했을 때 즈음 만났다. 만났다고 하니 웃기지만, 그때쯤 결성된 내 팬클럽의 인터넷 카페 회장이었으니까 정말 만난 셈이다. 처음이라 팬클럽이라는 게 생겼다는 사실 자체가 신기하기도 했고, 가끔 집에 와서 이것저것 챙겨 주기도 할 때는 고마웠다. 세상에 공짜가 없다는 것을 그때는 몰랐던 셈이다. 심지어 사랑이라고 해도.

어느 날 집에 갔는데 웬 아가씨가 수줍게 내 집 청소를 하고 있었던 것을 시작으로 상황은 요상해지기 시작했다. 나중에 알아낸 바로는 팬클럽 회장 애가 내 컴퓨터에 악성 코드를 심어

이모네 집에 갔는데
이모는 없고

내 일거수일투족을 살펴보고, 사진을 찍어 사진집을 발간하고, 내 과거를 캐내 팬들끼리 공유했다고 한다. 그 과정에서 내 개인 정보가 누출되었고 뜬금없는 방문자(!)가 생겼던 거다. 내가 팬클럽을 폭파시키고 잠수를 타자 그 아가씨는 울면서 자기는 그냥 내가 좋았을 뿐이라고 싫어할 줄 몰랐다면서 빌었지만, 몰랐다고 일이 해결되지는 않는다.

물론 그 아가씨도 어려서 그랬을 거라는 생각은 한다. 10대란 위험하고 불안정한 시기 아닌가? 그 시기의 미숙함과 열정의 잘못된 조화였을 뿐이……겠지만 그렇다고 안 무섭다는 소리는 아니고.

그래도 귀여운 맛이 있었던 첫 번째와는 달리 두 번째 스토커는 조금 더 호러였다. 처음에는 팬이라며 다가왔지만 내가 글을 보고 생각한 그런 인간이 아니라는 사실에 급실망을 하고는 격렬한 안티로 돌아섰다. 인터넷에 어찌나 화려하게 내 욕을 했는지 나보다는 그가 더 창작에 소질이 있는 게 아닌가 싶을 정도였다. 노이즈 마케팅 효과로 내 이름은 더 많이 알려졌지만, 한동안은 인터넷을 끊어야 했을 정도로 악몽 같은 기억이었다.

세 번째 스토커는 남자였다. 게이였는지 여부는 모르고, 알고 싶지도 않고……. 손으로 쓴 편지 몇 번 받고 이메일 테러 몇 번 당하고 전화번호 두 번 바꾼 다음 밤마다 우리 집 앞 가로등 앞을 지키고 서 있는 걸 신고하고 신고하고 또 신고하다가 결국 이사하는 것으로 떼어 냈다. 네 번째 스토커는 그다지 특색이 없이 그냥 말 그대로 쫓아다니기만 했다. 그러면 별 피해도 없었을 것 같다고? 뭘 하든 고개를 돌리면 그 사람이 서 있을 때의 두려움과 진절머리 나는 기분은 경험해 본 사람이 아니면 모른다. 사람이 총 들고 칼 들어야만 무서운 게 아니다. 나를 향해 곧게 꽂혀 있는, 도대체 무슨 생각을 하는지 모르겠는 그 눈빛. 그 알 수 없는 감정……. 사람 미치기 딱 좋은 일이다.

그러고 나서 만난 게(?) 이번의 다섯 번째 스토커다. 다섯 번째의 경우는 내가 작가인 줄 모르고 피트니스 클럽에서 운동을 하다 다가왔으니 이는 순전히 내 쭉 빠진 바디를 원망하는 수밖에 없다. 불길한 시선이 느껴진다 했더니 어느 날 샤워실에 잠복하고 있다가 새벽 운동 하고 들어온 나를 덮치는 바람에 기절하는 줄 알았다. ……뭐? 좋았겠다고? 이거 왜 이래? 남자라고 해서 어떤 여자든 다 오케이라고 생각하면 오산이다.

어쨌든 지금 저기 차 안에서 날 보고 있는 선글라스의 여자가 바로 다섯 번째 스토커다. 그리고 나는 저 여자가 왜 남의 어망에 담긴 물고기를 보듯 나를 보는지 알고 있다. 블루 피트니스는 남성 전용 피트니스 클럽이거든.

"흠, 어쩐지 이해가 가기도 하는데요."

내 자세를 바로 잡아 주며 주먹대장이 중얼거렸다. 주먹대장은 내가 트레이너에게 붙인 별명이다. 그는 오른팔이 어지간한 여자 허리 같은 남자인데 어쩐 일인지 왼팔은 그에 비해 정상에 가까운지라 처음 본 순간 만화 주인공 주먹대장이 떠올랐다. 내가 유심히 쳐다보자 사고가 나서 한동안 왼팔 운동은 못

이모네 집에 갔는데
이모는 없고

했다고 수줍게 말하는 얼굴이 꼭 들장미 소녀 같기도 했다. 여러모로 만화 주인공이 떠오르는 남자다.

"이해할 게 없어서 스토커를 이해해요?"

"고객님은 이상하게 사람을 신경 쓰이게 만드는 부분이 있거든요."

저기…… 그런 팔을 달고 있는 분은 날 신경 쓰지 않아도 괜찮습니다만?

"일단 외모도 근사하잖아요. 키도 크고 잘생겼고……."

"스토커 중에는 남자도 있었어요."

주먹대장이 어깨를 으쓱했다.

"다를 거 있나요? 사실 남자들이 얼굴을 보지 여자들은 얼굴보다 능력을 더 볼 걸요?"

바벨을 들다 말고 고개를 돌려 주먹대장을 노려보았지만 그는 당당했다.

"고객님은 뭔가 평범한 사람들하고는 좀 다르거든요. …… 시니컬하고 차가워 보이는데 은근히 허당인 면도 있고."

노려보느라 손이 미끄러져 바벨에 깔린 채 바둥거리는 나를 보고 한숨을 푹 쉰 주먹대장이 내가 다시 자세를 고칠 수 있도록 바벨을 잡아 주었다.

"특별한 사람이라는 느낌이 있어요. 그런 감정을 불러일으키지 않으시려면 적당히 자기 자신을 오픈하시는 게 어때요? 전 아직도 고객님이 뭐 하시는 분인지 모른다고요."

앞으로도 말 안 하는 게 낫겠다. 이런 분위기일 때 작가라고 하면 다들 '그러실 줄 알았다'느니, '작가들은 다 좀 특이하다느니' 이러더라.

"추측해 보자면 예술가 쪽이 아닐까 싶은데. 작곡가나 작가, 화가 이런 거요."

어머나.

"아닌가요?"

"……지금 제가 몇 세트째죠?"

"두 세트요. 힘드세요?"

"조금요. 다른 때보다 힘든 것 같네요."

"그래도 이 정도는 하셔야 해요. 근육을 당기듯 사용하세요. 안 그러면 다쳐요."

잠깐 근육 사용법에 대한 잔소리가 이어졌다. 성공적으로 말을 돌린 모양이다. 나는 애가 단순해서 마음에 든다.

"그나저나 경찰에 신고하셔야 하는 거 아니에요?"

마지막 세트, 거의 정신이 해롱해롱해질 정도로 힘들어하는 날 위해 내 부담이 적어지도록 함께 바벨을 움직이며 주먹대장이 걱정스러운 표정을 지었다.

"처음에는 해 봤는데, 그게 큰 도움이 안 되더라고요."

"그래요?"

"일단 실질적 피해가 일어나야 경찰들이 출동을 하든 가드를 서든 할 수 있는데 대부분의 스토커들은 지켜만 보지 위해를 가하지 않거든요. 적어도 제 스토커들은 그랬어요. 사소하게 뭔가를 훔치거나 일을 방해하기도 하지만, 그걸 일일이 신고하거나 증거를 수집하는 게 더 피곤하죠. 게다가 신고를 해도 대부분은 자기 생활이 있는 멀쩡한 사람들로 본인들은 자기가 스토커라

이모네 집에 갔는데
이모는 없고

는 걸 모를 때가 더 많아서 훈방 조치 될 때가 많고요."

주먹대장이 나를 빤히 쳐다봤다.

"……고객님, 손은 움직이면서 말씀하세요."

아, 이번엔 걸렸다.

참 이상한 일이다. 분명 피 같은 돈 내고 PT 받으면서도 할 때마다 어떻게든 시간을 빨리, 쉽게 보내려고 몸부림친다. 다행인 건 주먹대장은 돈값을 반드시 해야 한다는 강박증이 있는 트레이너라 어떻게든 나를 닦달해 정해진 운동을 다 하게 만든다는 것. 그 성실함이 괴롭지만 고맙다.

녹초가 되어 엘리베이터 벽에 기댄 채 지하 주차장으로 내려왔다. 몸이 걸레 같은 기분이 들었다. 아무도 보는 사람이 없으면 차까지 기어가고 싶은 마음이 절실하다.

CCTV가 주차장을 찍고 있을까? 따위의 쓸데없는 생각을 하며 엘리베이터에서 내렸을 때다.

영화에서처럼 눈앞이 확 밝아졌다. 피트니스 클럽 지하 주차장에 조명이 터졌을 리는 없으니까…… 이건 전조등이다.

손으로 앞을 가린 채 눈에 힘을 줘 보았지만 쏟아지는 빛이 워낙 강해 보이는 건 아무것도 없었다. 그러나 확실히 위기감이 느껴졌다. 바닥을 긁는 것 같은 타이어의 마찰 음과 끓어오르는 듯한 엔진 소리……. 그러니까 …… 차가 돌진하는 소리다!

본능적으로 몸을 날리는 순간, 파괴적으로 돌진한 파란색 중형차에 의해 엘리베이터와 주차장을 가로막고 있던 유리문이 박살 났다.

쾅!

깨진 유리 조각이 날리는 것과 거의 동시에 벽이 부서지고 뽀얗게 먼지가 피어올랐다. 시멘트 냄새가 코를 찌르며 건물 전체가 울었다.

나…… 살아 있는 거냐? 죽은 거냐? 몸을 피하긴 했는데 지금 눈앞이 흔들리는 게 내 영혼이 내 몸에서 빠져나가느라 그러는 거냐, 안 빠져나가려고 몸부림치느라 그런 거냐?

"쿨럭!"

시야를 다 가렸던 먼지가 가라앉는 걸 기다려 몸을 일으켰다. 바로 지척에서 하얗게 김을 뿜어내고 있는 차는 보닛이 다 우그러져 있었다. ……저 안에 타고 있던 사람은 살아 있는 거겠지?

파편에 긁혀 피가 나는 얼굴을 문지르고 일어서 운전석으로 돌아가자 터진 에어백 사이에 눌려 있는 여자를 확인할 수 있었다.

누구냐면, 선글라스의 스토커다.

그 순간 생각난 건 하나였다. 이번에는 경찰이 출동할 수 있겠다.

사건의 화려함에 비해 인명 피해는 없었던 사건이었다. 날렵하게 피한 나도, 안전벨트로 꽁꽁 묶고 있던 여자도 모두 무사했다. 하지만 처음에는 이놈의 선글라스 여자가 우리는 사귀던 사이로 내가 갑자기 연락(!)도 끊고 피트니스(!) 클럽도 바꿔 너무 미워 그랬다며 울면서 하소연하는 바람에 졸지에 나쁜 남

자가 되고 말았다. 그 여자와 내가 일면식도 없는 —로열 피트니스 샤워실에서 부적절한 옷차림으로 만났을 때 빼고— 사이라는 것을 증명하기 위해서 나는 전에 신고 접수 했던 스토킹 기록을 끄집어내야만 했다.

나의 스토킹 역사와 이번에도 혹시 몰라 기록으로 남겨 두었던 샤워실 습격 사건을 확인한 경찰들은 뭐라 말할 수 없이 복잡한 표정을 지었다. 안다. 남자가 여자를 강간하면 천하의 죽일 놈이지만 여자가 남자를 강간하면 사건이 어려워진다. 남자가 여자를 스토킹하면 그 자체로 충분한 위협이지만, 여자가 남자를 스토킹한다고 하면 몇몇 생각 없는 놈들은 한번 당해 봤으면 좋겠다고 허튼소리를 지껄인다. 게다가 이 선글라스의 여자는 꽤 말짱하고 지적인 이미지인 것이다.

아니나 다를까 이번에도 어느 집단에나 있는 평균 이하의 주절이들이 부럽다며 이죽거려 나의 분노를 샀다. 짜증이 솟은 내가 집단 고소를 생각하고 있을 때 책임자가 피고소 후보들의 머리통을 쥐어박아 상황을 종결시키지 않았으면 경찰이 고소 당하는 사태가 벌어졌을 거다. 그래도 경찰 물을 좀 더 먹은 사람이 확실히 낫다.

하여튼 경찰서를 나오기 직전에 받은 질문은 이거였다. 사안이 워낙 과격하고 질이 나쁜 관계로 형사처벌은 확실하겠지만, 피해 보상도 원하냐는 것.

사실 내가 원하는 건 형사처벌도, 피해 보상도 아니었다. 내가 원하는 건 다시는 내 앞에 나타나지 않는 거다. 어떻게 보면 훨씬 간단한 문제다.

하지만 유치장에 갇혀서도 날 사랑한다고 외치는 여자에게는 굉장히 어려운 일일지도 모르겠다. 러닝 머신을 달리는 내가 그렇게까지 고혹적인 게 죄라면 죄……일까? 세상에는 어쩜 이렇게 다양한 사람들이 존재한단 말인가?

잔뜩 지쳐서 집에 들어왔을 때 나를 반긴 것은 용량 초과로 삐삐― 소리를 내고 있는 자동 응답기였다.

— 안녕하세요, 작가님. SHY의 이소연입니다. 저희 방송국에서 이번 특집 프로로 '작가의 밤'을 기획 중인데 작가님을 모시고…….

— 저 정 실장입니다! 우리 작가님도 보고 싶고 해서 한 번 연락드렸습니다. 글 독촉하려는 거 아니고, 그냥 술이나 한잔 기울이고 사는 이야기 좀 하려는 것뿐이에요. 뭔가 찔려서 이러는 거 절대 아닙니다. 저 믿으…….

— 안녕하세요, 작가님. 미듬 출판사 조재희입니다. 이번에 저희 출판사에서 작가님들 보양도 시켜 드릴 겸 상반기 결산회를 할까 하는데 작가님의 참석 의향을…….

— 안녕하세요, 김한수입니다. 메시지를 받으시면…….

— 작가님, 금동 일보 조현재 기잡니다. 전에도 한 번 전화 드렸는데 통화하기가 어렵네요.

— 안녕하세요! 제 소개를 먼저 드리고 싶습니다. 한 번 알아 두시면 절대 후회하지 않으실 사람이 바로…….

진짜…… 전화번호 바꿔야겠다.

담배를 꼬나물고 자판을 두드리며 정신없이 하얀 화면 속을 헤매다 고개를 들었을 때는 새벽 2시였다. 대개의 사람들은 이

이모네 집에 갔는데
이모는 없고

시간에 잠을 자겠지만…… 난 밥을 먹어야겠다.

프리랜서라는 점이 좋은 것은 아무 때나 자고, 아무 때나 먹고, 아무 때나 일할 수 있다는 거다. 물론 이모처럼 되지 않기 위해 규칙적인 생활을 하는 걸 원칙으로 하고 있는데, 오늘은 충격이 좀 심했다. 스토커에게 습격받아 보지 않은 사람은 아무 말도 마라.

일단 한 번 인식한 허기는 텍사스의 소 떼처럼 내 위장을 훑고 지나갔다. 당장 가죽 소파라도 뜯어 먹지 않으면 쓰러질 것 같아 손에 잡힌 초콜릿 바를 입안으로 밀어 넣으며 냉장고 문을 여는데 전화벨이 울렸다.

새벽 2시인데 울리는 자신이 민망한지 전화기의 파란 표시등이 유난히도 창백하다.

이렇게까지 비범하게 뻔뻔할 수 있는 인간은 흔하지 않다. 내가 아는 사람 중에는 딱 하나다. 우리 이모.

내가 '이모처럼 되지 않기 위해' 규칙적인 생활을 하는 것을 원칙으로 하고 있다는 말에는 한 치의 과장도 들어 있지 않다. 나는 진심으로 이모를 존경한다. 난 이모에게 잘할 거다. 아직까지 살아 있다는 것만으로도 그 인간은 할 만큼 했다. 밤낮 과자와 초콜릿만 먹어, 청소 안 해서 실내에서 정체불명의 곰팡이와 버섯을 경작해, 남들 다 잘 때 일하고 남들 다 일할 때 자……. 정상적인 거 하나 없는데 감기 한 번 안 걸리는 거 보면 정말 바보는 감기에 걸리지 않는 건지도 모른다.

전화를 받을까 말까 망설이다 팔짱을 끼고 전화를 내려다보고 있는데 전화벨이 그치고 응답기가 켜졌다.

— 너 지금 팔짱 끼고 서서 전화기 내려다보고 있는 거 다 안다. 언능 전화받아라.

헉.

"여보세요?"

— 소설 하나만 써 줘.

이런 밑도 끝도 없는 승화적 화법을 생각해 보면, 이 인간은 글을 쓰면 안 된다. 이렇게 직구만 던지는 문장으로 시작하는 데다가 서사 구조 없이 직선적이기만 한 글을 이해할 수 있는 사람은 그렇게 많지 않다.

이모는 여전히, 그러니까 글 쓰겠다고 오피스텔을 얻어 나간 8년 전부터 지금까지 글을 쓰고 있다. 다만 잘 팔리지는 않는 모양이다. 그러니까 글을 쓰는 재주가 없지 않은데 히트작이 없다. 내가 보기에는 자기가 잘 못 쓰는 주제에 집착하는 경향이 있는 것 같지만 자기 말로는 아직 때를 못 만나서 그렇단다.

— 써 줄 거지? 응?

"무슨 소설?"

— 연애소설.

소파에 앉으며 테이블 위에 올려놓았던 담배를 끌어당겨 불을 붙였다.

내가 말한 이모가 잘 못 쓰는데 집착하는 주제가 바로 연애다. 가족물도 그럭저럭 쓰고, 추리물도, 성장물도 전부 다 괜찮은데 굳이 연애소설에 집착하는 이유를 모르겠다. 뭐 사람은 저 좋은 대로 사는 거지만 이리도 자신을 모를까? 30대 숭반이 되도록 연애는커녕 남자 손 한 번 안 잡아 본 사람이 무슨 연애

이모네 집에 갔는데
이모는 없고

소설을 쓴다고…….

물론 작가에 따라 자기와는 완전히 다른 인물과 세계를 창조하는 사람도 있다. 하지만 이모는 그런 타입이 아니다. 이모가 가족물을 잘 쓰는 이유는 가족들이 둘러싸여 곱게 컸기 때문이고, 추리물을 잘 쓰는 이유는 매일 자기 물건을 어디에 뒀는지 추리하는 게 일상이라 그런 거며, 성장물을 잘 쓰는 이유는 깨달을 것이 많은 터라 그 나이가 되도록 성장기가 끝나지 않고 계속되기 때문이다.

— 본능적이고 즉물적이었지만 결국엔 승화되어 진정한 사람이 되는 그런 이야기! 핑퐁핑퐁 마치 탁구를 치듯 서로 주고받고 어긋나고 하지만 쫓아가는 그런 이야기를 써 줘! 진정한 사랑 이야기! 사랑 따윈 없는 것처럼 보이는 이 시대에 단비가 될 이야기 말이야!

"이모가 써."

— 난 못 쓰니까 그렇지!

이모의 이론에 따르면 세상의 시작과 끝은 사랑이다. 인간의 시작과 끝도 사랑. 사랑이 아니라면 살 이유가 없고, 사랑이 아니라면 세상이 존재할 이유가 없단다. 모든 관계에서 애정과 사랑을 찾아내고 싶어 하는 그 소녀적 감성에는 딱히 반대하지 않지만 그 감상에 날 끼워 넣는 것은 사양이다. 사랑은 가치 있는 감정이지만, 현실에 발을 딛고 사는 사람은 현실을 직시할 필요도 있지 않을까?

— 싫어?

대답이 돌아오지 않자 이모의 목소리가 단박에 뾰쪽해졌다.

— 이모가 처음으로 부탁하는데 너 정말 이럴 거야? 나 진짜 꽉 막혔

단 말이야. 한 글자도 못 쓰겠어. 연애소설은 나한테 너무 어려워!

지금이라도 깨달았다니 다행이지만, 그것과 내가 연애소설을 써야 하는 것과의 관계는 아직도 모르겠다.

"그럼 다른 거 쓰면 되잖아."

― 하지만 나랑 오래 같이 호흡 맞춘 편집자인데 내가 그러면 곤란하단 말이야. 진작 포기했어야 하는 건데 붙잡고 끙끙댄 게 너무 길어서…… 그런데 문득 떠오르는 게 내 조카가 유명 작가잖아? 유명 작가 조카 둬서 어디다 쓰니?

"보통은 사인을 해 달라거나 책을 보내 달라는 정도로 쓰던데."

― 난 보통 사람이 아니야. 그리고 내 친구들이 책 사 볼 돈 없어서 그래? 유명 작가 얼굴도 보고 같이 사진도 찍고 그러고 싶은 거지. 치사해, 너.

이러는 거 진짜 날 친구들한테 보여 주고 싶고, 사진 찍고 싶어서가 아니다. 우리 이모가 아직 덜 자라서, 자기가 얻어 내고 싶은 거 있으면 막 투정 부리고 그런다. 자기가 갖고 싶은 장난감을 안 사 주면 느닷없이 석 달 전 아빠가 밟은 발이 아프기 시작하는 7살짜리 꼬맹이와 다를 게 없다.

"하지만 연애소설은 나도 자신 없단 말이야."

― 그게 무슨 소리야? 네가 쓴 《보이지 않는 얼굴》도, 《젖은 어깨》, 《뿌연 거울》도 다 연애소설이잖아?

"그건……."

연애소설 아니다. 물론 연애소설의 범주를 어떻게 정의하느냐에 따라 조금 다를 수도 있지만, 지각 있는 사람이라면 아무도 내 소설을 연애소설의 범주에 넣지 않을 거다. 이걸 구분

이모네 집에 갔는데
이모는 없고

못하는 인간이 연애소설을 쓰겠다고 앉아 있었으니…… 기다린 편집자가 누군지 몰라도 참 글 보는 눈도 없다.

내 글들은 확실히 사랑에 관한 것이다. 하지만 사랑과 연애는 아예 존재의 평면이 다른 이야기다.

사랑은 혼자서도 가능하다. 나를 괴롭히는 스토커들만 해도 나는 죽어도 아니지만 그들에게는 사랑이 맞을 거다. 누군가의 사랑을 타인이 정의할 수 없다는 면에서 그들의 사랑은 그들이 사랑이라고 주장하는 동안은 사랑이다.

하지만 연애는?

연애는 상호작용이다. 혼자서는 불가능하다는 이야기다. 상대가 있어야 하고, 피드백이 있어야 하는 것이 연애다. 이게 가장 어려운 부분이기도 하다. 대부분 사람들은 자신도 감당하지 못하기 때문에 상대까지 감당해야 하는 연애는 보통 에너지로는 불가능하다.

그런 의미에서 사랑은 몰라도 연애 쪽으로는 나 역시도 이모만큼이나 미숙하다.

18살 이전에야 나도 잘나갔지만 그래 봤자 10대의 만남이었고, 그 이후는……. 뭐 마음이 안 가는 걸 어떻게 하라고. 득도한 스님이 이렇지 않을까 싶을 정도로 나의 몸과 마음은 정결하고 청순했다. 연애도 그럴 기분이 나야 하는 거지 그냥 되는 거 아니다.

물론 나라고 여자를 만난 적이 없는 건 아니다. 스토커들의 숫자에서도 알 수 있겠지만 난 여자들이 따르는 타입이다. 나 역시 '이 여자는 괜찮다' 하는 느낌이 없었던 건 아니고.

하지만 '괜찮은' 것과 '괜찮을 수밖에 없는' 것은 달랐다.

남자다 보니 본능적으로는 여자에게 관심이 있었지만 뭐랄까, 결정적인 순간 나는 그 여자의 젖은 어깨, 그리고 코끝을 간질이던 뜨거운 수증기의 냄새를 기억하게 되는 거다. 그리고? 이 여자는 TOP가 아닌 커피라는 사실을 알게 되고, 가을날의 서리처럼 허무해지면서 아무것도 아니게 되는 거지.

고백하자면, 신춘문예에 당선되었던 소설 ≪보이지 않는 얼굴≫도, 그 후에 출간했던 ≪젖은 어깨≫, ≪뿌연 거울≫도 모티브는 하나였다. 눈치 빠른 사람은 제목만 봐도 알 거다.

어쨌든 그 후로 쓴 몇 개의 단편도 호평을 받으며 나는 '이 시대의 사랑에 대한 재해석'이라든지 '이상 이후 가장 난해한, 그러나 가장 유려한'이라든지 '사랑의 깊이, 그보다 더 깊은 인생의 깊이' 따위의 도무지 무슨 소리인지 알 수 없는 평가를 받았지만, 확실한 건 그중 어떤 후한 평가에서도 내 글에 '연애'가 나온다는 말은 없었다. 그러니까 사랑은 몰라도 연애에 관한 이야기는 나도 어렵다는 뜻이다.

그나저나 이것도 구별 못하는 이모를 언제 키워 언제 시집보내지? 크지도 않았는데 늙어 버리는 거 아냐?

— 말도 안 되는 소리 하지 말고 써 줘! 너 새 글 나올 때 됐잖아!

"이미 쓰고 있는 것 중에서 새 글이 나오겠지 시작도 안 한 게 나오겠소?"

— 팅기냐? 이제 다 컸다 이거지? 내가 네 기저귀 갈아 키운 게 엊그제 같은데 이렇게 나와? 나 같은 비인기 삭가는 더 이상 이모도 아니라 이거야?

이모네 집에 갔는데
이모는 없고

나는 인상을 쓰면서 반 넘게 탄 담배를 눌러 끄고 새 담배에 불을 붙였다. 이 인간은 자기는 돈도 없고 인기도 없다면서 날 협박해서 원하는 걸 얻어 내는 데 주저함이 없다. 난 이렇게 뻔뻔한 인간 처음 봤다.

그리고 이 인간은 내 기저귀 갈아 준 적 없다. 기억은 안 나지만 이 인간의 캐릭터로 추측해 봤을 때 겨우 8살 때 아기 기저귀를 갈 줄 알았을 리가 없다. 솔직히 말하자면 지금은 갈 줄 아는지도 의심스럽다.

문제는 내가 이 인간에게 약하다는 거.

응답기를 꽉 채울 정도의 메시지도 무시할 수 있고, 3년을 다닌 피트니스 클럽과도 작별하는 게 어렵지 않은 데다가 스토커가 날 습격하는 그 순간에도 차가운 도시 남자일 수 있는 내가 유독 이모에게는 약하다.

그런 이야기 알아? 아주 어렸을 때부터 코끼리를 작은 라디오에 매어 놓으면, 아주 커다란 코끼리가 된 다음에도 라디오 하나만 갖다 놓으면 코끼리는 움직이지 않는다는 거.

사랑도 학습이라 애정을 가진 상대를 오래 돌보고 지키다 보면 어느 순간부터는 그러고 싶어서가 아니라 당연히 그렇게 되고 마는 거다.

"단편이라도 괜찮아?"

대답하면서 담배 연기를 깊숙이 빨아들였다. 연애소설이라⋯⋯. 그러면 이번에는 남자와 여자의 시선 둘 다 나와야겠지. 호감은 표면적인 호감에서 내면적인 교감으로 가는 게 좋을 테고⋯⋯ 그리고 첫 만남은 여자가 샤워를 하고 있는데 우연히도 남자가 그 집에 잘못 들어가는 식으로 어긋나면 어떨까?

— 까앗! 고마워! 원래는 장편이지만 뭐 쓰다 보면 단편이 중편 되고 수정하고 나면 장편 되는 거지 뭐.

뭐라고?

— 내가 편집자한테 네 번호를 줄게. 의연 씨가 네 글 좋아하는데 그동안은 네가 내 조카라는 게 쪽팔려서 비밀로 했거든.

나는 이모님이 쪽팔린데, 우린 참 공평한 사이입니다.

— 아마 네가 내 조카라고 하면 좋아서 기절할 거야. 한번 얘기해 봐. 실력 있는 편집자니까 너무 까다롭게 굴지 말고.

"그건 기대하지 마."

내가 좀 못되고 까다롭다는 건 유명하다. 일부러 그러는 건 아니고, 어떤 사람이 내 안에 한정되어 있는 친절함과 관대함, 배려심을 쪽쪽 빨아먹는 탓에 다른 사람에게 쓸 게 남아 있지 않아서 그렇다. 어떤 사람이 누구냐고? 이모라든지, 이모라든지, 이모라든지.

— 못된 놈.

"이모가 나한테 그렇게 말하면 안 되지."

— 난 무슨 말이든 할 수 있어. 뚫린 입이잖아.

"그건 그래."

내가 웃자 전화기 너머에서 이모도 까르르거리며 웃었다. 자기가 원하는 대로 해 준다니까 좋은가 보다. 귀엽긴.

이모네 집에 갔는데
이모는 없고

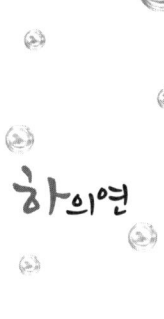

하의연

작가가 태어난 시대, 환경, 성별이 글에 영향을 미치는 건 숨 쉬는 것만큼이나 자연스러운 일이다. 그것은 마치 피할 수 없는 운명 같은 것이라 그 어떤 작가도 그것으로부터 완전히 자유로울 수는 없다. 마치 자기 자신으로부터 도망칠 수 없는 것이나 마찬가지다.

그래서 단 한 명의 예외를 발견했을 때, 나는 전율을 느꼈다. 단나인 작가의 글에는 '자기'가 없었다. 그는 남자였지만 필명에서 느껴지듯이 무척이나 여성스러운 글을 썼고 비단 그것이 아니라도 그가 쓴 어떤 글에도 '자기'가 느껴지지 않았다. 그의 성별, 그의 교육, 그의 사상, 그의 색깔……. 그의 책 속에서 그것들은 뒤섞여 있는 무색의 기체처럼 구별할 수 없이 존재했다.

그래서 그의 글은 무척이나 매혹적이었다. 시시각각 색깔이 변하여 눈을 뗄 수 없는 유리구슬을 들여다보는 것처럼, 그의 글은 읽는 사람에 따라, 기분에 따라, 감정에 따라 색을 바꿨다.

"그 단 작가가 윤 작가님 조카라고요?"

"응. 내가 원래 아무한테도 말 안 하는데 자기니까 특별히 이야기해 주는 거야."

"작가님!"

빽 하고 소리를 지르자 윤 작가가 화들짝 놀라 먹고 있던 과자를 내려놓았다.

"어떻게 저한테 이러실 수가 있어요! 저와 8년째예요! 그동안 제가 단 작가 이야기를 몇 번이나 했는데!"

"그러니까 그러지."

윤 작가가 코를 씰룩이고는 다시 과자를 먹기 시작했다. 좋아한다기보다 사랑하는 저 과자를 저리도 꾸역꾸역 먹는 걸 보면 지금 꽤 스트레스 상태인가 보다.

"암만 그래도 나도 작가인데 의연 씨는 어떻게 내 앞에서 그렇게 단나인 이야기를 하냐? 단나인이 좋아, 내가 좋아?"

작가는 다 애다.

"좋은 거야 당연히 윤 작가님이 좋죠. 다만 단 작가님은……."

"글을 잘 쓴다 이거지?"

예리한 애.

"하하."

할 말이 없어 멋쩍게 웃자 다 안다는 듯 윤 작가가 팩하고 돌아앉았다.

윤지희 작가는 그다지 크지 않은 키에 아담한 몸집, 그리고 나이가 믿어지지 않는 동글동글한 동인의 소유사다. 다만 순진한 외모와 달리 쓰는 글은 박력 있고 과격한 데다 상당히 독특

이모네 집에 갔는데
이모는 없고

하다. 두말할 필요 없이 매력적인데 다만…… 다수의 독자층에게 어필하기에는 지나치게 4차원적이다. 마니아층은 튼튼하지만 판매고가 가끔 사장님이 심장마비 올 수준일 때가 있다는 게 문제다.

하지만 난 윤지희 작가를 좋아한다. 4차원적인 글과 비슷한 자유분방한 정신세계나 함께 있으면 즐거워지는 해맑은 성정이 참 마음에 드는 작가다.

작가는 물론이고 출판 일을 하는 사람들은 발 한쪽은 꿈에 담그고 사는 거나 다름없다. 부자가 될 수 있는 것도 아니고 (몇몇 스타 작가님들은 제외.) 유명세를 타는 일도 아니다. (역시 몇몇 스타 작가님들은 제외.) 그저 좋아서, 머릿속의 세계를 끄집어내 구현하고, 그 과정을 지켜보는 게 즐거워서 하는 사람들이 많다.

그래서 비현실적인 사람도 많고, 순진한 사람도 많다. 그리고 윤지희 작가는 그런 '비현실적이고 순진한' 사람들 중에서도 선두에서 깃발을 흔들고 있는 사람이다. 어떻게 싫어할 수 있겠는가?

"의연 씨가 몰라서 그러는데, 단 작가…… 괜찮은 사람 아니야."

"예?"

"걔가 얼마나 성질이 더러운데? 가끔 내 오피스텔에 오면 청소 안 한다고 지랄 지랄! 지가 해 줄 거야? ……해 주지. 밥 안 먹고 과자만 먹는다고 지랄 지랄! 지가 해 줄 거야? ……해 주지."

"어머! 단 작가님이 청소도 해 주고 밥도 해 줘요?"

"응."

"세상에! 윤 작가님은 전생에 나라를 구하셨나 부다. 단 작가님이 오피스텔에 오시면 어디에 앉으셔요? 여기? 여기?"

내가 오두방정을 떨며 자리를 옮겨 다니자 윤 작가의 얼굴이 뿌루퉁해졌다. 내가 순진하다고 했지? 놀려 먹는 게 이렇게 쉬울 수가 없다.

"내가 진짜 의연 씨를 좋아하니까 단 작가 소개해 주는 거야. 아니었음 국물도 없어. 내가 얼마나 좋아하는지 의연 씨가 알아야 해. 내가 비록 이번 ≪좀비의 뇌수≫는 다른 데랑 하지만, 마음속에서는 진짜 의연 씨와 하고 싶었어."

진짜 절절한 사랑 고백이다. 얼굴도 어찌나 심각한지 모른다. 이러다 곧 울겠다.

나는 얼른 다가가서 윤 작가의 손을 붙잡아 돌려 앉히고 다독거렸다.

"알아요, 작가님. 정말 고마워요. 단 작가님하고 진짜 좋은 글 뺄게요."

"······나한테도 소홀하면 안 돼."

갑자기 불안해졌는지 고개를 반짝 드는 얼굴이 진짜 천진난만하다. 질투심 돋는다, 정말.

나는 그녀의 손을 잡은 손에 힘을 주며 환하게 웃었다.

"그럼요. 언제까지나 제 최고의 작가님은 윤 작가님이에요."

윤 작가의 오피스텔을 나오면서 출판사에 전화를 걸었다. 편집장님 직통 전화로.

— 여보세요?

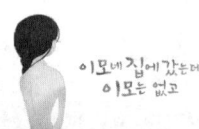

작업 중이었는지 잔뜩 잠긴 목소리로 편집장님이 전화를 받았다. 보통 이럴 때는 용건이 뭐든 욕을 들어 먹기 일쑤다. 마감 때 예민해지는 건 작가들만이 아니다. 작가들에게 티를 내진 않지만 편집자들도 예민하고, 피곤하고, 짜증 난다.

"편집장님."

— 전화를 할 만한 가치가 있는 용건이길 바라. 내가 아니라 자길 위해서.

"편집장님을 위해서 전화했어요. 이 전화를 끊고 나면 편집장님은 아마 뽕과 엑스터시, 코카인을 동시에 섞어 흡입한 헐크처럼 힘이 날 거예요."

— ……뭔데?

"저, 단 작가 잡은 것 같아요. 단나인 작가요."

편집장님의 책상 위에는 우리가 만든 책 중에서도 특히 좋아하는 책이 진열되어 있다. 1년에 1, 2권만 내는 게 아니다 보니 선별되고 선별된 책들이다. 하지만 그 치열한 경쟁의 와중에도 우리 출판사의 책이 아닌 책 3권이 꽂혀 있으니 ≪보이지 않는 얼굴≫, ≪젖은 어깨≫, ≪뿌연 거울≫이 바로 그것이다. 그래, 바로 단나인 작가의 책이지.

"단나인 작가라고요!"

그런데 이 여성, 왜 이렇게 반응이 없어?

"……편집장님? 편집장님?"

기절했나?

— 펴, 편집장님!

전화기를 타고 털썩하고 푸대 자루 쓰러지는 소리에 이어

멀리서 비명 소리와 다급한 발소리가 들렸다. 어떡해……. 설마 진짜 기절한 건 아니겠지?

출판사에 들어갔을 때는 편집장님은 물론 국장님에 사장님까지 예쁘게 자리 잡고 나를 기다리고 있었지만 아직 첫 미팅은커녕 컨택트조차 하지 않은 상태였으므로 나눌 대화는 그렇게 길지 않았다. 그랬기에 주 대화는 그동안 근근이 힘들게 꾸려졌던 출판사의 하루에 대한 한탄과 오늘 드디어 단나인 작가를 잡음으로써 급성장해 행복할 내일에 대해서였다.

요즘 같은 출판 시장에 최소 100만 부를 보장할 수 있는 작가란 얼마나 아름다운지. 오랜만에 흐뭇한 사장님, 국장님, 편집장님의 얼굴을 보니 새끼 새에게 먹이를 물어다 준 어미 새처럼 뿌듯해졌다.

하지만 그게 끝은 아니었다. 편집장님의 방에서 나오자마자 초롱초롱한 눈을 빛내며 애들이 나를 에워쌌다.

"어떻게 한 거예요?"

가장 흥분한 티가 역력한 손지선이 내 멱살을 잡을 듯 달려들며 물었다.

"뭘?"

"여태까지 단 작가님은 글과사람하고만 일했잖아요! 그런데 어떻게 물어 온 거냐고요!"

지선이와 일한 지 1년이 넘어가는데 이렇게 목소리가 큰 줄 정말 몰랐다. 커다란 안경에 항상 숫기 없이 뒤에 빠져 있어 내성적인 성격이라고 생각했는데 무척이나 적극적인 아이였

이모네 집에 갔는데
이모는 없고

구나.

"사람을 싫어한다는 소문도 있던데. 컨택트 자체가 불가능한 사람 아니에요? 연락처가 한국은행 금고 비밀번호 같은 사람이라던데."

일은 잘하지만 때론 작가보다 더 까칠하고 예민해서 문제를 일으키는 한수도 관심을 보였다. 정보 수집력이 대단해서 작가에 대해 철저히 사전 조사를 하고 비위를 맞춰 처음에는 작가들의 칭송이 자자하지만, 일하다가 틀어지는 타입이다. 적당히 풀어 주고 맡기고 그래야 하는데 그놈의 완벽 주의가 문제다. 성격상 자기 작가 외에는 크게 관심을 갖지 않는 스타일인데, 단 작가가 대단하긴 한가 보다.

"그러게! 사람이 좀…… 이상하다는 소문도 있던데?"

우리 출판사 식구 중 가장 부르주아인 유라도 눈을 빛냈다. 이름만 대면 알 만한 회사의 임원인 아버지와 대학교 교수인 어머니 사이에서 태어난 그녀는 지금 받는 월급이 한 달 용돈에도 못 미친다. 한마디로 자아실현을 위해 회사를 다니는 셈이다. 그런 그녀에게도 단 작가는 대단하다.

"아직은 아무것도 몰라. 단 작가님이 오케이하셨다는 소식과 전화번호를 받았을 뿐이야. 사전 조사를 좀 하고, 전화 드려야지."

약간의 우월감을 느끼며 미소를 흘리자 세 사람이 아우성을 쳤다.

"그러니까 도대체 어떻게 한 건데요?"

"전화번호를 땄단 말이에요? 어떻게?"

"오케이한 게 확실해요? 정말요? 어떻게 했어요?"

"비밀이야."

"어우! 선배!"

야유와 절규가 터졌다.

안다. 궁금해 죽겠지. 반대 입장이었으면 나도 숨이 넘어갔을 거다. 솔직히 말하자면 나도 지금 자랑하고 싶고 입이 근질거려 미치겠다. 하지만 윤 작가가 자기와 단 작가의 관계가 소문나면 나와 다시는 안 본다고 했다. 지켜야 할 비밀은 며느리에게도 안 가르쳐 줘야 하는 것은 편집자의 자질 중 하나다. ……하지만 자꾸 꼭 윤 작가를 봐야 하나 싶은 생각이 들기도 한다.

"흠흠."

머릿속에 떠오르는 쓸데없는 생각을 얼른 털어 내고 자못 진지하게 세 사람을 둘러보았다.

"정보원의 신분을 절대 보장해 주기로 하고 얻어 낸 거야. 괜스레 단 작가를 날려 보내고 싶지 않으면, 쓸데없는 말 하지 말고 단 작가에 대해 아는 거 있으면 말해 봐."

날 중심으로 학익진을 펼친 채 앉아 있던 3명이 시선을 교환했다.

"단 작가에 대해 아는 게 있을 리가 있나요. 우리가 아는 건 선배도 다 알지."

유라가 시무룩하게 중얼거렸다.

"다 카더라잖아요. 5년 전에는 팬클럽 미팅에도 나가고 사인회도 하고 그랬다던데, 그때 그 스토커 사건 터지고 나서는 완전 잠수해 버렸고. ……아참, 선배 그거 알아요? 단 작가 ≪보

이모네 집에 갔는데
이모는 없고

이지 않는 얼굴≫ 사인본이 권당 120만 원까지 올라갔대요."

"뭐어?"

비싸다는 건 알았지만 120만 원이라니! 깜짝 놀라 한수를 쳐다보자 그가 고개를 끄덕거렸다. 희귀본 쪽으로는 제대로 조예가 깊은 그의 말이니 최신 가격임에 틀림없다. 암만 몇 권 안 되는 사인본이라고 해도 그렇지…… 120만 원이 뭐냐?

"만나면 사인 하나만 해 달라고 하세요."

"그래서 팔아먹게?"

지선의 말에 눈을 흘기자 그녀가 입술을 삐죽였다.

"3권 받아서 2권 팔고 1권은 소장."

"너 그게 편집자로서 할 말이야?"

"그래서 사인 안 받을 거예요?"

"……받아야지."

아, 생각만 해도 신 난다. 현재 사인본은 ≪보이지 않는 얼굴≫밖에 없다는데 난 ≪젖은 어깨≫와 ≪뿌연 거울≫도 받아야겠다.

원고 볼 때도 잘 쓰지 않는 난시 교정 안경을 쓴 채 전투적으로 인터넷 서핑을 해 보았지만 건질 수 있는 것이 별로 없었다.

유라의 말대로 사실 단 작가에 대해 알려진 것은 내가 아는 게 다일 확률이 높았다. 요즘같이 신상 털기가 이웃집 털기보다 쉽게 느껴지는 세상에서도 그의 잠수함은 튼튼했고 완고했다. 그렇다 쳐도 2시간을 넘게 검색한 후 뽑아낸 게 5년 전의 사진 몇 장이 전부라면 좀 한심하다. 내가 궁금한 건 단 작가가 무얼 좋아하고 무얼 싫어하는지, 내가 그의 앞에서 어떻게 처신을 해야 하는지 등이었으나 나오는 건 쓰레기 정보들이었다. 예를 들면 단 작가는 수박은 싫어하고 워터멜론은 좋아한다…… 이런 종류.

물론 그런 그라도 '카더라' 통신에는 당할 수 없었으니, 출처가 모호해 다들 고개를 젓는 몇몇 소문은 존재했다. 그리고 당연히 그런 소문은 인터넷에 떠도는 게 아니라 입에서 입으로 떠돌았다.

제일 먼저 나를 찾아온 건 유라였다.

"내가 알기로 단 작가는 여자를 싫어한대요. 여성 혐오증이라던데. 정보원이 누구든 그 얘기 안 해요? 원래 글과사람에서 단 작가한테 붙인 편집자가 유지연이라고……, 그 머리 곱슬곱슬하고 하얘서 예쁘게 생긴 애요. 걔가 남자 작가들한테 붙어서 하늘하늘 어르고 달래 원고 잘 뽑아내거든요. 그래서인지 단 작가한테도 걔를 붙였는데 단 작가가 거절했대. 그리고 정실장 알죠? 그 대머리에 배 나오고 털 많은 아저씨……. 그 사람이랑 일하겠다고 자기가 직접 찍었다지 뭐예요? 그래서 한동안 게이라는 소문도 돌고 그랬는데, 게이일 때 게이이더라도 정 실장과 붙이는 건 용납이 안 된다고 다들 차라리 게이가 아닌 셈 치자고 결론 냈어요."

엄청 이상한 결론이다.

"하여튼 들은 걸로는 술, 담배 외에는 좋아하는 게 없어요. 정 실장이 왜 술도 엄청 마시고 담배도 장난 아니게 피우잖아요. 단 작가가 이긴대요. 이건 진짜 카더라지만 4년 전에 정 실

이모네 집에 갔는데
이모는 없고

장 위에 구멍 나서 입원했잖아요? 그거 단 작가와 승부했다가 정 실장이 GG 치고 쓰러지고 단 작가가 정 실장 응급실에 넣어 주고 그런 거랬어요."

다른 출판사 실장 일을 어떻게 이렇게 잘 아냐고? 정 실장이 좀 유명하기도 하고, 그보단 우리 바닥이 워낙 좁다.

"술이든 담배든 선배는 할 수 있는 게 없으니 불리한데⋯⋯. 게다가 진짜 여자를 싫어하는 거면 완전 곤란할 것 같은데."

하지만 윤 작가님 말에 따르면 이모인 그녀에게 밥도 해 주고 청소도 해 주는 인간적인 단 작가다. 카더라 통신은 항상 그렇듯 과장된 게 아닐까?

하지만 유라에서 끝난 게 아니었다. 유라가 잔뜩 걱정(?)해 주고 돌아간 후 나를 찾아온 건 한수였다.

"이런 이야기 해 줘야 하는 건지 고민되지만, 모르고 일 치르는 것보다 알고 대처하는 게 더 나으니까. 일단 듣고 선배 생각에 필요 없는 이야기다 싶으면 머리에서 지워 버려요."

한수다운 실드다. 그는 어찌나 조심스러운지 어떤 이야기든 시작하기 전에 배경부터 당위성까지 프롤로그에 다 쓰고 시작하는 타입이다. 하지만 이어진 이야기는 조심스러울 만했다.

"단 작가 성적 취향이 좀⋯⋯ 특이하답니다."

"여성 혐오증이란 이야기라면 알고 있⋯⋯."

"그런 게 아니라."

한수는 콧잔등에 주름을 잡았다.

"아니, 뭐 비슷하긴 한데⋯⋯ 정확히 말하자면, 게이예요. 이거 비하 발언인가? 나 이런 쪽으로는 어떻게 말해야 무례하지 않은 건지 잘 모르겠어서. 우리끼리니까 그냥 편하게 이야기할게요. 안 좋은 의미는 아니고, 실수하지 말자는 의미에서 알아 두라고. 무슨 소린지는 알겠죠?"

본래 새 작가를 만나기 전에 대강 그 작가에 대해 알아보는 이유는 간단하다. 호불호를 미리 알아내 무례를 저지르는 일이 없도록 하기 위해서다. 음식 취향, 정치적 성향, 종교 등등. 하지만 이건 전혀 생각하지 못했던 이야기다.

"남자들끼리 만나면 아무래도 여자 이야기도 하고 그러다 보니까 알 수밖에 없거든요. 철저히 숨기고 사는 사람도 있다고 하는데 단 작가가 지금은 몰라도 5년 전에는 어려서 그랬는지 노출되었잖아요. 잠수 탄 것도 5년 전 스토킹 사건 때 여자 문제가 껴서 말이 나오면서였어요. ……표정이 왜 그래요? 혹시 이런 쪽에 거부감 있어요?"

아니, 그런 건 전혀 아니지만 좀 놀랐다.

단 작가에 대해 이런저런 소문이 많은 건 알지만, 어쩐지 진짜 '게이'라는 이야기는 내 머릿속에 없었던 것 같다. 게이에 대한 부정적인 인식이나 거부감이 있어서 그런 건 아니고 왜냐고 물으면…… 근거가 없다. 그냥, 그랬다. 실제로 동성애자를 본 적이 없기도 하다.

"어쨌든 자세히 이야기할 필요는 없고, 그냥 알아 둬요. 실수 하지 않게. 단순히 자기 취향만 그런 게 아니라 여자 편집자 싫어하고, 여자처럼 구는 거 싫어하고, 뭐 그런다니까요."

아, 그래서 유지연은 안 되는 거였나?

"무슨 상관인지 모르겠지만 취향인 듯하니까 갈 때 치마 입

이모네 집에 갔는데
이모는 없고

지 말고, 여성스러운 옷 입지 말고……. 그리고 가서 관련해서는 말조심하고요. 무슨 말인지 알죠?"

가끔 글을 먼저 접한 작가님들을 만날 때는 선입견이 생길 때가 있다. 글이 어떤 사람을 모두 설명해 주지 않는다는 걸 알면서도 인간이니까 어쩔 수 없이 글을 쓴 사람을 상상하게 되는 것이다.

사실 예술계에는 동성애자의 비율이 꽤 높다. 정확히 말하자면 예술계는 동성애자들의 계보를 빼고는 논할 수 없을 정도다. 예술이라는 게 기본적으로 감각과 감정이 지배하는 장르다 보니 소수의 감성을 가진 사람들이 약진하는 것도 있을 거다.

하지만…….

내 생각보다 난 단 작가의 글에 더 빠져 있었나 보다.

이런 생각, 말도 안 된다는 거 아는데 왜 이렇게 배신감이 느껴질까? 글을 읽고 내가 그 사람을 알고 있다고 착각하기라도 한 걸까?

에비 에비, 이러는 거 편집자로서 자격 미달이다. 정신 차리자, 하의연!

그러는데 지선이 의자를 돌돌돌 밀고 내 옆으로 다가왔다.

"단나인 작가에 대해서는 조사 좀 하셨어요?"

"……별로 나오는 게 없어."

"쉬운 사람 아니죠."

뭔가 아는 듯이 고개를 끄덕이는 손지선이……는 경력상 내가 모르는 걸 알고 있을 리가 없는데? 내가 몰랐던 사실을 유라가 어슴푸레 알고 있는 것도 인정할 만하고, 한수가 정확하게 알고 있다는 사실도 인정할 만하지만, 만약 막내인 지선도 알고 있었던 사실을 나만 몰랐던 거라면……. 심각하게 반성해 줄 테다.

"왜? 아는 거 있어?"

사실 유라는 이 바닥 마당발이고, 한수는 검색의 달인이라는 측면에서 이들이 내가 모르는 정보를 가지고 있는 건 그렇게 놀랍지 않다. 하지만 지선이는 출판사에 들어온 지 얼마 되지도 않는 막내로 작가들 이름도 다 못 외운 실정이다. 반성을 해도 두 번 해야 한다.

물론 단 작가의 '광팬'이라는 건 알고 있었다. 그녀의 책상 위에는 책이 6권이 꽂혀 있는데, 2권은 그녀 자신이 작업한 책이고 3권은 단나인 작가의 장편, 1권은 단나인 작가의 단편집이다. 하지만 일반인일 때 아무리 단 작가를 좋아했다고 해도 업계 사람이 접할 수 있는 정보와는 양과 질이 같을 수가 없다.

"단 작가…… 사진 보여 드릴까요?"

"뭐?"

그럼 그렇지.

"됐어. 인터넷에도 몇 장 있어."

"그런 흔한 사진이 아니에요."

지선이가 손가락을 흔들더니 어깨를 움츠리고 주변의 눈치를 살폈다. 그리고 마약 거래하듯 은밀하게 뭔가를 품속에서 쓱 꺼냈다.

"이거 내 비밀인데, 선배 보여 줄게요."

그것은 사진첩이었다. 오래되어 나달나달해진 사진첩을 한

이모네 집에 갔는데
이모는 없고

장 넘기자 단나인 작가의 사진들이 좌르륵 나타났다.

"어머! 이거!"

나도 모르게 큰 소리를 내자 지선이 쉿 하면서 입술 위에 손가락 하나를 갖다 댔다.

"제가 출판사 들어오기 전에 단나인 작가 스토커였거든요. 오피스텔 근처에서 잠복하고 있다가 직접 찍은 거예요."

"뭐? 진짜? 너 그거 범죄야!"

엄하게 한마디 하면서도 내 손은 사진첩을 한 장 한 장 넘기고 있었다. 세상에! 이럴 수가! 사진 진짜 잘 나왔다! 퀄리티가 인터넷에서 뽑은 오래된 사진 5장과 비할 바가 아니다.

사진 속의 단나인 작가는 일본 배우 기무라 타쿠야의 필이 났다. 기무라 타쿠야와 원빈이 거의 쌍둥이처럼 닮았다는 건 아는데 단나인 작가의 경우는 굳이 따지자면 기무라 타쿠야 쪽이다. 어딘지 훨씬 더 내추럴하고, 뭔가…… 섹시하다.

"죽이죠?"

내가 침을 꿀꺽 삼키자 지선이 내 마음을 알 만하다는 듯이 눈썹을 위로 올렸다 내렸다.

"이거 다 네가 찍었어?"

"네. 이거 말고도 집에 가면 3권 더 있어요. 이 사진첩의 제목은 '내추럴'이고요. 집에 있는 건 '댄디', '뷰티', '섹시' 이 세 개예요."

"섹시?"

"아우, 역시 그쪽에 관심을 보이시네. 내 선배는 내 과일 줄 알았다니까요."

손지선 과科로 분류가 되는 것이 심히 거슬렸지만, 사진 컬렉션에는 관심이 많았다. 컬렉션 제목이 무척이나…… 흥미롭다.

"하지만 실제로 보시면 뷰티 쪽이 더 좋을 거예요. 제가 내일 특별히 가져와서 선배만 보여 드릴게요."

으스대는 손지선을 보니, 나는 왜 진작 단나인 작가를 스토킹할 생각을 못 했나 안타까웠다. 아니, 잠깐 이게 아니고…….

"너 지금도 이러는 거 아니지?"

"에이, 무슨 말씀이세요. 편집자의 사회적 지위가 있죠! 출판사 들어오기 전까지만이었어요. 다른 건 안 하고 사진 좀 찍고 뭐 혼자 좋아한 것뿐이에요. 잘생겼잖아요."

아무래도 지선이는 단 작가의 성적 취향까지는 모르는 것 같다. 조금 안타까워져서 나는 그녀의 머리를 쓰다듬었다.

"잘생긴 건 맞는데, 그래도 이러면 안 돼."

"그럼 컬렉션은 안 보시겠다는 말씀?"

……이왕 있는 사진만 보기로 할까?

뭐 나와 어떻게 될 수 있는 상대라서 그런 것도 아니고, 그냥 보기 좋으니까. 진짜 예술에 대한 순수한 흥미다. 보고 있으면 기분이 좋아지는 것.

"이젠 안 그러는 거 맞지?"

"확실히요."

지선이가 해죽 웃었다. 그동안 얘는 그다지 존재감이 없는 막내였는데, 오늘은 좀 무섭다. 열 길 물속은 알아도 한 길 사람 속은 모른다더니.

이모네 집에 갔는데
이모는 없고

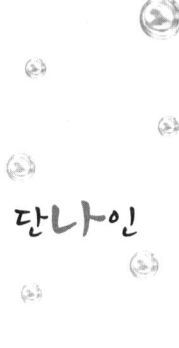

단나인

이모를 벤치마킹하지 않기 위해 최선을 다하고 있지만, 나 역시도 가끔은 밤을 새운다.

밤은 이상한 시간이다. 낮에는 사람들이 골고루 나눠 쓰는 에너지가 밤이면 집중되는 걸까? 가끔은 하루 종일 끙끙댄 문장이 그저 밤이 되었다는 이유만으로도 풀릴 때가 있다.

그리고 프리랜서라는 특징상 일은 풀릴 때 해야 한다. 안 될 때는 말 그대로 때려죽여도 안 된다. 글을 쓰기 시작하면서 가장 무섭다고 생각한 영화는 ≪미저리≫다. 스토커가 나와서 무서운 게 아니라 그 스토커가 협박하는 바람에 주인공이 안 써지는 글을 억지로 쓰려고 하는 게 무서웠다. 얼마나 힘들었을까? 글이란 게 써야겠다고 마음먹는다고 써지는 게 아닌데.

그렇게 밤새 두드리던 키보드를 밀어 놓고 자리에서 일어섰을 때는 이미 거실 가득 햇살이 담긴 시간이었다.

보람찬 하루를 끝마쳤더니 뿌듯하긴 한데 배가 고팠다. 일하고 난 다음에는 항상 배가 고프다.

담배를 입에 문 채 부엌으로 움직이는데 뭔가가 머리에 퍼뜩 떠올랐다……가 사라졌다. 선 채로 눈을 깜빡였다. 뭔가 방금 무척 거슬렸는데?

하지만 거실은 평온했고, 전망 좋은 거실 창에서 쏟아지는 햇살은 반짝반짝 마냥 긍정적이었다. 접근성이 나쁘고 지어진 지 오래되었다는 건 단점이지만 역시 저 풍경은 포기할 수 없다. 계절마다 바뀌는 그림을 보는 것 같다.

……밥이나 먹자.

보통은 일어나자마자 샤워부터 하지만, 지금은 밥을 먹고 잘 예정이므로 샤워는 생략했다. 누구는 샤워를 하고 자는 게 개운하다고 하지만 난 샤워를 하면 잠이 깨는 데다가 젖은 머리로 자는 건 질색이다. 그냥 얼른 요기를 하고 자는 게 낫다.

하지만 상황은 내가 원하는 대로 돌아가지 않았다.

간단히 커피 한 잔, 토스트 한쪽 구워 먹으려 했는데 토스트기도 네스프레소 머신도 파업을 선언하고 드러누워 버린 것이다. 둘은 종족이 다른 줄 알았는데 나란히 놓았더니 그새 눈이 맞았나 보다.

좀 만져 봤지만 이내 귀찮아졌다. 조상님들은 토스트기도 네스프레소 머신도 없이 살았는데 싶어서 가스레인지를 켜고 버터를 프라이팬에 둘렀다. 그렇게 빵 두 쪽을 구워서 우유를 홀짝이며 먹다 보니 집 안 꼴이 좀 퀴퀴해 보였다. 일을 도와주시는 아주머니 딸이 해산을 해서 오지 않은 지 딱 일주일이 된 것 같다. 아무래도 오늘은 대강이라도 치워야 할 듯하다. 뭐 그래도 일단은 자는 게 먼저지만.

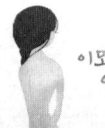
이모네 집에 갔는데
이모는 없고

그렇게 쏟아지는 햇살 속의 푸른 녹음을 바라보며 반쯤은 졸고 반쯤은 우걱우걱 빵을 씹고 있을 때였다.

띵동—!

신선한 상황이다. 오전부터 전화벨이 울리는 일은 있어도 도어 벨이 울리는 경우는 없는데. 잡상인이라면 대성할 놈이다. 이렇게 이른 시간부터 돌아다니다니.

날 찾아온 사람일 수도 있지 않느냐고? 절대 아니다.

이 집을 알고 있는 사람은 3명이다. 엄마, 이모, 그리고 정 실장.

엄마는 제주도에서 감귤을 키우며 신 나게 살고 있다. 서울에 있을 때도 감자랑 토마토를 키워 잡아먹던 사람이긴 했지만 뒤늦게 자신의 농부로서의 소질에 눈을 떠 아주 신이 났다. 덕분에 서울 오는 건 격년 행사급이다.

그리고 이모는 이 시간이면 한참 렘수면에 빠져 있을 때고, 설혹 눈을 뜨고 있다고 해도 움직일 만한 HP가 없어 좀비 상태일 게 분명하다. 해가 떴을 때는 좀비로, 해가 지면 인간으로 활동하시는 분이니까.

마지막으로 정 실장은 다년간의 교육 덕에 선약 없이 이 집을 찾는 일이 도둑질보다 나을 것이 없다고 생각하고 있으니, 결론적으로 날 찾아올 사람은 없는……. 잠깐.

띵동—!

나는 빵을 내려놓았다. 그리고 거실을 가로질러 놓인 테이블 위에서 탁상용 달력을 집어 들었다. 그러니까 내가 이모와 통화한 게 그제고 이모가 어제 편집자에게 전화한다고 했으니까…….

띵동—!

설마?

띵동—!

오늘 드디어 설마가 사람을 잡는 건가?

물론 정상적인 인간 세상의 약속 방법은, 정확한 만남의 날짜와 시간을 양쪽과 타진한 후 조율하는 것이다. 하지만 이모는 정상적인 인간이 아니다. 물론 이 편집자가 양식 있는 편집자라면 미리 나에게 전화를 걸어 약속 확인을 했겠지만, 말했듯이 나는 연락 수단이 응답기밖에 없다. 그런데 요즘 내 응답기가 러시 상태라 귀찮고 힘들어서 대강대강 확인하고 있다.

띵동—!

오 마이 갓! 뭔가 찜찜했던 기분은 이거였나? 대강 들었어도 내 무의식은 오늘 오전에 출판사 사람이 방문한다는 걸 알고 있었나 보다.

띵동—!

거울을 봤다. 머리는 까치집에 늘어진 티셔츠와 추리닝이 아름답다. 게다가 만져 보다 포기한 네스프레소 머신과 토스트기는 분해된 채 식탁 위에 시체가 되어 누워 있고, 입고 벗어 놓은 옷, 읽다 만 책, 먹다 만 과자, 다 먹은 맥주 캔……

띵동—!

난 샤워도 안 했지.

띵동—!

무시하자. 여기까지 온 건 미안하지만, 그건 나중에 사과하면 되고 너무너무 피곤해서 자느라 도어 벨 소리를 못 들었다

이모네 집에 갔는데
이모는 없고

고 변명하자.

띵동—!

그때였다.

"작가님! 단나인 작가님?"

한두 번 울려 봐서 안 일어나면 그냥 가지, 뭐 저렇게 끈질기게 벨을 누르냐고 욕을 할까 말까 생각하는 순간, 문밖의 편집자가 문을 두드리며 나를 소리쳐 불렀다. 나 여기 사는 거이 아파트 주민들은 모르는데……가 문제가 아니라……, 아니! 저 목소리는?

순식간에 1.8배로 성장한 심장이 머릿속에서 쿵쿵 뛰기 시작했다. 나는 문 앞으로 성큼 다가가 양손으로 문을 짚고 도어스코프에 눈을 댔다.

"무슨 일 있으신 거 아닌가? 어쩌지?"

동그란 화면 안에서 입술을 깨물며 혼잣말을 하던 여자가 잠깐 생각하다가 핸드폰을 꺼내 버튼을 누르기 시작했다. 나 아니면 이모한테 전화하는 것 같은데……. 응답기 쪽을 쳐다봤다. 잠잠……. 그렇다면 나는 아니니까 이모다. 안됐지만 이모는 이런 시간에 전화 같은 거 안 받는다.

"윤 작가님도 전화 안 받으시고……."

빙고! ……가 아니라.

귀밑에서 단정히 잘려 있는, 앞머리가 없는 단발머리, 볼록 렌즈 때문인지 좀 과하게 넓어 보이는 이마, 조그마한 코, 화장기 없는 입술……. 여자의 얼굴은 무척이나 낯설었다. 낯설지 않은 쪽은 목소리였다.

설마…….

꿈과 현실이 마구 뒤섞이며 머리가 혼란스러워지기 시작했다.

설마가 사람을 잡는다는 건 유명한 이야기지만 투 콤보로 사람을 잡는다는 건 처음인데. 설마 이렇게 산만한 아침에 방문한 여자가 대문자 **SHE**, 볼드체 **그녀**로 표현될 수 있는 그녀 말인가? 그런 일이 있을 수 있어?

"작가님!"

있을 수도 있다.

운명의 그날, 내가 들은 건 단 두 번의 비명, 그리고 '작가님, 오셨어요? 죄송하지만 수건이 없어서요.'라는 스무 글자뿐이다. 그러나 나는 지난 8년간 그 스무 글자를 백번, 만 번, 천만 번 리와인드해서 들었다.

절대로 잊을 수 없다. 절대로 착각할 수 없다.

하지만 이 목소리를 다시 듣게 되다니.

나는 오른손을 들어 내 뺨을 갈겼다. 어찌나 호되게 갈겼던지 고개가 왼쪽으로 획 돌아갔다. 그러나 꿈에서 깨지 않았다. 오른쪽 뺨이 불이라도 난 것처럼 뜨겁다. 그래서 왼뺨을 갈기는 건 생략하기로 했다.

"작가님!"

꿈이 아니면 어떻게 해야 하지?

뒤돌아서자 아까까지는 보이지 않던 것이 보였다. 아까까지는 그냥 좀 퀴퀴하게만 보였던 집 안이 난장판이다. 대강 메모하다가 구겨 던져 버린 종이들, 보다가 필요한 부분을 찢어 낸

이모네 집에 갔는데
이모는 없고

잡지들, 담배꽁초가 쌓여 있는 재떨이, 구겨진 담요, 책, 책, 책, 책, 책……

갑자기 느닷없는 원망이 치솟았다.

도우미 아주머니의 딸은 도대체 왜 해산을 한 건가!

도우미 아주머니의 딸이 해산한 지금, 왜 지금 저 밖에는 나를 작가님이라고 부르고 있는 여자가……. 잠깐, 작가님?

아주 당연한 사실이, 아주 느리게 머릿속에서 구성되었다.

8년 전, 그녀는 이모를 '작가님'이라고 불렀다. 그리고 저번에 이모가 나한테 전화했을 때…….

1. 작가님, 오셨어요? 죄송하지만 수건이 없어서요.
2. 하지만 나랑 오래 같이 호흡 맞춘 편집자인데 내가 그러면 곤란하단 말이야. 진작 포기했어야 하는 건데 붙잡고 끙끙댄 게 너무 길어서…….
3. 작가님! 단나인 작가님?

'1+2+3=' 이모가 나에게 소개해 주려고 했던 편집자는 바로 그녀다.

으아아아아아아아아아악!

인간의 뇌는 아직까지도 미지의 영역이라고 한다. 예상치 않은 쇼크에 뇌가 미쳤는지, 온몸이 따로 놀기 시작한 걸 보면 그 말이 맞는 것 같다. 머리는 아직도 멍한데 손은 제멋대로 잠금 쇠를 푸는 게 아닌가?

문이 열리는 순간 멍하던 머리에 찬바람이 불었다. 그리고 가장 먼저 생각난 건 오늘 세수도 안 했다는 거였다.

쾅!

그녀가 성질이 급하지 않기만을 빌어 본다. 성질이 급해서 문이 열리는 줄 알고 들어오려 했다면 다시 닫힌 문에 코를 된통 박았을 테니까.

"잠깐만 기다리세요."

깊게 심호흡을 한 다음 문을 사이에 두고 대화를 시도했다.

"네. 작가님, 천천히 하세요."

분명 당황했을 텐데도 그녀는 의연하게 대처했다.

"제가 하의연이라는 건 아시는 거죠? 이람 출판사에서 왔어요."

하의연. 이름도 하의연이구나. 하, 의연하기도 하지.

세수를 하고, 거울을 보고, 소파에 엉덩이 붙일 자리 정도는 마련하고 다시 문을 열기까지는 15분 정도 걸린 것 같다. 문 안쪽에서는 시간이 빛처럼 흐르고 있었지만, 문 바깥쪽에서는 슬로비디오로 흐르고 있었을 거다. 무척이나 더운 날이었으니까.

하지만 내가 문을 열었을 때, 그녀는 단정하게 미소 짓고 있었다. 허리를 꾸벅 숙이는 태도에서도 불쾌하다거나 짜증을 내는 기색은 느껴지지 않았다. 그래서 더 안절부절못했던 것 같다. 내가 안절부절못하다니. 다년간 엄마의 횡포 아래에서도 꿋꿋했고, 이모의 삽질에도 초연했던 내가! 내가 안절부절못하다니!

"안녕하세요, 처음 뵙겠습니다."

멍하니 내려다보고 있는데 인사를 하고 고개를 들던 그녀의 얼굴이 움찔했다.

"사, 사정이 안 좋으시면 나중에 올까요?"

이모네 집에 갔는데
이모는 없고

사정은 더 이상 안 좋을 수 없을 만큼 안 좋지만, 지금 상황에서 그냥 돌려보내면 더 안 좋아지는 꼴도 볼 수 있을 것 같았다.

나중에 안 사실이지만, 급한 마음에 거울을 봤을 때는 딱 얼굴만 보였는데 머리 꼴이 가관이었다고 한다. 로션 한 방울 못 바른 얼굴은 푸석푸석하니 가뭄에 갈라진 논밭처럼 건조했고, 잠을 못 자 퀭한 눈은 '토요 미스터리'에 나오는 귀신처럼 충혈되어 있었고.

이런 일은 일어나지 않는 게 좋겠지만 혹시나 같은 일을 당하는 사람을 위해 말해 두자면, 이런 상황에서 쓸데없이 얼굴만 씻어 봐야 괜히 머리 뿌리가 젖어 꼴이 더 우스워진다. 머리끝부터 발끝까지 재정비할 거 아니면 그냥 버티는 게 낫다.

"들어오세요."

몸을 약간 비켜서자 나를 빤하게 쳐다보던 그녀가 고개를 끄덕이더니 내 집으로 들어섰다. 표정이 비장하고, 불안하다.

하지만 아무리 불안해 봤자 나만 했을 리가 없다. 나는 불안을 넘어 미쳐 가는 중이었다.

문을 닫는 대신 약간 열어 놓은 채 고정했다. 여름이든 겨울이든 문을 열어 놓고 있는 건 별로지만, 집에 여자가 있으니까…… 잠가 둘까?

잠깐 이상한 생각에 떠오르는 것을 얼른 털어 내고 문을 고정하고 돌아섰다. 감각이 기묘하게 왜곡되고 있었다.

지금, 그녀가, 내 집에, 있는 거다.

당시 나는 그녀의 얼굴을 못 봤다. 18살의 소년이 여자가 홀딱 벗고 있는 모습을 마주했을 때 그녀의 얼굴을 볼 확률은 거의 제로에 가깝다. ⋯⋯그래, 좀 그래 보인다는 거 안다. 하지만 그게 진실인걸. 남자라는 동물이 이런 걸 나더러 어쩌라고. 그 순간 내가 '어이쿠 몸을 봐야겠다.' 생각하고 그녀의 몸을 봤겠어? 자연스럽게 눈이 몸으로 가는 걸 어떻게 하나?

내 무의식 속의 무언가는 그녀의 얼굴을 알고 있을지 모르겠지만, 적어도 나는 그녀의 얼굴을 기억하지 못했다. 젖은 어깨나 야윈 무릎 같은 건 그릴 수도 있을 것 같은데 얼굴은 수증기가 99퍼센트를 가리고 있는 느낌이랄까.

그래서 그녀의 얼굴을 보는 지금 나의 느낌은 마치 현존할 수 없는 무엇⋯⋯. 그러니까 ≪요술 공주 밍키≫나 ≪소녀 전사 세일러 문≫의 실사편을 보는 느낌이었다. 묘하게 비현실적이면서도 묘하게 현실적인.

나의 세일러 문은 생각보다 키가 작았다. 내가 끽해야 185센티 정도일 텐데 운동화를 신고 온 세일러 문의 얼굴은 잘 봐줘도 내 어깨 근처에서 왔다 갔다 하고 있었다.

굉장히 의외였다.

나의 상상 속에서 그녀는 항상 고혹적이다 못해 신비로울 정도였다. 길고 가는 우윳빛 팔다리, 검게 물결치는 머릿결과 긴 속눈썹, 물기에 젖은 입술⋯⋯. 이런 것이 나의 상상 속의 그녀였다.

하지만 눈앞의 여자는 평범이 지나쳐 약간 촌티가 날 정도였다. 간단한 티셔츠에 청바지, 얼굴에는 화장기가 별로, 어쩌면 거의 없다. 피부는 나쁘지 않았지만 밤샘 작업이 많은 직업 탓인지 좀 창백했고, 머릿결은 찰랑찰랑하니 좋았지만 뒤쪽은

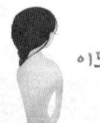
이모네 집에 갔는데
이모는 없고

좀 뻗쳐 있었다.

내가 그녀의 뒷모습을 관찰하는 동안 집 안에 들어선 하의
연은 나를 돌아보았다. 그제야 그녀에게서 시선을 뗀 나는 아
까 급하게 밀어낸 소파의 등받이를 잡았다.

"여기 앉……."

……으세요라고 말하려고 했던 그 순간이 바로 내가 세수만
하고 이를 안 닦았다는 것을 깨달은 순간이다.

젠장. 젠장. 젠장.

"미……."

……안해요라고 말하려고 했지만, 사과해서 달라질 것도 없
고 사과하는 것도 웃긴 상황이라 관뒀다. 내가 양치질을 안 한
게 왜 이 여자한테 미안해? 내 이빨에 미안하면 미안하지.

나는 입을 다물고 에어컨과 공기 정화기를 켰다. 아까까지만
해도 못 느꼈는데 집에서 담배 냄새도 많이 나는 것 같고…….
에이씨! 도우미 아줌마의 딸은 왜 해산을 하필 지금!

마음속으로 방정맞은 타이밍에 부인을 임신시킨 도우미 아
줌마의 사위를 당차게 원망하고 있는데 하의연이 입고 있는 티
셔츠가 눈에 들어왔다.

그냥 평범하게 몸에 잘 맞는 셔츠라고 생각했는데, 그것도 아
니었다. 한 장에 기십만 원 하는 명품 티셔츠라는 뜻이 아니라…….
만화 캐릭터 셔츠다. 도대체 저런 걸 어디서 구한 걸까? 셔츠 앞
에 그려진 그림이…… 밍키다. ≪요술 공주 밍키≫. 이거 이거,
이 여자가 나의 판타지를 알고 있는 걸까? 어렸을 적 나는 밍키
가 변신하는 장면을 수십 번 돌려 보며 어떻게든 한 번 보려고

(?) 애썼는데……. 이게 몇 년 전 만화냔 말이야. 내 또래에서 밍키를 아는 애는 나밖에 없었다.

"아, 이거……."

내가 밍키를 뚫어지게 쳐다보자 당황한 그녀의 얼굴이 조금 붉어졌다. 아뿔싸, 물론 나는 밍키를 본 거지만 밍키 아래에는 가슴이 있지 않겠어? 가슴이 별로 크지 않아 있는지도 잘 모르겠지만, 어쨌든 있긴 있겠지.

"제 징크스예요. 이 티를 입고 만난 작가님하고는 꼭 잘되거든요."

잘된다고? 지금 이 여자가 나와 잘되고 싶은 건가?

멍하게 허튼 생각을 하다가 그녀가 말하는 '잘된다'와 내가 말하는 '잘된다' 사이에 도시 오만 팔천 개를 건설하고도 남을 공간이 있다는 것이 떠올랐다. 맞다. 하의연은 여기에 편집자로 왔다. 그러니 일단은 일에 집중해 보자.

그런데 내가 평소에 편집자와 무슨 얘기를 했더라?

"저, 윤 작가님 조카분이라고 말씀 들었어요. 윤 작가님이 자랑을 많이 하시더라고요."

나의 침묵을 견디지 못하고 하의연이 먼저 입을 열었다.

나는 그녀를 관찰하고 그녀에 대해 생각하느라 바빴지만, 침묵의 시간은 꽤 길었을지도 모르겠다. 정신을 차려야 하는데 왜 이렇게 머릿속이 혼란스럽지?

"네, 조……."

조카라고 말하려고 했는데, 입 냄새가 신경 쓰였다. 담배를 진즉 끊었어야 하는데……. 담배만 아니었어도.

이모네 집에 갔는데
이모는 없고

"잠."

시만이라고 담담하고 시크하게 양해를 구하며 일어서려다 입을 틀어막았다. 진짜, 미치겠네.

나는 고개를 절레절레 흔들며 벌떡 일어나 말없이 욕실로 들어갔다. 하의연을 쳐다보진 않았다. 보나 마나 황당해하고 있을 테니까. 하지만 욕실에 들어간 나도 치약을 칫솔에 짜기 전까지 세면기를 부여잡고 어지러움을 달래야 했기 때문에 그녀의 감정까지 디테일하게 살필 겨를이 없었다.

한참 숨을 몰아쉬고 나서야 현실감각이 돌아왔다. 방금 전까지 거실에서는 농도가 아주 짙은 젤리 안에서 움직이고 숨쉬는 것처럼 감각이 이상했다.

거울을 보자 세상에서 제일 얼간이 같은 표정을 하고 있는 남자가 보였다. 너 지금 뭐 하는 거야?

칫솔에 치약을 짜면서 나는 생각을 하기 위해 노력했다.

별것 아니다. 이성적이고 논리적으로 생각하자면, 과거에도 편집자였던 **그녀**가 현재에도 편집자 자격으로 날 찾아온 것뿐이고, 일단 내가 해야 할 것은 프로페셔널하고 어른스럽게 계약과 업무에 대해 이야기하면 된다. 난 더 이상 18살이 아니니까.

양치질을 하고, 내친 김에 세수까지 다시 한 다음 거울을 쳐다보며 심호흡했다. 그래, 이제 제정신이다. 평상시의 나다.

문득 턱에 까슬하게 수염이 돋아 있는 것이 신경 쓰였다. ……깎을까? 아니다. 내 면도기가 아무리 저소음이라고 해도 소리가 날 거고, 인사만 하고 욕실로 들어간 작가가 갑자기 멀끔해져서 나오면 그것도 웃길 것 같다. 내 수염이 시크하니 매력적이라는 이야기도 많이 들었고. 그래그래, 내추럴이다.

자, 이제 나가면 되……는데.

욕실 문을 노려본 채 나는 거칠게 숨을 내쉬었다. 지금은 괜찮은데, 이 문을 열었을 때 거실이 아까의 그 젤리 상태면 어떻게 하지? 나는 무림 고수들이 주화입마를 어째서 그렇게 무서워하는지 이해할 수 있을 것 같았다. 자기 자신이 아니라는 것, 무력해진다는 건 정말 끔찍하다.

나는 평소에 호랑이에게 물려 가도 정신을 차릴 수 있을 거라고 생각했던 타입인데, 어쩌면 안 될지도 모르겠다. 호랑이도 아니고 하의연이 거실에 앉아 있는 것만으로 이렇게 혼이 쏙 빠져 있으니 말이다.

어쨌든 욕실에 너무 오래 있는 건 불필요한 오해를 불러일으킬 수도 있었다. 그건 정말 내가 원하는 바가 아니니까, 얼른 나가야 한다.

얼른. 얼른. 얼른. 문고리를 잡고 돌려서 당긴다. 팔을 올리고 문고리를 잡고 돌려서 당긴다.

하지만 간신히 정신을 수습해서 세상에서 가장 열기 힘든 문을 열고 나섰을 때 보인 건 '청소하는 여자'였다.

주화입마.

"뭐 하는 겁니까?!"

주섬주섬 쓰레기를 한쪽으로 모으고, 책도 가지런히 정리하던 하의연이 내가 지른 소리에 깜짝 놀라서 나를 쳐다보았다.

안다. 엄청 어색하고 불편해서 그런다는 거.

그리고 남의 집에서 주섬주섬 청소하는 여자보다, 이상한

이모네 집에 갔는데
이모는 없고

표정으로 문을 열고 이상한 부위를 노려보다가 가타부타 말도 없이 벌떡 일어나 욕실로 들어가 나오지 않은 내 쪽이 백배는 이상하다.

하지만 주화입마 상태에서는 상식이 통하지 않는다. 온몸이, 눈과 코와 입과 손과 발이 다 따로 노는 경험을 해 보지 않은 사람은 아무 말도 마라. 나의 마음은 이 상황에도 불구하고 꿋꿋한 그녀에게 민망하고 고마웠는데, 내 입은 요렇게 지껄이더라니까?

"누가 내 물건에 손대라고 했습니까?"

입이 미치면 대책이 없다, 정말.

"죄, 죄송해요! 전 그냥 무의식적으로 좀, 치웠어요. 너무 더러워서!"

말하다가 말고 하의연이 자신의 입을 틀어막았다. 그렇다. 지금 그녀는 작가네 집에 와서 너무 더럽다고 말한 편집자가 되어 버렸다. 그것도 처음 본 작가한테.

둘 다 말실수, 쌤쌤…… 이러면 좋을 텐데, 이게 또 쉽지 않은 일이라 하의연은 민망해했고, 나는 넋이 나갔다. 이 상황에서 베스트는 내가 아무렇지도 않게 웃거나 민망해하며 사회적인 변명을 늘어놓는 건데……, 내가 그럴 여유가 없었다. 말했듯이 나는 주화입마 상태였다. 고급스럽게 말해 주화입마지 그냥 말하자면 살짝 맛이 가 있었다.

그랬기 때문에 내 머릿속에는 온통 이런 문장이 채우고 있었다.

그·녀·가·나·를·더·럽·다·고·했·다.

당장 상황을 개선시키고 싶다는 욕구가 나의 대뇌를 후려쳤다. 내가 완전 깔끔한 남자임을 증명하고 싶다.

진짜로 나는 더러운 사람이 아니다. 오히려 남자로서는 과하게 깔끔을 떤다는 표현을 자주 듣는다. 운동하지 않는 날에도 하루에 한 번 샤워를 꼭 하고, 운동하는 날에는 두 번 샤워하며 자기 전에 세수하고 발 씻고 양치질하는 일을 거른 적도 없다.

그녀에게 이 사실을 알리고 싶다. 알려야만 했다.

그래서 내가 뭘 했느냐고?

청소를 시작했다.

인정해야만 할 것 같다. 나는 쿨하려고 노력했지만 절대로 쿨할 수 없었다. 판단에 앞서 내 몸이 반응하고 있었다. 지금 이 순간 나는 까다롭기로 소문난 단나인도 아니고 여유 만만하기 그지없는 한승준도 아니다. 시간이 앞으로 돌려진 것처럼, 나는 미숙하기 그지없는 18살 '욕실 침입 열망남'에 지나지 않았다.

한마디도 없이 청소를 시작한 건 그래서였다.

내가 한승준이었다면 조금 더 다정하고 자연스럽게 상황을 풀어 나갔을 것이다. 더럽다니, 그게 나에게 할 말이냐며 장난스럽게 타박을 하고, 어쩌면 얼마쯤 가볍게 삐친 시늉을 했을지도 모르겠다. 하지만 결국에는 함께 청소를 하거나, 아니면 도우미 아주머니를 부르거나 하고는 나가서 함께 식사하는 것으로 끝냈을 거다.

내가 단나인이었다면 조금 더 까칠하고 정확하게 반응했을

이모네 집에 갔는데
이모는 없고

것이다. 네가 상관할 바가 아니라며 약간 무안을 주고, 하지만 손님을 초대해 놓고 번잡스러웠던 것에 대해서는 사과를 한 다음에, 집 안이 이렇게 엉망이었던 것에 대해 설명하고 제대로 나와 약속이 되어 있지 않은 상태에서 그녀가 찾아온 것에 경위를 짚고 넘어갔을 거다.

하지만 나는 미숙하기 그지없는 18살 '욕실 침입 열망남'이었기 때문에 말없이 청소를 했다. 엄청나게 방어적이 되어서는 뻘쭘한 그녀가 손가락 하나라도 까딱할라 치면 눈을 부라리며 내 물건에 손대지 말라고 으르렁거렸고, 손놀림은 거칠기만 했다.

차를 내놓을 생각 같은 것도 못 했다. 뭐 생각했더라도 네스프레소 머신도 작살나고 주스 같은 것도 없는 입장이었으니까 줄 건 물밖에 없었겠지만. 어쨌든 그녀는 목마른 상태로, 내가 열정적으로 청소하는 것을 넋 놓고 바라보기만 해야 했던 셈이다.

하의연이 어떻게 내 집을 나서게 되었는지 기억이 나지 않는다. 정신을 차렸을 때 나는 거실 바닥에 대자로 누워 있었다. 문을 닫고 잠근 기억이 있는 걸로 봐서 분명 말짱한 얼굴로 그녀를 배웅했을 텐데 내 기억은 백지다.

시계를 보니 오후 1시였다. 그녀가 온 것은 11시, 그렇다면 2시간 동안 나는 뭘 했을까?

상체를 일으켜 주변을 둘러보자 답이 나왔다. 2시간 동안 아마 나는 열정적으로 청소를 한 모양이다.

아주머니가 다녀가신 날에도 집이 이렇게 깨끗하지 않았던 것 같다. 거실 소파와 테이블, 카펫은 마치 모델하우스의 것처

럼 각을 잡고 있었고, 생전 닦지 않았던, 선물받은 장식품과
그림들에서 윤이 반짝반짝 나고 있었다.

그뿐이 아니었다. 부엌의 네스프레소 머신과 토스터기는 고
쳐져 있었다.

나 도대체 뭘 한 거냐. 이런 상황에서 내 안의 숨겨진 재능
을 발견한 거냐.

잠시 망연자실 서 있다가 소파 위에 주저앉아 머리를 감싸
쥐었다. 머리가 뜨끈뜨끈하게 열이 올라 있었다.

8년 전에는 그녀를 어떻게 다시 볼 수 있지 않을까 생각한 적
도 있다. 하지만 시간이 지나면서 그런 꿈은 거의 꾸지 않았다.
그런데 왜 갑자기 이런 일이? 지금 무슨 일이 일어났던 걸까?

오늘 아침 나는 쿨하고 시크한 단나인으로 눈을 떴는데 지
금은 18살 꼬꼬마 한승준이다. 순식간에, 눈 깜빡할 사이에.

순간 아무리 이모의 부탁이라도 이번 작업을 엎어 버리고
싶다는 충동이 솟구쳤다. 다 없던 일로 하고 싶다. 바람돌이를
만나 시간을 되돌리거나, 슈퍼맨에게 지구의 자전축을 흔들어
놓으라고 말하고 싶었다.

하지만 그러면 하의연을 다시는 못 보겠지.

잠깐, 나는 하의연을 다시 보고 싶은 걸까?

이모네 집에 갔는데
이모는 없고

하의연

특이하다.

여러모로 특이할 수도 있다는 건 예상했지만 상상 이상이었다. 작가들 중에는 별별 괴짜가 다 있지만 이건 괴짜라기보다……. 뭐 어떻게 표현할 수가 없다.

거의 쫓겨나다시피 단 작가의 아파트 밖으로 밀쳐졌을 때 계약서에 사인도 못 받았다는 것을 깨달았다. 사인은커녕 계약서를 꺼내 보이지도 못했다. 그럴 만한 상황이 아니었다.

잔뜩 기대 중일 사장님 이하 세 분의 웃전 얼굴들이 떠오르자 머리가 아찔하다. 이 사태를 도대체 뭐라고 해야 한단 말인가?

최대한 수수하고 평범하게 입고 행동하려 했는데 부족했던 걸까? 내가 상당히 거슬린 듯 단 작가는 5분도 내 앞에 앉아 있지 않았다. 이래서야 함께 일을 할 수 있을 리가 없다.

욕실에 들어가서 한참 있다가 나온 이후로 청소를 하기 시작한 단 작가는, 나와 눈 한 번 마주치는 일 없이 거실 청소를 끝내고는 부엌으로 들어가 뭔가를 뚝딱뚝딱 고치기 시작했다.

그리고 마침내 제 할 일을 다하자 오늘은 여기까지 하자며 나를 내쫓았다. 오늘 도대체 뭘 했길래 여기까지 하자는 건지 궁금했지만, 속절없이 나올 수밖에 없었다.

이 와중에 우리가 나눈 대화라고는 이게 전부다.

1.
"작가님, 제가 도와 드릴까요?"
"꼼짝도 하지 마세요."

2.
"발 치워 보세요."
"네. 그런데 제가 이걸 좀 도와……."
"딱 가만히 계세요."

3.
"작가님, 이거……."
"그거 건드리지 마세요!"
"네."

4.
"작가님, 여기 이게 떨어졌는데요."
"한승준입니다."
"네?"
"한승준이라고 부르라고요."

5.
"저기, 청소 다하셨어요?"
"피곤하네요. 제가 다시 연락하겠습니다."

이런 상황이지만 굳이 긍정적으로 생각해 보자면, 다시 연락하겠다고 했고 본명을 부르는 걸 허락했다.

이모네 집에 갔는데
이모는 없고

그동안 단 작가는 글과사람 출판사와만 일을 한 터라 일하는 방식이 알려져 있지 않다. 워낙 유명한 작가니 단나인이 필명이라는 건 유명하지만 본명은……. 성격으로 봐서 본명 부르라는 이야기를 쉽게 하지 않는 사람 같은데, 아닌가?

나름 철저한 준비에 잔뜩 들뜬 방문치고는 정말이지 소득도 없고 얼떨떨하기만 하다.

출판사로 돌아오자마자 편집장님은 득달같이 나를 불렀다. 편집장님의 방에는 물론 편집장님뿐 아니라 사장님, 국장님, 이렇게 세 분이 오순도순 앉아 행복한 얼굴로 차를 나눠 마시고 있었고.

"의연 씨 어땠어?"

편집장님이 이렇게까지 행복해 보이는 거 진짜 처음인 것 같다. 단순히 일적인 욕심뿐 아니라 '팬심'도 폭발 중이라 그런지 마감이 갓 끝났는데도 피부가 반지르르 윤기가 돈다. 역시 여자는 사랑을 해야 예뻐지나 보다. ……편집장님의 남편에게는 미안한 이야기지만.

"그냥, 뭐 소문처럼 까칠하시더라고요."

"아유, 예술 하는 사람들이 다 그렇지. 까칠하지 않으면 예술을 못 해요!"

얼마 전 회의 시간에 작가들이 까칠해서 짜증 나 일을 못 하겠다고, 잘 쓰는 작가들은 점잖고 예의 바르다고 울부짖은 국장님이 말을 싹 바꿨다.

"그러엄, 창작이 보통 일인가? 우리가 얼른 부자가 되어야 작가님들을 대우해 드릴 텐데! 나는 작가님들이 겪는 창작의 고통을 생각하면 자다가도 눈물이 나.”

계약해 놓고 글이 안 나와 끙끙대는 작가들을 보고 작가가 자기를 삥 뜯는다며 침을 튀겼던 사장님도 자신이 언제 그랬냐는 듯 안면을 몰수했다. 그러더니 나를 보고 방긋 웃었다.

“……그래서? 글 애기 좀 했어?”

글 애기는커녕 열정적으로 청소만 하는 모습을 보다가 돌아왔다고 어떻게 말하나.

“그냥 그냥. 작가님이 쓰시고 싶은 대로 쓰시는 게 가장 좋을 것 같아서요. 일단 다시 연락 주시기로 했어요.”

나의 말에 삼 님(사장님, 국장님, 편집장님)이 동시에 무척이나 행복한 표정을 지었다. 글 애기했다고는 한 마디도 안 했는데 마냥 좋은가 보다.

“선물은 뭐 사 갔니?”

“주스 사 갔어요.”

“무슨 주스? 어우, 야. 뭐 좋은 거 사 가지. 전복이나 굴비 같은 거…….”

“우리 예산을 생각해야죠.”

편집장님은 땅을 쳤다.

“아아, 우리도 얼른 돈 벌어서 단 작가님한테 이것도 사 드리고 저것도 사 드리고 싶다!”

국장님이 혀를 찼다.

“박 편집상, 팬심으로 작가를 대하면 안 돼.”

“그래서 국장님은 사 드리기 싫어요?”

이모네 집에 갔는데
이모는 없고

편집장님의 반문에 국장님이 잠깐 생각했다.

"우리 한우도 사 드리는 걸로 하자."

"그래그래, 해산물보다는 고기지, 역시. 꽃등심, 아니 눈꽃 등심으로 사 드리자."

행복한 사장님도 동의했다. 기세만 봐서는 사시사철 보양 음식을 몽땅 갖다 꽂을 기세다.

초고도 안 들어왔는데 마케팅 계획을 세우는 삼 님들을 뒤로하고 방에서 막 나왔는데 한수가 지나가다가 나를 보고 멈춰 섰다.

"단 작가 만나고 왔어요?"

"응."

"어땠어요?"

뭐라고 대답하기 애매해 미간에 주름을 잡자 한수가 그럴 줄 알았다는 듯이 고개를 끄덕였다.

"계약서 받았어요?"

"아직."

"내가 받아 줄까요?"

"뭐?"

"일을 스무스하게 진행하려면 여자보다는 남자가 나을 것 같아서. 도와줄게요. 방문하고 계약서 쓰는 것만 내가 하고, 글은 선배가 보면 되잖아요. 괜히 우왕좌왕하다 날리면 억울하잖아요."

사실 그런 생각을 하기도 했다. 사람마다 취향은 다 다른 거니까 단 작가가 남자가 편하다면 내가 따 온 계약이라고 해서 마냥 내 고집만 부릴 수는 없다.

하지만…….

"됐어. 그럴 정도는 아니야. 알아서 할 수 있어."

일단 조금만 더 노력해 보면 안 될까? 나 진짜 단 작가와 일하고 싶은데.

"진짜요?"

한수가 나를 지긋이 내려다봤다. 워낙 표정이 없는 애라 무슨 생각을 하는지 알 수 없다. 어쨌든 난 약간 문제가 생겼다고 후배의 도움을 받을 정도로 능력 없는 사람은 아니다. 이제 겨우 한 번 미팅한 것뿐이니 조금 더 노력해 봐야지.

"그럼 맘대로 해요."

응?

한수의 손이 내 머리 위에 슬쩍 스쳤다.

"난 그냥 선배 힘들까 봐 그런 거예요."

"잠깐."

돌아서려는 한수를 불러 세웠다. 방금, 뭐였지?

김한수는 나이는 나보다 1살 어리지만, 경력은 한참 밑인 후배다. 까칠한 성격이고, 다른 사람한테 선을 긋는 게 분명해서 같이 일한 지 거의 3년째지만 필요한 말 이외에는 그다지 속을 터놓는 사이가 아니었다. 그런데 방금, 내 머리 위에 다녀간 손은 뭘까?

"방금 뭐야?"

날 빤히 쳐다보던 한수가 가볍게 한숨을 내쉬었다.

"잠깐, 커피 마실래요?"

옥상에서 자판기 커피 하나씩 들고 난간에 기대 나란히 서자 기분이 야릇했다. 처음 만났을 때부터 단 한 번도 남자로 의식해 본 적이 없는 한수다. 그건 지금도 마찬가지다. 겉보기에는 멀쩡하고, 일적으로는 신뢰할 수 있는 사람이지만 어째서인지 남자로는…… 뭔가…….

"나 선배 좋아한 지 좀 됐는데, 몰랐어요?"

헉! 직구다!

"전혀."

한수가 씁쓸하게 웃었다.

"선배 눈치 없는 거 알아줘야 해요."

눈치 없다는 소리는 왕왕 들었지만, 이 경우는 정말 그 때문이 아닌 것 같다. 진짜 지난 3년 동안 제대로 눈 한 번 마주친 적이 없는데, 단둘이 커피 한 잔 마셔 본 기억은커녕 인사도 눈 마주쳐야 하는 사이였는데 도대체 어떻게 김한수가 나를 좋아한다고 생각한단 말인가?

"처음에는 선배 일하는 스타일, 그 열정에 반했는데 점점 지켜 주고 싶어지더라고요. 그래서 이번에 단 작가와 일한다고 했을 때 걱정된 거고. 알잖아요. 평소의 나였으면 남 얘기 안 했을 거예요."

그건 그렇다. 유라와 지선은 평소에도 나와 수다 삼매경이 무궁화 삼천리 화려 강산인 사이지만, 한수가 와서 굳이 단 작가에 대한 정보를 준 것은 의외였다. 상대가 단 작가라서 그런 줄 알았더니 나 때문이었단 말이야?

"선배는 나 어떻게 생각해요?"

"미안한데."

머리카락을 쓸어 넘기며 한수의 말을 끊었다.

"넌 되게 괜찮은 애인데, 사실 난 생각해 본 적이 없어. 난 사내 연애 할 생각이 없거든. 앞으로도 없을 거고. 일과 연애를 결부시키는 거 난 별로야. 장점이 있다는 거 알지만, 어느 순간에는 분명히 문제가 될 테니까."

"확실해요?"

한수가 진지하게 물어 왔다. 그럼 확실하지, 불확실하겠냐?

"응. 이런 이야기, 좀 당황스럽다. 아까 같은 행동도. 너와 나는……."

"정말 일과 연애를 결부시키지 않는 거죠?"

"응. 단 작가 건은 고마워. 난 네가 왜 그런 이야기를 해 주나 이상했는데 날 위한 거였다니 더 고맙다. 신경 써서 잘할게. 하지만……."

"알았어요."

한수가 내 말을 끊었다. 그리고 다 식지도 않은 커피를 입안에 털어 넣고 종이컵을 구겼다.

"앞으로는 선배와 후배, 그럴게요."

"김한수……."

"더 말할 필요 없어요. 먼저 내려갈게요."

종이컵을 쓰레기통에 넣은 한수가 얼른 몸을 돌려 계단으로 쑥 들어갔다. 되게 당황했나 보다. 하지만 나도 당황했다. 고

이모네 집에 갔는데
이모는 없고

백받는 것도 처음이지만 이런 상황에, 이렇게 신속한 고백은 또 처음이다. 고백에서 거절까지 5분도 안 걸린 것 같다. 누가 예민하고 까칠한 사람 아니랄까 봐.

그나저나 김한수, 혀는 괜찮을까? 아까 보니 커피에 김이 모락모락 나고 있던데.

사무실로 돌아왔더니 한수는 출장이라며 나가 버린 다음이었다. 잘됐다. 신속 배달보다 더 빨랐던 고백이었지만, 그래도 오늘 하루는 얼굴 안 보는 게 나을 듯하다.

그나저나 너무 빨라서인가? 뭔가 실감은 안 나는데 괜히 찝찝하고 그러네.

"선배! 단 작가는 어땠어요?"

그런 나의 마음을 씻어 주려는 듯이 유라가 반색을 하며 내 자리로 다가왔다. 어쩌나 눈치만 보고 있던 지선이도 헤헤 웃으면서 내 자리 옆에 자기 의자를 붙였다.

"뭐가 어때?"

사실 해 줄 말이 많지 않아 대강 얼버무렸지만 지선에게는 그런 것 통하지 않는다.

"잘생겼죠? 어때요? 키 크죠? 완전 크죠?"

이건 지선의 질문.

"응. 키 엄청 크더라. 180센티는 훨씬 넘어 보여."

"진짜 잘생겼어요? 몸매 어때요? 요즘은 얼굴은 기본이고 팔하고 배, 엉덩이를 봐야 진정한 남자를 알아볼 수 있는데."

이건 유라의 질문.

이것이 작가를 만나고 온 편집자에게 쏟아지는 다른 편집자들의 질문이라니. 글에 대해 물은 편집장님은 그래서 편집장의 자리까지 올라갈 수 있었나 보다.

"글이야 잘 쓰는 거 벌써 알고 있는데요, 뭐."

내 타박에 지선이 입을 비쭉였다. 그러더니 목소리를 낮췄다.

"그나저나 제가 단 작가님 최신 소식을 입수했는데……."

"뭔데?"

"어떤 미친 여자가 최근에 단 작가님을 습격했대요!"

"뭐?"

유라가 목소리를 높였다.

"단 작가님이 최근에 피트니스 클럽을 옮겼거든요. 그런데 그 이유가, 전 피트니스 클럽은 공용이라 여자랑 남자가 같이 운동하는데 그 미친 여자가 남자 로커 룸으로 숨어들었다가 단 작가님이 샤워하러 들어갔는데……뙇!"

"말도 안 돼!"

유라가 비명을 질렀다.

"네가 그런 걸 어떻게 알아?"

내 반문에 지선이가 딸꾹하고 자세를 바로 했다. 얘가 나한테 더 이상은 스토킹 안 한다고 한 지 24시간도 안 지났다.

"진짜 스토킹 안 했어요."

"그럼?"

"단 작가님 팬 카페가 있거든요. 5년 전에 단 작가님이 폭파시키고 나서 파편늘끼리 모여 만든 건데 단 작가님은 몰라요. 그냥 우리끼리 찧고 까부는 거지. 더 이상 추가 회원도 안 받

이모네 집에 갔는데
이모는 없고

고 그래서 우리의 존재를 아무도 모르지만 우린 엄연히 존재하고 있답니다. 일종의 일루미나티랄까? 어쨌든 거기에 단 작가님 근황이 가끔 올라오거든요."

"야."

갑자기 유라가 엄한 표정을 지었다.

"너 그거 밖에는 이야기하면 안 되는 거잖아!"

지선의 눈이 똥그래졌다. 나 역시도 마찬가지였다.

"너, 설마……."

유라가 어깨를 으쓱했다.

"네. 저도 '단사랑'이에요. 요즘은 접속을 좀 게을리하지만……. 솔직히 까놓고 말해서 5년차 이상 문학 관계자 중 단사랑 회원 아닌 사람이 몇이나 돼요? 5년 전에 그렇게 센세이션이었는데!"

나! 나! 나! 나 단사랑 아니다.

"선배가 이상하네. 선배는 그럼 5년 전에는 단 작가 팬이 아니었어요? ≪보이지 않는 얼굴≫은 안 읽은 사람보다 읽은 사람이 더 많다는 책인데! 아마 우리 편집장님도 단사랑 회원일걸요?"

누가 작가들이 이상하다고 그랬어? 편집자들이 훨씬, 훨씬, 훨씬 이상하잖아!

일을 하는 틈틈이 단 작가와의 계약서를 어떻게 해야 할까 고민하느라 시간이 휙휙 갔다. 빨리 처리해야만 했다. 삼 남들께서 한 번은 행복에 겨워 계약서를 챙기지 않으셨지만 정신이 돌아오는 대로 날 볶아 댈 게 분명하다. 그러니 늦어도 내일쯤은 다시 연락을 드리고……. 그런데 연락을 또 그 응답기로 드려야 하는 건가? 아, 요즘 시대에 핸드폰도 없는 작가님이 계시다니.

누구든 안 복잡한 사람은 없지만, 상대가 상대니만큼 더 신경이 쓰여 쩔쩔매고 있을 때였다. 등 뒤가 묘하게 서늘하다 싶어 돌아봤더니 손지선이 빳빳하게 굳어 있었다. 왜 저러나 싶어 손지선의 시선이 향해 있는 곳을 쳐다봤던 나는 처음에는 내가 보고 있는 게 뭔지 몰랐다. 어떤 남자였는데, 좀 하얗고, 반듯하고, 말끔한 어디선가 많이 본 듯한 느낌의…….

"단 작가님!"

나는 스프링이 튕기듯 벌떡 일어났다.

내 외침에 출판사의 유리문을 열고 안을 기웃거리던 단 작가에게로 출판사 내 전 직원의 시선이 쏠렸다. 순간 '헙!' 하고 27명이 우글거리던 사무실이 단체 합죽이가 되었다.

"하 편집자님."

고개를 끄덕인 단 작가가 머리를 쓸어 올리며 내 이름을 불렀다. 순식간에 26명, 그러니까 나 빼고 전 직원의 시선이 좌악 나에게로 향했다. 이렇게 일사불란한 사무실, 오랜만이다. 단합 대회가 따로 필요 없을 지경이다.

"무, 무슨 일로 여기까지?"

단 작가를 회의실로 안내하는데 머리가 새하얘졌다. 회의실로 가는 게 맞겠지? 편집장님의 방으로 안내해야 하는 게 맞을까? 국장님? 사장님?

보통 작가님들이 놀러 오는 건 흔한 일이지만, 단 작가님

이모네 집에 갔는데
이모는 없고

은....... 아니, 단 작가도 작가니까 놀러 올 수도 있는 거지만 기분이 왜 이렇게 당황스러울까?

하지만 나는 오래 당황하지 않아도 되었다. 뒤에서 문이 벌컥 열리더니 국장님이 뛰어나왔던 것이다.

"단 작가니이임!"

우리 국장님 나이가 50세 조금 넘었고 큰딸이 얼마 전에 손주를 낳았다고 하던데, 지금 단 작가를 부르는 목소리는 16살 소녀처럼 간드러진다.

"어쩐 일이세요? 연락도 없이!"

"단 작가니이이이임!"

하지만 우리 편집장님도 만만치 않다. 국장님보다는 한 템포 늦었지만, 대신 한 템포 더 간드러지는 목소리를 내며 나를 밀치고 단 작가에게 다가간다.

그러는 양이 마치 건기의 사바나에서 무리에 떨어져 홀로 떨고 있는 가젤을 발견한 암사자 떼와 같았다. 하지만 우리의 가젤은 공포에 떠는 대신 단정하게 한 발 물러섰다.

그나저나 저 사람이 내가 오늘 오전에 본 그 사람 맞나? 못 알아본 게 당연했다. 아주 다른 사람 같았으니까.

단 작가는 검은 브이넥 니트에 잘 어울리는 워싱 아이스 진을 입고 신발은 프라다의 블랙 스니커즈를 신고 있었다. 발랄하면서도 예의에 어긋나지 않는 '패셔니스타'의 차림이다. 아까는 약간 부스스했던 머리카락은 지금 엄청나게 단정했는데, 그게 참, 이거 뭐라고 해야 하나?

나는 옆에서 두 손을 모으고 있는 지선을 흘깃 바라보았다.

지선이 입 모양으로 '섹 · 시 · 해.'라고 말했다.

그래, 인정한다. 뭐라 말할 수 없이 섹시하다. 그의 성적 성향을 알고 있는 내 눈에도 엄청 섹시하니 지선이 눈에는 금테를 두른 것처럼 보일 거다.

확실히 왜 그렇게 사람들이 열광하는지 알 것 같았다.

느리게 눈을 감았다 뜨는 속도나 사람을 쳐다보는 방식, 무엇보다 산전수전 공중전에 조금 있으면 우주 전까지 수료할 우리 편집장님과 국장님 앞에서 조금도 밀리지 않는 저 담담함이 눈을 뗄 수 없이 매력적이다.

"계약서를 작성하지 않은 게 생각이 나서요."

같은 공기를 마시고 사는 사람이라는 것이 믿어지지 않는 얼굴로 단 작가가 고저 없이 말했다. 순간 국장님과 편집장님이 목이 부러져라 고개를 휙 돌려 나를 쏘아봤는데, 나는 레이저 맞은 줄 알았다. 사람 눈이 실제로 번쩍 하고 광선을 뿜더라.

"아유, 우리 작가님, 너무 성실하시다. 그거야 아무 때나 쓰면 되고. 우리야 계약서 안 써도 쓴 거나 다름없이 작가님을 느을~~~~~~ 우리 작가라고 생각하고 있는데요."

국장님 거짓말쟁이. 계약서 쓰고 도장 찍은 거 아니면 우리 작가 아니라고 함부로 잘해 주질 말라고 경고했으면서.

"제 방으로 가실까요? 도란도란 이야기 나누면서 계약서도 쓰고, 차도 마시고…… 아참, 어떤 차 좋아하세요? 제가 최근에 아주 귀한 운남차를 구했는데……."

"저……."

기쁨에 겨워 덩실덩실 춤을 추며 앞장서는 국장님을 단 작

이모네 집에 갔는데
이모는 없고

가가 불렀다.

"네에? 작가니임?"

"괜찮으시면 하 편집자와 계약서 작성해도 될까요?"

순간 일하는 척하면서 단 작가를 훔쳐보던 26명, 아니 국장님과 편집장님 더해서 28명이 '허억' 하고 숨을 들이마셨다. 아까보다 좀 더 노골적으로 시선이 나에게로 쏠렸다. 이상한 이야기지만, 마치 며느리를 챙기는 아들보다 며느리가 더 괘씸한 시어머니의 눈초리 같다. 내가 뭘 어쨌기에? 윤 작가님의 힘을 빌리긴 했어도 단 작가를 잡아 온 건 나고, 담당자도 나란 말이다.

"제 담당자가 하 편집자 아닌가요?"

"마, 맞죠. 물론 안 그래도 저는 벌써 하 편집자와 계약서를 쓰시라고 말씀드릴 참이었답니다."

그렇게 안 봤는데 우리 국장님 거짓말 진짜 잘한다.

"그리고 나서 괜찮으시다면 출판사 식구들하고 회식 한번 하고 싶은데요. 처음 같이 일하는 거니 인사도 드려야 하고요."

"뭐라고요오오오? 아아뉘이, 작가니임! 저희가아 대접해야 하누운 거죠오오!"

우리 국장님, 혈압으로 쓰러질지도 모르겠다는 생각이 들었다. 옆에서 편집장님의 얼굴은 이미 뻑이 갔다. 이런 표현, 편집자로서 쓰면 안 된다는 거 아는데 달리 표현할 방법이 없다. 좀 험하지만 가장 적확한 표현인걸.

보통 회식을 하면 절반쯤 도망가는 것이 상례다. 하지만 이

번 회식은 출장이라고 나가 버린 한수를 제외한 26명 직원 모두가 남았다. 이건 기적이다. 그뿐인가? 다른 부의 편집장님들까지 더해 32명, 국장님 포함 33명, 심지어 퇴근하던 사장님까지 유턴해서 34명. 내가 국장실에서 단 작가님과 계약서를 작성하는 동안 우리를 목 빠지게 기다린 사람 수다.

계약서 작성은 수월했다. 사장님은 단 작가가 원하는 거면 뭐든, 심지어 자동차 한 대도 얹어 줄 기세였지만, 정작 단 작가는 표준 계약서에 가까운 조건을 원했다. 무심하게 계약서를 내려다보는 말간 이마를 쳐다보면서 나는 내 통장에 보너스가 꽂힐 것을 예감했다.

"작가님, 그럼 여기에 도장 찍으시고요……."

"한승준입니다."

"예?"

계약서를 체크하고 도장 찍을 곳을 알려 주다가 무슨 소린가 하고 단 작가를 쳐다보았다.

"한승준이오."

단 작가의 입꼬리가 비스듬하게 올라갔다. 그제야 아까 아침에도 그랬고 지금도, 단 작가가 자신을 본명으로 불러 주기를 원한다는 사실을 깨달았다. 하지만 남들 다 단 작가라고 부르는데 나만 한 작가라고 부르기는 좀…….

"아, 그럼…… 제가…… 한 작가님이라고 할까요?"

내 물음에 단 작가는 물끄러미 나를 쳐다봤다. 그뿐인데, 그냥 쳐다만 볼 뿐인데 이상하게 온몸이 저릿했다. 뭐 이렇게 눈빛이 깊지?

이모네 집에 갔는데
이모는 없고

"······어디다 도장 찍으면 되죠?"

안절부절못하고 있는데 단 작가가 물어 왔다.

"아, 여기요."

얼른 계약서를 챙기는데 심장이 쿵쾅거렸다. 뭐야? 왜 이래?

하지만 이런 나의 상태를 전혀 모르는 듯 단 작가는 여전히 마이 페이스였다. 말없이 도장을 꺼내 찍는 손동작에는 군더더기가 하나도 없다.

기계적으로 계약서를 한 장 한 장 넘기며 도장을 찍는 모습을 보고 있자니 만감이 교차했다. 진짜 내 눈앞에 있는 사람이 단나인 작가라는 것, 드디어 단나인 작가와 일해 볼 수 있다는 것, 그의 초고를 볼 수 있다는 것······이 끝이어야 하는데 심장은 왜 이렇게 주책없이 뛰는 걸까?

아까도 느꼈는데 단 작가는 공기를 이상하게 만드는 재주가 있는 것 같다. 그와 함께 있을 때면 공기의 밀도가 묵직하니 평소와는 다르게 느껴진다.

"아까는 미안했어요."

계약서에 도장을 눌렀다 떼면서 단 작가가 무심히 입을 열었다.

"네?"

"아까는, 제가 좀 무례했을 수도 있었을 듯해서 말이죠. 잊어 주세요. 사실 하 편집자가 올 거라는 걸 몰랐거든요. 제가 응답기 듣는 걸 좀 게을리······."

"아니에요! 저야말로 더럽다고 말실수를 해서······."

단 작가가 고개를 들었을 때야 나는 실수했다는 걸 깨달았다. 아니, 두 번 실수했다. 하나는 단 작가의 말을 끊었고, 다른 하나는……. 굳이 내가 무슨 실수를 했는지 꼭 집어 줄 필요는 없었을 텐데.

나를 잠시 바라보던 단 작가는 빙그레 웃었다.

"뭐 좋아해요?"

계약서를 가지런히 정리하여 나에게 넘겨주며 단 작가가 물었다.

"네?"

계약서를 받아 도장을 확인하던 나는 손을 멈췄다. 새삼스러운 이야기지만 단 작가, 목소리가 좋다. 질감이 선명한 목소리다. 오래된 책을 넘길 때 나는, 아스라한 책 냄새같이 깊은 느낌이 난다.

"뭐 먹고 싶어요? 하 편집자 먹고 싶은 걸로 먹어요."

"아, 저는…….

한우를 좋아하지만, 계약도 이런 식으로 출판사에게 유리하게 했는데, 작가에게 한우를 사 주지는 못할망정 사 달라고 하는 건 편집자로서 정말 염통에 털 난 행위 아닐까?

그런 나를 쳐다보던 단 작가가 고개를 기울였다.

"그런데 전에 나 본 적 없어요?"

"네?"

못 들어서 물어본 게 아니다. '전'이라고 하면 오늘 오전을 말하는 건 아닐 테고, 얼굴이야 인터넷에서도 봤고, 손지선의 사진으로도 봤지만…….

"없어요?"

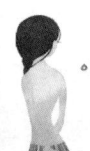
이모네 집에 갔는데
이모는 없고

"없는 것 같은데…… 저희가 만난 적 있던가요?"

단 작가가 나를 빤히 쳐다봤다. 왜 저렇게 나를 쳐다보는 거지? 어디서 봤나? 진짜 아닌데. 다른 건 몰라도 단 작가는 만났는데 기억에 남지 않을 만한 인상이 아니다. 강렬하다기보다는 무척이나 선명한 사람이니까.

"한우로 하죠."

아무래도 본 적 없는 게 확실한데 왜 이런 걸 묻나 끙끙대고 있는데 밑도 끝도 없이 단 작가가 이야기를 정리했다.

"네?"

"한우, 싫어해요?"

"없어서 못 먹긴 하는데……."

내 대답에 단 작가가 짧게 웃었다. 그리고 휴대폰을 꺼내 버튼을 누르기 시작했다.

"한 30명쯤?"

단 작가가 눈으로 정확한 인원수를 물어 왔다. 34명이라고 손으로 표시해 주자 고개를 끄덕이며 눈으로 웃었다. 자기가 밥을, 그것도 34명분의 한우를 사야 하는데 저렇게 태평하게 웃다니, 단 작가…… 로또 됐나?

이동하면서 슬쩍 편집장님에게 계약 조건을 흘렸더니 편집장님은 단박에 행복해졌다. 그리고 편집장님이 국장님에게 계약 조건을 전했을 때는 국장님도 행복해졌고, 이어 사장님까지 행복해졌다. 심지어 사장님은 나와 눈이 마주치자 엄지손가락 두 개를 들어 보이기까지 했다. 연쇄 행복 메이커 단 작가. 세 사람 모두 다 싱글벙글하는 얼굴을 하고 있는 일은 흔한 일이 아니다.

게다가 이동한 곳은 세상 좋은 소고기는 몽땅 이 집에서 잡는다는 전설의 한우집 '나자바바라'였다. 난 한 번도 온 적 없는 고깃집이다. 이 집 고기가 입안에 들어가면 흔적도 없이 녹아 버린다는 전설만 들었을 뿐이다. 혹자는 이 집 고기는 외양간이 아니라 타워팰리스에서 키운다고까지 주장한다.

삼삼오오 자리를 잡고 앉은 사람들이 너무 행복해 보인다. 문득 김한수가 생각났다. 그도 단 작가의 상당한 팬일 텐데…… 연락이라도 해 줘야 하는 거 아닐까?

핸드폰을 들고 고민하는데 화장실 갔다 오는 척하며 유라가 내 등을 툭 찍었다.

"선배, 메뉴 봐요."

아이고 등아……. 도착했을 때 이미 우리의 좌석은 다 마련되어 있었고, 고기도 반쯤 구워져 있었으므로 우리는 메뉴판을 열어 볼 필요도 없었다. 그런데 유라는 역시 달랐다. 언제 메뉴판을 열어 봤담?

"……헉!"

메뉴판에 쓰여 있는 숫자들을 확인하는 순간 갑자기 단 작가님이 이 집 고기 가격을 아는지 궁금해지기 시작했다. 아까 전화하는 걸로 봐서는 알고 있는 것 같기도 하고, 몰라서 이러는 거지 싶기도 하고. 오늘 회식비로만 내 월급을 훨씬 넘을 것 같은 거…… 그냥 내 기분 탓일까?

뒤를 훌쩍 돌아보니 단 작가님은 삼 님 포함 웃전들의 테이

이모네 집에 갔는데
이모는 없고

블에 앉아 있었다. 약간 냉정하게 다문 입매를 보면 이 집 고기 가격을 이제야 발견한 건가 싶기도 하고……. 마냥 좋아 헤헤 웃고 있는 웃전들이 부끄럽기도 하고…….

어쨌든 이런 상황에서 내가 할 수 있는 일은 고기나 먹는 거다.

고기는 정말, 상상도 못하게 맛있었다. 아쉬운 건 딱 하나였다. 고기가 입에 넣으면 녹아서 광속으로 사라진다는 거. 이게 고기인지 아이스크림인지 알 수 없다.

사람들이 고기 먹는 속도가 얼마나 굉장했는지, 한쪽에서 불을 피워서 식당 직원들이 고기를 구워 나르고 있건만 고기는 불판에 닿는 즉시 사라졌다. 술과 고기를 좋아하는 황 주간主幹님은 고기를 구워 먹는 건지 육회로 먹는 건지 알 수 없을 정도다. 불에 고기가 스치기만 하면 입에 넣는 모양이다. 술잔 비워지는 속도는 디오니소스제祭 비할 게 아니다.

사람들은 빠른 속도로 취해 갔다. 남 말 할 때가 아니었다. 나 역시 향후 10년은 다시 오지 않을 기회 같아서 배 찢어질 때까지 고기를 먹을 결심으로 젓가락을 놀렸으니까.

"뭔가 이상해요."

모두가 광란 상태로 고기와 술을 소비하는 동안 혼자 심각한 얼굴이었던 유라가 술잔을 들고 오더니 내 옆에 앉아 있던 직원을 밀어내고 그 자리에 앉았다.

"웅?"

입안 가득 쌈을 넣고 우물거리는 내 얼굴을 보고 유라가 우아하게 입을 닦으며 인상을 찡그렸다. 하기야 얘는 가끔 이런데 제 돈 주고 오기도 했을 거다. 없어 보여도 할 수 없다. 없는데 있어 보이면 그것도 골 때리는 일이니까.

"단나인 작가님 말이에요. 내가 알기로 글과사람하고도 회식 같은 건 한 적 없거든요? 저 사람이 주로 욕먹는 게 사람 가리고 까칠하게 굴어서 그런 거잖아요."

"단 작가를 욕하는 사람도 있어?"

"앞에서 욕하는 사람은 없죠. 그래도 뒤에서는 나라님도 욕한다잖아요."

"그래?"

"글과사람 회식 자리에도 딱 한 번 참석했다던데. 낯을 심각하게 가려서 정 실장 외에는 말하기 싫어한다는 소문도 있었고……."

"우리랑은 처음 일하니까 안면 트려고 그러시나 보지. 글과사람하고는 5년 전부터 쭉 일하고 있으니까 그다음에는 굳이 술자리 같이 안 한 거고."

유라가 고개를 갸우뚱했다.

"그런가?"

하지만 여전히 얼굴에는 의심이 가득했다.

"그렇다 쳐도 5년 전의 회식을 단 작가님이 주도했을 거란 생각은 들지 않는데요."

"글과사람은 우리보다 규모가 크잖니."

"선배는……. 우리도 이 정도면 출판업계에서는 남부럽지 않은 규모예요."

"그건 그렇지만."

대충 대답하면서 산사춘을 홀랑 들어 마셨다. 회식에 산사

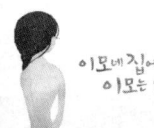
이모네 집에 갔는데
이모는 없고

춘이 나오다니, 흔한 일이 아니다. 하지만 저쪽 테이블에는 백세주가 돌고 있었으니 굳이 산사춘이 말이 안 될 것도 없는 상황이었다.

"계약 조건도 너무 좋고. 이건 완전 호박이 넝쿨째 굴러 들어온 시추에이션인데⋯⋯."

정유라는 뭐 이렇게 석연치 않은 게 많은가 모르겠다. 좋으면 그냥 좋은 거 아닌가?

그러고 있는데 저쪽 테이블에서 볼이 발갛게 달아오른 편집장님이 '어머, 귀여워어!' 하면서 쪼르르 달려 나와 고깃집 한가운데를 가로지르는 하얀 비닐봉지를 쫓아갔다. ⋯⋯편집장님은 상당한 애견 애호가인데, 술기운에 비닐봉지가 하얀 강아지로 보인 모양이다.

"귀여워어어⋯⋯."

가까이 다가가서야 비닐봉지임을 확인한 편집장님은 움찔하더니 마치 다른 걸 보고 그랬다는 듯 계속 달려 나갔다. 가게 밖으로.

"큰일이네. 편집장님 취했나 봐."

"그러게요."

다른 테이블도 마찬가지였지만, 특히 삼 님들이 자리 잡은 테이블은 흥청거리는 분위기가 심각했다. 다들 산전수전 다 겪은 사람들인데도 신 나는 마음을 숨기지 못하고 애처럼 들떠 있다. 얼마나 들떠 있었냐 하면, 국장님이 이런 폭탄을 투하했을 정도다.

"단 작가뉘임, 그런데 작가님은 애인을 왜 안 만드세요?"

나도 모르게 벌떡 일어났다. 내가 테이블을 쾅 치며 일어서자 볼이 미어져라 쌈을 우겨 넣던 사람도, 막 건배하려 잔을 부딪치고 있던 사람도 그 자세 그대로 얼어붙은 채 날 쳐다봤다.

삼 님들의 테이블도 마찬가지였다. 저게 미쳤나 하고 눈을 껌뻑이는 국장님은 뭐가 잘못된 건지 전혀 모르는 눈치니 술에 취하긴 한 모양이다.

단 작가의 특수성을 고려하지 않더라도, 보통 불편할 수도 있는 질문은 하지 않는 게 원칙이다.

국장님은 평사원에서 출발해 소설팀 전체를 총괄하는 위치에 오른, 입지전적인 인물로 평소에는 빠릿빠릿하기 그지없고 공과 사를 엄밀히 구분하는 양반인데 오늘은 암만 봐도 국장 버전이 아니라 문학소녀 버전이다. 그냥 팬인 거다, 스타에 대해서 궁금하고 관심 많은.

세상에, 편집장님만 얼굴이 반들거리는 게 아니라 국장님도 반들반들 '물광' 피부다!

"이모님! 여기 산사춘 한 병 더요!"

허튼소리를 늘어놓고 자리에 앉았다. 뒤에서 와르르 웃음이 터졌다. 다들 술 취하고 기분 좋으니 내가 뭘 하든 크게 신경 안 쓴다. 아까 비닐봉지 쫓아 나간 편집장님도 아무도 신경 안 쓰는데 뭐……

"우리 국장님 오늘 회춘하네. 남자고 여자고 연하를 옆에 둬야 젊어지나 봐요."

유라가 뒤를 힐끔거리면서 속삭였다.

"뭐 연하와 결혼한 남자와 여자가 또래에 비해 더 젊게 산다

이모네 집에 갔는데
이모는 없고

는 이야기는 있더라. 배우자와 템포를 맞추기 위해 더 노력해서 그런 거라던데.”

“쉿!”

유라가 나를 바짝 잡아당기며 삼 님의 테이블 쪽으로 귀를 기울였다. 유라는 지금 그 무엇보다도 뒤쪽 테이블에 관심이 많다.

덩달아 나도 귀를 기울이려고 하는데 꺄르르 웃음이 터졌다.

“어머! 그래요오?”

기분 탓인지 모르겠지만 저 테이블에서 제정신인 것도 단 작가뿐이고, 어른스러운 것도 단 작가뿐이다. 남은 사람은 몽땅, 깡그리, 하나같이 소년 소녀 같아져서 단 작가를 바라보고 있다.

“그럼 하 편집자가 딱이네요!”

응?

“우리 하 편집자가 좀 남자거든요! 일하기 위해서 여자를 버렸다고 할까?”

잠깐! 난 그런 적이 없는데!

“그래요?”

“그럼요!”

확정 짓지 마요! 아니에요!

“하 편집은 소설을 위해 목숨을 바친 사람이거든요. 훌륭한 콘텐츠 생산을 위해 언제나 연구하고 노력하는 사람이죠. 그게 하의연의 전부예요. 작가님 사람 잘 보신다아. 쟤가 완전 일을 위해 몸을 불사르는 애거든요.”

내가? 언제부터?

멍해져서 어떻게 해야 할지 모르고 입을 벌리고 있자 내 턱을 밀어 닫아 주며 유라가 내 술잔에 자기 술잔을 부딪쳤다.

"내버려 둬요. 그냥 하는 말일 텐데 뭘 그렇게 일일이 반응해요?"

"아니, 이상하잖아. 왜 저래?"

"작가가 자기는 일을 열심히 하는 사람이 좋다는데 국장님이 뭐라고 반응하길 바라요?"

아, 그런 말이었나? 뭐…… 애인에 대한 질문은 그럭저럭 넘어간 것 같으니 됐다.

그럼 되는 거지.

"그나저나 소문이 다 맞는 건 아니네요. 괜히 걱정했어요."

"뭐가?"

"단 작가, 여자 싫어한다고 하는 거요."

"응?"

"우리 편집장님이랑 국장님, 사장님, 쉬운 사람들이 아닌데 잘 버티고 있고, 선배와도 이야기 잘한 것 같고……. 완전 까칠한 사람인 줄 알았는데 그것도 아닌가 봐요."

내 의견을 말하자면, 와전된 게 맞긴 한데 아주 근본 없는 소문은 아니었던 듯하다. 아마 단 작가의 성적 취향과 연관되어 여자 문제가 불거졌고 그게 와전된 거겠지. 원래 소문이란 그런 거니까.

하지만 나시 한 번 살펴봐도 보통 남자와 다른 건 잘 못 느끼겠다. 유명한 연예인 탓일까? 그냥 보면 알 수 있을 것 같다

고 생각했는데.

두서없는 생각들을 떠올리며 야무지게 고기쌈을 입에 밀어 넣고 있을 때였다. 갑자기 어깨 위에 손이 턱 올라왔다. 뒤돌아보니 지선이었다. 막내 주제에 건방지게 한 손을 내 어깨에, 다른 한 손을 유라의 어깨에 턱 걸친 그녀의 눈은 완전히 풀려 있었다.

"쉰배."

지금 얘가 우는 건가? 암만 생각해도 울 이유는 없는데 눈에 물기가 가득한 게 우는 것 같은데? 아까 국장님이 날 놓고 한 이야기 때문에 이러는 거라면 감동…….

"우리 당 작가님 증말 끈내주지 않아요? 뺑짝뺑짝 빈나지 않아요? 선배 이렁 사람 본 적 이쒀요?"

……일 리가 없지.

"좋겠다, 네 단 작가님 반짝반짝 빛나서."

퉁을 주고 어깨에 들러붙은 손지선의 손을 떼어 내자 지선이 그 힘을 못 이겨 휘청댄다. 그러면서도 행복해 보였다. 사랑이란 참 대단한 거다. 단 작가가 얘한테 아무것도 해 준 게 없는데, 심지어 나처럼 대화를 해 본 것도 아닌데 이렇게 얼굴이 발그레하니 행복에 겨워 있다니.

고깃집에 와서도 단 작가 주변을 칭칭 두르고 있는 사장님 이하 웃전들 때문에 평사원들은 근처에도 못 가고 있는 실정이다. 그럼에도 불구하고 어쨌든 손지선은 행복하다.

단 작가는 천국 가겠다. 다른 사람을 이렇게까지 행복하게 해 주는 거…… 쉬운 일 아니다. 뒤를 흘긋 보니 사정 모르는

단 작가는 단정하게 술잔을 들이켜고 있었다. '빵짝빵짝'까지
는 모르겠지만 반짝반짝 빛나기는 한다.

하지만 반짝반짝이 아니라 트윙클트윙클이라고 해도 소용없
다. 지선이가 아무리 좋아해도 그는 지선이를 좋아할 리가 없
다. 지선이가 모자라다는 이야기가 아니라……. 아니, 뭐, 모
자라기도 하지만…….

눈앞에서 뭣도 모르고 마냥 황홀한 지선이가 안쓰러워 다독
다독해 준다며 등을 두드렸을 때다.

"우욱!"

응?

지선이가 입을 틀어막더니 임신 4주의 부잣집 며느리 식탁
에서 헛구역질하는 소리를 냈다.

"어머! 애 토하려나 봐요!"

유라가 질색을 하면서 몸을 뒤로 뺐다.

"우욱!"

척 봐도 오바이트가 임박한 지선이 우욱, 우욱 하면서 몸을
뒤로 빼다가 비틀거렸다. 저놈의 술! 저놈의 술! 아무리 행복
해도 작작 마셔야지!

입을 틀어막고 출구를 향해 마구 뛰어가던 지선이 멈칫했
다. 단 작가와 딱 맞닥뜨린 거다. 정확히 말하자면 정신없이
뛰어가던 지선이 머리로 단 작가의 가슴을 들이받았다. 문제는
지선은 그러거나 말거나 얼른 밖으로 뛰어나가야 하는 입장이
었다는 건데…….

"작가뉘임~."

이모네 집에 갔는데
이모는 없고

사랑은 얼마나 사람을 어리석게 하는가.

꿈에도 그리던 단 작가를 지척에서 본 지선은 자신의 입장을 잊었다. 그녀가 단 작가를 끌어안은 것은 본능적인 행동이었을 거다. 이해해 줘야 한다. 그녀는 그의 사진첩을 네 개나 갖고 있지 않은가. 하지만 그녀의 속은 작금의 입장을 잊지 않았으니, 그 끝은 처참했다.

"우웨에에에엑!"

순간 홍해가 갈라지는 것 이상의 박력으로 고깃집의 소음이 뚝 멈췄다. 소음만 멈춘 게 아니라 움직임도 멈췄다. 모두가 경악해 빳빳하게 굳어 있는 사이로 고기 굽는 냄새만이 연기와 함께 피어올랐다.

모든 사람이 돌처럼 굳는 마법에라도 걸린 것 같은 순간이었다.

마법이 풀린 것은 계속 단 작가의 가슴에 코를 박고 있던 손지선의 몸이 천천히 무너지기 시작했을 때였다. 주저앉는 손지선의 몸을 가볍게 낚아챈 단 작가는 가타부타 설명 없이 그녀를 달랑 들고 밖으로 나갔다.

사방에서 참던 숨을 내쉬는 소리가 들렸다. 대부분 숨 쉬는 것도 까먹고 있었던 것이다. 그 와중에 사장님 이하 '님'자가 들어가는 직위의 사람들은 조금 더 충격이 커 얼굴 반이 입이 되어 뻐끔거리기만 했다. 아마 사장님의 머릿속에는 지금 자크 오펜바흐의 ≪천국과 지옥≫ 중의 서곡이 시작되고 있을 거다.

나는 젓가락을 내려놓고 잽싸게 단 작가를 따라 고깃집 문을 밀고 나갔다.

사장님 이하 직원들이 술이 떡이 된 지선을 눕혀 놓고 어떻게 잡아먹을까 궁리하는 동안, 나는 근처의 유니클로에서 셔츠 하나를 사 가지고 잽싸게 화장실 쪽으로 향했다.

　호사다마好事多魔라더니 어쩐지 일이 너무 잘 풀린다 싶었다. 하지만 여기서 마가 터지다니……. 손지선, 진짜 내일 해장시키자마자 제대로 두들겨 팰 테다.

　"작가님, 괜찮으세요?"

　화장실 문짝 하나를 사이에 두고 위에는 훌렁 벗었을 외간 남자와 대화를 시도하자니 여간 낯부끄러운 것이 아니었다. 안에서 부스럭거리는 소리가 들리는 것도 부담스럽다. 오늘 아침에 정열적으로 청소하던 것으로 짐작해 보자면, 단 작가, 깔끔을 떠는 성격 같은데…….

　"아무래도 지선이가 작가님을 보고 너무 흥분해서……."

　"죄송한데 잠깐 혼자 있고 싶은데요."

　단 작가님의 목소리에 나는 말없이 화장실에서 로그아웃했다. 안 그래도 거기는 냄새도 나고, 비좁고, 결정적으로 남자 화장실이라 불편했던 참이다. 나를 비켜 화장실로 들어가는 남자의 표정이……. 아저씨, 나라고 남자 화장실에 들어가고 싶었겠소?

　이 와중에 그래도 계약서에 미리 도장을 찍은 게 다행이라고 생각하는, 얍삽한 내가 싫다.

　단 작가가 나온 건 10분 정도 지나서였다. 세수했는지 물기 있는 얼굴로 화장실 문을 열고 나오던 단 작가는 나를 보고 걸

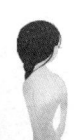
이모네 집에 갔는데
이모는 없고

음을 멈췄다. 그러는 얼굴이 말도 못하게 딱딱하게 굳어 있다.

"옷은……."

"버렸어요."

욕봤다, 정말.

정말 드문 경험이 아닐 수 없다. 아무리 다양한 경험을 추구하는 게 작가라고 해도, 이런 걸 겪고 싶지는 않았을 거다.

"죄송해요, 작가님. 얘가 정말 작가님 팬이거든요. 너무 흥분했나 봐요."

어떻게든 대화를 이어 보려 했지만 단 작가의 얼굴이 너무 냉랭해 실패했다. 술이 좀 취했으면 차라리 나았을 텐데 맨 정신으로 남이 먹은 것을 확인했으니…… 진짜 싫었을 거다.

내가 입을 다물자 우리의 주변에는 침묵이 드리워졌다. 멀리서 들리는 소리들은 유난히도 멀어 마치 이명처럼 느껴졌다.

술 마신 기색도 안 느껴지는 단 작가의 얼굴은 찬 빛이었고, 물기가 남아 있는 머리카락은 이상하리만큼 검었다. 어둑한 실내의 조명 탓일까? 눈빛이 유난히도 까맣게 가라앉아 있다.

왜 저렇게 사람을 빤히 보는 걸까? 날 조질까 말까 고민하는 걸까? 사실 사고를 친 건 손지선이지만, 걔는 내 아랫사람이고, 단 작가의 담당 편집자는 나니까 오늘 일어난 일 전부를 놓고 나에게 둘러씌워도 이해한다. 단 작가가 지금 화풀이할 데가 어디 있겠는가? 정신 놓은 손지선? 편집장님? 국장님? 사장님?

"죄송해요!"

나에게 화풀이하시오! 하는 비장한 마음으로 눈을 질끈 감고 다시 한 번 사과했다.

"하 편집자가 죄송할 일은 아니죠."

잠깐의 사이를 두고 차분한 목소리가 날아왔다. 하지만 목소리와는 달리 눈빛은 삼하기 그지없다. 입으로는 괜찮다 하시고 눈으로는 날 씹어 드시는 단 작가. 그의 시선 때문에 머리끝에서부터 발끝까지 따끔거릴 지경이다.

"저……."

"발레 좋아해요?"

느닷없이 날아온 단 작가의 말을 나는 바로 이해하지 못했다. 예고도 복선도 없는, 너무나 뜬금없는 말이었다. 그래서 본의 아니게 나는 봉창을 두드리고 말았다.

"발레파킹하셨다고요?"

"아니, 이거……."

어이없다는 듯이 고개를 저은 단 작가가 지갑에서 뭔가를 꺼냈다. 무슨…… 티켓이다.

"발레 초대권이에요. 혹시 발레 좋아하면……."

"왜 작가님이 안 가시고요?"

단 작가가 요상한 얼굴로 날 내려다봤다. 하기야 내가 상관할 바 아닌데, 나도 국장님 병이 옮았나 보다. 관심병. 괜한 관심은 사생활 침해요, 아줌마의 상징인데. 오늘 처음 본 얼굴이지만 책으로 만난 건 5년이 넘고, 나 혼자 관심을 갖고 있다 보니 막 가깝게 느껴지는 게 문제나.

"대답 안 하셔도 돼요. 쓸데없는 질문, 죄송합니다. 그런데 진짜 저 주셔도 돼요? 이거 강수진이 추는 마지막 ≪카멜리아

이모네 집에 갔는데
이모는 없고

레이디≫ 전막이라 엄청 예매하기 힘들었다던데."

심지어 VIP석이다. 친절하게도 쓰여 있는 가격은, 오 마이 갓!

"······발레를 별로 안 좋아해서요."

"아, 그래요? 그럼 감사히 받겠습니다! 저 정말 보고 싶었던 거거든요!"

반갑게 인사를 하고 나니 뭔가 좀 머쓱해졌다. 지금 내가 단 작가한테 발레 티켓을 줘도 뭐한 상황 같은데. 뭐가 이렇게 뜬금없고 느닷없단 말이냐.

단 작가도 같은 생각을 했는지 날 빤히 내려다보는 눈빛이 뭔가 의미심장하다. 응아하고 뒤 안 닦은 것처럼 찝찝하고 그렇다. 설마 이 발레 티켓과 손지선의 진상의 대가로 계약을 해지하겠다는 건 아니겠지? 위로 티켓? ······아니면 설마 오늘 회식비를 나더러 쏘라는 건?

머리가 복잡해지려고 하는데 단 작가가 가볍게 한숨을 내쉬며 핸드폰을 꺼냈다. ······응? 핸드폰?

"작가님, 핸드폰 있으셨어요? 윤 작가님은 작가님이 핸드폰을 안 쓰신다고······."

못되고 자기만 아는 이기주의자라서 그랬다는 말은 생략하자. 핸드폰 없이 응답기만 사용한다면서 윤 작가가 단 작가 욕한 게 30분이 넘는다는 말도.

"번호 알려 줘요. 다시는 오늘 오전 같은 일이 없으려면 내 개인 전화번호를 하 편집이 가지고 있는 게 나을 것 같군요."

단 작가의 목소리는 다른 의도는 전혀 없는 듯 짧고 간결했다.

"아, 물론이에요. 제 번호는 010—XXXX—XXXX예요."

번호를 입력한 단 작가가 통화 버튼을 눌렀다. 내 핸드폰 번호가 커다랗고 선명한 액정 화면 위에 떠올랐다.

"다른 사람과 공유하는 일은 없었으면 좋겠어요."

"그럼요."

"하 편집."

"네?"

"눈치 없다는 소리 안 들어요?"

"네?"

눈치 없게도 무슨 소리 하는지 전혀 모르겠다. 적어도 내 앞에서 대놓고 눈치 없다고 말한 사람은 없었는데…….

뭐라 대답해야 좋을지 몰라 단 작가를 올려다보니 균열 하나 없이 말끔한 얼굴을 한 단 작가는 지긋이 나를 내려다보고 있었다. 내가 눈치 없다는 소리를 듣는지 안 듣는지를 꼭 알아야만 하는 사람처럼 진지하다.

"잘…… 모르겠어요."

"그럼 오늘부터, 하 편집은 눈치 없는 걸로 합시다."

"네?"

"오늘은 여기까지."

약간 얼떨떨하지만 몸을 획 돌려 성큼성큼 앞서 가는 그의 등은 반듯하니 보기 좋았다.

이모네 집에 갔는데
이모는 없고

단나인

샤워 후 마지막으로 양치질을 하다가 손을 내린 나는 거울 속에서 거품을 문 채 나를 멍하니 보고 있는 얼간이를 노려보았다. 얼간이도 저런 얼간이가 없다. 발레를 안 좋아한다니? 그럼 왜 카드사의 VVIP 회원 혜택에서 발레 회원권을 선택한 건데?

전투적으로 입안을 헹구면서 다시 생각해 봐도…… 진짜 얼간이다. 왜 말을 못 해? 같이 가려고 표를 꺼낸 거라고 왜 말을 못 하냐고!

젖은 머리를 타월로 털면서 나오는데 전화벨이 울렸다. 소파에 주저앉아 툭툭 머리를 털며 기다리자니 벨이 끊기고 응답기로 바뀌었다. 삐 하는 기계음과 함께 튀어나온 목소리는…… 이모다.

― 너…… 전화번호…… 또…… 바꿨어?

이모는 이모인데 귀신에 빙의한 이모다. 무슨 사람 목소리가 이렇게 음침하냐?

"여보세요?"

다 죽어 가는 목소리를 외면하지 못하고 전화를 드는 순간 실제 바람이 느껴지는 것 같은 폭풍 한숨이 귀청을 때렸다.

"왜 이래? 무슨 일 있어?"

— 글이…… 안 쓰여.

아, 마감인가 보군.

— 정말 재미가 없어. 200페이지나 썼는데 1페이지 재미있을까 말까 야. 자꾸…… 인도네시아의 나무들이 생각나. 삼림에서 걔들이 어깨를 맞 대고 훌륭한 무언가가 되겠다고 약속했을 텐데 정신을 차리고 나니 내 책 이 되어 있으면…… 얼마나 슬플까? 나…… 미안해서 어떻게 하지?

"이모 생각보다는 재미있을 거야."

— 네가 어떻게 알아?

"그냥 알아."

이건 작가라면 누구나 가지고 있을, 일종의 마감 행사다. 초 고를 쓸 때까지만 해도 세상에서 제일 재미있던 이야기는 어쩐 일인지 수정을 하기 시작하면서 제일 진부하고, 뻔하고, 지루 한 이야기로 탈바꿈한다.

— 나, 포기할까 봐. 이 계약도 네가 대신 해 줄래? 공포 소설인데 말 이야.

"쓸데없는 소리 하지 마."

— 진심이야. 이제 키보드를 꺾어야겠어. 내 안에는 더 이상 어떤 이 야기도 들어 있지 않나 봐. 나 자신을 찾기 위해 아프리카로 가야겠어.

아프리카는커녕 동남아도 안 가 본 양반이 툭하면 아프리카 타령이다. 이게 다 쓸데없는 다큐멘터리 탓이다. 쓸데없이 큰

이모네 집에 갔는데
이모는 없고

화면으로 쓸데없이 광활한 초원과 사막 따위를 보여 주니까 쓸데없이 감상적인 이모가 쓸데없이 아프리카에 대한 꿈을 키운 거 아닌가?

"⋯⋯있어 봐. 10분 있다가 갈게."

— 와도 소용없어. 네가 온다고 해서 내가 바뀌는 건 아니니까⋯⋯. 나는 이제 아무 희망이 없어. 나는 바람이고 싶어. 보이지 않고 잡을 수 없고 마냥 자유로운⋯⋯.

전화를 끊어 버렸다. 저 헛소리는 오래 들어 줄 수가 없다. 어차피 집에 가서 맛있는 것 좀 해 먹으면 다시 기운 차릴 거다.

"이 인간이 근데 정말⋯⋯."

또 잠가 놓지 않은 오피스텔의 문을 빵 걷어차고 들어가며 욕설을 늘어놓을 예정이었지만 멈칫하고 말았다. 거실에 대자로 누워 있을 거라 생각했던 이모가 없었기 때문이다.

대신 물소리가 들렸다. 순간 숨 쉬는 것조차 잊어버릴 정도로 놀랐다. 이건 꿈인가? 아니⋯⋯ 꿈이라면 하얀 방이어야 하는데?

심지어 욕실에서는 낮은 콧노래 소리까지 들리고 있었다. 이 정도가 되면 장자가 떠오를 만하다. 내가 꿈을 꾸고 있는 건지, 꿈이 나를 부른 것인지⋯⋯.

꿈이 아니라는 걸 알게 된 건 콧노래가 그치고 이어진 저팔계 웃음소리 때문이었다.

"움화화화! 나 노래 잘하셔~!"

⋯⋯이모다.

라사냐를 해 먹이고 완전히 기분 전환이 되어 흥얼거리는 이모를 두고 나온 나는 피트니스로 직행했다.

한심해 죽겠다. 라사냐 한 접시에 신이 난 이모보다 이모가 잠깐 집을 비운 틈을 타서 방문한 끝에 인생을 꼬아 버린 내가. 그게 무슨 상관이냐고? 모른다. 어쨌든 다 이모 탓이다. 이모가 집에 없어서, 이 모든 문제가 생겨 버린 거다.

어제 내내, 하의연을 관찰했다. 입이 찢어져라 쌈을 싸 먹는 것부터 산사춘을 암브로시아인 양 황홀하게 쳐다보는 것, 사람들과 떠들다가 웃음을 터트리는 것까지……

결론적으로 탁 까놓고 말하면 하의연은 내 타입이 아니다. 그동안 만났던, 몇몇 마음에 맞는 상대 중에 하의연과 같은 스타일은 단 한 명도 없었다.

키도 작고, 몸매도 그다지 볼 게 없고(밍키 아래의 가슴은 있는 건지, 없는 건지 의아할 정도였다), 얼굴도 그냥저냥 평범한데다가 결정적으로 애교스러운 스타일도 아니다.

하의연은 곰과다. 수더분하게 일 잘하고, 융통성 없이 성실하고, 일은 열심히 하는데 백년이 가도 차가운 도시 여자 근방에도 못 갈 것 같은 곰.

내가 개인적으로 제일 피곤하다고 생각하는 여자가 바로 곰과다. 여우과면 자기가 알아서 이리저리 밀고 당겨 대하는 게 어렵지 않은데 당최 머리를 쓰지 않는 곰과는 행동을 예측할 수가 없다.

정말 내 타입 아닌데.

젠장, 왜 그 곰은 여우의 탈을 쓰고 8년 전 목욕을 하고 있었

이모네 집에 갔는데
이모는 없고

단 말이냐! 왜 눈을 뗄 수가 없냔 말이다!

"작가니임~!"

신경질을 내며 로커 룸에 들어서는데 익숙한 목소리가 날 불렀다. 정 실장이다. 정 실장은 피트니스의 실장……은 당연히 아니고 지난 5년 동안 나와 함께 작업했던 글과사람 출판사의 편집자다. 그리고 내 전화번호 유출의 범인이기도 하고.

운동이라면 질색이라 자신의 스포츠는 '숨쉬기'라고 자신 있게 말하는 인간이니 운동하러 온 건 아닐 테고, 내 전화번호가 바뀐 걸 알고 찔려서 잠복 중이었을 게 분명하다. 땀 한 방울 묻어 있지 않은 운동복이 가설을 증명한다.

"전화번호 바뀌셨더라고요?"

"그러게요. 왜 바뀌었을까요?"

내 차가운 시선에 정 실장이 흠칫 놀라 딴청을 했다. 그래 봤자 늦었다. 그동안에도 전화번호 유출의 통로가 정 실장이라고 의심했는데 이번에는 실증까지 있다.

"저는 늘 작가님이 잘될 수 있는 길만 연구하는 거…… 아시죠? 그러다 보니 가끔은 작가님이 원하지 않으시는 일이 일어날 수도 있지만 결국에는 저도 좋고, 작가님도 좋고…….."

"제가 잘될 수 있는 길은 저와 협의해서 연구되었으면 하는데요."

정 실장을 싹 무시하고 지나쳤지만, 그는 민망한 기색도 없이 투덜거리면서 바짝 뒤를 따라온다.

"그렇다고 다른 출판사와 계약하신 거예요? 작가님, 너무하신다."

벌써 소문이 났구나. 이 바닥도 대단하다. 계약서 도장 찍은 지 아직 24시간도 안 된 것 같은데…….

"게다가 뻑적지근하게 회식도 열어 주셨다면서요? 어떻게 그럴 수가…….."

대꾸 없이 머신 위로 올라가 버튼을 누르고 걷기 시작했다.

"거기는 규모도 작고, 작가 관리도 엉망일 텐데! 우리처럼 잘 해 주는 출판사 없다고요! 편집자도 완전 초짜를 붙였다면서요!"

내가 계속 묵묵부답으로 응수하자 결국 정 실장도 내 옆자리 머신 위에 올라왔다.

"그 편집자 아직 한참 더 배워야 하는 사람이라고요. 작가님을 케어할 정도가 못 돼요!"

나는 조용히 정 실장 머신의 스타트 버튼을 눌러 주었다. 아예 몸을 내 쪽으로 튼 채 떠들어 대던 그가 화들짝 놀라 걷기 시작했다.

"물론 작가님도 한 번 일해 보시면 깨달으실 거라 생각하지만, 전, 그러니까, 작가님 생각을 해서…….."

"예예, 깨닫고 돌아갈게요."

스피드를 올리며 대강 대답했다. 사실 이모의 부탁으로 이 람과 계약하긴 했어도 글과사람하고 일을 그만둔다는 생각은 안 해 봤는데 이렇게 나오니까 어쩐지 그만하는 게 나을 것 같다는 생각도 든다. ……지금 나 정 실장이 하의연의 출판사를 까는 게 고까운 걸까?

팔다리를 부지런히 움직이며 생각하니 그런 것 같기도 했다. 보통 때에도 정 실장은 고운 말 바른말만 하는 사람은 아

이모네 집에 갔는데
이모는 없고

니었다. 부지런히 주변 출판사 흥을 보는 데서 그치지 않고 글과사람 내부의 선배, 후배, 동료…… 가리지 않고 고르게 걱정(?)해 주는 스타일이다. 하지만 그런 그가 불편했던 적은 한 번도 없었다. 가끔은 재미있기도 했다. ……하지만 지금은 재미없다.

"이런 말씀은 안 드리려고 했는데 작가님 담당이라는 하의연 편집자요, 진짜 소문 영 별로예요."

'그 입 다물라!'고 외치고 싶었지만 동시에 궁금하기도 했다. 정 실장은 출판계 공식 지정 스피커다. 발도 넓고 입도 싸지만 아는 것도 많다. 그게 아니라도 지금 하의연 이야기를 할 수 있는 사람이 정 실장밖에 없기도 하다.

"……왜요?"

"원래 편집자는 작가의 글에 관여하면 안 되는 거 아시잖아요. 그런데 하 편집은 막 관여를 하거든요. 심지어 전에는 작가가 휴양림을 배경으로 글을 쓰는데 리얼리티가 없다고 하니까 휴양림에 끌고 가서 작업을 했다지 뭐예요!"

뭐야? 정말?

"정말요?"

"그럼요! 그뿐인 줄 아세요? 작가님이 워낙 곱게 자라서 서민들의 삶이 이해가 안 간다고 하니까 시장을 끌고 다니고, 반지하에서 묵게 하고. 이런 만행도 저질렀다지 뭡니까!"

내 반문을 동조로 받아들인 정 실장은 신이 났다. 하지만 내가 관심 있는 건 시장, 반지하…… 이런 거 아니고, 글이 안 써지면 영감을 주기 위해 노력한다는 부분이다. 이거 진짜 고급 정보다.

"그러니까 단 작가님, 지금이라도 계약 해지하시고…… 우리와 계약해요. 언제는 글 없으면 계약 안 한다더니, 거짓말쟁이!"

생긴 건 산도적 같은데 콧소리를 섞어 애교를 부리는 데 깜짝 놀라 나도 모르게 퇴치 버튼을 누르고 말았다. 퇴치 버튼이 뭐냐고? 스피드 버튼.

손을 뻗어 그의 머신의 스피드를 올리자 정 실장이 헉헉 숨을 몰아쉬기 시작했다.

"작가님, 헉헉! 그럼, 헉헉! 일단 헉헉! 바뀐, 헉헉! 전화번호라도, 헉헉!"

그러거나 말거나 스피드를 더, 더, 올리자 우와아악! 하는 비명 소리와 함께 정 실장이 뒤로 사라졌다.

하의연을 만난 것을 기점으로 나의 글은 전환점을 맞았다. 이야기가 무척이나 풍부하게 떠오른다. 다만, 소재가 좀 한정적이라는 것이 문제였다.

욕실에서 한 여자가 물을 틀어 놓고 콧노래를 흥얼거리고 있다. 그녀의 다리는 무척이나 예쁘다. 잘 뻗은 다리를 공중으로 치켜들고 이리저리 보던 여자는 밖에서 무언가 바스락거리는 소리가 들려서 물을 잠근다. 사방이 고요에 잠기고, 여자의 심장은 둥둥 뛰기 시작한다. 지금 집에는 그녀 혼자뿐이다. 문밖에서 들리는 소리는 낯설다. 그때 다시 한 번, 무언가 떨어지는 쿵 소리가 나고 여자는 너무 놀라 수증기가 가득 차 있는 뿌연 공기를 휘저으며……

이모네 집에 갔는데
이모는 없고

욕실이 나오지 않는 이야기를 써 보자.

아버지와 어머니, 삼 남매 중의 둘째. 부유하지는 않지만 모자라지도 않는 환경 속에서 그녀는 자랐다. 덕분에 무척이나 밝은 성격을 지니고 있다. 세상의 더러움 같은 건 모른다. 그런 그녀가 욕실로 들어서는 순간, 모든 것이 바뀌었다. 욕조 가득 받아 놓은 더운물 때문에 피어오른 수증기로 뒤덮인 거울을 손으로 문질렀는데 거울에 비친 그녀의 젖은 어깨 뒤로……

욕실 밖에서 일어나는 이야기를 써 보자니까.

그녀는 그를 바라보았다. 그는 빙긋이 웃으며 들고 있던 와인 잔을 허공에 치켜들었다.
"너의 모든 것, 오늘은 내 것이야."
단순하고도 간결한 선언에 그녀의 마음 한편이 운다. 그는 '오늘은'이라는 단서를 붙였다. 알고 있다. 그들은 오늘이 지나면 모르는 사이가 되어야 하는 사람인 것이다. 우연히 길에서 마주친다고 해도 모르는 척 그냥 스치고 지나갈 사이.
"자, 그러면 샤워부터 할까?"
그가 벌떡 일어나서는 몸을 감싸고 있던 로브를 벗어 던지고 욕실로 들어……

난 욕실을 빼놓고는 글을 못 쓰는 몸이 되어 버렸다. 그러니 이제 한번 편집자의 도움을 받아 볼까?

진하게 내린 커피를 연거푸 두 잔을 마시고 식탁 의자를 빼 앉았다. 여전히 거실 창에는 내가 좋아하는 풍경이 담겨 있지만, 그 풍경은 이제 어제의 풍경이 아니다. 내가 어제의 내가 아니듯.

나는 식탁 위에 놓여 있는 핸드폰을 물끄러미 바라보았다. 세상에서 단 한 사람만이 번호를 아는 핸드폰이다. 그리고 그

날 이후, 단 한 번도 울린 적이 없다.

핸드폰을 들고 액정 화면을 켠 후 주소록으로 갔다. 단 한 명의 핸드폰 번호가 저장되어 있었다. 물론 걸어 본 적은 없다. 하지만 통화 버튼만 누르면, 전화가 간단히 걸린다는 것 정도는 숙지해 두었다.

자, 이제 전화를 걸 때다.

나는 비장한 각오로 핸드폰을 노려보았다. 전화를 하고, 아무렇지도 않게 인사를 나눈 다음, 글 이야기를 조금 하고…….

그러는데 핸드폰이 띵동 하고 울었다. 잔뜩 긴장해 있다 어찌나 놀랐던지 핸드폰을 거의 바닥에 내팽개칠 뻔했다. 진짜 심장 떨어지는 줄 알았다. 이거 핸드폰이라는 게 원래 이렇게 위험한 기계인가?

전화가 온 건 아니었다. 문자메시지였다.

식은땀이 날 정도로 긴장해서 화면을 터치하는 순간 맥이 탁 풀렸다. 대출 권유 문자메시지다. 성질이 와락 솟았다. 내 번호는 어떻게 안 걸까?

'아주 주겨 버리리라.' 하고 전화를 하려다가 그냥 핸드폰을 도로 식탁 위로 던졌다. 정보 통신법과 싸우면 뭐하겠는가? 지금 문제는 정보 통신법이 아닌데.

입술을 깨물며 허공을 노려보다, 인상을 찡그리다, 될 대로 되라 싶은 마음에 다시 핸드폰으로 손을 뻗었을 때다. 띠링띠링 하고 핸드폰이 울기 시작했다. 이번에는 문자메시지가 아니다. 진화였다. 까만 액정 화면에는 전화기 그림과 함께 또렷하게 '하의연' 세 글자가 초록빛으로 빛나고 있다.

이모네 집에 갔는데
이모는 없고

"……여보세요?"

— 작가님, 안녕하세요? 하의연이에요.

심장이 두근거리는 소리 때문에 하의연의 목소리가 안 들릴 지경이었다.

— 저, 지금 통화 괜찮으세요?

괜찮은 정도가 아니라 통화하지 않으면 안 될 상황이었지만…… 난 이상하게 하의연 앞에서는 과묵해지고 만다.

"말씀하세요."

— 발레 티켓 감사드려요. 지선이와 함께 가기로 했어요. 그…… 회식 때 작가님한테 실수한 애, 기억나셔요?

잠깐, 지금 나한테 자기가 먹은 것을 그려 낸 여자애가 장당 25만원인 발레 티켓을 얻는 거야?

내가 막 쪼잔해지려는데, 반전의 목소리가 이어졌다.

— 그래서 작가님한테 인사드리러 가고 싶은데…… 괜찮으시겠어요?

간신히 쪼잔함의 입구에서 멈춰 선 나는 숨을 들이마셨다. 그러니까 이 얘기는, 하의연도 같이 온다는 소리렷다?

"언제요?"

— 작가님 편한 시간에요.

문득 난 지금이 가장 편하다는 것이 떠올랐다. 아까부터 나는 무척이나 편한 상태로 식탁에 앉아 있지 않았던가?

"오늘도 괜찮은가요?"

— 에? 오늘요?

너무 쉬워 보였나 하는 우려가 든 건 이미 말을 내뱉은 다음이었다. 그렇다고 해서 '내일부터는 바쁘고' 따위를 붙이기에 나는 긍지가 있는 사람이었다.

— 잠깐만요.

의논을 하기 위해 잠깐 전화기 저편에서 소리가 뭉개지던 시간은, 내 인생에 있어서 가장 긴장되는 순간 중 하나였다는 걸 고백해야겠다.

— 작가님, 그럼 4시쯤 찾아뵐게요.

이런 목소리가 들려왔을 때는 말도 못 하게 기뻤다는 것도.

정말, 나 왜 이렇게 된 거냐. 내 타입도 아닌 여자를 놓고.

어쨌든 하나는 확실히 알게 된 셈이다. 사랑에 빠지고 동시에 우아하고 시크한 태도를 유지하는 것은 불가능하다. 이래서 옛날 사람들이 사랑하는 사람은 약자弱者라고 했나 보다.

방으로 돌아간 나는 대기 모드로 돌려놓았던 컴퓨터를 켜고 빈 화면에 떠오르는 문장을 적었다.

사랑은 이유가 없기에 지독한 폭력이다. 까닭을 알지 못한 채 어째서 나는 너를 가슴에 담고 있는가.

"작가님! 죄송합니다!"

4시 정각에 도착한 하의연이 문을 열자마자 손지선은 석고대죄의 에너지를 담아 허리를 폴더처럼 굽혔다. 성의는 가상하지만 이 상황에서 가장 좋은 사과는 여기에 따라오지 않는 거였다.

"들어와요."

손지선의 허리가 한없이 유연한 폴더를 벤치마킹했든 별 관

심 없었다. 내 시선은 짙은 파랑 민소매 티에 하얀 바지를 받쳐 입은 하의연을 보느라 너무 바빴으니까. 여전히 화장기도, 꾸민 기색도 없는데 눈이 간다는 건 희한한 일이다. 굳이 따지자면 8부 바지에 하얀 샌들을 입은 게 귀엽지만.

"오늘은 예쁘게 입고 왔네요."

"예? 제가요?"

하의연이 펄쩍 뛰었다. 예쁘다고 하는데 저런 반응인 여자는…… 처음이다.

"제가 그랬나요? 전 이거 아무렇게나 입고 온 건데……. 이 셔츠는 그냥 아울렛에서 할인할 때 산 거고 바지는 홈쇼핑에서 석 장에 99,000원에 파는 거예요."

뭐야, 지금 자긴 아무거나 걸쳐도 예쁘다고 어필하는 건가?

"뭐 입어서 예쁘면 그만이죠."

"아니에요! 정말!"

뭐가 아니라고 이러는 거냐?

"전 외모 중요시 여기고, 꾸미고 그런 여자 아니에요. 전 일이 가장 중요하다고 생각해요. 일을 위해서는 뭐든 할 수 있어요. 그걸 꼭 기억해 주세요!"

……내가 뭐라고 했길래 이러는 건지 아는 사람?

눈치를 보니 손지선도 하의연이 왜 저러는 건지 전혀 모르는 듯했다. 뭔가 생각하는 듯 손지선의 눈동자가 데구르르 데구르르 흰자위 안을 굴러다녔다. 그러다 나와 눈이 마주치자 배시시 웃었다.

"저, 작가님 선물 가지고 왔어요."

"아, 이거……."

그제야 얼굴이 빨개진 의연이 들고 있던 봉투를 내려놨다. 락앤락에 담긴 건…… 매실즙?

"지선이네 시골에서 담근 거라고 해요."

"주먹만 한 매실을 사용한 100퍼센트 수제 매실즙이랍니다."

방글방글 웃으며 손지선이 껴들었다. 아닌 게 아니라 매실 크기가 비범하긴 하다. 어른 주먹은 아니라도 신생아 주먹은 되겠다.

"고맙습니다만."

그제야 소화가 안 될 때마다 한 잔씩 마셨던 매실즙이 바닥을 보인 지 꽤 되었다는 사실이 생각났다. 주문해야지, 생각하고 요 근래 정신이 없어서 까맣게 잊어버리고 있었던 거다. 하지만…….

"마음만 받겠습니다."

약간 아쉬운 마음으로 봉투를 도로 밀었다.

"예? 작가님 왜……."

당황한 기색이 역력해 하의연이 말을 흐렸다. 그 옆의 손지선은 영문을 몰라 눈을 동그랗게 뜨고 있다.

"매실즙 좋아하시잖아요?"

손지선의 물음에 고개를 끄덕였다. 엄밀히 말하면 좋아하는 게 아니라 자주 먹는 거지만, 토끼나 산토끼나…….

"예. 하지만 선물은 안 받는 걸 원칙으로 하고 있어서요. 다른 건 아니고 그냥 개인적인 이유니까 신경 쓰지 마세요. 매실즙 아주 실하고 좋아 보이니 하 편집자가……."

이모네 집에 갔는데
이모는 없고

"제발 받아 주세요!"

말이 끝나기도 전에 손지선이 무릎을 꿇었다. 그것도 화들짝 놀랄 정도로 과격하게. 은유법이 아니라 말 그대로, 바닥에 내려앉으며 무릎을 털썩 꿇었다는 거다.

"제가 그렇게 엄청난 짓을 저질렀는데 죄를 갚을 기회를 주지 않으신다면 저는, 저는 더 이상 살 수 없어요!"

두 주먹을 불끈 쥐어 무릎 위에 올린 모양새가 어찌나 비장하든지, 나는 순간 이 여자가 내 가슴팍에 토한 게 아니라 칼을 찔러 넣은 건가 헷갈렸다.

"아니, 뭐 그렇게까지……."

"이렇게라도 작가님께 뭔가 해 드리고 싶은 마음, 제발 받아 주세요!"

"그게…… 마음은 고맙게 받겠지만 내가……."

그냥 귀찮아서 그렇다. 자라 보고 귀찮은 가슴 솥뚜껑만 봐도 귀찮다고, 스토커들에게 하도 시달리다 보니 개인적으로 주고받는 건 삼가는 게 낫다는 원칙이 생겼다. 빚을 지면 갚아야 할 일이 생기고, 그러다 보면 스토킹인지 인간적 관심인지 선이 애매해진다. ……뭐, 손지선이 나 대신 하의연과 발레를 보러 간다고 심통이 나서 더 이러는 건 절대 아니다. 정말로.

하지만 점점 더 손지선은 비장해졌다.

"제발 받아 주십시오!"

슬슬 애가 할복할까 봐 무서워지기 시작했다. 아무리 생각해도 애 좀 이상한 게 맞는 듯하다. 점점 더 매실즙을 멀리하고 싶어진다.

"지선아…….."

난감하게 무릎 꿇은 손지선의 팔을 붙잡았던 하의연이 나를 쳐다봤다. 아무래도 손지선보다 나를 설득하는 게 더 빠르다고 생각한 모양이다.

"그냥…… 받아 주시면 안 될까요? 지선이가 정말 작가님을 좋아……. 아니, 그러니까 작가님 글을 좋아하거든. 순수한 마음일 거예요. 제가 보증할게요. 한 번만 받아 주세요."

순수하다니, 그냥 딱 봐도 별로 안 순수해 보이는데. 여러 번 스토킹을 당한 결과 내 안에는 스토커 감지기가 설치되었는데 애는 방금 그 감지기에 빨간 불이 들어오게 했다.

"그뿐이 아니라!"

제갈공명이 왕에게 출사표를 던지는 것과 비슷한 느낌으로 손지선이 말을 이었다.

"어마어마한 실수를 한 저에게 발레 티켓이라는 은혜를 베풀어 주신 점, 눈물이 날 정도로 감, 감개무량합니다……만! 저는 그런 은혜를 받을 자격이 없습니다."

이건 또 뭐야. 조금 있으면 종교 하나 창시할 기세다. 엄청 난 연회비의 카드를 쓰는 대신 받은 거라고 고백할 필요는 없 겠지만, 그걸 모른다고 해도 엄청난 은혜까지는 아니다. 백번 양보해서 은혜라 치더라도, 은혜를 받는 데 무슨 자격씩이나 필요하냐?

"두 분이서 가세요!"

응?

"두 분이서 가셔야 제 마음이 편할 것 같습니다!"

이모네 집에 갔는데
이모는 없고

으응?

이 상황 반전에 적응을 할 수 없어 나는 인상을 찡그렸다. 그러면서 슬쩍 옆에 앉은 하의연을 보니 그녀 역시 놀란 기색이었다. 눈이 동그래져서 날 쳐다보던 하의연이 나와 시선이 부딪치자 멋쩍게 눈을 돌렸다.

"꼭 두 분이서 함께 가 주셔요!"

갑자기 손지선이라는 애가 괜찮은 사람일지도 모르겠다는 기분이 들었다. 오래 살지도 않았는데 험한 일을 너무 많이 당해 내가 사람을 너무 섣불리 판단한 건 아닐까?

내 마음이 흔들린 것을 감지하기라도 한 듯 옆에서 하의연이 끼어들었다.

"작가님…… 저도 과일 사 왔는데 제 과일도 안 받으실 거예요?"

그러고 보니 하의연은 종이봉투를 손지선은 과일 바구니를 들고 있었다. 아마 과일 바구니가 무거워서 바꿔 든 모양이다.

이렇게 되면 엄청 약해질 수밖에 없다.

"네? 작가님. 받아 주실 거죠?"

두 여자가 방글방글 웃으며 나를 쳐다봤다. 이것 참…….

하의연이 과일을 깎아 내오겠다며 내 부엌으로 들어간 후 손지선이 배시시 웃었다. 그러는 얼굴이 뭔가 익숙한 것 같기도 하고……. 머리는 애가 괜찮은 애일 수도 있다고 생각하기 위해 노력하는데 목 아래 어디쯤에서는 뜨끔뜨끔 경계경보를 발하고 있다.

"혹시 전에 날 본 적이 있……."

내가 인상을 찡그리며 운을 떼자 손지선이 해맑게 웃었다.

"저는 언제나 작가님 편이에요."

내 편이라는데 섬뜩한 기분이 들어 팔짱을 끼고 가만히 보고 있노라니 점점 더 수상했다. 머릿속에 형광등이 켜질 듯 말 듯 깜빡이고 있는 기분이었다.

"데이트 잘하세요. 파이팅!"

"뭐라고요?"

팔짱을 풀며 방글방글 웃고 있는 손지선을 노려봤다. 하지만 그녀는 기가 죽는 기색도 없었다. 마치 하의연과 내가 발레를 함께 보는 것이 100퍼센트 데이트라는 확신에 찬 얼굴이다.

"작가님이 저 보실 때는 눈빛이 베지밀 A인데, 의연 선배 볼 때는 베지밀 B인 걸요."

베지밀 A? 베지밀 B? 아…… 담백한 맛과 달콤한 맛.

"괜찮아요. 전 오빠 연애하는 거 결사반대할 정도로 철없는 팬 아니에요. 오히려 반대라고요. 온 힘을 다해 도울 거랍니다. 제가 정말 좋아하는 두 분이 함께 행복해지면 얼마나 아름답겠어요?"

기가 막혀 대꾸할 생각도 못 하고 있는데 손지선이 주섬주섬 가방을 뒤지더니 책 3권을 꺼냈다. 내 책이다.

"오빠, 사인해 주세요."

그리고 우히히 웃는데……. 방금 얘 날 오빠라고 부른 거 맞지?

이모네 집에 갔는데
이모는 없고

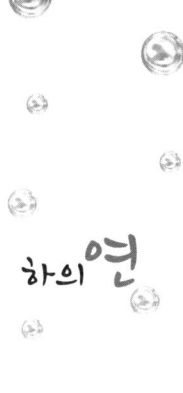

하의연

내가 살고 있는 17평짜리 원룸은 단출하다. 벽에 붙어 있는 붙박이장과 싱크대, 세탁기, 에어컨 외에는 커다란 책장과 침대, 낮은 책상이 살림의 전부다. 그중 원룸의 대부분을 차지하고 있는 것은 침대다. 어차피 거의 하루 종일 회사에서 지내는지라 잠만 자기 위해 빌린 원룸인데도 과하게 큰 침대를 산 건 어렸을 때의 트라우마 때문이다.

아주 어린 시절 집이 좀 어려웠던 적이 있다. 그때 나는 언니와 함께 방을 썼는데 그 방이 애들이 사용하기에도 진짜 조그마했다. 그리고 언니 하의지로 말하자면 여장부 중의 여장부로, 아주 어린 시절부터 키도 크고 덩치도 좋고, 사내답기 그지없는 여자였다. 나는 그런 언니를 많이 의지했고, 많이 사랑했지만, 밤에는 좀 사정이 달랐다. 이놈의 하의지가 잘 수 있는 면적의 3분의 2를 차지하고 대자로 누워 잤던 것이다. 3분의 2도 진짜 많이 봐준 거다. 체감상으로는 거의 4분의 3, 아니 5분의 4……. 나는 벽에 등을 붙인 채 몸을 모로 세워 자야만 했다. 그때 나의 꿈은 제대로 활개 치며 누워 자는 거였다. 언니를 사랑했고, 약간은 그 불같은 기질이 무서웠기 때문에 말하진 못했지만.

독립한 후 의지 언니와 함께 살 때는 그냥 평범한 싱글 침대를 사용했지만, 의지 언니가 결혼해 나간 다음 나는 제일 먼저 바로 이 킹사이즈 침대를 샀다.

그리고 오늘, 킹사이즈 침대 위에 가득 쌓여 있는 건 옷이다.

"아, 진짜!"

옷을 고르다 지친 나는 옷 위에 털썩 누워 버렸다. 발레 보러 가는 날인데, 도대체 뭘 입어야 할지 알 수가 없다.

회사에야 편하게 입고 다닌 지 오래지만, 본디 나의 옷 취향은 약간 나풀거린다. 하지만 단 작가 앞에서 여자인 척하는 것은……

'오늘은 예쁜 옷을 입고 왔네요.'

확실히 국장님이 덩실덩실 어화둥둥 하느라 날 이상하게 만든 걸 보면 단 작가는 페미닌과 상극인 게 분명했다. 이제 와서 국장님은 거짓말쟁이라 고할 수도 없고, 그렇다고 발레를 보러 가면서 청바지를 끌고 가……면 안 될 이유가 없긴 하다. 그러기 싫은 거지.

원기둥 모양의 젖빛 유리에 갇혀 있는 백색 등을 노려보다 한숨을 내쉬었다.

한 번도, 작가를 이성으로 본 적이 없는데, 생뚱맞고 어처구

이모네 집에 갔는데
이모는 없고

니없이 단 작가를 신경 쓰고 있는 나를 발견한다.

정말 어처구니가 없는 일이다. 하필 단 작가라니. 그는 게이이지 않은가?

하지만 얼굴을 보지 않았을 때부터 글을 보고 반한 사람이다. 게다가 실물이 그렇게 생겼으니 게이가 아니라 게삼이라고 해도 실감이 날 리가 없다.

첫 만남이 나빴던 건지도 모른다.

두 번째 방문 때 깨달은 건데, 첫 방문 때의 모습은 무척이나 예외적인 상황이 분명했다. 기본적으로 단 작가는 말끔하고 남에게 허점 따위를 보이는 사람이 아니었던 것이다.

그래서 더 이상한 기분이 들었다.

내가 단숨에 그의 사적인 영역으로 파고들어 간 느낌……. 아무도 보지 못한 그의 흐트러진 모습, 지저분한 집, 사소한 실수들을 목격했다는 공범자적 의식…….

까치집처럼 흐트러졌던 단 작가의 헤어스타일이 떠오르자 나도 모르게 입을 손으로 막고 키득거렸다.

"미쳤어, 정말."

몸을 뒹굴 굴리며 스스로를 엄중히 꾸짖었다. 일하는 상대고, 작가다. 게다가 심지어 연하이기까지 하다. 그리고, 또, 게이고.

복잡한 머리에 뒹굴뒹굴 내 자신을 단속하고 있는데 핸드폰이 울렸다. 번호를 보니…… 중국에서 온 거다. 언니 하의지다. 하의지는 결혼 후 남편을 따라 중국에서 살고 있다.

"여보세요?"

— 셰셰!

"중국어로 여보세요가 '웨이'인 것 정돈 이제 알거든?"

— 우히히! 내가 널 시험했지!

비록 나에게 침대 트라우마를 안겨 주긴 했지만, 하의지의 목소리를 들으면 반갑다. 우리는 무척이나 사이좋은 자매다. 어린 시절부터 언니가 나에게 미친 영향이란 이루 말할 수가 없다.

초등학교도 안 들어간 나를 앉혀 놓고 속눈썹을 길게 해 준다며 고데기를 들이댔다가 눈썹 다 태워 먹어 엄마한테 옴팡지게 두드려 맞은 것도 하의지고, 나에게 어른이 되게 해 주겠다며 담배를 물렸다가 호흡곤란으로 병원에 실려 가게 만든 것도 하의지며, 엄마 콜드크림을 몽땅 다 처발라 놓고 내가 그랬다며 핑계 대다가 엄마한테 떡이 되게 얻어맞은 것도 하의지다. 얼굴이 그렇게 번들거리는데 그게 통할 거라고 생각했다니 과연 애다.

어쨌든 난 언니 덕분에 지금도 파마 같은 인위적인 미美는 지양하고, 담배는 입에도 대지 않으며, 거짓말을 하지 않는다.

뭐 이렇게 말하면 좀 꼴통 같아 보이지만(실제로 꼴통스러운 부분이 없지 않아 있고), 하의지는 어렸을 때부터 우리 집의 자랑이었다. 공부도 잘했고, 싸움도 잘했다. 어린 시절부터 잘나기로 이루 말할 수 없었고, 형부를 만나는 그날까지도 잘났으니까 평생을 잘나게 살아온 셈이다. 개인적으로 이런 여자를 와이프로 얻은 형부는 복이 터졌다고 본다.

— 잘 지내? 엄마, 아빠는? 춘천에 한 번 내려갔어?

이모네 집에 갔는데
이모는 없고

교직에 계시던 아빠가 퇴직한 이후로 부모님은 아빠 고향인 춘천으로 돌아가 작은 주택을 짓고 오순도순 살고 있다. 벌써 둘이 30년이 넘게 살았는데도 싸움 한 번 안 하는지라, 나의 미래 가정상이라고 할까? 저런 식으로 둘이 손잡고 늙어 갈 수 있는 사람을 만나고 싶다고 생각하는 중이다.

"못 갔어. 추석에나 가야지. 그런데 언니, 나 단나인 작가하고 일한다."

— 단…… 누구?

하나 잊었다. 단나인 작가와 일한다는 건 나에게는 자랑이지만 하의지에게는 통하지 않는다는 것.

박학다식하기 그지없고 특히 잡스러운 상식의 최강자인 하의지지만, 그녀는 책 한 권 안 읽는다. 책을 읽어야 지식이 쌓인다는 것이 말짱 거짓말임을 온몸으로 증명해 낸 여인이 바로 나의 언니 되시겠다. 초등학교 때 엄마에게 얻어맞아 울어 가며 읽은 동화 전집이 의지 언니 독서의 끝이었다. 이후 모든 독후감은 주로 나를 이용했으며, 안 될 때는 끌고 다니는 '꼬봉' 중 하나를 쥐어박았다.

"있어, 그런 작가."

— 음. 누군지는 전혀 모르겠지만, 자랑하는 거 보면 꽤 유명한가 본데? 어쭈? 하의연, 이제 출판계에서 방구 좀 뀌는 거야?

"원래 나 방구 많이 뀌거든?"

— 진짜 방구겠냐!

나도 진짜 방구 얘기 한 거 아닌데 하의지가 너무 신 나 까르르 웃어 대서 아무 말도 못 했다. 언니 앞에서 나는 항상 어린 동생이기 때문이다. 내 아래로 후배만 10명이 넘는다고 하면 하의지는 진지하게 걱정할 거다. 내 후배들의 미래를.

— 뭐 하고 있어? 오늘 휴일이지?

"발레 보러 나가려고 옷 골라. ……맞다. 카톡으로 사진 보낼 테니까 나 옷 좀 골라 줄래?"

— 발레 보러 가는데 뭘 옷씩이나 골라? 데이트야?

"데이트는 아닌데 좀 까다롭거든."

— 뭐가?

"절대 페미닌하지 않으면서 예쁜 옷. 꾸민 티가 하나도 나지 않는데 막 빛이 나 보이는 옷. 자연스럽고 시크해 보이는데 어쩐지 단정한 느낌이 드는 옷."

— ……벗고 나가.

"언니!"

— 진심이야. 하늘 아래 그런 옷은 너의 바디뿐이야.

그래도 내 바디를 예쁘고, 빛이 나고, 단정하게 봐 주는 건 언니뿐이다. ……잠깐, 페미닌하지 않은 건 어쩔 겨? 꾸민 티가…… 안 나?

— 누굴 만나러 가는데 그렇게 조건이 복잡해?

"작가인데, 뭐 사정이 길어. 후배가 사고 친 거 수습하는 거야."

— 오메, 뭔 수습이 발레 구경이냐. 그 수습 나도 하고 싶구먼.

"시골 아줌마냐? 중국에 살더니 연변 처녀 다 됐구나."

— 유부녀겠지. 야, 그러지 마. 나 여기서 차가운 한국의 유부녀야. 내 남자에게만 따뜻해.

"으이그."

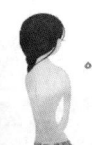
이모네 집에 갔는데
이모는 없고

멀리 중국에서도 하의지의 입은 살아 있다.

— 작가면 뭐 그냥 깔끔하게만 입고 가지 뭘 신경 써? ……남자냐?

"그런 거 아냐."

— 남자구먼! 누구야? 아까 그 단…… 뭐시기?

"그런 거 아니라니까?"

— 맞구먼! 단…… 뭔데? 잘생겼어?

"아니라고!"

반항해 봤자 소용없다. 하의지의 추리력은 명탐정 셜록 홈즈 뺨친다. 다른 점은 셜록 홈즈는 구체적인 단서를 바탕으로 추리하지만, 하의지는 무작정, 필 오는 대로 심리를 파고든다는 것 정도다.

— 그런데 왜 페미닌스러우면 안 돼? 남자들 페미닌한 거 완죤 좋아하는데.

"그런 거 아니래도?"

— 그런 취향 아니래? 매니쉬한 취향이래?

"아니야. 단 작가는……."

순간 하의지한테 '임금님 귀는 당나귀 귀'를 하고 싶은 충동이 일었다. 무척 적절한 사람이기도 했다. 이쪽과 무관하고 단 나인이 누군지도 모르는 무식쟁이니까.

"게이야."

아아, 비밀을 지키는 일이 이렇게 힘들다니. 나 자신에게 실망이다.

— 아, 그래? 그럼 진짜 그냥 발레만 보는 거구나.

진보한 여인네인 하의지는 대수롭지 않게 대나무에 빙의해 나의 외침을 흡수했다.

충격인 건 내 쪽이었다. 성적 취향이 다르다는 건 이렇게 간단하게 선을 그을 수 있는 문제라고 확인당한 느낌이다. 절대, 가능성 제로라고.

하의지한테 이야기하길 잘한 것 같다. 왠지 복잡하고 뜨거웠던 마음이 가라앉는 듯하다.

"……언니, 나 준비하고 나가야겠다. 늦겠어."

— 데이트 아니면, 그 작가 성질이 까다롭구나? 하여튼, 창작하는 애들 지랄 맞은 건……. 옷 골라 줄게 사진 찍어 보내 봐.

"시간 되면."

하의지가 음흉하게 웃었다. 다 알고 있는 거다. 사진 같은 거 안 보낼 듯 전화를 끊지만 결국 고민하다 보낼 거라는 걸.

아무래도 내가 유명 편집자가 되면 하의지를 암살해야겠다. 너무 많은 걸 알고 있다.

≪카멜리아 레이디≫는 오페라 ≪라 트라비아타≫로 더 유명한 사랑 이야기다.

쿠르티잔인 여자, 화려하고 즉흥적인 생활, 그러나 진정한 사랑을 만난 후 모든 것은 달라진다. 나는 항상 궁금했다. 마르그리트는 어떻게 아르망이 그녀의 단 하나의 인연이라는 것을 알아봤을까? 단 한 번도 의심하지 않았을까? 그 사랑으로 인해 모든 것을 잃고, 쓸쓸하고 비참하게 죽어 가면서도 지난 날을 후회하지 않았을까?

"재미있었어요?"

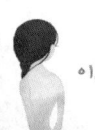
이모네 집에 갔는데
이모는 없고

곰곰이 생각에 잠겨 있는데 단 작가의 목소리가 귀를 때렸다. 고개를 들어 보니 포크와 나이프를 든 단 작가가 나를 가만히 응시하고 있었다.

"아, 네. 죄송해요. 제가 잠깐 딴생각을……."

공연이 끝난 후 단 작가가 이끄는 대로 근처의 레스토랑으로 자리를 옮긴 다음이었다. 날은 더웠지만, 널찍하고 고풍스러운 레스토랑은 시원했고, 좋은 냄새가 나고 있었다.

"이 근처에 이런 곳이 있는 줄 몰랐어요."

"나도 몰랐어요."

와인을 한 모금 마시며 단 작가가 대답했다. 시선은 여전히 나에게 향한 채다.

회식 때도 느낀 건데 단 작가의 눈에는 압력이 있다. 뭔가 해답을 구하는 듯, 눈이 질문을 던진다.

"음식이 마음에 안 들어요? 음식 먹는 속도가 영 느린데."

"아뇨, 사실……."

나는 멋쩍게 웃었다.

"공연을 보고 나면 정말 푹 빠지는 편이거든요. 아까 본 무대가 자꾸 생각이 나서요."

"아."

짧게 긍정한 단 작가가 고개를 끄덕였다.

"정말 굉장했죠?"

"네. 이런 기회를 주셔서 정말 감사해요. 평생 기억에 남을 것 같아요."

단 작가가 나를 빤히 쳐다봤다. 또다.

아까 한참 공연 중의 일이다. 가슴이 벅차올라 나도 모르게 옆에 있는 사람, 그러니까 단 작가를 돌아보았다. 그런데 눈이 마주쳤다. 그는 이미 나를 보고 있었던 거다. 느슨하게 반대편 팔걸이에 기댄 그의 눈동자 위에는 화려한 무대 조명과 내가 맺혀 있었다.

언제부터 나를 보고 있었던 것일까?

왜 저런 눈빛으로 나를 보는 걸까?

그러는데 시선이 떨어지고 단 작가의 손이 움직여 잘 구워진 버섯을 토막 내기 시작했다. 아무렇지도 않게 질문이 날아왔다.

"잘 봤다니 좋네요. ……무슨 생각 하고 있었어요? 나도 알려 줘요. 같이 생각해 보게."

"음, 마르그리트는 남자 경험이 아주 많은 여자였는데 왜 아르망이 단 하나의 인연이라고 생각했을까…… 하는 거요. 아르망이야 워낙 순진한 명문가의 도련님이었으니 마르그리트를 좋아할 수 있을 것 같은데 마르그리트는 아니었잖아요."

단 작가가 움직이던 손을 멈추고 나를 쳐다봤다.

"원래 사랑이나 연애라는 게 풋풋할수록 더 절실한 거라서……. 한 번 경험해 보면 사실은 그게 별거 아니라는 거 알고 그다음에는 절반만 마음 주고, 그다음에는 또 절반의 절반만 마음 주고……. 그래서 남자고 여자고 어린 사람을 밝히는 거 아니겠어요?"

와인을 마시던 단 작가가 풉 하고 뿜었다.

"어머! 죄송해요! 제가 너무 가리지 않고 말했죠? 아직 제정

이모네 집에 갔는데
이모는 없고

신이 아니에요. 공연 보고 나면 항상 이렇다니까요!"

내가 방금 뭐라고 말한 거야. 난 너무 몰두하는 게 문제다. 이걸 제대로 조절해야 하는데, 아직도 쉽지 않다.

"그래도 좋은 점은 작가님들 작품에도 진짜 몰입하거든요. 역할별로 온갖 생각을 다 하는 게 습관이 되다 보니."

"난 뭐라고 한 적 없는데."

입을 닦은 단 작가가 냅킨을 내려놓으며 조용히 내 말을 끊었다. 그제야 당황한 나머지 횡설수설 떠들어 대고 있었다는 걸 깨달은 나는 입을 다물었다.

"나도 요즘 생각하고 있는 건데……."

아무 일도 없었다는 듯 단정하게 식사를 계속하면서 단 작가가 입을 열었다.

"정말 사람을 사랑하게 되는 이유 같은 건 없을지도 몰라요. 좋아하는 건 이유가 있을 수 있죠. 예뻐서 좋아하고, 재미있어서 좋아하고, 키가 커서 좋아하고, 똑똑해서 좋아하고……. 하지만 그 이유가 사라지면 더 이상 좋아할 수 없게 되어 버리는 거잖아요? 사랑은 좀 더, 다른 것 같군요."

잠깐 말이 끊겼다. 테이블 위에는 달그락거리는 소리만 길어졌다. 결국 간격을 참지 못하고 내가 먼저 물었다.

"마르그리트도 많은 남자를 좋아했지만, 사랑한 건 아르망뿐이었다는 말씀이신가요?"

"그럴 수도 있다는 거죠."

그러고 보면 발레에서는 뚜렷하게 표현되지는 않지만 오페라에서는 마르그리트 역할의 비올레타가 아르망 역할의 알프레도의 사랑을 이해하지 못하는 대목이 나온다. 감정이란 일어나고 사그라지는 건데 그렇지 않다고 우기는 알프레도를 어리다고 생각한다. 하지만 어느 순간 그녀도 같은 것을 느끼게 된다.

"그 말씀이 맞는 것 같아요. 그럼 문제는 '어떤 것'이 진짜 사랑인지를 알 수 없다는 거겠네요."

"아니에요."

단 작가는 고개를 저었다.

"문제는 '언제' 진짜 사랑이 되느냐죠."

"네?"

"첫눈에 보는 순간 사랑하게 되는 건 사실 불가능해요. 처음 느낄 수 있는 건…… 굳이 단어로 표현하자면 끌림이 아닐까요?"

"음, 그건 좋아하는 것과 다른 감정인가요?"

단 작가가 쓰게 웃었다.

"비슷할 수도 있고, 아닐 수도 있겠죠. 중요한 건 얼굴이 좋든, 몸매가 좋든, 목소리가 좋든, 뭔가에 끌리는 데서 모든 관계가 시작된다는 겁니다. 그러는 중에 어떤 관계는 그냥 허물어지기도 하고, 어떤 관계는 변질되기도 하고, 어떤 관계는 사랑이 되는 거고. 확실한 건 그 과정이 사람 맘대로 되지는 않는다는 거고."

작가라서 그런가 생각이 좀 남다른 것 같기도 하다. 뭔가 깊이가 다르다.

"그러면 아르망도 처음에는 결국 마르그리트의 얼굴을 좋아한 것이겠군요. 파티에서 보고 사랑하게 되니까."

"그럴 수도 있죠."

이모네 집에 갔는데
이모는 없고

"하지만 그건 좀…… 진실하지 않게 느껴지잖아요?"

"그럼 뭘 보고 사랑에 빠지는 게 진실하게 느껴지는데요?"

"음, 성품이나…… 같이한 시간이나…….""

"첫눈에 다음 관심을 끌어낼 만한 인상을 주지 못하면 성품을 알아볼 기회도 없고 같이 보낼 시간도 얻어낼 수 없어요. 날 믿어 봐요. 난 훨씬 이상한 상황 때문에 사랑에 빠진 경우도 알고 있…….""

단 작가가 말을 끊었다. 그러더니 나이프와 포크를 내려놓고 손으로 입을 감쌌다. 뭔가 말을 하다 깨달아 버린 얼굴이다.

"작가님?"

"아무것도 아니에요."

귀까지 빨개졌는데 뭐가 아닌 거지?

"진짜 사람 맘대로 안 되는 거군요."

"녜?"

"얼굴을 보고 반하는 건 아주 양반이라는 뜻이죠."

무슨 이야기 하는지 하나도 모르겠는데 단 작가는 가볍게 한숨을 내쉬었다.

"하지만 반한 이유가 뭐 중요하겠어요?"

"그렇……죠."

"나쁜 건, 반한 이유가 아니라 그러고 나서 마음이 걷잡을 수 없이 기울어지는 것 같아요. 그러면 사람이 바보짓을 하게 되니까."

여전히…… 알 듯 말 듯 하다. 아르망이 마르그리트를 의심한 걸 말하는 걸까? 아니면 내가 뭔가 놓친 게 있나?

고개를 갸우뚱거리다 생각하니 문득 단 작가의 성향 때문에 대화가 듬성듬성 끊어지는 걸 수도 있겠다 싶다. 그가 게이라는 사실을 내가 알고 있다는 걸 그가 모르다 보니 적당히 끊어서 이야기하는 게 아닐까?

단 작가와의 대화는 즐거웠다.

거의 쉴 틈 없이 떠들면서 한 식사가 끝나고 번개같이 뛰어나가 지갑을 열었지만 일본 만화에 나올 것 같은, 검은색 정장 조끼와 바지를 입은 매니저로부터 들은 말은 '이미 계산하셨습니다만.'이었다. 아뿔싸! 아까 잠깐 자리를 비운 게 그거였을까? 난 또 화장실 가는 줄 알고 센스 있게 안 물었는데!

황당해져서 돌아보자 어느새 입구에 나선 단 작가가 문을 붙잡은 채 어깨를 으쓱했다. 대수롭지 않다는 얼굴이지만 대수롭기 그지없는 시추에이션이다. 비싼 발레 티켓에 와인을 곁들인 풀코스 정식이라니 그 어떤 전 남자 친구와도 해 본 적 없는 훌륭한 데이트다. ……게이지만.

어쩐지 의식이 되어 몸이 빳빳하게 굳은 채 단 작가의 에스코트를 받으며 계단을 내려왔다.

생각해 보니 정말 그랬다. 세종문화회관 앞에서 만나긴 했지만 공연 전에 간단한 스낵을 나누고, 나란히 앉아 세기의 공연을 보고, 있는지도 몰랐던 고급 레스토랑에서 아뮈즈 부슈 Amuse bouche부터 시작하는 정찬을 맛봤다면 누가 뭐래도 이건 데이트다.

"저……."

아무래도 이건 아닌 것 같다며 걸음을 멈추고 한 걸음 뒤에서 걷고 있는 단 작가 쪽으로 몸을 돌렸을 때였다.

뭔가가 얼굴을 후려치다시피 치고 지나가고 몸이 휘청하고 기울었다. 눈앞이 깜깜해졌다고 느끼는 순간 뭔가 뜨겁고 단단한 것이 내 몸을 잡았다.

단 작가의 손이었다.

균형을 완전히 잃어 단 작가의 손에 몸을 온전히 기대었다는 것을 인식하는 순간 온몸의 열이 얼굴로 다 모이는 기분이었다. 빠르게 뛰어 대는 심장의 울림이 날 붙들고 있는 단 작가의 팔에 전해질까 두려울 정도다.

잠시 정적.

"괜찮아요?"

두 발로 설 수 있도록 나를 부축하며 단 작가가 물었다. 시선은 내가 아니라 소란스러운 길 쪽을 향한 채였다.

"아직도 소매치기가 있다니……."

그제야 내 손이 허전하다는 것을 깨달았다. 이런 경험이 처음이라 얼떨떨한 정도가 아니다.

"잠깐 혼자 서 있을 수 있겠어요?"

놀란 탓인지 서 있는 건 항상 혼자지 둘이 서 있는 건 뭔가 싶은 얼척 없는 생각을 하고 있는데, 내 팔을 단단히 붙잡고 있던 단 작가의 손이 떨어졌다. 그 자리에 남은 허전함 때문에 나는 그가 나를 얼마나 세게 붙들고 있었는지를 깨달았다.

"잠깐."

짧게 눈으로 나의 안위를 확인한 단 작가가 뛰기 시작했다.

어, 할 틈도 없이 쭉쭉 멀어지는 게 다리가 길어서 그런가 정말 잘 뛴다.

그 뒷모습을 보는데 심장이 미친 듯이 쿵쾅거렸다.

더운 날씨가 드러난 목과 팔다리 할 것 없이 온몸에 뜨겁게 뜨겁게 휘감긴다.

집에 들어오자마자 침대 위에 쌓아 놓은 옷더미를 그대로 밀어내고 벌렁 누워 버렸다. 심각한 데자뷔가 느껴진다. 아침에도 꼭 이렇게 천장의 백색 등을 노려봤던 것 같은데.

입술을 잘근잘근 깨물다가 얼굴이 확 붉어졌다. 두 손으로 얼굴을 가려 보았지만, 그런다고 내가 어디로 가는 건 아니다.

하의연, 무슨 생각을 하는 거야.

20살 때는 30살 즈음이 되면 실수하는 일 없이 모든 일에 능숙한 여자가 될 거라 생각했지만, 막상 30살이 되어도 마음은 20살 때와 별다르지 않았다. 여전히 서툴고, 여전히 쉽게 당황해 버린다.

그렇다고 해도 단 작가 앞에서만큼은 아니었다.

단 작가가 내 가방을 찾아오기까지는 15분 정도가 걸렸다. 잡았다고 말하며 가방을 건네주는 단 작가의 이마에는 땀방울이 맺혀 있었다. 젖어 있는 피부에서, 뜨겁게 내뱉는 호흡에서 뭐라 말할 수 없이 날것의 느낌이 났다. 도시 한복판에서 예상치 못한 사람에게 야생을 발견한 듯 생경하다. 단 작가에게서 기대하지 않았던 모습이었다.

웃지도 않고 전해 준 말에 따르면 호흡곤란으로 숨이 넘어

이모네 집에 갔는데
이모는 없고

가기 직전의 상태에서 주저앉아 가방을 넘겨주며 소매치기가 '왜 이러시냐' 하고 울었다니 소매치기도 그렇게 말끔하게 입고 있던 단 작가가 엄청난 속도로 자신을 쫓아올 거라고 예상하지 못했던 듯하다.

단 작가는 아무렇지도 않게 툭툭 털어 버리는 듯했지만 나는 그럴 수가 없었다. 심장이 곤란할 정도로 뛰고 있었다. 이유는 하나둘이 아니라 짐작도 못하겠다.

이런 일이 일어나다니, 너무 꾸미고 나갔던 걸까? 고른 것은 하의지와 '페미닌하지도 않고 꾸민 티도 안 나' 하는 거짓말을 나눈 끝에 합리화한 페미닌스러운 옷이었다. 가방도 여행 나갈 때 큰마음을 먹고 구입한 명품 백이었긴 하다. 걱정했던 단 작가는 별말이 없었는데, 이상한 곳에서 터지다니.

일이 터지고 나자 괜스레 찔려 내내 옷이고 가방이고 전부 아울렛에서 구한 거라며 허튼소리를 한바탕 늘어놨다. 당황하면 할 필요 없는 말을 하는 건 내 버릇이다.

그러니까 문제는…… 왜 자꾸 단 작가 앞에서 당황하느냐 하는 건데.

까칠하다는 소문과는 달리 단 작가는 약간 특이한 부분이 있지만 전혀 까칠한 사람은 아니었다. 예민한 사람도 많고, 까다로운 사람도 많은 출판계에서 단 작가 정도면 거의 성인군자 급이다.

그런데…….

과연 우리나라 인구의 절반 이상이 한 권쯤은 소장하고 있다는 책을 쓴 사람이다. 글의 매력이나, 사람의 매력이나 결국에는 똑같은 문제다. 뭔가 끌린다. 나와 같은 평범한 사람이라는 걸 아는데, 함께 있다 보면 아닐 수도 있다는 생각이 든다. 과격한 말을 하는 것이 아닌데도 존재감이 아주 뚜렷하다.

그렇게 멋진 남자가 왜 게이일까?

"어머! 미쳤어!"

내 입을 틀어막았다. 다른 사람의 성적 취향에 대해 나 편한 대로 이러쿵저러쿵하다니 정말 미쳤나 보다.

하지만 아무리 생각해도…… 잘생기고 괜찮은 데다가 말까지 통하는 남자들은 모두 게이라는 말이 자꾸 사무친다. 풀코스 정찬이 서빙되는 내내 나누었던 그 수많은 대화들, 위트 있고 재치 있게 받아치던 목소리와 청량한 웃음소리…….

침대에 엎드려 눈을 감고 귀를 매트리스에 갖다 대자 내 심장이 매트리스를 두드리는 소리가 선명하게 들려왔다.

단나인

"네가 해 주는 게 더 맛있어."

저렇게 크게 한 젓가락 집으면서 하는 말에 넘어갈 쏘냐. 자기 좀 더 맛있자고 이 더운 여름날 탕수육을 튀기라는 저 '쏘쿨'한 양심. 사다 주면 고마운 줄 알고 그냥 먹어야지……. 우리 이모는 아마 염통이 까만색일 거다. 털로 뒤덮여서.

식탁에 비스듬히 턱을 괸 채 얌얌 쩝쩝 꼭꼭 씹어 야무지게 먹고 있는 이모의 행복한 얼굴을 보자니 세상에서 가장 복 많은 사람은 이모가 아닌가 싶다. 죽고 못 살아 세상에 다시없는 사랑을 주고 있는 언니 있어, 밥 셔틀로 활발히 활동 중인 그 언니의 아들 있어. 자기가 하고 싶은 일을 자기가 하고싶은 방식대로 하고 있는 데다가 먹고 싶을 때 좋아하는 과자 먹고, 자고 싶으면 누운 그 자리에서 바로 꿈나라 행이다. 연애를 안 하니 남자 때문에 속 썩을 일이 없고, 결혼을 안 했으니 애 때문에 맘 상할 일도 시월드의 횡포에 눈물지을 날도 없다.

……짱인데?

"이모."

"응?"

내가 해 준 것보다 덜 맛있는 탕수육을 볼이 미어져라 입안에 처넣으며 이모가 날 쳐다봤다. 나이에 비해 참 독창적인 '볼따구'다. 좀 덜 맛있다는데도 저 정도니 맛있었으면 볼따구니 찢어졌겠다.

"……이모는 연애 안 해?"

"왜 안 해? 내 글의 주인공들과 하고 있잖아."

"이모 글의 주인공?"

내가 알기로 이 인간의 주인공들은 사이코패스, 소시오패스, 사디스트, 마조히스트, 허언증 환자 등등, 정상적인 인물들이 없는데 그게 취향이었다니……. 아무래도 이 인간은 혼자 살아야겠다.

"취향이 아닌 실제 남자를 만난 적은?"

취향인 남자를 만났다면…… 듣고 싶지 않고.

"왜 갑자기 그런 게 궁금해? 너 연애하나?"

"그러겠냐? 그냥 글 쓰려고 자료 수집하는 거지."

그러는 한편, 발레를 보고 나서 당최 볼 일 없는 하의연을 볼 궁리도 하고. 이러다가 글 다 쓰고 나서 리뷰할 때야 한 번 볼 판이다.

"어렵지. 그거……. 하지만 실제로 연애를 하는 건 연애소설을 쓰는 데 전혀 도움이 안 되는 거 같아. 소설에서는 개연성을 따져야 하는데 실제 연애는 개연성 따위 전혀 없잖아."

"아니, 그냥 보통 남자들은 여자들한테 어떻게 데이트 신청

이모네 집에 갔는데
이모는 없고

을 하는지 궁금했던 거뿐이야."

어느 순간부터 스토커들에게 시달리느라 바빴던 내가 연구했던 건 달려드는 사람들을 피하는 법이지, 사람에게 달려드는 법이 아니었다. 하지만 문득 이유는 다르지만 이모도 모를 거라는 생각이 드는 건…… 기분 탓일까?

"뭘 어떻게 데이트 신청을 해? 그냥 영화를 보자고 하거나, 밥을 먹자고 하거나."

"나 영화관 싫어해."

영화관처럼 좁고 사람 많은 데는 딱 질색이다. 집에서 화질 좋고 편안하게 보면 되지, 왜 그 사람 많은 데 끼어야 하는지 난 전혀 모르겠다.

"네가…… 싫어한다고?"

"……아, 그러니까 내가 싫어하는 걸 내 주인공에게 시키고 싶지 않아. 잘 이해시킬 수 없을 것 같거든."

"그럼 밥 먹자고 해."

"설정상 밥 먹자고 하면 진짜 밥 먹자는 걸로 알 것 같아."

발레 티켓을 꺼냈는데 발레파킹했냐고 묻더니 종국엔 자기 주는 걸로 안 여자다. '함께' 간다는 상식이 그 여자 머릿속엔 없다. 밥 먹자고 하면 아이디어 회의 하자고 하는 줄 알겠지.

"획기적으로 빼도 박도 못하게 이건 데이트라고 알 만한 거 없나?"

"턱시도를 입고 장미꽃을 사 가지고 집 앞으로 데리러 가는 건?"

잠깐 턱시도를 입고 장미꽃을 들고 있는 나를 상상해 봤다. ……패스.

"그냥 무난하고 그런 거 없어? 낯부끄러운 거 말고."

"턱시도와 장미, 완전 무난하지 않아?"

무난의 개념을 안드로메다스럽게 쓰는데?

"뭐 그럴 경우엔 데이트를 시도하는 것보다 평범한 일상 속에서 남자로 느껴질 만한 임팩트를 주는 게 낫겠네."

"그건 또 뭐야?"

"예를 들면 여자들은 남자가 확 잡아채거나 벽 치기 하면 두근두근하거든."

"벽 치기?"

"몰라? 여자를 벽에 세우고 팔로 턱……."

아.

"그럼 두근두근해?"

"응. 멋진 남자가 하면 금상첨화."

해답을 던진 이모는 세 조각 남은 탕수육을 심란하게 내려다보더니 소스를 박박 긁어 입안에 넣었다.

하의연도 이모만큼 쉬웠으면 좋겠다. 그러면 잡아채기든 벽 치기든 다 필요 없고 맛있는 걸 먹이면 끝날 텐데.

이제는 내가 일해도 돕는 시늉도 안 하는 데 익숙해진 이모는 내가 부엌을 정리하고 설거지를 하는 내내 바빴다. 보통은 소파에 등을 붙이고 누워 TV를 보는 사람이 옷방과 침실 사이를 왔다 갔다 하는 게 영 정신 사납다.

"뭐 해?"

"짐 싸."

이모네 집에 갔는데
이모는 없고

"무슨 짐?"

"나 오늘 놀러 가거든."

설거지하던 물을 잠그고 인상을 찡그렸다. 놀러 가다니…….
야외 활동이라고는 가끔 담배 사러 편의점에 왔다 갔다 하는
게 전부인 저 인간이 놀러도 가다니.

충격이다. 난 방구석에서 어떻게 하면 하의연 얼굴이나 한
번 더 볼까 궁리 중인데 그 시간에 저 인간은 놀러 갈 궁리를
했다니. 이건 마치 개미가 곱셈을 마스터했다고 할 때 느낄 만
한 박탈감이다.

"워터 파크에 가. 나 그런데 가 보는 건 처음이라 기대 중!"

우혜혜 웃는 얼굴이 천진난만하다.

"비키니도 샀다?"

"이모, 그건 좀…….'"

범죄인데.

"괜찮아. 뱃살 때문에 고민했더니 의연 씨가 어차피 티셔츠
위에 입고 다닌다고 했어. 다들 그런대."

뭐시라?

"하…… 편집? 그 사람이랑 가는 거야?"

"응. 이람 출판사 여직원 3인방 있거든. 걔들이랑 가. 다들
어려서 고민이야. 특히 정유라는 몸매 완전 쭉빵인데 나만 비
교될까 봐 다이어트씩이나 했다?"

……라고 방금 탕수육 中자 한 접시를 혼자 다 드신 분이
말씀하셨습니다. 도대체 그놈의 다이어트는 내가 설거지를 하
는 동안 시작한 건가? 아니, 그게 문제가 아니라 그런데 왜 나

는 안 데려가? 나는? 왜 나는?

심통이 나서 싱크대를 닦아 낸 행주를 거칠게 내려놓으며 투덜댔다.

"그런 데를 애인이랑 가야지 무슨 여자들끼리 가?"

"웃기시네. 그러는 너는 애인이랑 가냐? 말이 나와서 하는 말인데…….'

그때 띵동 하고 오피스텔의 도어 벨이 울렸다. 잠깐, 그럼 지금 띵동이 하의연의 띵동인 걸까? 이 집에서 만나기로 한 거야?

"언니가 얼마나 널 걱정하는 줄 알아? 얼굴 멀끔해, 돈을 못 벌어? 다리가 없어? 왜 연애를 안 해? 언니가 진지하고 진지하게 네가 게이일까 봐 걱정하고 있더라."

문을 열면서 이모가 떠들어 댔다.

"시끄러워, 이모."

"시끄러운 건 너다. 이 게이 자식아!"

진짜, 저걸 말이라고.

하의연은 오늘도 예뻤다. 하늘거리는 민소매 시폰 원피스가 무척 잘 어울렸다. 기본적으로 치마가 잘 어울리는 여자다. 너무 말라 바지를 입으면 좀 볼품이 없는데 치마를 입으면 곧은 다리가 매력적이다.

그런데 왜 저런 표정을 짓고 있는 거냐.

아까부터 안절부절못하는 하의연은 연속해서 '작가님이 여기 계실 줄 모르고…….'만 반복하고 있다. 느낌이 뭔가 잘못한 걸 걸려서 잔뜩 당황한 것 같다. 지금 나 몰래 이모랑 놀러 가

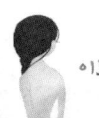
이모네 집에 갔는데
이모는 없고

다 걸린 건가? 그럼 일부러 날 따돌린 거란 말이야?

운전해 주겠다는 핑계로 슬쩍 끼어들려고 했는데…… 말을 꺼낼 수가 없게 되어 버렸다.

인상을 쓰며 이걸 어쩔까 고민하는데 하의연이 상체를 숙여 테이블 위의 물 잔을 향해 손을 내밀었다. 심술이 돋은지라 나도 슬쩍 손을 내밀었다. 손가락 끝이 마주 닿자 하의연이 화들짝 놀라 손을 거둬들였다.

"작가님이 여기 계실 줄 모르고……."

"이 물이 제 거란 걸 몰랐다는 뜻이에요?"

"아, ……그렇죠."

그런 뜻 아니다. 지금 머릿속에 내가 여기 있다는 데 너무 놀라 다른 생각이 안 나나 보다.

물 잔을 비우고 탁 소리가 나게 탁자 위에 올려놓은 다음 뒤로 물러앉아 팔짱을 끼자 하의연이 나 한 번, 빈 물 잔 한 번 보다가 슬그머니 말을 돌렸다.

"그, 글은 잘되셔요?"

"잘 안 되는데요."

좀 차갑게 내뱉었다. 이래도 같이 가자는 소리를 안 해? 응? 이래도?

"왜 잘 안 되실까……."

같이 가자고 해, 같이 가자고 해, 같이 가자고 해……라고 텔레파시를 보내 봤지만, 하의연은 이제 '왜 잘 안 되실까…….' 하고 중얼거릴 뿐, 같이 가자고 할 생각은 추호도 없는 것 같다.

"의연 씨, 자기야, 타월 따로 챙겨 가야 하니?"

저 인간한테는 애당초 기대할 수 없고.

"밖에서 덮을 큰 타월 하나 정도 가져가시면 좋고요, 그 외에는 샤워할 때 다 줘요."

"그래? 되게 좋다!"

팔짱 끼고 앉은 내 앞에서 벌서고 있는 하의연도 눈치 못 채고 마냥 행복한, 저 자기 중심적인 생물 같으니라고.

신이 난 이모와 하의연이 오피스텔을 떠난 후 나는 홀로 남았다.

이해가 안 간다. 아예 모르는 사이도 아니고, 내 이모와 놀러 가면서 어째서 나에게 의사 타진도 안 하냔 말이다. 나도 이람과 계약했는데! 게다가 내가 그렇게 눈치를 줬는데도 결국 둘이서만 호호 하하 나가 버려? 눈치 없는 걸로 하자고 했더니 아주 양껏 한다.

누구는 발레 공연 이후 어떤 이유를 붙여 다시 봐야 할까 고민했는데 저 여자는 이렇게 엄연히 존재하는 이유에서도 내 이름이 생각나지 않았단 말이지.

띵동.

짜증 나서 들어가다 피트니스 클럽에 들러 땀이나 흘려야겠다고 일어나는데 도어 벨이 울렸다. 설마 돌아온 건가 싶어져 반색을 하고 문을 열었는데…… 손지선이다.

"어? 작가님! 왜 여기에? 여긴 윤 작가님 댁이잖아요!"

아차.

"하 편집과 윤지희 작가님은 나가셨어요."

이모네 집에 갔는데
이모는 없고

"에에?"

주머니를 뒤져 핸드폰을 꺼낸 손지선이 아아 하고 탄식했다.

"문자메시지를 보낸 걸 못 봤네요. 짐 때문에 진동을 못 느꼈어요. 그런데 여기서 만나기로 하고 왜 밖으로 나가셨지?"

뭐? ……설마 지금 나 있어서 불편해서 나간 거야?

문득 아까 벌서고 있던 하의연의 표정이 떠오르자 확신이 들었다. 불쾌감이 확 치솟았다. 둘이서 속닥속닥해서 나만 따돌리고 나갔다고 생각하니……. 아니, 내가 어딜 봐서 따돌림을 당할 남자냔 말이다. 회식시켜 줘, 좋은 공연 보여 줘, 밥사 줘, 소매치기한테서 가방 찾아 줘, 집에 데려다 줘……. 같이 가자고는 못 할망정 지금 잠시 잠깐 나의 시선을 받는 것도 못 견디고 도망간 거야?

"그런데 작가님은 왜 윤 작가님 댁에?"

아, 이걸 해결해야 하지.

나를 말똥말똥하게 쳐다보는 손지선을 심난하게 내려다보았다. 뭐라고 해야 할까?

내가 홍길동도 아니고 이모를 이모라 부를 수 없는 이유 따윈 없으니 사실대로 말하는 게 제일 쉽겠지만 괜히 일파만파 퍼져 나가면 이모가 별로 안 좋아할 것 같다. 손지선이 하의연만큼 입이 무거울까?

그때 문득 벼락과도 같은 기시감이 나를 후려쳤다. 언젠가 한 번 요런 얼굴을 요런 각도에서 내려다본 적이 있는 것 같은…….

물론 손지선을 본 것은 이번이 세 번째로 회식 때 좀 정신없는 가운데 한 번, 우리 집에서 하의연과 한 번, 그리고…….

나는 눈을 가늘게 떴다. 처음에는 정말 정신이 없었고 두 번째는 하의연을 보느라 손지선은 아웃 오브 안중이었다. 하지만 이렇게 둘만 마주 보고 서니 어쩐지 이 인간, 나랑 아는 사이라는 생각이 강렬하게 든다.

　"잠깐…… 들어오실래요?"

　"네? 하지만 전 곧 가야 하는데……."

　뭔가 이상한 낌새를 느꼈는지 손지선이 겁먹은 표정으로 슬슬 뒤로 물러섰다. 그런 그녀에게 내가 지을 수 있는 가장 매력적인 미소를 지어 보였다.

　"워터 파크가 어디죠? 어차피 저도 곧 나가야 하니 가는 김에 모셔다 드리죠. 잠깐, 저 준비할 때까지만 들어와 계세요."

　"아, 그러실 필요는 없고…… 버스 정류장이나 근처에만 내려 주셔도 돼요. 일단 한번 선배에게 전화해 볼게요."

　딱히 도망갈 명분을 만들지 못한 손지선이 마지못해 집 안으로 한 걸음 들어오며 전화기를 들었다. 미소를 지우지 않은 채 그러는 그녀를 보고 있다가 등 뒤로 문이 닫히는 순간 핸드폰을 빼앗아 들었다.

　"앗! 왜 이러세요!"

　놀라는 척하지만 손지선은 이미 내가 왜 이러는지 아는 표정이었다.

　"우리 전에 만난 적이 있죠?"

　가감 없이 직구로 찔러 넣은 질문에 눈앞에서 한 인간이 빳빳하게 구는 모습을 구경할 수 있었다. 그래도 애가 아주 뻔뻔하거나 양심이 없진 않다.

이모네 집에 갔는데
이모는 없고

숨기고 싶었던 비밀을 정통으로 걸려 버린 표정을 들여다보고 있노라니 기억이 생생해졌다. 시간이 꽤 많이 지나 첫눈에 알아보진 못했지만 내가 아는 얼굴이다. 살도 좀 빠지고 코 주변에 깨알 같던 주근깨를 파운데이션으로 다 가렸어도 본판이 어디 가진 않는다.

"안경 끼죠? 지금은 렌즈 낀 거고."

"아뇨. 전 원래 눈이 엄청 좋은데요!"

눈동자 주변에 렌즈 자국이 다 보이는데?

"진짜?"

"……아니요."

그래, 저 표정에 좀 더 살을 찌우고 도수 높은 동글뱅이 안경을 씌우면 바로 5년 전 기념비적인 나의 첫 스토커다.

"너……."

내가 이를 악물자 손지선이 후다닥 뛰어 현관으로 도주하려 했지만 나에게 차단당하고 펄쩍 뛰어 거실 끝까지 도망쳤다. 그래 봤자 오피스텔은 9층. 스파이더맨이 아닌 이상 창문 열고 도망치기는 요원하다.

"자, 작가님. 진짜 저는 예전의 그 애가 아니에요. 다시 태어났다고요! 완전히 새사람이에요!"

5년 전 팬클럽 회장, 내 컴퓨터에 악성 코드 심고 사진집을 발간한 인물, 활발한 스토커 행각을 널리 전파한 덕에 그녀의 수제자 중 하나가 내 집에 쳐들어와서 온몸으로 사랑을 표현해 날 기절초풍하게 만들었다.

"그땐 제가 너무 어렸어요! 이제는 그냥 멀리서 좋아한다고요!"

"뭐? 아직도 날 좋아해?"

"아, 그러니까 글을요! 글 말이에요! 전 편집자가 되었잖아요! 작가님의 글을 좋아해서 그렇게 된 거거든요! 진짜 작가님은 제 인생의 길잡이라고요!"

아냐! 나 그런 거 한 적 없어! 멋대로 날 내비게이션으로 쓰지 마!

"너 그때 다시는 내 눈앞에 나타나지 않기로 한 거 잊었어?"

"진짜 우연이에요! 저도 놀랐어요. 의연 선배가 단 작가님과 일을 할 줄은 진짜 몰랐고요. 저 오늘도 작가님 여기 계실 줄 몰랐단 말이에요. 도대체 왜 여기 계신 거예요?"

"지금 네가 질문할 때야?"

"하지만 진짜 아닌 걸요! 절 좀 믿어 주세요! 제가 저번에도 어른스럽게 두 분의 행복을 빌어 드렸던 거…… 생각 안 나세요? 의연 선배가 작가님하고 일하는 거 알았는데도 선배가 사과해야 한다고 절 데리고 가기 전까지는 작가님 집에 찾아갈 생각을 안 했잖아요! 작가님 집 주소를 외웠는데도 찾아가지 않은 게 얼마나 대단한 일인지 모르시는 거예요?"

오 마이 갓!

"내 집 주소를 외웠다고?"

"그, 그야 계약서에 나와 있잖아요!"

"그걸 왜 외워?"

"그러게요! 제가 왜 그랬을까요!"

손지선은 필사적으로 자신이 과거와는 다른 사람이라는 것

을 나에게 납득시키고 싶어 하는 얼굴이었지만 나는…… 나는 그냥 5년 전의 악몽이 다시 나를 덮치는 느낌이다.

맥이 쫙 빠져 소파에 털썩 주저앉자 손지선이 걱정스럽게 나를 쳐다봤다. 머리가 아프다. 안 그래도 아침부터 날 자동차로 밀어 버리려고 했던 여자가 보석으로 풀려났다는 소식에 기분이 별로였는데 지나간 스토커까지 등장하다니.

아무래도 이 모든 것은 이모 때문인 것 같다. 윤지희가 내 이모가 아니었다면, 아니, 내 이모였더라도 8년 전 그때 집에 제대로 붙어 있기만 했다면 나는 '이모네 집에 갔는데 이모는 없고…….' 하는 사태를 맞이하지 않았을 거고, 작가가 안 됐을 거고, 스토커도 붙지 않았을 것이며, 무엇보다 지금 하의연 때문에 유치해져서 기분이 롤러코스터를 타는 상황도 없었을 거다.

"작가님, 죄송해요. 하지만 진짜 저는 이제 정말 작가님을 위해서……."

"쉿!"

내가 인상을 팍 구기면서 노려보자 손지선이 딱 멈췄다. 눈썹을 팔八자로 기울어뜨린 채 울상을 짓고 있는 얼굴을 보니 한숨이 나왔다. 지금 울고 싶은 건 나다.

이것을 트집 잡아 계약을 해지한 다음 하의연이고 손지선이고 다 잊고 평화로워지고 싶은 욕구가 치솟았다. 하의연도 싫고, 손지선도 싫고, 스토커도 싫고, 이모도 싫다. 워터 파크 때문에 이러는 건 아니다! 그냥 이렇게 유치한 감정에 휘둘리는 게 싫은 것뿐이다! 그러니까, 진짜로 나는, 내가 유치한 게 싫은데……. 손지선이고, 나발이고.

그래! 나 지금 워터 파크 때문에 이런다! 어쩔래!

이 와중에도 워터 파크가 신경이 쓰이는, 생전 처음 겪는 유치함과 재등장한 눈앞의 스토커를 어떻게 해야 좋을지 모르겠는 피곤함의 콤비네이션에 우뚝 서 있는 손지선을 쳐다만 보는데 그녀가 들고 있는 핸드폰이 몸을 떨기 시작했다. 손지선이 어떻게 할까요? 하는 표정으로 나를 쳐다보았다.

"받아."

대강 손짓을 하고 소파에 드러누워 버렸다. 몸 안에서 끓어오르는 '유치함 + 피곤함'의 폭풍을 이기지 못해 병이 날 것 같다. 내 인생은 뭐 이러냐?

"……유라 선배와는 만나셨다고요? ……아, 잘하셨어요. 전문자메시지를 늦게 봐서 지금 윤 작가님 댁에서 단 작가님을 뵈었어요. ……아, 조카? 그렇구나! 윤 작가님이 미싱 링크였군요! ……비밀로 하라고요? 알겠어요. 그럼요. ……그런데 단 작가님이 거기까지 태워 주시겠다고 하시는데."

잠깐. 내가 아까 그렇게 말한 건 재의 정체(?)를 밝히려고 한 거다. 이 이모 뺨치는 뻔뻔이가 어디 이 상황에서…….

내가 몸을 일으키며 인상을 찡그리자 손지선이 안다는 듯이 손을 펼쳐 나를 진정시켰다.

"네, 그러니까 걱정하지 마시고, 저도 도착하면 전화 드릴게요. ……네. ……네. ……네에."

전화를 끊은 손지선이 나를 똑바로 마주 봤다. 그러더니 똑 부러지는 목소리로 요렇게 말한다.

"제가 전에 잘못한 거 알아요."

이모네 집에 갔는데
이모는 없고

알면 다냐.

"당시에는 제가 선을 몰랐어요. 그냥 작가님이 너무 좋아서, 작가님 글이 좋고, 작가님이 좋고, 정말 온통 다 좋은 것뿐이라서 잘못된 짓을 한 거예요. 과거를 바꿀 수 있다면 정말 절대로 그런 짓 안 하겠지만 전 과거를 바꿀 수 없으니까 사과드릴게요."

손지선이 허리를 깊숙이 숙였다. 애한테 진정 어린 사과를 받는 횟수만 5년 전 것 포함해서 세 번째다 보니 그렇게 감동스럽진 않다.

"사과를 절대 받아 주고 싶지 않지만 그런다고 해서 달라지는 것도 없을 테니까 일단 사과는 받는 걸로 하지."

사과를 받는 것도 아니고 아닌 것도 아닌, 쪼잔한 내 말에도 손지선은 별 반응이 없이 자기 갈 길을 계속 갔다.

"말로만 사과하는 건 저도 좋지 않다고 생각해요. 그래서 제가 전에 발레 티켓을 받을 수 없다고 두 분이서 가시라고 한 거예요."

그러고 보니 그런 일이 있긴 했다.

"전 작가님을 뵈러 올 때만 해도 발레 공연을 갈 생각이 있었거든요. 그런데 작가님을 보는 순간 깨달았죠. 작가님이 선배를 좋아한다는 걸요."

아직 그 정도는 아니라고 하려다가 사람이 구차해지는 것 같아서 관뒀다. 이미 그때 베지밀 A니 B니 하며 내 혼을 쏙 빼놨던 애다. 변명해 봤자 소용도 없을 거고……. 무엇보다 스토커들은 때론 나도 모르는 나를 안다.

"관심을 갖고 보면 선배를 향한 눈동자의 빛과 온도가 달라요. 인정할게요. 제 혈관 속에는 빠순이의 혈액이 흐르고 있어요. 전 다른 건 잘 모르겠는데 단 작가님에 대한 건 백배로 확대한 것처럼 잘 보이거든요."

바로 이래서 너 님이 무서운 거라는 생각…… 안 해 봤을까?

"무서운 거 알아요. 하지만 제가 이런 재능을 원한 게 아니잖아요. 전 남들도 다 저 같은 줄 알았어요. 그래서 그런 거예요. 정상이 아니라는 걸 그때는 몰랐다고요. 고등학교 때였잖아요."

저번에 우리 집에서 무릎 꿇을 때도 생각한 거지만 손지선의 열정 하나는 인정해 줘야 할지도 모른다. 열정이라기보다는 광기일까? 그때의 웅변이 이상한데도 감동적이더니 오늘은 말도 안 되지만 진정성이 느껴진다.

"하지만 전 갱생했어요. 아니, 갱생하려고 노력 중이에요. ≪덱스터≫라는 미드 아세요? 거기 주인공은 사이코패스지만 노력하고 학습해서 자신의 재능을 사회의 쓰레기를 청소하는 데 사용하죠. 저도, 그러고 싶어요."

"뭘 어떻게 할 건데?"

"제 능력을 오빠를 위해 쓰는 거죠."

본격적으로 이야기를 듣기 위해 소파에 다리를 올리고 팔을 괴던 나는 인상을 찡그렸다. 오빠?

"전 오빠에게 맞춤형 연애 코치를 할 수 있거든요. 지금 오빠처럼 해서는 의연 선배와 잘될 수가 없어요."

오빠 문제는…… 이따 짚고 넘어갈까?

이모네 집에 갔는데
이모는 없고

"왜?"

"오빠 너무 점잖아요. 여자들은 점잖은 거 안 좋아해요. 짐승남이 왜 유명하다고 생각해요? 여자들이 좋아하거든요! 여자들은 자기에게 의사 결정권을 넘기는 것보다 남자가 주도적으로 앞서 나가길 바란다고요."

왜 내가 지금 내 스토커에게 연애 강좌를 듣고 있는 건지…… 좀 있다 생각해야 하나?

"여자들은 예의 바르고 자상한 남자를 좋아하는 거 아니었어?"

"예의는 발라야죠. 자상도 해야죠. 그렇지만 짐승남이어야죠!"

예의 바르고 자상한데 짐승남? 남자로 사는 게 뭐 이렇게 힘들어?

"점잖은 건 다른 사람 만날 때 하면 돼요. 여자와 있을 때는 확 끌어당기는 게 필요하다고요."

문득 이게 이모가 말한 잡아채기, 벽 치기와도 관련이 있다는 생각이 든다. 하지만…….

"하지만 날 안 좋아하는 상대를 확 끌어당기는 건 범죄 아냐?"

"끌어당겼는데 뺨을 치면 배꼽 사과 하면 되죠. 끌어당기지 않고 전전긍긍하는 것보다 끌어당기고 사과하는 게 낫다는 말도 몰라요?"

어디 있는 말인데? 스토커 나라 스토커 사전?

세상에 추격자와 수비자가 있다고 했을 때, 내가 추격자의 입장에 서는 날이 올 거라고는 생각도 못 했다. 하긴 하의연을 다시 만날 거라는 생각 자체를 못 했으니.

정말, 이렇게까지 해야 하는 걸까?

……해야지.

"꼭 하겠다는 이야기는 아니지만, 그럼 어떻게 해야 하는데?"

"오빠 평소 하는 대로만 하셔요."

"뭐?"

"오빠 출판계에 소문 자자하거든요. 쿨 미남이라고요."

"쿨…… 미남?"

"뭔가 딱히 싸가지가 있진 않은데 멋져서 용납되는, 그런 묘한 매력의 남자요."

'싸가지가 있진 않은데 멋져서 용납되는, 그런 묘한 매력의 남자'는 내겐 '예의 바르고 자상한데 짐승남'만큼이나 모호하게 느껴진다.

"그러니까 의연 선배 앞이라 착해 보이려고 회식 쏘고 발레 보여 주고 그런 거는 나중에 하고요, 지금은 그냥 하던 대로, 성질대로 해요. 오빠는 작가고 의연 선배는 편집자잖아요! 마음만 먹으면 의연 선배는 오빠의 노예라니까요?"

탈脫스토커를 선언했지만 그 피가 어디 가는 건 아니라 쓰는 용어는 여전히 대단하다. 노예라……. 마음에 드는데?

"편집자에게 뭘 할 수 있단 말이야?"

"오빠가 글과사람 편집자를 막 다룬다는 소문은 이미 업계에 짜하거든요."

"그래서 남자로 붙이라고 했잖아. 여자한테 어떻게 그래? 그건 남자답지 못해."

"하아."

손지선이 한숨을 내쉬었다. 완전히 몰입한 듯 표정이 아주

생동감 있다.

"오빠 연애 한 번도 안 해 봤죠? ……뻔하지. 성질머리 보니 별로 안 좋은데 자기를 좋아한다고 해서 만날 인물도 아니고……."

"잠깐. 또 한 번 날 오빠라고 부르면 법원에 접근 금지 신청할 거야."

"왜요!"

손지선의 입이 도널드 덕처럼 닷 발은 나왔다.

"그래도 언니라고 부를 순 없잖아요! 동생도 아니고! 오빠 홍 대감이 홍길동한테 호부호형을 허하지 않았다가 조선의 미래가 어떻게 됐는지도 몰라요?"

말없이 내가 수화기를 들고 번호를 누르기 시작하자 손지선이 고개를 갸우뚱했다.

"뭐 해요?"

"내 변호사에게 전화해. 너 주민 번호 좀 불러 봐."

"아이, 증말!"

달려온 손지선이 전화기를 확 뺏어 끊더니 날 보고 헤헤 웃는다.

"우리 단 작가님은 성질도 급하셔. 그럼 오빠라고 부르는 건 좀 더 친해진 다음에 하기로 해요."

그러더니 표정을 진지하게 싹 바꾸었다.

"어쨌든 진심이에요. 제 재능을 오…… 작가님을 위해 쓸 수 있게 해 주세요. 작가님은 책도 그래요. 스킬 없이 곧이곧대로. 오…… 작가님의 순결함이 그대로 보인다고요. 요즘처럼 사짜들이 많은 세상에 어찌나 걱정이 되는지."

난 네가 걱정되는데. 순결함이라고? 애 머릿속에는 도대체 뭐가 들은 거냐.

정말 세상에는 별별 인간이 다 있는 것 같다. 가장 이상한 건 우리 이모라고 생각했는데, 손지선도 만만치 않은 것 같고……. 나 무슨 에일리언 킹 같은 걸지도 모르겠다. 스토커부터 시작해서 내 주변에는 어쩜 이렇게 정상적이지 않은 사람들이 포진해 있는 걸까?

"하지만 일을 빌미 삼는 건 내키지 않아."

"아, 나 진짜."

답답하다는 듯이 손지선이 가슴을 쳤다.

"내키는 대로 하고 남자답게 독거노인이 되는 게 좋겠어요? 아니면 좀 덜 내키지만 하고 덜 남자답게 의연 선배와 행복한 게 낫겠어요?"

한숨을 쉬며 손지선을 내려다봤다. 맞는 거 같기도 하고, 아닌 것 같기도 하고……. 내가 이상한 것 같기도 하고, 내가 이상한 것 같기도 하고…….

하의연

"뭐니?"

내 핸드폰에 계속 문자메시지가 들어오는 걸 보고 윤 작가가 물었다.

"자기 연애해? 남자 친구가 자기 두고 워터 파크에 놀러 간다고 짜증 내?"

"요즘 그런 남자가 어디 있어요?"

"왜애? 유치한 남자들은 그러기도 한다더라."

윤 작가가 아이처럼 꺄르르 웃었다. 아까부터 그녀는 소풍 나가는 아이처럼 들떠 있다. 간만의 야외 나들이가 마음에 드나 보다. 아침까지만 해도 나 역시 그랬다. 예기치 않게 단 작가와 마주치는 바람에 지금은 마음이 좀 심란하지만.

"또 그 사이코예요?"

운전대를 잡고 있는 유라가 룸 미러를 통해 나와 눈을 맞추며 물어 왔다.

"사이코? 그게 뭐야?"

"얼마 전부터 의연 선배 핸드폰에 이상한 문자메시지가 들어오거든요."

핸드폰을 넘겨주자 윤 작가가 눈을 동그랗게 뜨며 어머머 소란을 피우기 시작했다. 아닌 게 아니라 좀 무섭긴 하다. 스무 개도 넘게 연속으로 들어오는 문자메시지에는 '지켜보고 있다' 여섯 글자만 쓰여 있다.

"문구는 가끔 바뀌어요. '꺼져'라든지 '창녀'라든지……. 별로 창의적이진 않죠."

"이거 뭐야? 어머! 자기는 기분 나쁘지도 않니?"

"기분 나쁘지 않긴요. 처음에는 진짜 무섭고, 기분 상하고……. 하지만 기분 상하면 왠지 지는 거 같아서 그냥 무시하기로 했어요."

"이거 스팸 차단 못 시켜?"

"번호가 있어야 스팸 차단을 시킬 수 있는데…… 보시다시피 번호 없이 들어오잖아요."

유라가 생각났다는 듯 끼어들었다.

"아, 나 그거 물어봤는데요. 단어로도 스팸 차단이 가능하대요. '꺼져'라든지 '지켜보고', '창녀' 같은 걸로 설정하는 게 어때요?"

"하지만 금방 다른 말을 생각해 낼걸? 우리나라에 욕이 한두 개니? 게다가 작가님들이 표현 좀 봐 달라고 가끔 보내는 문자메시지가 스팸 처리 되면 곤란해."

"에이, 저런 표현이 들어가는 문장이 몇 개나 된다고."

"창녀를 지켜보고 있던 남자가 말했다. 꺼져."

이모네 집에 갔는데
이모는 없고

즉석에서 문장을 만들어 낸 윤 작가의 말에 유라가 빵 터져서 웃기 시작했다. 나도 쓴웃음을 흘리다 보니 겨우 문자메시지 러시가 끝났다. 오늘은 마흔 개 정도에서 끝낼 모양이다. 최고 기록이 백 개라는 걸 생각해 보면 오늘은 무난한 날이다. 오늘 사이코가 기분 좋은가 보다.

"번호가 없는 거 보면 컴퓨터로 보내는 건가 봐. 요즘 스마트폰은 번호 없이 보내는 게 불가능하잖아."

"모르겠어요. 그냥 무시하려고요."

"그래, 그래야지, 뭐. 세상에 별 미친놈들이 다 있다니까? 작가들한테만 스토커가 붙는 게 아니야, 요즘은."

단 작가에게 붙어 있었던 스토커 손 모양이 생각나는 바람에 나는 쿨럭하고 헛기침을 하고 말았다.

"그래서 그렇게 얼굴색이 안 좋구나? 아까부터 얼굴색이 영 똥색이다 했더니."

"진짜요?"

화들짝 놀라 거울을 꺼내 얼굴을 봤다. 똥색이라니……. 아까 단 작가도 봤는데, 똥색이라니.

"그 정도는 아니에요."

유라가 키득거리며 핸들을 꺾었다.

안도의 한숨을 내쉬며 거울은 가방에 집어넣자니 입맛이 썼다. 내가 왜 얼굴빛이 안 좋았는지를 정확히 알고 있는 탓이다.

발레 공연 이후, 단 작가에 대한 마음이 정말 말도 안 될 정도로 하루가 다르게 자라고 있는 요즘이다. 처음에는 이 정도까지는 아니었는데 그의 책을 복습하면서 돌이킬 수 없는 길에 들어서 버렸다. 단 작가를 모르고 봤을 때도 날 사로잡았던 글들이었다. 그것을 자양분 삼아 단 작가에 대해 싹을 틔워 버린 마음이 광속으로 성장하게 되어 버릴 거라고 예상했어야 했다.

몇 천 번 전화하고 싶어서 핸드폰을 만지작거리지만, 몇 천 번 전화해 봤자 어쩔 수 없다는 절망감만 느껴야 했다. 단순히 작가, 편집자 관계만 하더라도 장애가 상당하다. 특히 단 작가라면 언감생심 내가 그 사람을 마음에 품었던 사실만으로도 사장님 이하 웃전들의 배꼽이 가출할 수 있다. 그런데다 단 작가는…… 게이 아닌가?

정말 절망도 빛 하나 없는 깜깜한 골짜기를 랜턴 하나 없이 헤매는, 그런 류의 절망이다.

특히 워터 파크 이야기가 나왔을 때는 윤 작가님이 단 작가를 동행시킬지도 모른다는 헛된 희망을 품으며 다이어트를 했더랬다. 물론 내가 제의하는 것이 가장 편한 길이었겠지만, 마음은 굴뚝같되 할 수가 없었다.

마음이 없으면 대수롭지 않게 할 수 있는 일도 마음이 지나치면 의식이 되어 버려 오히려 할 수가 없다는 사실을 절감하는 중이다. 오만 가지 생각이 머릿속에 다 떠오르는 거다. 괜스레 데이트 신청하는 것 같기도 하고, 단 작가가 내 마음을 알아 버릴 것 같기도 하고, 그러면 관계가 어려워질 것 같기도 하고.

게다가 오늘은 딱 단 작가가 싫어하는 스타일로, 나풀나풀 페미닌하게 입었다. 진짜 단 작가가 윤 작가 집에 있을 거라고는 전혀 예상 못 했다.

이런 모습을 보여 주고 싶지 않았는데.

하지만 그렇다고 거지처럼 입고 있는 모습을 보여 주고 싶은 건 아니고.

아, 진짜 단 작가 취향은 왜…….

아니, 일단 게이인 것이 가장 큰 장애지만.

"지선이는 잘 오고 있으려나 모르겠어요. 그냥 내 차 타고 가면 편한데 뭐 챙길 거 있다고 따로 온다는 건지."

내가 혼자 '골룸골룸' 하고 있는데 유라가 중얼거렸다. 윤 작가와 나의 눈이 마주쳤다.

윤 작가의 탓이었다. 자기 집에서 집합하기로 해 놓고, 막상 자기가 단 작가와의 관계를 비밀로 하고 싶어 한다는 걸 새까맣게 까먹은 채 단 작가를 집에 불러들여 놓은 것이다. 뒤늦게 지적해 주자 탕수육에 정신이 팔렸다며 땅을 쳤지만 이미 늦은 상태였다. 바쁘게 짐을 챙겨 나와 밖에서 만나자고 연락했지만, 제시간에 문자메시지를 받지 못한 지선이는 이미 윤 작가의 집으로 향한 다음이었다.

그나저나 단 작가는 무슨 생각으로 지선이를 데려다 주겠다고 한 걸까?

갑자기 심장 부근이 지끈거렸다. 괜스레 억울한 생각이 들었다. 어떻게 잘했으면 윤 작가와 유라를 먼저 보내고 나도 단 작가와 함께 차를 타고 올 수도 있었을 텐데…….

안다. 말도 안 되는 생각이라는 거. 그래도 마음이 그렇게 되나? 단 작가를 끊는 게 현명하다는 걸 몰라서 못 끊어?

"웬 한숨을 그렇게 쉬어?"

나도 모르게 한숨을 쉬었는지 윤 작가가 말똥한 표정으로 나를 쳐다보았다. 입가에 묻힌 과자 부스러기만 아니면 눈은 참 맑다.

"그냥 기분이 좀 그래요."

"뭐가?"

"절 좋아할 수 없는 남자를 좋아하게 되면 어떻게 해야 하나 생각하고 있거든요."

"좋아……뭐? 자기 설마…….""

윤 작가가 고개를 갸우뚱했다. 순간 뜨끔했다. 그러고 보니 윤 작가도 단 작가의 성향, 알고 있었지. 아까 집에 들어갈 때 단 작가에게 소리 지르는 거 다 들었다. 그래도 이것과 그걸 연결시킬 정도로 논리력이 있으려나?

"자기 연애하니?"

날 좋아할 수 없는 남자라니까……. 윤 작가가 창의력도 풍부하고 문장력도 나쁘지 않은데 논리력이 조금…… 달린다.

"작품 생각하는 거예요. 단 작가님 작품이 어떻게 나올까 이리저리 추측하고 생각하다 보니 별별 고민이 다 생기네요."

"아아, 아닌 게 아니라 단 작가도 생각이 많더라고. 나한테 글 얘기하는 게 처음인 걸 보면 이번 글 신경 쓰고 있는 듯?"

"그래요?"

글을 쓰고 있구나. 갑자기 가슴이 두근거리기 시작했다. 단 작가 생각을 해서 그러는 것과 별개로 그가 글을 쓰고 있다는 사실이 설레었다.

"어…… 윤 작가님, 단 작가님 아세요?"

룸 미러를 통해 보이는 유라의 눈이 초롱초롱하다.

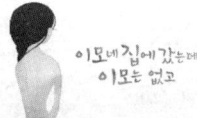
이모네 집에 갔는데
이모는 없고

"아, 그냥…… 가끔……."

거짓말을 못하는 윤 작가가 단숨에 더듬기 시작했다.

"우와! 어떻게 아시는데요? 그럼 역시 선배에게 단 작가님 소개해 준 게 윤 작가님이었군요! 어떻게 아시는 사이세요?"

"아, 그게……. 잘 아는 사이는 아니고 말이야."

윤 작가가 나에게 헬프 사인을 보냈지만 나도 수습할 수 없어 얼른 과자를 먹기 시작했다. 자기가 비밀로 하고 싶다고 해 놓고 자기 입으로 부는 걸 어쩌겠누? 내가 도저히 말할 수 없을 정도로 입이 미어져라 과자를 넣는 모습을 본 윤 작가는 브루투스의 칼에 허리를 찔린 카이사르 같은 표정을 지었다.

"뭔데요? 네? 나한테만 비밀로 하는 거 있기예요?"

유라가 다그치는 소리를 담은 차가 날렵하게 고속도로 위를 날았다.

지선이가 도착했다며 전화를 해 온 것은 우리가 자리를 잡고 짐을 풀고 나서도 한바탕 물에서 놀고 나온 다음이었다. 세 여자가 선글라스를 낀 채 챙이 긴 모자로 햇빛을 가리고 비치 베드에 누워 각이 나온다며 키득거리는데 주차장이라며 어느쪽으로 가야 하냐고 전화가 왔다.

물에 한 번 들어갔다 나온 것만으로도 일주일치 에너지를 썼다며 과자를 폭풍 흡입 하고 있는 윤 작가가 움직일 리는 없고, 혹시 단 작가와 있을 때를 대비해 유라를 보낼 수도 없는지라 결국 내가 나섰다.

만나기로 한 입구 근방에 도착했을 때 전화가 다시 울렸다.

지선이인가 하고 봤더니 한수였다.

"여보세요?"

― 선배?

"응. 무슨 일이야?"

그와는 그날 이후로 고백에 대해 대화를 나눈 적이 단 한 번도 없다. 당일과 그다음 날까지 출장을 핑계로 얼굴을 비치지 않았던 한수는 사흘째 되는 날에는 말끔한 모습으로 나타나 그저 회식에 참석 못 한 것만을 안타까워했다. 그리고 나서는 예전과 똑같이, 가깝지도 멀지도 않은 선후배 사이로 지내고 있다. 가끔 시선을 느끼긴 하지만.

― 월차 냈다고 하길래요. 어디 아파요?

"아, 아냐. 작가님하고 놀러 나왔어."

― 작가님? 누구?

"응. 윤지희 작가 알지? 유라하고 지선이도 데리고 왔어."

한수가 낮게 웃었다.

― 아가씨들 모임이군요.

문득 지금도 볼이 미어져라 과자를 먹고 있을 윤 작가가 떠올라 '아가씨'라는 단어에 거부감이 느껴졌지만, 차 안에서는 나도 그녀 못지않게 과자에 탐닉했던 터다.

"응. 그렇지. 무슨 일이야?"

― 아뇨. 그냥 월차 냈다기에 아픈가 싶어 전화했어요. 선배 혼자 살잖아요. 혼자 아프면 서러우니까.

한수가 이렇게 따뜻한 사람이었나?

하의지가 결혼해 나간 이후로 가장 서러운 순간이 있다면

이모네 집에 갔는데
이모는 없고

아플 때였다. 내가 아프다고 하의지가 약 사다 주고 이마에 찬 수건 대 준 건 아니었지만, 걱정은 해 줬다. 아무것도 안 해 줘도 집에 누군가 있다는 것과 텅 빈 집에서 혼자 앓는 건 질이 다른 문제였다.

— 나도 오래 혼자 살아서 그 맘 알거든요. 아니면 됐어요.

이렇게 쉽게 감동받으면 안 되는데……. 나란 여자는 왜 이렇게 쉬운 걸까?

"고맙다, 야."

— 아니에요. 그럼 재미있게 놀아요.

"아, 드라마 판권 관련해서 제작사와 미팅하는 거 잘 끝났어? 그거 내가 갔어야 하는 건데……. 체크 리스트 제대로 확인해야 하거든. 나중에 다른 말 안 나오게 계약 전에 짚어 둘 건 다 짚어 주는 게 좋……."

— 아이구, 걱정은……. 이왕 놀러 갔는데 머리 비우고 놀아요. 제가 알아서 할게요.

한수가 믿음직스럽게 내 말을 끊었다.

— 그럴 거죠?

"응, 그래도 너무 급하게 오늘 처리하려고 하지 마."

— 알겠네요. 그럼 내일 봐요.

"응."

전화를 끊고 나니 조금 심란했다. 심지어 이렇게 멀쩡하고 괜찮은 남자가 날 좋다고 하는데 아무 감정도 느껴지지 않고, 두근두근 가슴이 설레는 남자는 나에게는 관심도 없고 관심을 가질 이유도 없는 게이라니, 나 정말 미쳤다.

사람 마음은 맘대로 안 된다던 단 작가의 말은 오늘의 나를 예언했던 걸까?

잊어야 하는데. 관둬야 하는데.

그나저나 지선이는 어디 있는 걸까?

"그래서 어쩔 거예요? 명예롭게 독거노인으로 살 거예요?"

……지선이의 목소리네?

돌아보니 입구 쪽에서 한 사람씩 드나들게 되어 있는 회전식 문을 사이에 두고 단 작가와 지선이 대화 중이었다. 무슨 이야기를 하는지 두 사람 다 무척 심각한 얼굴이다.

그러는 모습에 심장이 덜컥 내려앉았다. 뭔가 굉장히 가까워 보이는 모습이었다. 두 사람만 공유하고 있는 뭔가가 있는 듯, 마치 오래 함께한 사람들처럼 말이다.

"더 생각한다고 해서 답 나오는 문제 아니에요. 쉽게 생각해요. 뭘 고민해요? 불명예는 잠깐이고 행복은 영원한데!"

"까분다."

인상을 쓰는 단 작가의 모습도 어딘지 낯설었다. 나와 있을 때 그는 항상 점잖고 어른스러운 모습인데 지선이와 함께 있는 지금은 어딘지 친근하고 편안한 느낌이었다. 마치 투덕이는 남매를 보는 것 같다.

"제 말을 들으면 후회하지 않는다니까요? 오빠. 저 한번 믿어 보세요. 네?"

"믿을 사람이 없어 널 믿어?"

반말? 아니, 그보다 오빠?

"진정한 믿음은 믿을 수 없을 것 같은 걸 믿는 거예요. 신을

이모네 집에 갔는데
이모는 없고

봐서 믿나? 못 봐도 믿는 거지."

"이게 입만 살아서!"

지선이를 쥐어박으려던 단 작가가 멈칫했다. 그의 시선이 나에게로 날아왔다. 흠칫하고 목을 움츠렸던 지선도 단 작가의 시선을 따라 눈을 움직여 나를 발견했다.

"선배!"

지선이 환하게 웃는데 순간 가슴이 지끈했다. 말도 안 돼, 나 방금 무슨 생각을 한 거야? 손지선을 질투한 거야?

"하 편집."

얼굴을 딱딱하게 굳힌 채 단 작가가 나를 불렀다.

"잠깐 이야기 좀 할까요?"

단 작가의 말에 지선이의 얼굴이 환해졌다. 분명히 봤다. 지선이의 입술이 조용히 움직여 '불명예 콜?' 하고 속삭이는 것을.

"일단 사과부터 할게요."

지선이를 먼저 들여보내고 지선의 자리에 서서 단 작가를 마주 보고 있자니 불편하기 그지없었다. 방금까지는 의식하지 못했는데 옷차림이 상당히 부적절했다. 위에 옷 하나를 걸쳤지만 아무래도 노출도가 높은 의상이다. ……가만, 이것도 페미닌한 축에 속하던가?

"아까는 글이 잘 안 풀려서 내가 예민해져 있었어요."

"네?"

"아까…… 글 잘 안 써진다고 한 거."

"아아, 아니에요. 신경 쓰지 마세요. 괜히 제가 눈치 없이 여

쥐 본 것 같아 죄송해요. 작가님이 알아서 좋은 글 잘 써 주실 텐데."

내 대답이 불만족스러운지 단 작가의 턱이 딱딱하게 굳었다.

"그게…… 그렇지 않아요."

"네?"

"알아서 좋을 글을 잘 쓰지 못할 것 같다고."

"네?"

뭐라 대꾸해야 좋을지 몰라 바보처럼 '네?'만을 반복하다 보니 머리가 핑핑 도는 것 같았다. 일사병일까? 아니면 날 빤히 내려다보는 저 눈 때문에 심장이 미쳐서 피 대신 다른 걸 뿜어 내고 있는 걸까?

"도움이 좀 필요할 것 같은데…… 괜찮겠어요?"

"물론이에요, 작가님. 제가 할 수 있는 건 뭐든 도울게요."

단 작가의 입꼬리가 비스듬히 올라갔다.

"뭐든이라……. 정말요?"

"네, 그럼요."

"그 약속 잊지 마요."

"네?"

"난 갑니다. 재미있게 놀아요."

뭔가 순식간에 유쾌해진 단 작가가 손을 들어 보이고 가볍게 돌아섰다. 얼떨떨해서 그를 쫓아가려다 회전문에 가로막혔다.

"나가시면 못 들어오세요."

안내해 주는, 모자 쓴 언니의 목소리가 상냥하다. 하지만 그게 문제가 아니라 지금, 무슨…….

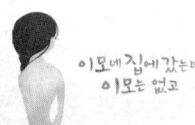
이모네 집에 갔는데
이모는 없고

단나인

나답게 하라.

마치 취업 준비생을 위한 조언 같은 이 말은 손지선이 정의해 준, 하의연을 대하는 나의 자세다. 그래서 나는 나답게 했고, 그게 바로 지금 우리가 돗자리를 펴 놓고 공원에 앉아 푸른 하늘을 바라보고 있는 이유다.

나는 이 계절에 소풍을 나가 본 적이 없어 디테일을 전혀 모르겠다는 핑계로 하의연을 불러낸 참이었다. 명예롭지 못하지만, 간단하긴 하다.

"덥네요."

손부채를 부치며 하의연이 뜨거운 숨을 내뱉었다. 그늘 아래 돗자리를 펴긴 했지만 한여름의 햇살을 피할 정도는 아니다. 잔디의 푸른빛은 싱그럽고 강이 보이는 낮은 산자락 위로 펼쳐진 하늘은 청량하지만, 그림이 아무리 예뻐도 그 안에 앉아 있는 건 고문이다.

"확실히 그러네요. 이런 계절에 야외에서 소풍은 있을 수 없는 일이겠어요."

하의연이 손수 타 온 커피를 한 모금 마시며 내가 중얼거렸
다. 보온병에 담아 온 탓인지 아직 차가워서 기분이 좋다.

"게다가 개미도 너무 많고, 주변에 나무와 풀이 많으니 모기
도 많고요."

하의연이 찰싹 팔뚝을 두드리다가 민망하게 웃었다. 아마
하의연은 벌레를 싫어하는 것 같다. 아까부터 날벌레가 날아다
니는 것을 발견할 때마다 진저리를 치며 요상한 트위스트를 추
는 중이다. 원래대로라면 아까 일어나 시원한 커피숍이라도 들
어갔어야 하지만 그 트위스트가 너무 귀여워서 자리를 뜨지 못
하고 있다.

"더우니까 기껏 싸 온 샌드위치도, 김밥도 맛없죠?"

"맛있었어요. 하지만 뜨겁지 않았다면 더 맛있었을 것 같긴
하군요."

내 말에 하의연이 꺄르르 웃었다.

참 잘 웃는 여자였다. 별말 아닌 거에도 어찌나 환하게 잘
웃는지 예뻐 죽겠다.

나는 하의연이 웃는 얼굴을 그릴 수도 있을 것 같았다. 재미
있는 말에 웃는 얼굴, 민망해서 웃는 얼굴, 부끄러워 웃는 얼
굴, 어쩔 줄 몰라 웃는 얼굴……. 말간 뺨 위에 홍조라도 떠오
르면 잡아채기든 벽 치기든, 하다못해 아리랑 치기를 하라 해
도 실천할 수 있을 것 같은 기분이 든다.

하지만 직접 싼 도시락을 여름날 공원 잔디밭에서 나눠 먹
는 장면은 쓰지 말아야겠다고 생각 중이다. 일단 말마따나 벌

이모네 집에 갔는데
이모는 없고

레가 너무 많고, 덥고, 음식은…… 맛없다. 사 온 음식들이니 하의연의 솜씨에 문제가 있는 건 아니었다. 후끈거리는 샌드위치와 김밥, 치킨은 어떤 최고의 셰프의 손을 탔더라도 내키지 않을 듯하다.

의도는 불순했지만 결국 글 생각을 하고 있긴 하다. 결국 소설이나 드라마에서 나오는, 날 좋은 여름의 소풍은 다 구라요, 개뻥이라는 부정적인 결론이지만.

"워터 파크에 갔던 날도 햇볕은 뜨거웠던 것 같은데……. 그날은 어땠어요?"

손차양을 만들었다, 손부채를 하다 더워서 쩔쩔 매던 하의연이 살짝 내 눈치를 보더니 어깨를 으쓱했다.

"음, 거기는 그냥 햇빛을 받으러 간 데라서 별로 신경 안 썼던 것 같아요. 비치 베드에는 파라솔도 있었고요. 물에서 놀다가 비치 베드에 가서 누워 있으면 시원했던 것 같아요. ……소설에 워터 파크도 나오나요?"

공원도 안 나오는데 워터 파크는 무슨……. 의도는 쪼잔하게도 '나 없이 갔던 워터 파크가 재미있더냐?'다.

"생각 중이에요. ……재미있게 놀았나 봐요?"

"재미있었어요. 윤 작가님께 들으셨어요?"

"전혀. 이모는 지나고 나면 잘 얘기 안 해요. 세밀한 건 기억 못해서."

치매가 심각하게 의심되는 인간이다.

"아아, 하긴 그러시죠."

역시 하의연도 알고 있다. 매일매일 머리가 포맷되는 인간인데 주변 사람들이 모르기가 쉽지 않다.

"윤 작가님도 되게 재미있게 노셨어요. 아! 사진 보여 드릴까요? 핸드폰 카메라로 찍었는데!"

하의연이 엉덩이를 들썩여 내 옆으로 붙었다. 고개를 기울여 사진을 보다 보니 나도 더워졌다. 워낙 몸이 찬 편이라 방금 전까지는 더운 거 잘 몰랐는데 하의연이 자리를 옮겨 내 옆에 붙자…… 어쩐지 화끈거린다.

"이 사진은 파도 풀에서 윤 작가님 고꾸라지는 모습이에요. 방수 처리하고 찍었는데 진짜 잘 나왔죠? 여기 공기 방울 올라오는 거 보이세요? 윤 작가님이 꼬르륵하고……."

뭐가 그렇게 신 나는지 꺄르르 웃는 하의연의 목덜미에서는 뭔가 고소한 냄새가 났다. 무척 좋은 냄새라 나도 모르게 조금 더 붙자 하의연이 고개를 돌리고 날 쳐다보았다.

뭐야.

이러면 얼굴과 얼굴이 너무 가깝잖아.

"아, 잘 안 보이세요?"

가슴이 막 두근거리려고 하는데 하의연이 내 쪽으로 핸드폰을 더 내밀었다. 뭐야, 뭐 이렇게 무드 없고 경계심 없이 청순해?

그러고 보면 이 내가, 그러니까 속으로는 스님 같은 26년을 보냈을망정 겉으로는 어딜 봐도 빠질 데 없는 내가, 이 계절에 소풍을 가 본 적이 없다고 하는데도 하의연은 의문도 갖지 않았다. 오히려 이해한다는 듯이 순순히 받아들이고 적극적으로 (?) 소풍을 주도했다. 그러는데 뭔가 안타까워하는 것 같기도 하고, 뭔가 아련하고, 뭔가…….

이모네 집에 갔는데
이모는 없고

주위 사람들에게 전해들은, 일에 대한 하의연의 열정을 돌이켜봤을 때 타당한 것 같기도 하지만, 일견 찝찝한 구석이 없지 않다.

"이건 윤 작가님 완전 녹다운돼서 주무시는 모습요. 귀엽지 않나요? 이 사진과 연속으로 넘기면 배가 올라갔다 내려오는 게 비디오처럼 보여요."

내 맘도 모르는 하의연은 아주 신이 났다. 귀엽긴 자기가 더 귀엽다는 거 모르나 보다.

문자메시지를 쓰는 건 너무 어렵다. 인터넷 기사에서 요즘 애들은 문자메시지를 1분에 170타의 속도로 보낸다니 뭐니 했을 때는 대수롭지 않게 여겼는데, 진짜 엄청난 일이다. 손가락보다 작은 자판으로 어떻게 그런 속도를 낼 수 있는 걸까?

한강 치킨의 프라이드치킨을 등장시킬까 하는데 거기 포장도 되나요? 해 본 적이 없어서.

─단나인.

왜 단나인이냐면 몇 번이나 지적했는데도 불구하고 하의연은 여전히 날 '단 작가'라고 부르고 있기 때문이다. 계속 조르기도 그렇고, 지금은 작가로 승부하는 게 내 목적(?)에 더 부합하는 것 같기도 하고. 그래서 쿨하고 시크하게 단나인이다.

다소 무뚝뚝한 문자메시지에 답장이 온 것은 5분쯤 지난 후였다.

^_^ 지금 포장해 갖고 찾아뵙겠습니다.

— 하의연.

뿌듯하게 소파 시트에 기대 몇 번이고 문자메시지를 읽어 보았다. 별거 아닌 문장 하나인데도 자꾸 웃게 만드는 매력이 있었다.

무슨 톡, 무슨 톡 하는 문자메시지가 통신 서비스의 큰 축 하나를 차지하고 있는 것을 이해할 수 있을 것 같다. 짧고 단순한 대화지만 마치 손 편지를 주고받을 때의 노스탤지어를 느끼게 하는 무언가가 있는 것이다. 게다가 전화처럼 당장 받지 못한다고 해서 사라지는 것도 아니니 기다림의 미학도 담겨 있다고 할 수 있고.

한참을 몇 번이고 같은 문장을 읽어 보다 털고 일어섰다. 나도 양심이 있지 이렇게까지 하는데 이야기라도 좀 나누려면 어느 정도는 시놉시스를 발전시켜야 하지 않겠는가?

집 근처에 '환상의 드라이브 코스'라고 불리는 길이 있다. 산을 올라갔다가 내려오는 길인데 중간중간 기가 막힌 풍경 포인트가 있다.

힝킹 치킨을 싸 들고 온 히의연을 데리고 간 곳은 노을이 산자락을 타고 비단처럼 너울거리는 포인트다. 치킨을 뜯으면서

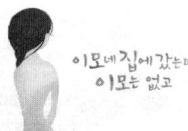

이모네 집에 갔는데
이모는 없고

보니까 한층 더 아름답고 막 그렇다.

"노을이 꼭 로보가 울부짖던 배경으로 깔려야 할 것 같은 빛깔이네요."

나도 정상은 아니지만, 감탄을 해도 참 독특하게 감탄하는 하의연이다.

"《시턴 동물기》?"

"네. 저 그거 참 좋아했거든요. 특히 늑대 왕 이야기요."

《시턴 동물기》의 늑대 왕 이야기가 뭐냐 하면…… 천재적 악당 늑대 한 마리가 사람들을 이리 엿 먹이고 저리 엿 먹이면서 잡히지 않고 양 잡아먹고 말 잡아먹는 거다. 그러다가 결국엔 잡히는데, 그 이유가 아마 여자 때문이었지?

"어떤 부분이 제일 좋았어요?"

"그냥…… 로보가 블랑카를 잊지 못해 잡히는 게 슬펐어요. 그거 아세요? 늑대들은 일부일처제래요."

"듣긴 했어요."

동시에 늑대 세계에서도 바람피우는 놈, 일처다부제를 추구하는 놈 등, 별별 놈 다 있다는 이야기도 들었지만 그건 얘기하지 않는 걸로 하자.

산타클로스를 믿고 있는 아이의 꿈을 지켜 주고 싶은 어른에 빙의해 하의연을 보고 있자니 어쩐지 흐뭇했다.

"어린 마음이라 그랬는지 처음 읽었을 때는 블랑카를 죽이는 사람들이 너무 미웠어요. 그런데 나이가 좀 들고 나니 로보에게 양도 잃고 말도 잃었던 사람들의 마음도 이해가 가긴 하더라고요."

어이구, 그래쪄염? 우쭈쭈쭈쭈.

"로보가 현명했다면 블랑카가 죽은 시점에서 다른 여자를 찾았을 텐데 말이죠."

내 말에 하의연이 미간 사이에 주름을 잡았다.

"에이, 그런 건 싫어요."

"왜 싫어요? 그럼 죽어라고 한 여자만 들입다 파는 바보가 좋아요? 사람이 융통성이 있어야지."

"다른 건 융통성이 있는 게 좋지만 사랑은 아닌 게 좋아요. 좀 바보 같더라도 고지식하게 단 한 사람을 찾아서 그 사람과 오래오래 행복한 게 좋다고요."

"이상적으로 생각하면 그렇죠. 현실적으로 생각하면 그런 게 스토커일 수도 있는 거고요."

내가 놀려 대자 하의연이 한숨을 내쉬었다.

"어떻게 생각하면 그럴 수도 있죠. 하지만 전…… 스토커와 아닌 사람을 구분하는 건 피해를 주느냐 아니냐라고 생각해요. 만약 한 사람만 계속 생각하는 게 스토킹이라면, 전 스토커 할래요."

"그럼 어떤 남자가 하 편집을 계속 생각한다면, 그 남자를 좋아해 줄 거예요?"

하의연의 얼굴이 당혹스러워졌다.

"그건……."

"에게…… 뭐예요? 그게?"

"하, 하지만! 저도 좋아야 하잖아요! 그러니까 제 의미는 단 하나의 인연인 사람을 찾으면 그때부터……."

이모네 집에 갔는데
이모는 없고

"몰라요. 하 편집 실망이에요."

말도 안 되는 논리로 놀리는 게 가능한 사람이 있다니 신선하다. 하의연 왜 이렇게 나날이 귀여워지는 거냐.

"사실 전에 그런 적이 있거든요."

응?

"그냥 괜찮은 사람이고, 절 오래 좋아해 줬는데도…… 그래서 잠깐 만나 봤지만 결국 마음이 가지 않았어요. 좋아하긴 하지만 사랑하게 되지 않는 거요. 뭔지 아세요?"

잠깐, 만나…… 봤다고?

"어떤 사람이었는데요?"

"봄에는 프리지어 꽃을, 가을에는 안개꽃을 팔에 가득 안고 날 만나러 왔던 사람이에요. 들꽃 사진 찍는 걸 좋아하고 손잡고 산책하는 걸 무엇보다 즐기는 사람이었어요."

《어린 왕자》에 나오는 어린아이 감성의 대화 말고 어른 감성의 대화를 나눠도 될까? 제라늄, 비둘기, 분홍빛 벽돌…….이런 거 말고 10만 프랑짜리 집! 이런 식의 간단명료한 대화.

"약사였는데 가끔 약국 문을 닫고 저와 출사를 나가기도 했어요. 그럴 때면 묘한 해방감이 느껴져서인지 더 재미있었죠."

……들려? 나 질투심에 활활 타오르는 거?

오늘 즐거웠습니다. 너무 개인적인 이야기를 한 것 같아 송구스럽기도 해요. 잊어 주세요^_^;;

―하의연.

^_^ 도움 많이 되었습니다. 저도 즐거웠어요.

—단나인.

정말 도움 많이 되었다. 마지막으로 이렇게 열정적으로 자판을 두드린 게 언제였는지 기억도 나지 않는다.

사진이 취미인 개찌질이 변태 약사에 대한 이야기가 머릿속에 폭풍처럼 몰아치고 있었다. 이놈이 약국 말아먹고, 친구에게 배신당하고, 여자에게 차인 다음, 병에 걸려 비참한 말로를 보내는 그런 이야기다.

그 비참함이 어찌나 생생하게 머릿속에서 그려지던지 생각나는 문장을 손이 옮겨 적지 못할 정도였다. 손을 덜덜 떨며 귀하게 여기던 사진기를 팔아먹고 돌아오는 길에 주인집 딸이 다가와서 '느그 집엔 이거 없지?' 하며 최신형 디지털카메라를 내미는 장면을 쓸 때는 짜릿한 쾌감까지 느껴졌다. 이렇게 영감을 줘서, 정말 고오맙다!

사랑하지도 않은 남자를 사귀었으면서 로보가 뭐! 블랑카가 뭐! 단 하나의 인연이 뭐!

나도 여자 만나지 않았냐고? 난 로보 이야기도 안 하고 블랑카 이야기도 안 했잖아!

몰라 몰라 몰라 몰라!

작가님, 전에 환상의 드라이브 코스에서 말씀해 주셨던 자료

찾았어요. 이메일로 보냈으니 확인해 주세요.^_^

—하의연.

확인. 고맙습니다.

—단나인.

오늘 공연 즐겁게 봤습니다. ^_^ 《토스카》, 정말 좋아하는
오페라예요. 진짜 굉장했어요.

—하의연.

나도 즐거웠어요.

—단나인.

작업하실 때 들으시라고 음악 파일 보냅니다.

—하의연.

음악은 노라 존스의 '슬립리스 나이트sleepless night'였다. 떠나
버린 사랑을 기다리는, 느린 템포로 부드럽게 속삭이는 노래.
누군가를 기다리며 잠 못 이루는 밤의 이야기를, 나는 하의연
을 생각하면서 들었다.

함께 드라이브를 하고 저녁을 먹고, 공연을 보고, 사랑에 대
한 이야기를 나누고……. 때로는 질투하고, 때로는 흐뭇해하며
나는 하의연을 알아 가고 있었다. 그리고 알면 알수록 하루가
다르게 내 안에서 하의연은 색을 바꿔 가며 자기의 영역을 넓

혀 나갔다.

나는 하루 종일 하의연을 생각하고 있었다.

하의연을 생각하지 않고 살았던 시간이 기억나지 않을 정도로, 그것은 당연한 일과가 되었다. 계속 이렇게 지내도 좋을 것 같다는 생각이 들 정도였다.

하지만 로맨스의 영원한 적은 생계다.

적어도 일주일에 세 번은 보는 날들이 이어지던 어느 날, 나는 마감 통보를 받게 된다. 내 마감이 아니라 하의연의 마감이다.

그런데 작가님, 내일부터는 당분간 지선이가 찾아봬야 할 듯. 마감 돌입. ㅜ.ㅜ 죄송해요.

하의연의 마감이 시작되고 사흘째, 내가 외출을 한 것은 시내에 나갈 일이 있었기 때문이었다. 볼일이 끝난 후 이람 출판사 쪽으로 차를 돌린 건 약속 없이 출판사를 방문하는 것이 나답지는 않을지 몰라도 나답지 않을 필요가 없다는 생각이 들어서였고.

한마디로 사흘 하의연을 못 보고 문자메시지질도 못 해서 안달이 났다는 뜻이다.

그러나 출판사 근처에 도착했을 때였다. 그래도 들어가기 전에 전화 한 통은 해야지 하고 갓길에 차를 세웠는데 익숙한 뒤통수가 보였다. 짧은 머리를 당겨 묶어 잔머리가 다 삐져나온 동그란 뒤통수는 하의연의 것이었다.

반갑게 차 문을 열고 나가다가 도로 닫고 앉았다. 한 템포

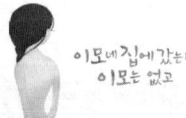
이모네 집에 갔는데
이모는 없고

느리게 가게에서 웬 고릴라 한 마리가 튀어나오지 않는가? 회식 때도 못 본 고릴라인데 회사 사람일까? 정상적인 회사원이라면 한창 근무시간인 이때 저 둘은 왜 나란히 걷고 있는 걸까? 그것도 아이스크림을 먹으면서?

"정신이 좀 들어요?"

"응, 고마워. 역시 밤새운 후에는 커피사냥이 최고야."

"아직 멀었어요?"

"오늘은 끝나야지."

"힘내요."

"응. 야, 너한테는 요즘 계속 신세만 지는 거 같다. 고맙다."

"신세는요. 선배 고생하는 게 안쓰러워 그렇죠. 마감 끝나면 카페 숨Sum에 가서 치즈 케이크 먹을래요? 좋아하잖아요."

"진짜? 애들 다 데리고 가자!"

"그래요."

고릴라가 하의연을 내려다보고 웃자 하의연도 마주 웃었다.

순간 울컥하고 뭔가 뜨거운 것이 가슴에서 목구멍으로 치솟았다. 내가 쪼잔해서 이럴 리는 없으니까 아무래도 저 고릴라가 너무 못생겨서 그런 것 같다. 저렇게 못생긴 사람은 진짜 처음 본다.

TV에서 아무리 못생겼다고 웃는 개그맨을 봐도 딱히 별 감상이 없는 나지만 저 고릴라는 진짜 무척 기분 나쁘게 생겼다. 못생겼어도 사람이 인상이 좋을 수 있는 건데 고릴라는 인상 자체가 나빴다. 딱 봐도 뒤통수칠 상이고 남에게 피해 줄 상이구만. 암만 눈치 없는 걸로 했기로서니 하의연, 저런 고릴라와 희희덕대고 있다니 진짜 실망이다.

"마감 중이라더니 끝났나 봐요?"

정신을 차렸을 때는 내 몸이 바람처럼 움직여 그들의 길을 가로막고 서 있었다.

"단 작가님."

놀라 입을 딱 벌린 하의연의 얼굴이 볼 만하다. 가까이서 보니까 아무렇게나 찔러 꽂은 핀이 촌스러운 게…… 진짜 귀엽다. 키도 작고 얼굴이 조막만 하게 말개서 그런지 항상 좀 어려 보였지만 오늘따라 한층 더……. 아, 아예 화장 비스름한 것도 안 했구나. 그래도 그동안 꾸미진 않아도 기초화장은 튼튼히 하더니 오늘은 얼굴이 너무 순결하다.

"여긴 웬일이세요?"

"연재 때문에 잠깐 나왔다가 지나가는데 보이길래요."

"아아, 이쪽까지 오실 일 있으시면 전화 한 통 주시지 그러셨어요."

"마감이라길래."

"오늘 끝나거든요."

내 의도는 '마감이라길래 (난 전화도 안 하고 문자메시지도 안 보내고 불러내지도 않았는데 넌 지금 여기서 저 고릴라와 뭐 하는 거냐? 고릴라하고 아이스크림을 먹을 시간은 있고 나한테 문자메시지 한 통 보낼 시간은 없는 거냐?)' 였는데 아무래도 제대로 전달되지 않은 것 같다.

"엄청 피곤했는데 작가님 보니까 좋아요."

저렇게 해맑게 웃어 버리면…… 내 의도를 관철하기 어려워

이모네 집에 갔는데
이모는 없고

지는데.

잔뜩 심통이 났던 내가 멋쩍어져서 고개를 돌리다 날 빤히 보고 있는 고릴라와 눈이 마주쳤다. 와이셔츠에 양복바지, 전형적인 회사원의 복장을 한 고릴라는 나를 마치 처음 보는 사람 같은 눈으로……. 아, 처음 봤나?

"단나인입니다."

내가 먼저 손을 내밀자 날 빤히 보던 고릴라가 약간의 사이를 두고 느리게 내 손을 잡았다. 그러는 양이…… 얘도 내 팬 같다.

"이람 출판사 김한수입니다. 단 작가님, 팬이에요."

것 봐.

"감사합니다."

이 감사의 의도는 '감사합니다. (근데 내 팬이라면 하의연과 단둘이 걷는 건 삼가 줬음 좋겠는데 말이죠. 특히 나란히는 곤란. 굳이 둘이 걸을 일이 있다면 일렬로 걷는 게 좋겠음.)'이지만 전달되기 힘들 것 같다.

그나저나 고릴라의 인상이 안 좋다고 한 건 내가 질투심에 활활 불타고 있기 때문만은 아니었다. 내 팬인 건 맞는 거 같고, 얼굴이 좀 고릴라 같은 거 빼면 허우대 멀쩡한 애긴 한데, 뭔가 음침했다. 손지선도 음침하지만 고릴라 정도는 아니다. 하의연, 진짜 못 느끼는 걸까?

"제 후배예요. 전에 회식했을 땐 출장 중이라 인사 못 드렸어요. 일 잘하는 친구니까 다음에 한번 정식으로 소개할게요."

못 느끼나 보다. 곰이라 그런지 은근……. 아니 대놓고 둔하다.

"그러죠. ······그럼 들어가 봐요."

내 말에 하의연의 눈이 동그래졌다.

"에? 그냥 가시게요?"

"그럼 나랑 같이 갈래요?"

안다. 조금 쪼잔한 거.

"아, 그건 아니지만······."

당황했던 하의연이 머리를 긁적이다가 자신의 헤어 스타일 상태를 인지하고 헉 숨을 들이켰다. 뭘······, 엄청 촌스러운 게 완전 귀여운데.

그대로 집으로 돌아오는 동안 내내 알 수 없이 뭔가 찝찝했다. 김한수, 김한수, 김한수······. 고릴라, 고릴라, 고릴라······. 사랑에 빠지면 예기가 흐려진다더니 지금 내가 이렇게까지 찝찝한 게 질투심 탓인지, 아니면 뭔가 의미가 있는 건지 모르겠다.

어쨌든 하의연의 마감이 오늘 끝난다니 그건 좋은 소식이다. 내일부터는 다시 자료 조사차 이것도 하고, 저것도 하고······.

그나저나 언제까지 이런 식으로 불러내야 하는 걸까? 슬슬 이모가 가르쳐 준 스킬······, '잡아채기 + 벽 치기'를 활용할 때가 아닐까? 그런데 그걸 도대체 어떤 타이밍에 해야 하는 걸까? 아무 때나 잡아채고, 아무 때나 벽에다 갖다 친다고 해서 좋아할 것 같지 않은데.

핸드폰이 울린 건 생전 할 거라고 상상해 본 적도 없는 고민이 많아 담배를 피워 물고 거실을 서성이고 있을 때였다.

"여보세요?"

이모네 집에 갔는데
이모는 없고

─ 아, 작가님.

"하 편집자. 마감은 잘했어요?"

─ 네. 작가님 덕분예요. 아까 작가님 얼굴 뵙고 나서 곰 같은 힘이 솟더라고요.

곰 같은 힘이라니, 코알라인가? 귀엽긴.

─ 그동안 필요하신 거 없으셨어요? 지선이 한 번도 안 부르셨다고 하길래.

"그냥…… 버텨 봤어요."

전화기 너머에서 하의연이 밝게 웃었다. 아까 핀 찔러 꽂고 있는 얼굴에 매치되는 웃음소리가 강바람처럼 시원하다.

─ 저 오늘은 조기 퇴근인데 잠깐 들를 갈까요? 식사는 제대로 하셨어요?

"별로 못 했어요."

─ 네?

삼시 세끼 잘 챙겨 먹은 사람의 대답치고는 천연덕스러웠기에 놀란 듯한 반응이 돌아왔다. 하의연을 불러다 밥도 해 먹인 적이 있으니 그녀는 내 요리 솜씨를 알고 있다.

"일할 때는 내가 해 먹기 싫거든요."

─ 아아.

'아아.'는 무슨. 난 일할 때든 일하지 않을 때든 일상생활에 별로 지장을 받지 않는 타입이다. 기본적으로 감정의 파고가 높지 않아 무슨 일이 일어나든 쉽게 템포를 잃지 않고 할 일은 그냥 한다. 하의연을 만나기 전에는, 아니 그러니까 하의연과 재회하기 전에는 지금보다 훨씬 덜 유치하고 성숙한 사람이었다는 거다.

　― 지금 가서 밥하기엔 너무 늦은 거 같으니 제가 뭐 먹을 것 좀 사 가지고 갈게요.

　마감을 막 끝낸 다음이라면 상당히 피곤할 거라는 거 안다. 하루 이틀 이 일을 한 것도 아니고, 마감하면 작가만큼 편집자도 지친다. 목소리도 약간 잠겨 있는 것 같고.

　하지만 오기만 하면 밥은 내가 하겠다고 하면…… 이상할 테지?

　"그래요. 기다릴게요."

　― 네. 간단히 초밥으로 사 갈까 봐요. 괜찮으시죠?

　하의연은 내가 초밥 세 개를 먹기 전에 잠이 들었다. 올 때부터 퀭하더니. 식탁에 앉아 안 그래도 E.T 닮은 얼굴이 본격 E.T로 변신할 때 예견했던 일이다.

　본디 피로의 습성은 맹수와 닮아 쌓이고 쌓이다가 긴장이 풀리는 한순간 덮치는 법이다.

　젓가락을 든 채 꾸벅꾸벅 졸던 하의연의 머리가 대리석 식탁에 수직 낙하 하는 순간 내가 젓가락을 집어 던지고 민첩하게 손을 뻗어 이마를 잡지 않았다면 아마 대참사가 일어났을 거다.

　완전히 곤하게 잠든 하의연을 안아다 소파에 누이고 보니 참 애기 같다. 고새 뭘 찍어 발랐는지 얼굴에 화장기가 있는데 그래 봤자 초췌해서 다 들떠 있다. 그런데 더 예뻐 보이는 건 뭘까?

　눈에 뭐가 쓰였길래 이렇게 뭘 해도 어설프고 귀엽게만 보

이모네 집에 갔는데
이모는 없고

이는 건지 신기할 정도다.

"이렇게 피곤한데 여기까지 온 거 보면 내가 기대해도 될까?"

조그맣게 속삭이고 유난히도 넓고 짱구인 이마에 입술을 눌렀다 떼니…….

오늘 하나 더 발견했다. 애가 왜 이렇게 E.T 같아 보이나 했더니 아무래도 이 이마 때문인가 보다. 얼굴이 1만 냥이면 이마가 9천 냥이네.

하의연

"진짜요? 왜요?"

지선이가 믿어지지 않는다는 눈으로 나를 쳐다봤다. 왜 그러는지 안다. 제정신을 가진 편집자라면 단나인 작가를 포기하지 않을 테니까.

"선배, 어디 아파요? 왜 그래요?"

옆에서 지켜보고 있던 유라가 지선이를 거들었다. 그 목소리에는 만약 내가 포기하면 자기 거지 왜 손지선이냐는 항변도 묻어 있었다.

순서를 따지자면 유라보다는 한수가 먼저일 거다. 가장 중요한 정보를 넘겨준 것도 한수고 그동안 여러모로 신경 많이 써 준 것도 한수다. 하지만 이번 경우에 나는 철저히 작가만 생각했다.

단나인 작가가 누굴 제일 편하게 여길 것인가?

이유는 잘 모르겠지만 이 중에서는 아무래도 손지선이 아닌가 싶다. 그때 워터 파크 입구에서 두 사람이 티격태격하던 모습이 아직까지 뇌리에서 떠나질 않는다. 나와는 아직까지도 존댓말을 주고받는 사이인 단 작가가 지선이에겐 반말을 건네는 것도 그렇고.

"내가 단 작가한테 집중하니까 다른 일을 못 해서 일이 점점 쌓이네. 지선이도 작가 관리 해 봐야 하잖아."

"무슨 작가 관리를 단 작가부터 시작해요? 그럼 이제 남는 건 조앤 롤링하고 토마스 트란스트뢰메르 정도인가?"

유라가 노골적으로 불만을 드러냈다.

"글은 내가 보고 관리만 맡기는 거니까 그렇지. 넌 그럴 짬밥 지났잖아?"

"그렇지만……."

자존심 때문에 대놓고 말은 못 하지만 유라의 얼굴만 봐서는 아마 뒤치다꺼리만 하라 해도 '생큐 베리 감사'인 모양이다. 그 심정 이해 못 하는 건 아니다.

"선배, 많이 힘들어요?"

지선이가 걱정 가득한 얼굴로 물었다. 되게 좋아할 줄 알았는데 의외로 표정이 심란하다. 가끔 애는 종잡기 어려울 때가 있다. 아무 생각 없이 방방 뛸 줄 알았더니. 너무 좋아서 이러는 거라기엔…… 표정이 정말 걱정스럽다.

"그런 건 아니야. 그냥 혹시 작가님한테 소홀해질까 봐 조심하는 거야. 뭐 부탁하시는 일들이 아주 어렵지 않고, 오히려 즐거울 만한 것들이라 괜찮을 거야."

"도대체 왜 그러는 거예요?"

"아무것도 아니라니까?"

입이 찢어져도 내가 단 작가의 집에서 12시간을 퍼 잤다는 이야기는 못 하겠다. 물론 이전에도 위험하다 생각했지만, 그래도 12시간을 퍼 자지 않았더라면 이런 결단까지 내리진 못했을 거다.

뭐가 위험하냐면…… 내가 위험하다.

작업을 핑계로 단 작가가 요구하는 것들은 사실 사소한 일들이었다. 뭐가 먹고 싶다거나, 감정이 이해가 가지 않는다거나, 경험이 없어 디테일을 모르겠다는 등의 사소한 화두들……. 별로 어렵지 않게 해결되는 것들이었고 재미있기만 했다.

그리고 바로 그게 문제였다.

함께 드라이브를 하고, 데이트 코스를 분석하고, 괜찮은 레스토랑과 산책 코스의 동선을 확인하는 동안 점점 내가 데이트를 하는 건지, 아니면 자료 조사를 하는 건지 헷갈리기 시작했다. 훌륭한 공연을 보고 있는 것처럼 나는 몰입했고, 편집자로서의 입장을 잊어버리기 일쑤였다.

집에 돌아와서 혼자가 되면 프로페셔널하지 못했다며 자책했지만 막상 눈을 뜨면 내 손은 음악을 고르고, 내 눈은 필요한 자료를 찾아 단 작가님에게 보내고 있었다. 문제는 그 음악을 작가에게 보내는 건지 남자 친구에게 보내는 건지 애매했으며, 그 자료가 일에 대한 열정인지, 사랑에 대한 열정인지 모호하다는 거다.

단 작가가 게이가 아니었더라도 일 관계에서 선을 넘나드는 것은 위험하다. 하지만 그가 게이가 아니었다면 내 커리어만 위험해질 일이었는데 게이였기 때문에 그와 나의 마음도 위험했다.

둘 중 하나, 혹은 둘 다 마음을 다치기 쉬운 상황으로 질주하고 있는 거다.

나만 다치면 그나마 다행이지만, 혹여나, 그 과정에서 단 작가를 다치게 한다면…….

생각만 해도 진저리가 쳐지는 상황임을 예감하면서도 나 자신을 수습하지 못하고 있던 중 단 작가의 집에서 잠들어 버리는 사고를 쳤다. 마음이 앞서 지친 몸을 이끌고 단 작가의 집을 찾은 것부터가 잘못이었다. 힘들고 졸리면 내 집에 가야지, 무슨 생각으로 단 작가 집에 간 걸까? 나는 이제 드라마나 소설에서 사랑에 빠져 바보짓을 일삼는 여자들을 비웃을 수 없다.

아침에 일어났을 때 이미 내 마음은 지옥이었고, 단 작가가 아침까지 만들어 줬을 때 두 번 지옥이었으며, 세수만 하고 비루한 모습으로 나온 나에게 그가 샘플 로션을 건네줬을 때는 세 번 지옥이었다.

그러고 나서는 단 작가를 볼 수가 없었다.

게이이기에 망정이지(?). 자기가 게이라는 사실을 내가 알고 있다는 걸 모르는 단 작가가 과연 나를 뭐로 봤겠느냔 말이다.

"단 작가님이 오케이하셨어요?"

내가 입술을 앙다문 채 입을 다물고 있자 지선이가 슬슬 눈치를 살피며 물었다.

"응. 양해해 주셨어."

혹여나 기분 상해할까 봐 걱정했는데 의외로 단 작가는 너무 간단하게 그럼 그러시라고 해 버렸다. 안심하기도 했지만……

이모네 집에 갔는데
이모는 없고

역설적으로 서운하기도 했다. 서운할 문제가 아니라는 걸 머리로는 알고 있는데 어쩐지 자꾸 김이 샌다.

현실적으로 생각하면 편집자가 아예 손을 떼는 것도 아니고, 바빠서 당분간 부하 직원을 붙이겠다고 하니 작가로서는 할 말이 많지 않……은 것도 아니다. 윤 작가 같았다면 난리 난리 치면서 네가 좋다며 잡아 줬을 거다.

물론 윤 작가가 그다지 상식적인 사람은 아니지만.

물론 단 작가에게는 이미 한 번 마감으로 같은 경험을 하게 한 적이 있지만.

나 참 구제 불능이다. 내가 먼저 말해 놓고 단 작가가 잡아 주길 바란 건가? 단 작가가 날 잡을 이유는 하나도 없는데도.

17살 소녀 같아지려는 마음을 애써 다잡으려고 노력했지만, 아침에 눈을 떴을 때 덮고 있던 이불에 희미하게 배어 있던 담배 냄새가 자꾸 생각나 실패했다. 날 쳐다보는 눈빛이나, 미소 짓는 입매나, 소년처럼 투박함이 남아 있으면서도 어느 순간 무척이나 남자다운 사람인데…… 왜 게이냐고.

단 작가가 게이만 아니라면 당장이라도 사랑 고백을 할 기세다.

……실제로는 안 그렇겠지만. 못 그렇겠지만.

한숨만 내쉬다가 바람도 쐴 겸 커피 한 잔 뽑아 마시려고 나섰는데 탕비실 쪽에서 소곤소곤 소리를 낮춘 목소리가 새어 나오고 있었다. 뭔가 하고 돌아보니 지선이었다. 핸드폰을 귀에 댄 채 잔뜩 옹그리고 있는 포즈가 영 수상쩍다.

"그러니까…… 이제 본 게임으로 들어가실 거라고요? 난 오빠 그러실 줄 알았어요. 하나를 가르치면 열을 알 줄 알았다고요."

으흐흐 하고 낮게 섞이는 웃음소리가 상당히 음침하다.

"뭐해?"

"오빠, 그럼 파이팅하시고요! 전 일하러 가 볼게요!"

갑자기 목소리를 바꿔 명랑하고 활발하게 전화를 딱 끊어 버린 지선이 나를 향해 가식적으로 웃었다. 그 갑작스러운 전환이 의아해 인상을 찡그리자 서투른 변명이 날아왔다.

"오빠요. 친오빠. 제가 오빠에게 스타크래프트를 가르쳐 드렸거든요."

"누가 뭐래?"

그런데 내가 알기로 지선이는 오빠 없지…… 않나? 하의지 시집갈 때 내가 아쉬워하자, 자기는 언니만 둘인데 둘 다 원수 같다고, 얼른 시집이나 갔으면 좋겠다고 했던 걸로 기억하는데.

"……그런데 너 오빠도 있어?"

"둘째 언니가 우리 집 아들인 셈이거든요. 얼굴이 아들이잖아요."

뭔가 심히 이상하다.

지선이는 의욕적으로 단 작가의 집을 드나들기 시작했다. 하지만 생각처럼 이야기가 잘 풀리지는 않는 모양이었다. 출장이 짖아지고 애 얼굴이 갈수록 초췌해지는 게 힘든 티가 난다. 이왕 맡긴 일이라 대놓고 참견할 수 없어 지켜보고 있자니 답

이모네 집에 갔는데
이모는 없고

답했다. 그렇다고 다시 나서기에는……. 남들은 그렇게 생각하지 않겠지만 속 보일까 봐 혼자 두렵고.

어쩌면 단 작가가 본격적으로 시놉시스 완성 작업에 착수한 탓이라 그럴 수도 있었다. 시놉시스든 초고든 한 단계가 마무리 되는 시점에서 꽤 예민해지는 작가들이 있다.

그래도 어쨌든 2주쯤 있다가는 체크 한 번 해 보자고 혼자 마음을 먹고 달력의 날짜를 지워 가는 중이다. 2주쯤 지나면 흔들리던 내 마음도 많이 고정될 거고, 단 작가도 이야기할 만큼 일을 진행시켰을 거다.

나로 말하자면, 진행하는 원고의 리뷰를 보내고, 투고 원고를 검토하고, 드라마 판권과 관련하여 두 개의 제작사와 협의를 가지는 등 바쁜 하루를 보내고 있었다. 어쩐지 마음에 바람이 부는 것을 제외하고는 그럭저럭 만족할 만한 날들이었다.

"선배, 소개팅 할래요?"

유라가 나에게 말을 건 것은 지선이가 단 작가와 씨름하는 동안 상대적으로 한가함을 느끼던 내가 간만에 잉여 생활을 누려 볼까 싶어 영화를 검색하고 있을 때였다.

"뜬금없이 웬 소개팅?"

"소개팅에 종류가 있나? 나 아는 오빠 친구들이 나름 괜찮거든요."

"클럽에서 만난 오빠는 관심 없어."

유라는 클럽 죽순이다. 얼굴도 예쁘고 몸매도 착하다 보니 자신감도 충만하고. 그런 사람은 매력적인 법이다. 특히 클럽에서라면 말도 못 한다.

"하지만 난 클럽에서 만난 오빠 말고는 아는 사람 없는 걸요. 그래도 다들 괜찮은 사람들이에요. 자기 일도 다 잘하는 사람들이고."

"너 아는 오빠들은 다 재벌 3세 아냐?"

"재벌까진 아니고 그냥 좀 사는 거죠."

"나한텐 그게 그거야."

내 말에 유라가 입을 비쭉였다.

"진짜 괜찮은 사람인데. 내가 딱 보는 순간 필이 왔거든요. 이 사람은 선배의 짝이다!"

왜 하필 클럽에서 내 짝을 느꼈는지를 짚고 넘어가야 할까?

"의산데 아직 레지던트래요. 곧 시험 본대요."

"레지던트면 연하 아냐?"

"맞아요! 그게 바로 이 제안의 가장 흥미로운 부분이에요! 내 생각에 선배는 연하가 선호하는 스타일이거든요!"

연하라는 말에서 단 작가가 떠오르는 걸 보면 나도 참 중증이다. 2주 가지고는 어림도 없겠다. 나는 달력의 D-day를 일주일 미뤘다.

"내가 무슨 연하 스타일이냐?"

"흔히 하는 오해가 연하 만나는 여자들은 드세고 세련된 스타일일 거라고 생각하는 건데요. 그건 여자 등골 뽑아 먹고 살려는 찌질이들이고……. 제대로 된 연하들은 오히려 귀여운 연상을 좋아하거든요."

"내가 귀여워?"

"그럼 섹시하겠어요?"

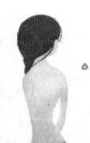
이모네 집에 갔는데
이모는 없고

부정할 수 없는 게 슬프다.

"그냥 한 번 만나요. 매일 그렇게 일만 하고, 놀지도 않고…….
서른이면 금방 31살 되고 32살 되고, 그러다가 눈 한 번 감았
다 뜨면 40살이에요."

나도 유라처럼 적극적이고 공격적인 성격이었으면 좋겠다.
하지만 난 원래도 모르는 사람 만나는 걸 좋아하지 않는데 요즘
은 마음속에 다른 사람을 품고 있기까지 하다. 요즘 세상에 이
러는 거 웃기다는 거 알지만, 내가 하나도 안 쿨한데 어떻게 해?
나 완전 안 쿨하다. 내가 좋아하는 사람이 있으면 끝인 거다.

인상을 찡그린 나는 달력을 당겨와 D—day를 일주일 더 미
뤘다. 이러다가 단 작가를 영영 못 보는 수가 있겠는데?

"내가 벌써 선배 사진 보여 줬는데 그쪽에서는 완전 마음에
든다고……. 그 오빠가 책을 엄청 좋아한대요. 그래서 편집자
라고 하니까 뻑이 가서……."

"선배애애애애애~!"

유라의 수다가 늘어지고 있는데 출판사 문이 벌컥 열리더니
지선이가 뛰어 들어왔다. 어찌나 다급하게 문을 걷어차고 들어
왔는지 편집장실의 문패가 삐뚜름해질 정도였다.

"왜, 왜 그래?"

놀라서 몸을 비킨 유라를 밀어제치고 지선이가 내 무릎을
붙들고 주저앉았다.

"죄송해요!"

그러더니 흑흑 눈물을 닦기 시작했다. 무슨 소린지 알아듣
지 못해 당황하고 있는데 점심 먹고 졸고 계시던 편집장님이

놀라 편집장실을 뛰쳐나왔다.

"무, 뭐야? 습격이야?"

꿈꿨나 보다.

"아뇨, 그게…….''

아직 상황 파악을 못 한지라 말끝을 흐리는데 지선이 벌떡 일어섰다.

"경쟁자가 생겼어요!"

"뭐어?"

나보다 편집장님이 먼저 반응했다.

"글과사람에 정동민 실장이오! 아시죠?"

"알지! 뚱땡이! 걔가 왜?"

"작가님하고 계약했대요. 작가님 기색이 좀 이상하긴 했는데 엄청 쫓아다니면서 조르고 그랬나 봐요. 작가님 점심도 내내 그 사람이 챙겼대요!"

"뭐야? 그럼 넌 저녁을 챙겨 드리지 그랬어?"

"그게 문제가 아니라 자기 글을 먼저 달라고 막 조른다나 봐요!"

편집장님이 헉하고 숨을 들이마셨다.

"그런 나쁜 놈이! 우리 소설을!"

"아니요! 그 소설 말고 다른 거요! 안 그래도 작가님이 연애 소설이 어렵다고 고민 중이셨는데, 정 실장이 글은 쓰일 때 써야 한다면서 다른 거 하나 먼저 쓰라고 꼬였다지 뭐예요? 작가님이 다작하시는 것도 아니고 일단 밀리게 되면 내년……, 아니 내후년일지도 모른다고요!"

이모네 집에 갔는데
이모는 없고

"으아아아아악!"

편집장님이 처절하게 비명을 질렀다. 그러더니 불을 뿜기 시작했다.

"넌! 넌! 내가 작가님 옆에 꼭 붙어 있으라고 했는데 뭘 하다가 다른 계약서에 도장을 찍게 만들어! 응? 우리 고용계약을 불안하게 한번 만들어 볼까? 너 정말 이럴 거야?"

하나, 편집장님은 작가님 옆에 꼭 붙어 있으라고 한 적 없다.

"하의연! 너도 그러는 거 아냐. 단 작가님한테 얘를 붙이다니! 일을 가르치고 시켜야지 그냥 맡기면 일이 돼? 이 일 하루 이틀 해? 아님 하루 이틀만 하고 싶어서 이러는 거야?"

둘, 내가 편집장님에게 상의하자 편집장님도 출판사 일이 밀리고 있다며 대찬성했다.

하지만 계급이 깡패.

"절 죽여 주세요!"

손지선이 털썩 무릎을 꿇었다. 시멘트 바닥인데, 연골 다 나가겠다. 애 이렇게 툭하면 과격하게 무릎 꿇다가는 20대가 가기 전에 글루코사민을 복용해야 할 거다.

"오 마이 그앗!"

편집장님이 'God'에 심한 악센트를 주며 탄식했다.

"절대 안 돼. 이건 로또 1등에 당첨되었는데 당첨금 수령을 10년 후에나 할 수 있다고 하는 것만큼 잔인한 일이야. 우리 봉 작가님이! 봉 작가님이!"

"봉 작가님이 아니라 단 작가님인데요."

이 와중에도 상황 파악 못 한 유라는 편집장님의 마음의 소리를 정정해 주었지만, 편집장님은 안중에도 없다. 봉 작가든 단 작가든 편집장님이 원하는 건 글이다.

하지만 어쩔 건가?

글은 강제로 쓰게 할 수 있는 게 아니다. 시놉시스가 아무리 훌륭해도 글로 안 나올 때도 있고, 시놉시스조차도 없는 글이 일필휘지, 눈 깜빡할 사이 명작으로 태어날 때도 있다.

사면초가四面楚歌.

진퇴양난進退兩難.

낭패불감狼狽不堪.

모두가 어찌할 바를 모른 채 서로의 얼굴만 쳐다보고 있을 때, 자기가 무슨 말을 하는지도 모르면서 세계를 저주하고 출판계를 힐난하고 아랫것들을 야단치던 편집장님이 괘를 획 돌려 나를 쳐다봤다.

"하의연, 출동."

무릎을 꿇은 채 지선이가 장화 신은 고양이 눈을 하고 나를 올려다보았다. 눈에 눈물이 그렁한 게, 꽤나 마음고생을 했나 보다. 그동안 말 못 한 것도 이해한다. 어떻게든 자기가 해 보려고 했겠지. 그 정도 자존심이 있어야 편집자 한다.

하지만 경력과 짬밥이라는 것이 괜히 존재하는 게 아니다. 정 실장 정도 되는 짬밥에게는 손지선 따위 껌도 아니었을 거다.

말랑말랑해져 있던 머릿속이 제 모습을 되찾으며 단 작가에 대한 '분홍 분홍' 한 마음도 잦아들었다. 이럴 때가 아니다. 내가 정신을 차려, 나라를…… 아니, 출판사를 살려야 했다.

나는 패기롭게 달력을 집어 들고 D−day를 쭈욱 앞당겼다.

이모네 집에 갔는데
이모는 없고

D−day는 내일이다.

"절 믿으세요?"

"그럼! 하의연은 할 수 있어! 난 그렇게 믿어!"

'절 믿으세요?' 하고 물었지만 '절 믿으세요!'라 의미한 나의 말에 편집장이 물개처럼 고개를 끄덕였다. 그녀의 눈에는 믿음이 가득했다.

내 안의 편집자의 피가 끓어오르기 시작했다. 사위지기용士爲知己用! 인간은 믿어 주는 사람을 위해서 목숨을 바친다!

그렇다. 우리 팀에서는 편집장님을 제외하고 내가 가장 연장자고, 긴 커리어를 가지고 있다. 이 일을 해결할 사람은 나밖에 없는 거다.

"해 볼게요."

내가 주먹을 불끈 쥐자 지선이가 벌떡 일어나서 날 끌어안았다. 그런 그녀를 마주 끌어안아 주면서 나는 결의에 불탔다.

우리 하는 꼴을 보고 있던 다른 직원들이 얼떨결에 물개 박수를 쳤고, 편집장님은 안경을 벗고 마른 눈에서 눈물을 훔쳤다.

그러거나 말거나 감동적인 순간이었다.

반드시! 좋은 원고를! 뽑아내고야! 말 테다!

단나인

출발. 20분 내로 도착합니다.

—스토커1호.

   핸드폰을 내려놓은 나는 한숨을 쉬었다.

   나는 아주 경미한 정리 강박이 있다. 그리고 정리 강박이라는 건 단순히 잘 치우고 잘 씻고 그러는 것에만 국한되지 않는다. 물건들이 제자리에 있어야 속이 편한 것이다. 예를 들면, 열린 채로 남겨 둔 문이라든지 옷걸이가 아닌 소파 위에 널려 있는 옷은 나를 불편하게 한다.

   내가 이런 성격이 된 건 다 이모 탓이다.

   이모는 내가 18살 때까지 우리 집에서 함께 자랐는데, 난 진짜 그 전에도 그 후로도 이런 인간 못 봤다. 툭하면 문을 열어

놓는 건 물론이요, 물을 마시면 물 컵은 물 마신 그 자리에, 옷을 갈아입으면 옷은 벗은 그 자리, 밥을 먹으면 온갖 그릇은 먹은 그 자리에, 서랍에서 뭘 꺼내면 서랍 문은 열어 놓고……. 내가 학교에 갔다가 몇 시에 오든 자고 있는 이모의 하루 동선을 고스란히 추측해 낼 수 있었다.

아……, 이 인간은 들어오자마자 신발을 내팽개치고 차가운 물을 냉장고에서 꺼내 입을 대고 꿀꺽꿀꺽 마신 다음 물병은 식탁 위에 올려놓고, 양말 먼저 벗고 바지 벗고 방에 들어가서 셔츠를 벗은 다음, 옷장에서 트레이닝복을 꺼내 입고 다시 나와 좋아 죽는 과자 한 봉지를 뜯어 먹으며 TV를 보다가 밥 대신 라면을 끓여 먹고 자는구나.

그럼 어떻게 하냐고? 맞벌이 부부였던 우리 엄마의 속이 터지기 전에 내가 정리해야지. 내가 고등학생에 되면서부터 엄마는 전업 주부가 되었지만 그 전에는 맞벌이였다. 그렇다는 건 16살 때까지는 내가 죽어라 이모의 뒤치다꺼리를 했다는 뜻이 된다.

한 번은 집에 들어갔더니 거실이 완전히 난장판이 되어 있었다. 도둑이 든 거다. 너무 놀라서 이모 방 문을 열려고 했는데…… 이미 열려 있었다. 문 잠그는 걸 잊었던 이모는 심지어 도둑이 자기가 자고 있는 방 문을 열어 봤는데도 모르고 잤다. 여자 혼자 자고 있는 걸 발견한 도둑이 그 여자를 강간하거나 협박해서 귀중품 있는 곳을 알아내려고 하는 대신 도망가야겠다고 마음먹은 이유에 대해서는…… 우리 이모의 얼굴을 찬양하자.

이모네 집에 갔는데
이모는 없고

한숨을 쉬고 있는데 핸드폰이 다시 드르륵 울었다.

지금 또 고민하고 있죠? 재, 덕, 체. 이 세 가지만 잊지 마요.
　　　　　　　　　　　　　　　　　　　　　　　　-스토커 1호.

스토커가 무서운 이유는 바로 모든 걸 알고 있기 때문이 아닐까?

내 핸드폰에 저장된 두 번째 사람은 다름 아닌 손지선이다. 필요에 의해서 그렇게 됐다. 과연 이게 잘하는 짓인지는 아직도 잘 모르겠지만.

손지선은 남자가 여자에게 선보일 수 있는 미덕으로 재, 덕, 체를 꼽았다. 지, 덕, 체 아니고 재, 덕, 체다. 손지선의 말에 따르면 지知적인 남자는 잘난 척만 하고 쓸데가 없단다.

재財는 뭐 흔히 생각할 수 있는 재물이다. 워터 파크까지 가는 동안 손지선과의 진지한 대화를 나눈 끝에 나의 재정 상태를 정비해 봤는데, 나는 일단 재財는 갖춘 남자에 속하는 듯했다. 월세 주고 있는 아파트 세 채까지 말했을 때 손지선이 '자기는 정말 안 되겠냐'고 물었다.

덕德도 흔히 생각할 수 있는 심성이다. 손지선의 말에 따르면 남자가 여자 이겨 먹겠다고 아득바득하는 것과 손해 안 보겠다고 따지는 것, 두 가지만 아니면 일단 기본은 갖춘 거라고 했다. 그 외에는 케이스 바이 케이스로 하의연이 중시 여기는 심성을 캐치해 갖춰 나가면 되는 거라고.

사실 손지선은 그다지 심성에 관심을 갖는 것 같지 않았다.

손지선이 가장 관심을 가진 건 체體다.

체體는 말 그대로 얼굴과 몸이다. 손지선의 말에 따르면 나의 가장 큰 장점도 체로, 지금 내가 부지런히 어필해야 할 부분은 바로 체다. 그러면서 눈이 반짝반짝. 난 얼굴도 잘생겼고 몸도 예쁘고…… 등등 칭송이 날아왔는데 이걸 믿어도 될까? 손지선은 내 스토커인데?

내가 뭐하고 있는 건지 모르겠다. 정상적인 경우라면 지금쯤 손지선을 대상으로 접근 금지 명령을 신청했어야 하는데……. 하기야 요즘은 어차피 정상인 사람이 하나도 없는 것 같다. 차로 날 들이받으려 시도한 스토커도 돈만 내면 풀려나는 세상에 5년 전 철모를 때 지은 죄를 반성하고 있다는 애를 잡는 것도 불합리하다 싶기도 하다.

그 장단에 춤을 추는 건 좀 다른 문제지만.

잠깐 손지선의 장단에 맞춰 한숨을 쉰 나는 문을 열고 오토로크가 잠기지 않도록 살짝 내 신발로 괴어 놓았다. 하지만 뒤돌아서 들어오다 다시 한 번 불안해져 문을 쳐다보고 말았다. 새삼 이모가 존경스러워진다. 도대체 무슨 깡으로 그렇게 자유롭게 사는 걸까?

드레스 룸으로 들어가 거울을 보니 가운을 입은 채 젖은 머리를 하고 있는 내 한심한 얼굴이 보인다. 몇 번이고 같은 질문이 머릿속을 맴돈다. 이렇게까지 해야 해? ……해야지.

손지선은 머리를 반건조 상태로 두는 것이 가장 섹시하다고 밀했지만, 오징어도 아니고 반선소가 뭔지 정확히 모르겠다. 물이 뚝뚝 떨어지는 건 확실히 아닌 것 같고, 그렇다고 뽀송뽀

이모네 집에 갔는데
이모는 없고

송한 것도 아닐 테니, 적당히 젖어 있는 정도일까?

드라이어로 머리를 대강 흩트려 말리면서, 세상을 저주했다. 진심이면 다 통한다더니! 이런 식으로 유혹을 해야 하는 내 자신이 정말 싫다. 하지만 어쩌겠어? 손지선의 말마따나 DMZ에서 자라는 금강초롱처럼 맑고, 청순하고, 명예롭게 독거노인이 되는 것보다 좀 치사하고 더럽지만 하의연하고 행복하게 사는 게 당연히 좋잖아!

적당히 머리를 말린 후, 신경 쓰지 않는 양 어마어마한 신경을 써서 머리카락을 헝클었다. 그리고 아무렇지도 않게 시크한 회색 반팔 면 티를 입고, 역시 무심한 듯 쿨한 삼 선이 들어가 있는 트레이닝복 하의를 입었다.

마지막으로 거울을 보자, 볼 만하다. 어마어마하게 신경 쓴 차림이지만 마치 신경 쓰지 않은 듯한 시크함이 느껴진다.

그리고 뭘 했냐고? 거실로 가서 커튼을 다 걷고 역광을 받으며 덤벨을 들기 시작했다.

하느아~ 두울~ 서이~ 너이~.

꾸준히 운동을 해 왔던 나의 근육은 몇 번의 펌핑만으로도 부풀어 오르기 시작했다. 팔 위로 꿈틀대는 힘줄과 푸른 정맥들…… 섹시하다. 비밀인데, 나 샤워하고 나오면서 물에 희석한 오일도 좀 발랐다. 이러면 은은한 광채가 나면서 근육들이 좀 더 생동감 있게 보인다.

그나저나 여자들도 남자의 외모에 뻑 간다는 손지선의 말을 정말 믿어도 되는 걸까?

사실 하의연과 나의 첫 만남이 심히 구질구질하기 때문에,

나는 이미지 쇄신을 해야 할 필요도 있긴 했다. 게다가 완전히 거짓말도 아니고. 난 원래 꾸준히 운동을 한다. 집에서 안 하고 피트니스 클럽에서 그러지.

하의연을 피트니스 클럽으로 부르는 건 너무 작위적이지 않겠어? 나 바벨 드는 거 정말 죽이는데.

그때였다.

"작가님?"

소머즈 뺨치게 민감해져 있는 나의 귀는 하의연의 목소리를 들었지만, 나는 말없이 숨을 몰아쉬었다. 하아하아, 마치 짐승이 낮게 숨을 몰아쉬는 것처럼 생생하게. 힘들어서가 아니라 떨려서 이마에 땀이 나고 있었다. 안 그래도 팽팽하게 당겨지고 있던 팔근육은 곧 터져 나갈 기세다.

"작가님!"

아무렇지도 않게 시크하게. 무관심한 듯 상냥하게.

"아, 하 편집자!"

내 목소리는 내가 들어도 어색했다. 하지만 하의연은 그런 거 눈치 못 채는 것 같다. 그냥 나한테서 눈을 못 뗀다. 한낮의 햇살이 가득 들어오는 창의 역광 때문에 손차양을 만들면서도 나를 뚫어져라 쳐다보고 있다. 이거, 먹히나 보다.

"이야, 진짜 오랜만에 보네요. ……웬일이에요? 이런 시간에?"

"아, 작가님. 죄송해요. 연락을 하고 왔어야 하는 건데. 제가 지선이 대신 온 거라서요."

이미 손지신으로부터 하의언이 오기로 했다는 전갈을 받은 상태지만, 나는 아무것도 모르는 척, 정말 의아한 듯, 하지만 이

이모네 집에 갔는데
이모는 없고

정도의 계획 변경은 아무것도 아니라는 듯이 어깨를 으쓱했다.

"왜요, 지선이에게 무슨 일이?"

다들 눈치챘겠지만 내가 손지선을 '지선이'라고 다정하게 부르는 이유는…… 그렇다. 손지선이 시켰다. 이게 '밀당'이라는데, 정말 걔 말이 맞는 걸까? 하의연이 날 좋아하는지 아닌지도 확실하지 않은 이 시점에 질투 요법이 효과를 볼까?

"감기가 좀 걸려서, 당분간은 다시 제가 작가님을 맡아야 할것 같아요."

"아, 저런."

하의연이 거짓말 못하는 것도 마음에 든다. 티가 팍 나도록 경직된 얼굴과 어색 어색 열매를 먹은 것 같은 얼굴이 참 귀엽다.

"그럼 같이 식사……."

덤벨을 내리면서 빙그레 살인 미소를 뿌리려고 했을 때였다.

"작가님, 운동하시던 중이면 계속하세요."

응?

"방해할 생각 없어요. 식사 준비는 제가 해 놓을 테니까 운동 계속하세요. 식사하면서 대화하는 거 엄청 즐겁거든요."

아니, 저기…… 여기에는 이 덤벨 하나밖에 없고, 이건 급하게 구하느라 엄청 무거운 거고, 나…… 운동 그만하고 싶은데.

"그럼, 운동하세요."

……어떻게 해? 계속해야지.

전에도 말했지만 나의 운동 목적은 99퍼센트 건강 유지와 몸매 관리 차원이기 때문에 웨이트 트레이닝에 집중되어 있지 않다. 그리고 오늘, 나는 그동안 게을리했던 웨이트 트레이닝을 몰아서 하고 있는 중이다. 그것도 팔근육만. 이렇게 딱 일주일만 하면 팔로 걸어 다녀도 될 지경이다.

"허이~ 허이~ 허이~."

오른팔, 왼팔, 바꿔 드는 주기가 갈수록 짧아지고 있다. 이걸 자연스럽고 아무렇지도 않게 내려놓는 방법은…….. 생각이 나지 않는다. 바라는 건 정 실장이 조금이라도 빨리 와서 내가 자연스럽게 운동을 그만둘 수 있게 되는 것뿐.

"허이~ 허이~ 허이~."

하의연은 차 한 잔을 만들어 가지고 식탁에 앉아서 이쪽을 보고 있다. 말똥말똥 뚫어지게 쳐다보는 눈에 흐뭇한 기색이 역력해 나는 운동을 멈출 수도 없었다. 머리가 혼미해지고 아무 생각도 안 날 때까지 하는 거다.

"허이~ 허이~ 허이~."

웨이트만 해도 이렇게 땀이 날 수 있다는 건 정말 몰랐다. 등줄기가 후끈하더니 온몸에서 땀이 난다. 심지어 발바닥까지 끈적거려서 발을 뗄 수도 없다. 이거 아무래도 더워서, 혹은 운동하느라 나는 땀이 아니라 아파서 나는 식은땀 같은데…….

"……작가님?"

아아, 정실장이다아아아!

아무렇지도 않게 덤벨을 내리려고 했는데 순간 긴장이 풀려서 확 내려놓고 말았다. 아까 말했듯이 꽤나 무거운 덤벨이라서 팔 빠지는 줄 알았다. 나도 모르게 약간 휘청했는데 다행히도 하의연, 정실장 쪽을 바라보느라 내가 비틀거리는 걸

이모네 집에 갔는데
이모는 없고

못 봤다.

"집에서도 운동하세요? 피트니스 클럽에서 하시는 걸로 충분……. 어엇!"

정 실장도 하의연을 발견했다. 두둥 하고 심벌즈를 동반한 북 소리가 두 사람 사이를 가로질렀다.

"안녕하세요."

하의연이 먼저 일어나며 인사했다. 공손하기 그지없는 목소리였지만 그녀는 고개를 숙이지도 않았고 웃지도 않았다. 오히려 눈썹을 까딱 위로 올렸다 내리는 것이……. 음, 이런 소리가 들리는 것 같다. '네가 내 밥에 손댔냐?' 과연 손지선이 말한 것처럼 일에 관해서라면 하의연, 무서워지나 보다.

"안녕하세요."

정 실장도 떨떠름하게 인사했다. 그의 입술이 비딱하게 올라가는 걸 보아 '뭐여? 졸자 하나 퇴치했더니 중간 보스가 나온 겨?' 하고 생각하는 것 같다.

다시 하의연을 끌어들이기 위해 내가 차용한 계략은 ≪손자병법≫에서 차용해 온 이이제이以夷制夷였다. 전략은 내가 짜고 전술은 손지선이 만들었다. 내가 정 실장을 끌어당겨 판을 짰고, 손지선이 '땀과 남자' 시놉시스를 짠 다음 출판사에 가서 직접 연기도 했다. 이람 출판사로서는 다소 난감할 수도 있는 전략이라 걱정했는데 다행히도 손지선은 그런 것에 눈 깜짝도 하지 않을 정도로 부도덕했다.

그리하여 오늘 하의연은 내 집 거실에 서 있는 것이다.

나는 이마의 땀을 훔치며 두 사람이 마주 선 모습을 바라봤다. 어쩐지 ≪황야의 무법자≫ BGM이 들려오는 것 같은 기분이 들었다.

"어이고, 말씀은 많이 들었는데……. 만나 뵙게 되어서 영광입니다."

정실장의 말이다. 그리고 해석은 '네가 뭔 수를 써서 우리 작가님을 꼬였는지는 모르겠지만 이제는 맘대로 안 될 것이다. 내 너를 무찌르고 작가님을 탈환할 것이다!'

"어떤 말씀을 들으셨는지 궁금하네요. 저도 저희 편집장님께 말씀 많이 들었어요."

하의연의 말이다. 해석은 '뚱땡이, 너 우리 편집장님이 한참 때 엄청 찌질했다고 하더라. 나이 들어서까지 새치기라니 부끄럽지도 않느냐. 우리 작가님은 죽어도 못 내놔. 우리가 먼저야!'

전술 디테일에서 손지선은 딱 하나를 주문했다. 하의연의 편을 들고 싶은 마음을 누를 것.

그래서 나도 모르게 자꾸 하의연에게 시선이 가는 것을 억누르고 딴청을 하고 있자 정 실장이 '선빵'을 날렸다. 선빵은…… 퇴치 버튼이 없는 게 아쉬운, 천인공노할 애교다.

"작가니임~ 제가 작가님 몸에 좋은 호밀 빵을 사 왔어용~ 그리고 이베~리코라고 오직 도토리만 먹어서 키운 흑돼지 하몽도 사 왔답니다앙~. 파에야 만들어 드릴게요~."

정 실장이 원래 좀 미식가다. 내가 그를 좋아하는 이유 중에 하나다. 애교는 맘에 안 들지만 메뉴 선정은 마음에 드니 귀를 막아 보자.

내가 구미가 당겨하는 걸 눈치챈 정 실장이 함박웃음을 지

었다.

"와인도 하나 가져왔죠오~."

"어머, 어쩌나. 이미 제가 작가님 식사 준비 다 해 놨는데⋯⋯."

의연이 씩 웃으면서 정 실장의 말을 잘랐다.

"뭐요? 피자요? 우리 작가님 그런 거 안 좋아하세요."

시큰둥하게 정 실장이 대꾸했다.

아닌 게 아니라 피자 냄새가 나고 있긴 했다. 하의연이 만들어 주었다면 피자가 아니라 빈대떡이라도 오케이이긴 하지만, 지금 이 상황은 좀 더 지켜볼 가치가 있을 듯하다.

왜냐면 하의연이 요사스럽게 웃었기 때문이다. 마치 금방이라도 등 뒤에 감추고 있는 칼을 높이 치켜들어 몬스터를 격퇴할 것 같은 마녀의 미소다. 매일 어리바리 순진하다고 생각했는데 저렇게 웃을 수 있는 여자였다니, 점점 더 매력적이다.

"피자 아니고요. 양파 스프 냄새예요. 제가 전에 요리 학원에서 배운⋯⋯."

응? 요리 학원도 다녔어?

"프랑스 가정식으로 준비해 봤어요. 직접 담근 올리브와 마늘은 가지고 왔고요, 아페리티프는 저희 형부가 선물해 주고 간 셰리를 가지고 왔고, 샐러드는 고르곤촐라 치즈와 프로슈토로 간단히 준비했고 메인 메뉴는 부르기뇽이에요. 작가니임, 여쮜 보지도 않고 메뉴를 정했는데 괜찮으셔요?"

침이 꿀꺽 넘어갔다. 생각 이상의 한 수였다. 프랑스 요리라⋯⋯. 게다가 난 양파 스프 정말 좋아한다.

"그럼 하 편집자가 미리 만들었다니까 먹어 볼까요?"

내가 하의연의 편을 들어주자 정 실장의 얼굴이 일그러졌다. 그 위로 하의연의 냉정한 목소리가 떨어졌다.

"그런데에 준비한 게 2인분뿐이라서요……. 정 실장님 오실 줄 몰랐거든요. 하긴 정 실장님은 파에야 만들어 드시문 되겠다. 그쵸?"

하의연, 악마 같은 여자.

1라운드는 완벽하게 하의연의 승리였다. 우리가 프랑스 가정식을 맛보는 동안 정 실장은 옆에서 파에야를 볶았다. 안 그래도 땀 많이 나는 사람이 어찌나 땀을 뻘뻘 흘리는지 좀 안돼 보일 정도였다. 그냥 와서 나눠 먹자고 제의해 보았지만 자존심과 오기로 뭉친 편집자 생활 20여 년 때문에 그는 파에야를 볶는 걸 택한 것이다.

자기가 뒷말하면서 어리다고 무시했던 편집자에게 발린 정 실장의 스트레스 지수가 마구마구 올라가는 게 보였다. 그래도 이 사건은 그에게 도움이 될 거다. 본디 모든 아픔은 성장의 자양분이니.

2라운드는 식사가 끝나고 나서 번개같이 움직인 정 실장이 차 두 잔을 끓여 냈을 때 시작했다. 차는 두 잔이다. 간단히 말하자면 하의연은 자기가 직접 끓여 먹으란 소리다. 쪼잔하기 그지도 없고 부자도 없고.

물론 하의연은 차를 끓이지 않았다. 자리를 비우기라도 하면 내가 정 실장의 마수에 넘어길 거라고 생각하는 것처럼, 꿋꿋이 자리를 지키고 앉아서 물을 마셨다. 뭐, 보리차도 차니까

이모네 집에 갔는데
이모는 없고

정 그러고 싶다면 나는 말릴 수 없다.

"저희 작가님하고 시놉시스 이야기 좀 해야 하는데요."

싸늘하게 하의연이 정 실장에게 말했다.

"이런 우연이! 나도 같은 용건으로 여기 앉아 있는데!"

정 실장이 시치미를 뚝 떼고 하의연의 속을 긁었다. 하지만 하의연은 꿈쩍도 안 했다.

"우리는 진행 중이거든요. 이미 1차 시놉시스가 나와서 말이죠."

두 사람의 기 싸움을 흥미진진하게 지켜보며 차를 마시던 나는 사레가 들릴 뻔했다. 무슨 시놉시스가 나왔다는 걸까? 아니, 물론 쓰고 있긴 하지만 편집부에 넘어간 적이 없으니 나왔다고 보기는 애매하다. 하지만 엄밀히 따지면 1차 시놉시스가 '완전히' 나왔다고 한 건 아니고 진행 중인 건 사실이니……. 천잰데?

업계 관행상 뒤로 밀린 정 실장이 입술을 깨물었다. 우리끼리 이야기인데, 정 실장이 독한 사람은 아니다. 말도 많고, 남 걱정(?)이 취미고, 언어 사용이 좀 과격하긴 하지만 여자들 앞에서는 은근 얌전해지는 스타일이기도 하다. 고집이 좀 세고 편견이 많아서 그렇지 기본적으로는 마음이 약한 사람이기도 하고.

"우리도 기획하려면 대강의 시놉시스는 정해 놔야 해서 말이에요!"

누가 들어도 말도 아닌 말로 우겨 대는 정 실장은 귀엽기까지 하다.

"그리고 회사에서 글이 나올 때까지는 작가님 건강을 챙기라고 오더를 받았거든요. 세상에! 보니까 식사도 제대로 안 챙겨 드시고 있더라고요!"

거짓부렁을 늘어놓는 건 뭐. 일단, 나도 했던 거짓말이니까.

"그동안 챙겨 주셔서 감사합니다."

"엥?"

차분하게 날아온 감사의 인사에 정 실장의 눈동자가 청순해졌다. 설왕설래 말싸움이 일어날 거라고 생각했지, 이 대목에서 감사의 인사가 오갈 거라고 예상 못 한 나는 흥미진진하게 하의연을 바라보았다.

"작가님이 저희 글 쓰느라 애쓰고 계신데 챙겨 주셨으니 당연~히 감사드려야죠."

"아, 아니 그게 왜 이람 측의 글⋯⋯."

"우연~히도 제가 그동안 시놉시스 진행에 도움을 드리고 있었거든요. 그러다 아주 잠깐 직원에게 맡겼는데⋯⋯. 식사도 챙겨야 하는 걸 애가 아직 초짜라서⋯⋯."

후우, 하고 제법 능청스러운 한숨이 하의연이 입술을 비집고 새어 나왔다. 고난과 고뇌가 가득가득한 눈망울이 청초하다.

"아시죠? 초짜들은 의욕만 넘치고 제대로 하는 일이 없잖아요. 그래서 민폐를 끼쳤습니다. 제 책임이에요."

얼굴색 하나 변하지 않고 또랑또랑한 목소리로 말하는 이 여자, 견강부회牽強附會의 달인이다. 얼핏 들으면 진짜 맞는 말 같다.

"이제라도 제가 책임질게요. 글이 나올 때까지⋯⋯. 아니,

이모네 집에 갔는데
이모는 없고

그 이후라도 저희는 작가님을 책임지고 싶어서 미치고 팔짝 뛰겠답니다."

푸하하하하하하! 진짜 웃지 않으려고 허벅지를 꼬집어야 했다. 하의연 짱이다. 이렇게 말 잘하는 여자인 줄 진정 몰랐는데. 일할 때는 평상시와 다르구나! 정 실장은 상대가 안 된다.

"그러니까 걱정하지 마시고. 그쪽 시놉시스 쓰는 걸 방해할 생각은 전혀 없으니까요. 어차피 저희가 작가님을 보필한다고 해도 글을 쓰시게 할 수는 없는 거 아니겠어요? 글이 나오면, 그쪽에 보내시겠죠. 우리가 같은 장르인 것도 아니고."

말은 맞다. 하지만 관행상 더 자주 접촉하는 편집자의 글이 먼저 나온다는 건…… 어쩔 수 없다. 작가도 인간이니까.

"그, 그건……."

정 실장이 더듬었다. 우락부락한 얼굴 위에서 푸시시 김이 끓어오르는 것 같다.

"그럼, 저희 시놉시스 이야기 하게 자리 좀 비켜 주시겠어요?"

"어어? 자, 작가님!"

기회를 잡은 하의연은 인정사정없이 정 실장을 몰아냈다. 아마 손지선한테 정보를 얻은 하의연은 철저히 정 실장을 겨냥하고 집에 왔음이 분명하다. 그게 아니라면 편집자 생활 20년 차가 다 되어 가는 정 실장이 저렇게 당할 리가 없다.

내가 웃음을 참느라 깊게 숨을 들이마셨다가 내쉬는 동안 하의연은 정 실장을 상냥하게 배웅하고는 문을 쿵 닫았다. 손바닥을 탁탁 터는 그녀는 마치 큰 전쟁이라도 치른 듯 홀가분해 보였다.

"하 편집, 대단한데요?"

손지선은 편들지도 말고 칭찬하지도 말라고 했지만, 이 상황에서 어떻게 안 할 수 있겠는가? 사랑스러워 미치겠다. 이런 식으로 나에게 사랑을 느끼게 한 여자는 하나도 없었다.

내가 하의연을 보며 웃고 있는 동안 그녀 역시 만면으로 웃었다. 그러는 양이 정말 예뻤다. 중간에 쉬었다 만나서 그런가 더 예뻐진 것 같다.

하지만 지금은 일단 좀 자제해야 할 때였다. 아직 중대한 부분이 남아 있었다.

"그런데……."

내가 짐짓 심각한 표정을 지으며 소파에 앉자 하의연의 표정도 심각해졌다. 그녀는 얌전히 내 대각선 자리에 앉아서 나를 쳐다봤다.

"시놉시스 말인데."

"네."

"마무리가 안 돼요."

묻고 싶은 게 많은 표정으로 날 올려다보는 눈이 정말 예쁘다. 저 눈에다 대고 거짓말하는 나는 지옥 갈지도 모르겠다.

"무슨 문제가 있으세요?"

"말랑말랑한 연애 감정은 하 편집의 도움으로 많이 이해한 편이에요. 하지만 연애소설이다 보니까……."

극적인 긴장감을 위해 나는 잠깐 말을 끊었다.

"두 사람 간의 성적 긴장감이 중요한데 그게 딱 와 닿지 않는군요. 두 사람의 감정과 감각이 교류되는 그 지점이 잘 잡히

이모네 집에 갔는데
이모는 없고

지 않아요."

"아……."

탄식도 아닌, 애매한 신음 소리를 낸 하의연의 얼굴이 더할 나위 없이 심각해졌다. 깊이 생각하는 얼굴 위로 그림자가 드리워졌다.

"그렇구나."

응? 예상 질문은 '연애해 보셨잖아요?'인데. 왜 이렇게 쉽게 납득하는 걸까? 마치 내가 그 긴장감과 교류를 전혀 모르는 게 당연하다는 듯이, 완전 납득 잘된다는 저 표정은? 왜 저렇게 아련하고, 왜 저렇게 안타깝지?

"하긴 좀 다를 수도 있으니까."

뭐가 다르지?

"모르실 수도 있어."

왜 조그맣게 속삭이는 걸까? 다 들리는데?

사실 나의 계획은 하의연이 연애 안 해 봤냐고 물어보면 안 해 봤다고 이야기하는 거였다. 그럼 분명히 '설마요!'라든지 '에이, 작가님! 농담하지 마세요!' 정도의 반응이 돌아올 테니 그럼 멋지게 '단 하나의 인연을 기다리느라 신중하고 싶었어요.' 하고 말하는 게 이 대화의 끝이었다. 그런데 얘는 왜 이렇게 쉬워? 이해력이 왜 이렇게 높아?

"그럼 말이죠."

하의연은 끙끙대며 고민을 시작했다. 뭔가 생각보다 쉬운데, 많이 이상하고 오묘한 상황에 나는 찜찜했다. 왜 이렇게 쉬울까? 이러면 안 되는데…….

"제가 어떻게 도와 드릴까요?"

"글쎄요."

"이렇게 하는 게 어떨까요? 제가 주변 경험 같은 걸 알려 드리면서 토론해 보는 거예요."

뭣도 모르고 눈을 반짝반짝 빛내는 저 어린 양의 얼굴을 보고 있자니 나의 시커먼 속내가 부끄러워진다. 진정한 사랑은 사람을 회개시킨다더니 이런 건가 보다.

하지만, 마음이 흔들리려는 순간 들려오는 손지선의 목소리.

오 · 염 · 없 · 이 · 맑 · 고 · 순 · 수 · 한 · 독 · 거 · 노 · 인 · 이 · 될 · 래 · 요? 좀 · 더 · 럽 · 혀 · 진 · 마 · 음 · 으 · 로 · 의 · 연 · 선 · 배 · 와 · 행 · 복 · 하 · 게 · 살 · 래 · 요?

더럽혀지자.

"그게 이야기를 한다고 해서 이해가 되는 걸까요?"

"그럼?"

어리둥절한 표정의 하의연을 두고 나는 자리에서 일어났다. 아까 무리했던 팔근육이 땅기고 있었다. 어깨 역시 뻐근하게 힘이 들어가 있다.

아무것도 모르는 하의연의 눈망울은 순진하기만 하다.

"대개 여자들이 남자를 의식하게 되는 거리는 어느 정도입니까?"

뒤돌아서서 그녀와의 거리를 벌이면서 나는 물었다. 아무렇

이모네 집에 갔는데
이모는 없고

지도 않게. 이번 작전명은 '아무렇지도 않게'라 해도 될 정도로 아무렇지도 않게 하는 것이 성공의 핵심이다.

"네?"

하의연은 내 질문을 잘 이해하지 못한 모양이다. 내가 다시 뒤돌아섰을 때 그녀는 눈을 동그랗게 뜨고 있었다.

"보통 지나가는 남자들을 다 '남자'로 의식하지는 않잖아요. 여자에겐 그런 거리가 없나요?"

"음, 생각해 본 적이 없는데."

하의연은 진심으로 진지하게 생각하기 시작했다.

"하지만 그런 거리가 있을 것 같아요. 확실히…… 여자와 남자의 텐션은 신체적인 거리와도 관계가 있는 거니까요."

"그럼 어때요? 이 정도는…… 너무 멀죠?"

나의 물음에 하의연이 고개를 끄덕였다.

"그럼 이 정도?"

1미터 정도의 거리에서 나는 하의연을 쳐다보았다. 하의연이 고개를 갸우뚱했다.

"이 정도?"

한 걸음, 하의연에게 다가간다. 여전히 하의연의 얼굴에는 변함이 없다.

"이 정도?"

이제 하의연과 나의 거리는 완전히 가깝다. 하의연은 소파에 앉아 있고 나는 서 있다뿐이지, 하의연만 일어나면 우리의 몸은 완전히 맞붙게 될 거다. 하의연 위로 늘어진 나의 그림자는 길고 짙어서, 나는 마치 어린 양을 막 잡아먹으려는 늑대의 기분을 느껴야만 했다.

"아니면, 이 정도."

나는 허리를 굽히고 소파 등받이를 왼손으로 잡았다. 이제 하의연과 나의 얼굴은 30센티도 되지 않는다.

하의연이 침을 꿀꺽 삼켰다. 그녀도 나도 숨을 멈추고 있다.

나는 그녀의 뺨에 보송보송 돋아나 있는 솜털까지도 모두 볼 수 있었다. 짙은 다갈색의 각막과 태양빛처럼 동공을 붙잡고 있는 홍채, 그리고 짙은 어둠 같은 동공……. 그 위에 맺혀 있는 나의 모습까지 모두.

"작가님."

하의연이 조그맣게 속삭였다.

나는 키스할 수도 있었다.

아주 조금만 용기를 낸다면, 나는 키스할 수도 있었다.

나는 키스할 생각이다. 거리가 가까워지자 느껴지는 그녀의 향기, 내 범위 안에 오도카니 갇힌 그녀를 내려다보고 있자니 내 심장 소리인지 그녀의 심장 소리인지 알 수 없는 박동이 귀를 울려 정신이 다 아득했다. 이미 머릿속에서는 이대로 그녀를 안고 싶다는 부분까지 나간 상태였다.

그러나.

하의연이 내 오른손을 잡더니 소파 위에 턱 갖다 놓았다. 숨도 못 쉬고 있던 나는 순간 균형을 잃고 휘청하고 말았다.

"이게 좋은 것 같아요."

응?

하의연이 고개를 끄덕였다.

이모네 집에 갔는데
이모는 없고

"확실히 이게 좋아요. 좀 더 갇힌 느낌이 들거든요. ……아."

하의연이 민망하게 나를 쳐다보았다.

"좀 노골적이라도 이상하다고 생각하지 마세요. 그러니까 갇힌 느낌을 좋아한다는 게 아니라, 뭔가 남자에게 보호받고 있다는 느낌을 여자들이 좋아하는 거거든요. 감싸지는 것 같은 감각이오."

잠깐…… 노골적인 걸 걱정할 사람은 나란 말이다. 지금 이 상황에서 어떻게…….

"그리고 다리는 좀 붙이시고, 대신 한쪽 다리는 좀 구부리시는 게 어때요?"

뭐?

"지금처럼 좀 벌리고 서 계신 것도 남자다워서 좋긴 한데 좀 더 냉미 쪽이나 칼미 쪽으로 가시려면……. 아, 냉미는 냉정한 미남의 준말이고, 칼미는 카리스마 미남의 준말이에요."

어떻게든 미남이어야 한다는 뜻이군. 아니, 지금 중요한 건 그런 게 아니라.

"다시 처음부터 해 보실래요?"

뭐?

"처음부터 하실 필요는 없고, 두 걸음 뒤에서 다시 해 봐요. 확실히 이 장면이 글에 들어간다면 좋을 거 같아요."

여자들은 다 이래? 지금 이 집에서 나와 단둘이 있는데, 그 것도 내가 남성다움을 한껏 뽐낸 다음에 다가가서 야성미를 자랑했는데…… 이렇게 무신경해도 돼? 나 너무 신뢰하지 마. 나 짐승 같은 남자라고.

"역시 작가님이세요. 맞아요. 말로는 안 되죠. 실제로 연습해 보는 게 좋겠어요. 내일은 제가 적당한 사진과 책을 좀 뽑아서 가져와 볼게요. 우리 열심히 연습해 봐요."

하…… 연습이라고?

혼자 해답을 찾은 하의연이 마냥 발랄한 얼굴로 돌아간 후 나는 바로 거실 바닥에 대자로 누워서 붕괴된 멘탈을 복구해야만 했다. 일이 어떻게 되었는지 궁금한 손지선이 미친 듯이 전화를 해 댔지만, 받을 수가 없었다. 혼돈 속에서 나의 전신이 시름시름 앓고 있었다.

간신히 정신을 수습한 건 이미 한밤이 되었을 때였다. 몸을 일으키고 힘없이 주변을 둘러보다가 서재로 가서 컴퓨터를 켰다. 우웅 하고 부팅되는 소리가 내 심장을 썰어 내는 전기톱 소리 같다. 하의연은 편집자가 아니라 킬러인가 보다. 난 곧 죽을 거다, 속이 터져서.

밝아진 화면에 익스플로러 창을 띄우고 네이버 지식인을 클릭했다.

전 여자들이 보기에 너무나 신뢰스러운 사람인 것 같습니다. 어떻게 하면 신뢰스럽지 않게 보일 수 있을까요?

질문을 작성하다 보니까 눈물이 주룩주룩 흐른다.

이모네 집에 갔는데
이모는 없고

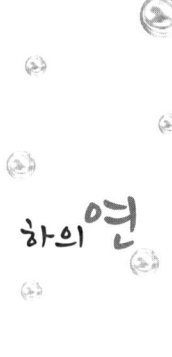

하의연

동성애자들의 연애 감각은 이성애자들의 연애 감각과 다를까?

내가 알 수 있을 리가 없다. 단 작가를 만난 후 내가 나와는 다른 사람들에게 대해 얼마나 무관심했는지를 새록새록 깨닫는 중이다.

어떤 의미에서 무관심도 폭력이 아닐까? 나와 다른 것에 대한 경멸, 비하뿐 아니라, 나와 다른 것에 대해 무심히 차이를 인정하지 않고 같은 상식을 강요하는 것도 폭력이다. 나와는 다른 사람이니 다른 감성, 다른 감각을 가지고 있는 것이 당연한데.

꿈에도 몰랐다. 단 작가가 일반적인 연애 감각을 제대로 이해하지 못하고 있을 줄은.

그래서 단 작가의 글이 그렇게 특별했던 걸까?

그렇다면 각 예술계에서 활동하는 수많은 거장들이 동성애자인 것도 납득이 된다.

무릎을 세운 채 뜨거운 물에 한참 몸을 담그고 있다 물속으로 잠수했다. 부력을 받은 머리카락이 뺨을 스치고 수면으로 떠오른다. 머릿속에 떠오르는 복잡한 상념들을 떨쳐 버리기 위해서였지만 되지 않았다. 숨이 막혀도, 생각날 건 다 난다.

어떡하지.

나는 어제 전투에서는 승리했지만 전쟁에서는 패배했다.

나의 무용담을 들은 편집장님은 고무되어 나를 한껏 칭찬했으나, 나는 내가 전쟁에서 패배하고 있는 중이라는 것을 알았기에 편집장님처럼 마냥 기뻐할 수가 없었다.

앞으로 내가 패퇴할 일이 생긴다면, 그것은 정 실장 때문이 아니었다. 옛말 틀린 거 하나 없다더니 어떤 강대한 적도 나 자신만큼 이기기 어렵지는 않다.

"푸하!"

한계까지 숨을 참았다가 부상하자 욕탕의 수면이 거칠게 요동쳤다. 좌라락좌라락 하는 물소리에 어제 단 작가가 내뱉던 뜨거운 숨소리가 섞여 드는 것 같다.

흔히 동물의 세계에서는 여자보다 남자가 더 아름답다고 한다. 공작새도 그렇고, 사자만 해도 수컷에게는 갈기가 있지만 암컷에게는 없다. 하지만 인간도 동물에 속한다는 것을 실감하게 되는 날이 올 거라고는 상상해 보지 않았다.

수건으로 머리를 단단히 감싸고 뿌옇게 흐려진 거울을 손으로 훔치자 손이 지나간 부분이 말갛게 드러나며 얼굴이 나타났다. 그 아래로 암만 먹어도 배만 나오고 당최 살이 찔 생각을 하지 않는 어깨와 겸손한 가슴, 거만한 배, 그리고 조금만 더

이모네 집에 갔는데
이모는 없고

볼륨감이 있으면 좋을 것 같은 엉덩이가 보인다. 어디 가서 당당하게 내놓을 만한 몸매는 아니지만, 그렇다고 부끄럽게 생각할 정도도 아니었다. 어제까지는 그런 줄 알았다.

땀을 흘리는 남자가 아름답다는 걸 이제야 깨닫다니, 나 늦돼도 너무 늦된 거 같다.

진정한 사람의 본체는 내면이라고 생각했는데…… 외모야 시간이 흐르면 사그라지는, 의미 없는 눈속임이라고 생각했는데……. 외모와 내면의 매력이 합쳐졌을 때의 그 파괴력은 생각해 보지 못했다. 조상님들이 괜히 보기 좋은 떡이 먹기도 좋다고 한 게 아니었다.

나는 운동에 관심을 가진 적이 한 번도 없었다. 대학교 때 교양으로 골프를 듣긴 했지만 그건 학점을 잘 준다는 소문 때문이었다. '몸짱' 열풍에 대한민국이 뜨거웠을 때도 나는 꿋꿋이 숨쉬기 운동으로 만족하는 소박한 삶을 살았다.

그것이 이렇게 후회될 수가 없었다.

내 자신이 너무 작게 느껴진다. 단 작가는 뭐 저렇게 완벽할까? 저런 소프트웨어에 저런 하드웨어라니…… 세상이 너무 불공평하게 느껴진다. 그 불공평함은 그 남자가 게이라는 데서 정점을 찍고.

제발…….

세면대를 부여잡고 한숨을 내쉬었다. 제발 단점이 보여야 하는데. 그만 좋아해야 하는데. 이렇게 눈이 높아지면, 정말 단 작가만 보다가 연애도 못 하는 몸이 될지도 모르겠다. 저런 남자가 흔한 게 아닌데, 정 실장 같은 하드웨어에 마초 소프트웨어가 현실이라는 거 아는데, 이렇게 눈을 버려 놔서 어쩌겠다는 거냐.

"일만 생각하자."

거울을 노려보며 나 자신에게 최면을 걸었다.

"너는 최고의 편집자 하의연, 스페셜리스트 에디터. 일만 생각하자, 일만. 단 작가님은 남자가 아니라 여자다. 그러니 일만 하는 거다. 이 모든 것은 일이다."

"승규는 자신을 외면하고 돌아선 재희를 끌어안았다. 재희가 헉 하고 숨을 들이마시자 그녀의 마른 등이 가슴에 와 닿는 느낌이 선명하다. 두근두근, 겹쳐진 심장이 하나의 박동으로 뛰기 시작했다. 재희의 허리를 감싸고 있던 승규의 손이 재희의 가슴으로 올라갔다. 봉긋하고 탄력 있는 재희의 가슴을 움켜쥔 승규는 그녀의 귓가에 가쁜 숨을 내뱉었다."

내가 좋아하는 이동윤 작가님의 ≪서늘한 침묵≫ 한 부분을 읽는 동안 단 작가님은 소파 팔걸이에 팔을 괴고 기댄 채 눈을 감고 있었다. 일할 때만 쓴다는 안경 탓인지 오늘따라 서늘하게 가라앉아 있는 분위기가 무척이나 지적이다.

한쪽 눈으로는 책을 읽고 다른 쪽 눈으로는 단 작가를 훔쳐보며 나는 내가 좋아하는 하고 많은 책 중 왜 ≪서늘한 침묵≫을 골랐는지를 깨달을 수 있다. 주인공 남자가 좀 묵묵히고 시크하면서도 묘하게 다정한 것이…… 단 작가를 떠올리게 한

이모네 집에 갔는데 이모는 없고

다. 결이 얇은 검은 머릿결이라거나 길고 섬세한 손가락 등의 세부 묘사도 딱 단 작가다.

그래서인지 자꾸 현실과 소설이 교차되는 느낌이었다. 내가 하의연인지 송재희인지 알 수가 없다.

"잘 이해가 안 가는군요."

내가 잠깐 낭독을 멈추자 단 작가가 자세를 폈다. 단정하게 감겨 있던 눈꺼풀이 올라가고 내가 상상했던 것과 꼭 같은 갈색 눈동자가 나를 응시했다. 그 조용한 눈빛을 마주 본 것만으로도 가슴이 두근두근 크게 뛰었다.

"뭐가 이해 안 가세요?"

작가님은 잠시 나를 바라보더니 일어나 내 옆으로 다가와 앉았다. 그리고 내가 들고 있던 책을 잠깐 들여다보더니…….

"아니, 좀 더 읽어 봅시다."

응?

"좀 더 읽어 보고 다시 이야기해요."

"아, 예."

별수 있어? 읽어야지. 문제는 다음 대목이 요렇다는 거다.

"나는 너를 놓지 않아. 승규는 속삭였다. 그의 입술이 재희의 귓가를 몇 번이나 스쳤다. 나 · 는 · 너 · 를 · 놓 · 지 · 않 · 아. 그의 한 마디 한 마디가 재희의 심장을 움켜쥐고 흔들었다. 몸부림치는 재희를 제압하고 순식간에 옷 속으로 파고들어 온 그의 손이 거칠게 브래지어를 밀어 올리고 맨 가슴을 움켜쥐었다. **헉** 하고 재희가 숨을 들이마시는 동안 그의 손이 그녀의…… 가슴 끝을 튕겼다."

어떻게 해……. 나 방금 소설을 개작했다. 가슴 끝이 아니라 유두인데, 그 단어를 말할 수가 없었다. '헉'이 재희의 대사인지 내 마음의 소리인지 알 수 없을 정도로 리얼했다.

옆에 있는 단 작가의 숨소리는 유난히도 낮고, 마치 어둠속에서 들리는 것처럼 선명했다. 겹쳐져 있는 어깨가 불에 덴 듯 뜨거웠다. 머리가 아득해져서 손, 팔, 다리, 발 할 것 없이 전부 어색했다.

안 봐도 알 수 있었다. 내 귀는 완전히 빨개져 있었을 거다.

그런 내 자신이 부끄럽게도 단 작가님은 철저하게 프로페셔널했다. 뒤를 흘깃 보자 그는 그 어느 때보다도 진지한 표정을 짓고 있었다. 무표정해서 무서울 정도다. 입술을 매만지는 손이나 아래로 착 깔린 속눈썹이 정말……. 아, 이런 걸 뭐라고 표현해야 할까?

"그러니까 여자는 남자가 다른 여자와 결혼할 거라고 생각하는데 남자가 너를 놓지 않는다고 하는 말에 저항하지 못하고 몸을 허락하는 겁니까?"

"사랑하니까요. 재희에게 승규는 그냥 사귀는 사람 이상의 남자였거든요. 어렸을 때부터 그밖에 몰랐죠."

"흠."

단 작가의 눈썹이 못마땅하게 휘어졌다.

"그럼 그건 그렇다 치고……. 시퀀스가 이해 안 가는군요. 뒤에서 끌어안는데 어떻게 손이 가슴을 움켜쥘 수 있죠?"

"네'?"

한 번도 생각해 보지 않았던 질문이다.

이모네 집에 갔는데
이모는 없고

"한번 해 봅시다. 롤플레잉."

"네?"

놀라서 눈을 휘둥그렇게 떴다. 하지만 벌떡 일어난 단 작가님은 태연했다. 날 내려다보는 눈에서는 일에 대한 열정 외에 아무것도 느껴지지 않는다.

확실히 단 작가는 남녀 간의 텐션에 익숙하지 않을 수도 있다. 어젯밤 인터넷을 통해 급하게 조사한 바로는 동성애자들은 좀 더 직선적인 관계를 즐기는 경향이 있다고 한다. 정확히는 모르겠지만 감정 자체가 복잡한 여자가 없이, 남자와 남자가 감정을 나누는 거라 그런 게 아닐까?

그렇게 따지면 스킨십 같은 것도 다를 수밖에 없다. 성감대도 다르고, 신체 구조도 다르니까.

이 상황을 부끄러워한다면 난 편집자가 아니고 여자인 거다.

하의연, 너는 편집자로 여기에 와 있는 거잖아.

"좋아요!"

내가 기세 좋게 일어나자 단 작가가 '얘가 왜 이래?' 하고 놀란 표정을 지었다. 그는 나의 결단을 모르니 당연하다.

"자! 봐요! 제가 서머리할게요. 작가님과 저는 어린 시절부터 인연이 있던 사이예요. 절대로 헤어질 수 없는 사이죠. 하지만 작가님은 사정이 있어서 지금은 마음을 표현할 수 없어요. 솔직하게는 못 해요. 나쁜 남자가 되는 거죠."

"오케이, 알았어요."

담담하게 말하며 단 작가가 안경을 벗었다. 헉, 남자가 안경을 벗는 모습이 이렇게 섹시했나? 심장이 두근두근 미치게 뛴다. 아냐 아냐, 하의연! 너는 편집자야. 작가에게 동선을 알려 주고 작가에게 감정을 일깨우기 위해 여기 서 있는 거라고!

"그럼."

뒤돌아서자 심장이 두근두근이 아니라 쿵쾅쿵쾅 뛰기 시작했다. 온몸에 미끈하게 땀이 휘감기기 시작했다.

등 뒤에 서 있는 단 작가가 선명하게 느껴진다. 묵직하면서도 서늘한 그 시선이 나를 쳐다보고 있었다. 그렇게 시선이 나를 쓰다듬는다. 머리를, 어깨를, 팔을, 허리를, 엉덩이를, 다리를…….

"헉!"

반응하지 않겠다고 이를 악물었지만, 단 작가님이 뒤에서 끌어안는 순간 나는 꼭 소설 속의 재희처럼 숨을 들이마셨다. 등 뒤로 단 작가의 단단한 가슴이 느껴진다. 머리를 울리는 것 같은 심장의 박동이 단 작가님 것인지 나의 것인지 모르겠다.

"여기서 속삭이면 되는 건가요?"

단 작가님은 보통 사람보다 체온이 조금 높은 것 같았다. 귓가에 닿는 입술이…… 미치도록 뜨거웠다. 속삭이는 낮은 목소리는 내가 아는 단 작가님 같지 않다.

"……녜에."

정신을 놓지 않기 위해 주기도문을 외우려는데 생각이 나지 않았다. 아무래도 지금은 악마가 들린 상태인가 보다. 정신이 아득해지고, 현실과 꿈이 진흙 뻘에서 소용돌이치듯 묵직하게 섞여 들어간다.

"너를 놓지 않을 서야……."

네! 놓지 말아 주세요!

이모네 집에 갔는데
이모는 없고

"이렇게 하는 거죠?"

"……네."

가슴아, 제발 진정해라. 머리야, 제발 정신 차려라.

"그다음에는 팔이……."

날 뒤에서 끌어안느라 내 허리를 감고 있던 단 작가의 팔이 움직이려는 듯이 움찔했다. 그러더니 그의 손이 나의 어깨를 돌려세웠다. 시선이 마주쳤다. 아무래도 내 뺨이 발그레할 것 같아 나도 모르게 시선을 피했다. 그런 나를 보고 단 작가가 빙그레 미소 지었다.

"그럼 잘 부탁드리겠습니다."

……응?

"아, 네. 잘 부탁드려요."

뭔가 무지 이상한데 기분 탓이겠지? 단 작가 표정도 여상하고, 내가 떨리는 거야…… 눈치채지 못한 것 같으니까 괜찮은 거겠지?

단 작가가 다시 나의 어깨를 잡고 휘리릭 내 몸을 돌렸다. 순식간에 자세가 아까 그 백 허그로 돌아갔다. 머릿속에 떠오르던 의문점도 증발되었다.

"다시…… 괜찮아요?"

방금까지 말짱하게 단정했던 단 작가의 목소리가 도로 낮아져 있었다. 덥지도 않은데 이마에서 땀방울이 흘렀다. 작가님은 승규의 심정을 이해했는지 모르겠지만 나는 재희의 심정을 완벽히 이해할 수 있었다. 이런 상황에서, 이런 기분으로, 승규가 다른 여자와 결혼한다고 선언했든 말든 어떻게 거부할 수 있겠는가?

그런데.

"가만있자…… 팔이?"

단 작가가 내 등 뒤에서 고개를 갸우뚱했다. 내 가슴을 잡으려던 단 작가의 손이 허공을 헤매고 있었다.

"이건 이상하잖아요?"

단 작가는 자기의 왼손으로 내 왼 가슴을, 자기의 오른손으로 내 오른 가슴을 쥐는 시늉을 하고 있다. 버튼을 돌리는 것도 아니고 이 요상한 자세는 뭐냐? 내 가슴에서 그의 손이 5센티도 안 떨어져 있지만 이런 자세여서야 하나도 안 섹시하다.

"이상하네요."

아, 눈물 난다. 이 자세도 한 번도 안 해 봤나 봐. 그럴 수 있지. 그럴 수 있어.

"왼손으로 오른 가슴을 쥐어 보는 게 어때요? 팔이 제 몸에 붙게요."

"오! 이렇게?"

"오! 좋네요."

음, 단 작가가 가슴을 쥐었는데도 하나도 안 야하다. 아까까지는 막 야했는데 지금은 그냥 기쁘다. 제대로 자세를 취했어!

"오른팔로는 제 허리를 감으세요."

"와! 이러니까 몸이 밀착되는군요."

"아, 이거 섹시하네요."

단 작가의 강건한 팔 힘이 손에 느껴지는 순간…… 좋다. 뭔가 통제권을 빼앗긴 느낌? 그의 품안에 옴짝달싹 못하고 갇힌

이모네 집에 갔는데
이모는 없고

채 그의 소유가 된 느낌?

"그럼 이제 하 편집자가 몸부림을 치면 되는 거죠?"

"네, 해 볼게요."

"그 전에 잠깐."

"네?"

단 작가가 나를 놓았다. 그리고 한 걸음 물러서더니 부지런히 욕실 쪽으로 향했다.

"나 잠깐 세수 좀 하고 나올게요."

무척이나 피곤한 얼굴이었다. 그리고 보면 아침부터 좀 창백했다. 안경 탓이라고 생각했는데 안경을 벗은 지금도 어딘지 창백하니 식은땀이 나는 것 같은 얼굴이었다.

"더우세요?"

"조금……. 아, 하 편집 더우면 에어컨 틀어요."

"그럴게요."

빙긋 웃어 보인 단 작가가 천천히 욕실로 가서 문을 닫았다. 그러는 양이 약간 어색한 것 같기도 하고, 아닌 것 같기도 하고, ……어디가 아픈 걸까?

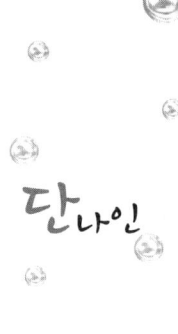

단나인

욕실 세면대를 붙잡고 한참 숨을 고르다 고개를 들자 천국과 지옥을 동시에 경험하고 있는 남자의 얼굴이 보였다.

나는 내 이성을 시험받고 있었다. 지금 당장 하의연을 덮쳐서 눕혀놓고 이것도 하고 저것도 하고, 마구마구 뭔가를 하고 싶은 욕구가 나의 몸 일정 부위에 폭발할 듯 응집해 있었다.

내 안에 늑대 있다.

"이 일은 이, 이 이 사, 이 삼 육, 이 사 팔, 이 오 십, 이 육 십이……."

늑대를 물리치기 위해 구구단을 시작했지만 이놈의 늑대는 한국말을 모르나보다. 그렇다면…… 잉글리시 구구단?

"투 원 투, 투 투 포, 투 쓰리 쎅스, 투 포 에잇, 투 파이브 텐, 투 쎅스 쪼와~. ……아, 아니 이게 아니라."

들썩이는 가슴이 금방이라도 터질 것 같았다. 나는 눈을 감고 하늘을 우러렀다.

"옴 마니 반메 훔."

불교 신자는 아니지만, 종교는 통하는 법⋯⋯. '옴 마니 반메 훔'은 관세음보살 본심미묘 육자대명왕진언觀世音菩薩 本心微妙 六字大明王眞言으로 관세음보살의 미묘한 본마음인 크게 밝은 진언이라고 한다.

무슨 뜻인지는 모르겠고, 그냥 내 마음도 미묘하다.

좋아서 죽겠다. 이 의미가 뭔지 살벌하게 알겠다. 죽도록 좋다도⋯⋯.

젠장. 나 지금 뭐 하는 거지.

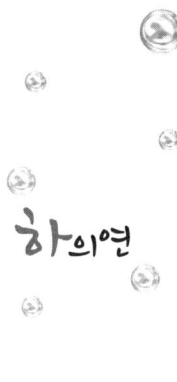
하의연

　첫날 현관문을 닫지 않고 약간 열어 두었을 때부터 느낀 거지만 단 작가님은 나보다 훨씬 선이 명확한 사람이다. 연습 내내 내가 민망함을 감수하며 굳이 지적하지 않도록 단 작가가 알아서 수위 조절을 했다. 어느 정도의 신체적 접촉은 피할 수 없었지만 기본적으로는 이것이 연습이라는 것을 잊고 있지 않는 사람의 행동이었고, 그래서 안심하기도 했지만 조금, 아주 조금 아쉽기도 했다.

　"수민은 눈물이 왈칵 솟아 나오려는 걸 감추기 위해 얼른 돌아서서 뛰었다. 그러나 몇 걸음 채 도망치지 못해서 준혁의 손에 붙들렸다. 팔목이 아프게 꺾어지며 몸이 획 돌아갔다. 준혁의 아픈 눈동자와 수민의 눈동자가 마주친다. 서로의 마음을 너무나 잘 안다. 그러나 안 된다. 그래서 안 된다. 그럼에도 불구하고, 미칠 듯한 뇌의 명령과는 반대로 몸은 서로를 찾았다. 입술이 입술을 구하고, 터질 듯이 서로를 끌어안는 힘은 그 언제보다도 강했다. 죽어도 못 헤어져, 준혁이 읊조렸다. 그 목소리가 너무나 절실했기에 수민은 거짓말을 하기로 했다. 그래, 우린 안 헤어져. 수민은 준혁을 안은 손에 힘을 주었다. 자신이 한 거짓말이 진실이기를, 죽도록 기도하면서."

내가 진짜 좋아하는 권동현 작가님의 ≪마지막 이별≫이다. 읽고 있는데 새삼 감정이 솟구쳐 코끝이 찡해졌다.

"음, 그러니까 이건……."

단 작가가 팔짱을 낀 채 눈살을 찌푸렸다. 얼마나 진지한지 모른다. 단 작가는 상당히 의욕에 넘치는 학생이었다. 감정선 하나하나 허투루 넘어가는 법이 없고 스킨십의 작은 차이도 대수롭지 않게 넘기는 법이 없었다.

덕분에 나 역시도 제대로 공부하는 중이었다. 평소에서 꼼꼼하게 감정선을 읽으려고 노력했지만, 이렇게 하나하나 짚고 넘어가자 평소와는 다른 것이 막 보이기 시작한다.

"여자가 필요에 의해 남자에게 접근했다가 정말 사랑하게 되어서 헤어져야만 하는 상황이라는 거죠?"

특히 단 작가님은 내가 생각하지도 못하던 걸 궁금해하거든.

"네."

"음, 좀 계획적으로 접근하면 안 되나요?"

"안 되죠. 진실성이 없잖아요."

영 이해가 안 간다는 표정으로 단 작가가 고개를 저었다.

"하지만 어쨌든 사랑하게 되었잖아요. 접근한 이유가 그렇게 중요한가요? 지금 사랑하면 그만이지."

그건…… 물론 맞는데.

"그럼 과거에는 진짜 사랑했는데 지금은 그 사랑이 식었고,

이모네 집에 갔는데
이모는 없고

현실적인 이유로 함께한다면…… 진실성이 있는 건가요?"

"그것도 아니죠."

"흠."

단 작가가 눈을 가늘게 뜨고 나를 봤다.

"그럼 사랑해서 계획적인 건 되나요?"

"녜? 사랑해서 계획적이라뇨?"

"사랑해서 그 여자를 자기의 것으로 만들려고 계획적인 거요."

"아, 그건 되지 않을까요? 계획적이라는 단어를 써서 그렇지 그건 결국 줄기찬 대시나 다를 바가 없잖아요."

"그럼 됐어요."

응? 뭐가 된 거지?

"그럼 한번 동선이나 짚어 봅시다."

느닷없는 납득에 당황하고 있는데 단 작가가 일어나서 다시 나와의 거리를 벌였다.

"아, 이건 일단 가까이 시작해야 해요."

내 말에 단 작가가 안다는 듯 손을 까딱였다.

"그러니까요. 이쪽으로 와요."

심장이 덜컥 내려앉았다. 손가락을 까딱, 별것 아닌 움직임 인데도 내 심장은 단 작가님이 하는 일거수일투족에 반응했다.

단 작가는 태생부터 시크하게 움직이는 사람인 듯했다. 처음부터 그 자연스러우면서도 무심한 태도가 매력적이라고 생각했는데 그 품에 한 번 안겨 보니, 그리고 통제권을 빼앗긴 건 아니지만 빼앗긴 셈 치고 몸을 맡겨 보니 마음이 뭔가 심하게 요동친다. 연기자들이 영화나 드라마를 찍으면서 상대 배우에게 빠지는 이유, 알 것 같다.

천천히 다가가서 지긋이 작가님을 올려다보자 꼭 첫사랑에 빠진 소녀처럼 심장이 뛰었다. 회춘을 해도 이런 회춘이 없을 지경이다. 마음이 꼭 17살 적의 마음이다.

"의연 씨는 나를 죽도록 사랑해요."

내려다보면서 서머리하는 단 작가의 목소리에 최면이 걸리는 것 같다. 어느새 정말 나는 단 작가를 죽도록 사랑하는 것만 같다.

"나도 의연 씨를 사랑해요."

단 작가는 잠깐 동안 나를 가만히 내려다보고 있었다. 그 눈빛에 녹아 들어갈 것 같다. 이러다가 다리가 풀려서 민망해질까 봐 나는 발에 힘을 꽉 줬다.

"나는 너를 사랑해."

"네?"

순간 상황 파악을 못 하고 바보 같이 묻자 단 작가가 고개를 기울였다.

"두 사람은 반말을 하는 게 맞는 것 같아서. 아니야?"

아, 소설⋯⋯.

"맞아요."

"너도 나에게 반말을 하는 설정 아닌가?"

"⋯⋯응."

단 작가가 빙그레 웃었다. 하지만 그 눈빛은 어딘지 아련하다. 이미 준혁에게 빙의한 상태인가 보다. 날 정말 사랑하는 눈빛이다. 단 작가의 눈동자 안에서 나는 정말 사랑스러운 여자 같다.

왜 이런 사람이, 게이일까?

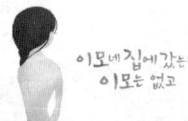
이모네 집에 갔는데
이모는 없고

게이가 뭐 어떻다는 게 아니라……. 그러니까 난 어쩌라고 게이냐고.

나도 모르게 진짜 눈물이 왈칵 솟구칠 것 같아서 휙 뒤로 돌았다. 그리고 채 몇 걸음 가기도 전에 단 작가의 뜨거운 손이 내 팔목을 잡아챘다. 몸이 내 통제에서 벗어나 순식간에 단 작가의 품 안으로 떨어졌다.

읽었던 것보다, 상상했던 것보다 훨씬 더 남성적으로 단 작가는 나를 내려다보았다. 숨을 쉴 수도 없을 정도였다. 내 등을 훑어 올라오는 손길도 상상보다 훨씬 더 단호하고 지배적이다. 한 손으로는 내 뒷목을 잡아 시선을 자신에게 고정시킨 그가 다른 손으로 내 팔을 잡아서 팔목, 바로 맥박이 뛰는 그 부위에 입을 맞췄다.

이런 대목은 없었는데……. 하지만 몸은 서로를 찾는다고 했으니까 그냥 있다고 치자…….

"하아……."

나도 모르게 뜨거운 숨을 내뱉는데 단 작가의 입술이 다가왔다. 아주 가까이. 단 작가의 긴 눈썹이 내 피부에 닿을 것 같은 거리였다.

"이렇게 키스를 하고……."

그냥 해도 될 것 같……. 뭐?

"그리고……."

단 작가의 목소리에 묘한 울림이 있다. 마치 에코 처리가 된 것처럼, 내 귓가에서 반향이 일어난다.

"죽어도 넌 이제 내 거야."

음? 대사가 좀 다른 것 같은데……. 하지만 무슨 상관이냐. 이렇게 좋은데.

내 팔이 내 팔이 아닌 것처럼 아주 자연스럽게 단 작가의 목을 감아 끌어안았다. 그러기 위해서는 까치발을 해야 했지만, 상관없었다. 그 어떤 것도 의식하고 한 것은 아니었다. 마치 그래야만 하는 것처럼 전부 자연스러웠다.

나는 온 힘을 다해서 단 작가를 안아 주었다.

"그러고 싶어."

내 대사도 조금 바뀌었다.

이라라 작가님의 《영원의 미로》의 한 장면까지 마쳤을 때는 거실의 통유리 창에 석양이 가득 담긴 시간이었다. 아이스티를 만들어 거실 테이블 위에 올려놓은 채 우리는 나란히 앉아서 석양을 구경했다.

오늘 하루만 세 타이틀의 연애소설을 열정적으로 집중 분석한 터라 둘 다 조금 지쳐 있었다. 하지만 시간 낭비는 아니었던 것이 로맨스로 유명한 작품들을 분석하고 나자 작가님도 나도 분홍 분홍 한 기분이 푹 젖을 수 있었다고 할까? 석양에 물들어 있는 지금, 우리의 기분은 나른하고 말랑말랑한 것이 석양의 빛깔과 크게 다르지 않았다.

가만히 풍경을 바라보던 단 작가가 풍경만큼이나 조용한 목소리로 입을 열었다.

"오늘 고생했어요."

이런 석양에 물든 상태로는 뭐가 현실이고 뭐가 연기인지

이모네 집에 갔는데
이모는 없고

구분이 잘 안 간다. 나는 당장 단 작가가 나의 허리를 꺾어 눕히고 입을 맞춘다고 해도 놀라지 않을 것 같다.

"작가님이 고생하셨죠."

"하 편집자 덕에 조금 느낌이 오는 것 같아요. 좋은 글을 쓸 수 있으면 좋겠네요."

정말 기뻐 나는 환하게 웃으며 단 작가를 쳐다보았다. 작가가 좋은 글을 쓸 수 있도록 견인해 주는 것, 편집자에게 있어 이 이상의 보람은 없다.

단 작가가 조용한 미소를 머금은 채 나를 내려다보았다. 석양이 일렁이는 그의 동공 위로 내 얼굴이 맺혔다. 그가 말없이 손을 올려 나의 머리를 쓸어 주었다. 이건…… 누구 책에 나온 행동이더라? 모든 것이 너무나 자연스러웠다. 단 작가의 얼굴도, 내 머리를 헝클이고 있는 손도, 그 손 아래 잘 길들여진 고양이처럼 가만히 머리카락을 맡기고 있는 나도.

"시놉시스를 쓰시면 완성된 시놉시스의 감정선대로 한번 연습해 볼까 봐요. 그럼 더 묘사가 풍부해지지 않겠어요?"

단 작가는 잠깐 망설이더니 부드럽게 물었다.

"괜찮겠어요?"

"네?"

얼핏 뭘 묻는 건지 몰라 되묻자 단 작가가 잔잔하게 웃었다.

"내가 여자 작가가 아니라서 하 편집자가 불편할까 봐 걱정이 돼요."

아침의 각오가 생각났다. 나는 편집자고 단 작가는 작가고, 단 작가는 나에게 여자나 다름없고.

"여자든 남자든, 작가님은 작가님이신 걸요."

게이라서 그런가? 역시 섬세하다. 요즘 생각 같아서는 인간의 최종 진화 형태가 게이가 아닐까 싶다.

"단 작가님 진짜 좋은 분이세요."

왜 이렇게 좋은 건가 원망스러울 정도로 좋은데 내 것이 아니라니, 내 것이 될 수 없다니. 참…… 그렇다.

내 말에 단 작가가 나를 빤히 쳐다보더니 조용히 웃었다.

"나도 하 편집자 진짜 좋아해요."

비슷한 듯 다른 말에 심장이 덜컥 내려앉았다. 가만히 단 작가를 쳐다보자 그는 피하지 않고 나의 시선을 응시했다.

창밖에서 타고 있는 놀이 그의 눈빛 속에서 잔잔하게 흔들렸다. 어떤 소설 속의 인물도 아닌 단 작가의 눈동자에 담긴 나는 여전히 예뻐 보였다. 내 마음도 흔들리기 시작했다.

정말 곤란하다. 단 작가는 게이인데. 게이면서 저런 눈으로 날 쳐다보면 나는 자꾸 그가 게이라는 걸 잊고 싶어진다.

하지만 그것은 폭력이나 다름없다는 걸 깨달은 지 24시간도 되지 않았다. 상대방의 다름을 인정해 주는 것. 가는 마음은 어쩔 수 없어도, 최소한 그 정도로는 성숙하자고 결심한 것이 겨우 24시간이다. 내가 고백하고, 단 작가가 난감해지고, 일도 망가지는 그런 일은 절대로 벌어지지 않을 것이다.

"저도 작가님 많이 좋아해요."

마음이 복잡해서 얼른 일어났다. 그리고 뛰어 도망치는데 등 뒤로 단 작가의 시선이 느껴졌다.

이모네 집에 갔는데
이모는 없고

"언니."

흔들리는 마음을 매어 놓을 데를 찾다 못해 나는 항상 의지가 되는 하의지에게 전화를 걸었다. 인사말을 건네기도 전에 전화 저편에서는 쩝쩝대는 소리가 들려왔다.

— 응. 나 밥 먹어.

분위기 깨기는.

— 밥 먹었어?

"저녁 먹어야지."

— 뭘 하느라 아직 밥도 안 먹었어?

역시 항상 의지가 되는 하의지다. 따끈따끈 말랑말랑했던 마음이 하의지의 밥 타령에 급속도로 현실감각을 찾고 있다.

"일했어."

— 아아, 일 열심히 해야지.

"언니."

— 응?

"사람을 좋아하는 건 어떤 대가를 바라지 않고 해야 하는 거지?"

— 뭔 저녁 굶은 개 배추 뜯어 먹는 소리야?

"그냥…… 갑자기 누군가를 좋아한다는 건 참 쓸쓸하다는 생각이 들어. 막 두근거리는 가슴도 허무하게 느껴지고……. 양방향이 아닌 사랑도 사랑이라는 걸 아는데, 좀 그러네."

— 너 영화 봤냐?

"응?"

— 너 옛날부터 영화나 소설보고 폭 빠져서 헛소리하고 그러잖아. 영

화는 영화고, 소설은 소설이고…… 그게 안 돼? 현실적으로 살아야지, 사람이.

역시 하의지.

— 아니면 너…… 짝사랑하냐?

역시 하의지!

"짝사랑은 무슨!"

— 그렇지. 네가 또 짝사랑할 주변머리는 아니지. 누가 껄떡대 줘야 관심을 가질까 말까 한 인물이니까……. 그런데…… 만약 주변에 있는 사람이라면?

또 시작이다! 셜록 홈즈 빙의!

"뭔 소리야. 내가 왜 전화했을까? 밥이나 계속 먹어."

— 어쭈구리? 반응이 딱인데? 작가구나! 방금 일하고 나온 작가! 누구야?

"아니야! 뭔 소리야! 이 여자가 밥 먹다 말고 실성했네!"

— 이게! 언니한테 이 여자? 너 이러는 거 보니까 맞네! 작가네! 너 어릴 때 엄마 지갑에서 돈 훔치다 걸리니까 엄마한테 아줌마라고 불러서 오지게 얻어맞았잖아! 그 작가 이름이 뭐야?

"언니가 훔쳐 오라고 시켰잖아!"

— 돈 훔쳐 오랬지 엄마한테 아줌마라고 부르라고 했냐!

"됐어! 관둬! 밥이나 먹어!"

다짜고짜 전화를 확 끊고 나니 가슴이 쿵쿵 뛰고 있었다. 아, 하의지. 도대체 왜 이렇게 예리한 거냐.

이모네 집에 갔는데
이모는 없고

단나인

하루 종일 꾹꾹 참았던 담배 두 개비를 연속으로 피우자 손가락이 근질거리기 시작했다. 머릿속에 수많은 이야기들이 쓰나미처럼 일어나 머릿속을 쓸어내렸다.

부팅 버튼을 누르고 세 개비째의 담배를 물자 하의연의 얼굴이 다시 떠올랐다. 다시 생각해 봐도 이 여자 보통이 아니다. '시놉시스대로 연습' 하자니. 이렇게 되면 절대로 시놉시스를 대강 쓸 수 없다. 예감이 왔다. 이번 글은 그 어떤 글보다도 정밀한 묘사와 섬세한 감정선이 포함된 러브신이 나올 것이 분명하다.

이런 식으로 나에게 글을 쓰게 만들다니. 알고 그러는 거라면 대단한 일이고, 모르고 그러는 거라면…… 무서운 일이다.

나는 자판에 손을 올린 채 눈을 감고 기승전결을 생각하기 시작했다. 그래그래, 이렇게 저렇게 요렇게 고렇게……. 옳지, 그러면 조렇게 되면서, 어허! 그래! 이거야.

내가 하고 싶은 대로만 쓰면 되니 작업은 일사천리였다. 내가 오늘 하루 종일 얼마나 많은 망상을 했겠는가? 일이 일사천리가 아니래야 아닐 수가 없었다. 그녀를 뒤에서 끌어안았을 때, 그녀의 팔목을 낚아채고 맥박이 선명하게 느껴지는 부위에 입을 가져다 대었을 때, 말간 이마 위에 입술을 누른 채 거기까지만 해야 한다고 내 자신에게 수없이 되뇌었을 때…….

정말이지 시간과 공간이 일그러지는 경험이었다.

시시각각, 순간순간 나는 현실을 망각했다. 당장이라도 그녀를 쓰러뜨리고 안고 싶은, 짐승 같은 충동이 몇 백 번, 몇 천 번이나 찾아왔다. 위기는 매 순간 눈동자를 번뜩이며 나를 주시하고 있었다. 내가 아주 약간만이라도 긴장을 늦추면 나는 이성을 잃었을 것이다.

버텨 내다니, 내가 자랑스럽다.

"하아."

하의연은 정말 엄청 순진한가 보다. 나이가 몇인데 이런 종류의 신체적 접촉이 남자에게 미치는 영향에 대해 아무 생각도 없단 말인가?

하지만 이상한 걸로 치면 나도 만만치 않다. 내내 천국과 지옥을 오락가락했지만, 그래도 싫지 않았던 거다. 싫긴커녕 다시 한 번 그 지옥으로 들어가겠다고 나는 지금 시놉시스를 쓰고 있다. 이번 지옥은 조금 더 내 구미에 맞을 것이 분명하다. 내가 설계하는 지옥이니까.

거칠 것이 없었다. 여주인공 캐릭터 잡혀 있어, 사건 잡혀 있어, 감정선 명확해…….

여주인공 캐릭터는 은퇴한 선생님인 엄한 아버지와 수다스

럽지만 재치 만점인 어머니 아래에서 자란, 딸만 둘인 집안의 막내로 중견 출판사에서 편집자로 일하고 있다. 책과 공연을 사랑하고, 다소 둔한 성격에 연애 쪽으로는 발달되어 있지 않은 수수한 성격으로 옷 센스는 좀 나쁘지만 그럭저럭 귀여운 외모로 커버하는 중이다. 그리고 이마는 E.T를 벤치마킹한 앞짱구고.

디테일해도 이렇게 디테일할 수가 없다.

내 머릿속에 지옥의 설계도가 둥실 떠올랐다. 그 지옥의 세부 사항 하나라도 놓칠까 마음이 다급해진다. 가장 멋있고, 화려하고, 매력적인 지옥을 그려 주겠다아아!

밤이 깊도록 나의 집에는 전투적인 타이핑 소리가 울려 퍼졌다.

하의연이 다시 집을 찾은 것은 일주일이 지난 후였다. 그동안 나의 지옥…… 아니, 시놉시스는 발전에 발전을 거듭해 술탄의 황궁 부럽지 않은 화려함과 알카트라즈 뺨칠 견고함을 갖추었다.

내 평생에 이렇게 글을 열심히 써 본 적이 단 한 번이라도 있었던가. 아니, 열심히라는 말은 맞지 않다. 내 머릿속에서 이야기가 빨려 나갔다. 자판이 내 뇌를 흡입하고 있어! 이런 기분이 들어 무서울 정도였다.

한낮의 햇살이 가득 담긴 거실에서 하의연은 다리를 모으고 얌전히 앉은 채 나의 시놉시스를 읽었다. 기획 의도와 등장인물 설정, 인물 간의 관계, 기승전결 요소와 전체 줄거리까지. 그새 좀 자라 올려 묶은 머리 때문에 드러난 이마가 정말 귀엽다. 암만 생각해도 하의연의 친부나 친모, 둘 중 한 분은 E.T의 혈족이 아닐까?

부엌에서 녹차를 우려내며 그 모습을 훔쳐보고 있자니 행복이란 이런 건가 싶다. 내 거실에서 사랑하는 (예비) 나의 여자가 나의 글을 보고 있고, 나는 (예비) 나의 여자가 마실 녹차를 우려내고 있는 거…….

하의연의 집중력은 대단했다. 녹차를 내갔을 때도, 내가 그녀의 대각선 방향에 앉을 때도, 그 진지한 얼굴을 빤히 들여다보는데도 그녀는 꼼짝도 안 했다. 마치 이곳에 있지 않은 사람 같았다. 어쩌면 그녀는 이곳에 있는 게 아닌지도 모른다. 나의 지옥……. 아니, 내가 만든 세계를 산책 중일지도.

더할 나위 없이 흐뭇한 상상이었다. 나를 온전히 보여 주고, 그녀가 나를 온전히 받아들이는 듯한 감각……. 하의연은 내가 쓴 글을 보고 나는 그녀를 본다. 같은 것을 나눌 수 있는 사람을 가진다는 것은 대단한 축복임이 분명하다.

보고만 있는데도 어쩐지 웃음이 실실 나 녹차를 마시는 척 했다.

이윽고 하의연이 고개를 들고 짧은 숨을 내뱉었을 때, 꿈꾸는 듯한 눈으로 나를 바라보며 만족스럽게 미소를 지었을 때, 나의 행복감은 천장을 뚫고 하늘로 치솟았다.

이모네 집에 갔는데
이모는 없고

"작가님, 정말 아름다운 이야기예요. 물론 글은 써 봐야 아는 거지만, 시놉시스만으로도 충분히 마음이 따뜻해지는 이야기라는 걸 알 수 있을 것 같아요."

여주인공의 모델이 자기라는 건 전혀 모르는 얼굴이다. 완전히 똑같이 썼는데 어떻게 그걸 몰라?

그런데.

"보니까 연습 같은 건 더 필요 없을 정도예요. 이렇게까지 잘 써 주실 줄은 몰랐어요. 감사합니다."

뭣이?

"하, 하 편집! 그렇지 않아요."

내가 다급하게 두 손을 내젓자 뭔가 이야기하려던 하의연이 멈칫하며 눈을 동그랗게 떴다. 내가 말을 막았나? 무슨 말하는지는 들어 볼 걸 그랬나?

"네?"

"내가 아직 장르에 대한 이해가 약간 부족해요. 하 편집 덕에 일단 기승전결을 맞추긴 했지만 감정선을 좀 더 디테일하게 이해할 필요가 있지 않을까 싶거든요."

미안하다. 정말.

나도 내가 이러는 거 좀 싫다. 하지만 이대로 하의연이 '광필'하시라며 돌아가 버리면 다시 부를 핑계가 요원해진다. 일단 쓰기 시작하면 혼자만의 싸움이기 때문이다. 뭔 핑계를 대서든 불러들여야 얼굴도 보고, 정도 들고, 그 와중에 내가 어떻게 해 볼 수도 있지 않겠는가?

게다가 남자란 동물이 원래 그렇다. 그 메커니즘은 나도 모르지만 스킨십이 좋아, 지옥이라도 좋아. 내가 도대체 왜 나의 지옥을 그렇게 섹시하게 설계했다고 생각하는가? 이것은 나의 지옥이자 천국이란 말이다.

"아아, 그런 거면…… 어느 부분이오?"

"음, 그러니까……."

러브신 다인데……. 내 글 놓고 이런 말하기 좀 그렇지만, 나의 현실과 꿈, 욕망과 갈망, 욕정과 기대를 기준으로 썼기 때문에 나오는 모든 러브신들이 다 주옥같다.

나는 일어나서 그녀의 옆에 앉았다. 약간 자리를 비켜 준 하의연이 나에게 시놉시스를 조금 밀어 주었다. 같이 머리를 맞대고 있자니 또 행복하다.

"음, 전 괜찮은 것 같은데요?"

하의연이 고개를 갸우뚱거렸다.

"아닌가?"

현재 자세로 말하자면, 하의연은 소파에 누워서 한쪽 무릎은 세우고 한쪽 다리는 적당히 섹시한 각도로 편 다음 내 무릎을 베고 있고, 나는 그런 그녀를 내려다보고 있는 중이다. 글 속에서 한가롭게 시간을 보내고 있는 남자와 여자의 자세인데, 이러다가 둘이 불붙어서 이것도 하고, 저것도 하고 막 그런다.

아쉬운 게 있다면 원래는 치마를 입고 있어야 하는데 하의연은 오늘도 바지를 입고 왔다는 거다. 발레 공연 날을 제외하고 그녀는 늘 바지 차림이다. 워터 파크에 간다고 했을 때랑 마감한다고 해서 급습했을 때를 보면 치마도 자주 입는 거 같은데,

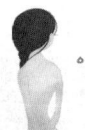

이모네 집에 갔는데
이모는 없고

나 만나러 올 때는 바지만 입는 이유를 알다가도 모르겠다.

"작가님?"

고개를 갸우뚱한 채 입술을 다물고 있자 하의연이 나를 불렀다. 나는 시침 뚝 떼고 딴청을 했다.

"이건 원래 치마를 입고 있는 신이라서 잘 느낌이 안 오네요. 이대로는 뭐랄까, 말랑말랑한 연인 간의 시간으로는 이해할 수 있을 것 같은데 섹시하게 연결하는 건 불가능할 거 같아요."

"아닌데……. 연결 가능한데……."

하의연이 안타깝다는 듯 입술을 깨물었다. 모르는 척 고개를 젓자 그녀가 몸을 일으키고는 곰곰이 생각에 잠겼다.

"혹시 작가님, 집에 보자기 있으세요?"

"보자기요?"

그, 그걸로 뭘 하려고? 설마 그것만 두르려는 걸까? 그래, 하긴 랩스커트나 보자기나 그게 그거긴 하다. 하지만 나는, 나는, 나는…… 이러면 너무 좋은데.

"보자기 있을 텐데. 부엌에요."

뭘 요구해도 그 이상을 보여 주는 하의연에게 1차 감사를, 딸을 이렇게 적극적으로 키워 주신 (예비) 장모님께 2차 감사를, 옥동 보내실 때 보자기에 싸서 보내신 어머니께 3차 감사를.

이것이 바로 팀플레이다.

"잠깐만요."

하의연이 발딱 일어나서 생긋 웃고는 부엌으로 들어갔다. 따라 들어가야 하지만, 그럴 수가 없었다. 이미 상상만으로도 호흡이 가빠지고 머리가 아찔했다. 아, 정말 마음에 드는 여자다. 어쩜 이렇게 독창적으로 예쁜 생각을 할 수 있단 말인가? 보자기, 보자기. 난 앞으로 가위바위보 할 때도 보자기만 낼 거다.

안 돼. 흥분하면 안 돼! 내가 흥분한다는 사실을 알면 하의연이 민망해할 거다. 쿨한 척해야 해. 쿨한 척, 쿨한 척, 가나다라마바사아자차카타파하, ABCDEFGHIJKLMNOPQRSTUVWXYZ, 아이 엠 어 보이, 유 아러…….

"작가님."

……보자기!

침을 꿀꺽 삼키고 보자기……. 아니, 뒤를 돌아보았는데.

쳇.

바지 위에 둘렀다. 저게 뭐야.

"어차피 스키니 진이니까요. 어떠세요? 적당히 느낌이 나세요?"

"그러네요."

실망이 너무 깊어 나도 모르게 좀 시큰둥하게 대꾸했나 보다. 하의연이 이해가 안 간다는 표정으로 눈을 동그랗게 떴다.

"느낌이 안 나세요?"

"나요. 나네요. 엄청 납니다. 이리 오세요."

쳇. 보자기 따위. 남자는 주먹이지.

하의연이 쭈뼛쭈뼛 다가와 다시 내 무릎 위에 누웠다. 그리고 한쪽 무릎을 세우고 다른 한쪽은 약간 섹시하게 안쪽으로 모으며 펼쳤다. 보자기가 허벅지를 다 가리고 있는 상황이다.

"어떠세요?"

"흠, 그러니까 한창 사랑에 빠진 연인들이 이렇게 서로를 쳐

이모네 집에 갔는데
이모는 없고

다보다가……."

뭐, 내가 좀 심통도 났고 실망도 했지만, 하의연과 눈을 맞추는 건 언제나 좋다. 어깨가 좀 마른 편이라 상대적으로 머리가 좀 커 보이긴 해도 하의연이 눈은 정말 예쁘다. 위에서 내려다보니 어쩨 좀 어리바리한 게 더 귀엽다.

개인적으로 말하자면 나는 고양이보다는 개를 좋아한다. 고양이 역시 무척이나 예쁘고 매력적인 동물이지만, 함께하고 싶은 쪽을 고르라면 역시 개다. '개 같은 놈'이라는 말이 왜 나왔나 의아할 정도로 개는 충실하고 귀엽다. 그 눈에 가득 담긴 신뢰를 보고 있으면 내가 아무리 나쁜 놈이라도 착해질 수밖에 없지 않나 싶다.

그리고 하의연의 눈은 강아지를 닮았다. 날 보고 있는 눈빛에 신뢰와 긍정이 무한히 담겨 있다. 그게 무척 좋다.

"장난스럽게 다리 쪽으로 손을 뻗어 치마를 내리고……."

손을 뻗어 치마……. 아니, 보자기의 끝을 손가락 끝으로 잡아 내렸다. 하의연이 단박에 눈살을 찡그렸다.

"그건 진짜 이상한데요, 작가님."

웅? 뭐가?

"애인의 치마를 내리는데 그렇게 물에 푹 젖은 행주 집는 것처럼 조심스럽게 손끝으로 잡을 필요가 있을까요? 조금 더 과감하고 편한 터치가 중요해요."

"아."

애인이란 말, 듣기 좋다. 그래그래, 그렇다면 내가 애인의 치마, 아니 보자기를 과감하고 편하게 내려 주지.

"다시……."

내 말에 하의연이 다시 나를 올려다보았다. 눈빛이 다시 강아지 같아졌다. 이게 연기라면 하의연은 편집자가 아니라 연기파 배우가 되어야 할 텐데……. 또 금방 편집자로서 논평 다는 거 보면 정말 연기 같기도 하고……. 헷갈리는 여자다.

그리고 내가 손을 뻗어서 손끝으로 치마, 아니 보자기를 쏙 쓸어내렸을 때다.

심장이 덜컥 내려앉았다.

의도한 건 아니었는데, 그러니까 하의연은 바지를 입고 있었으니까 손을 뻗을 때만 해도 나는 정말 아무 생각 없었다. 하지만 별생각 없이 웃으며 손을 뻗어 손끝으로 보자기를 쓸어내리는 순간, 내 손에 걸린 것은 보자기만이 아니었다. 통통하게 살이 오른 하의연의 허벅지 안쪽으로 나도 모르게 손이 움직인 거다.

고의는 아니었다, 정말로.

하지만 문제는 내 행동이 아니라 순간 변한 하의연의 표정이었다. 완전 무방비 상태였던 하의연이 눈 끝을 찡그리면서 '아!' 하고 입을 벌렸는데……. 맙소사! 순식간에 눈동자에 물기가 어리면서 이건, 완전, 섹시한……. 오, 마이, 갓!

훅 하고 숨을 들이켜며 나도 모르게 하의연의 머리를 내팽개치고 벌떡 일어났다. 내가 그러지 않았다면 내 분신이 하의연의 머리를 밀쳤을 판이었다.

내 마음의 눈은 이미 하의연의 옷을 벗긴 상태였다.

"자, 작가님?"

이모네 집에 갔는데
이모는 없고

자기가 뭘 했는지도 모르는, 저 죄 많은 여자는 그저 놀란 표정으로 나를 쳐다볼 뿐이었다.

"가, 갑자기 좋은 구절이 떠올랐어요! 거, 거, 거기서 꼼짝도 말고 있어요. 내, 내, 내가 그걸 쓰고 나, 나올 테니까. 어, 절대 움직이지 마요."

내가 좀 많이 더듬었어?

정신없이 방으로 뛰어 들어가 등 뒤로 문을 쾅 닫고 나니 심장이 쿵쾅쿵쾅 늑골을 뚫고 튀어나올 기세로 뛰고 있었다. 아니, 목구멍으로 치솟아 나오려고 해서 나는 입을 가린 채 몇 번이나 숨을 삼켰다. 얼굴에서 홧홧하게 열이 나고 손이 부들부들 떨렸다. 아니, 온몸이 떨렸다.

어떻게 해! 어떻게 해! 내 안의 늑대가 울부짖고 있다!

"허윽!"

나는 신음을 삼키며 확 엎드렸다. 머릿속에는 아무 생각도 안 났다. 늑대 한 마리가 나타나서 '해 버려! 해 버려! 괜찮아! 해도 돼!' 이러면서 아웅거리고 있었고, 내 몸은 어째서인지 팔굽혀펴기를 하고 있었다. 아직까지는 이성의 힘이 조금 더 강했다. 하지만 미친 듯이 팔굽혀펴기를 하는데도, 머릿속의 늑대는 코웃음만 칠 뿐이었다.

'자고로 배부르고 등 따스운 인간에게 제일第一은 성욕이라. 본능을 이기는 사람 못 봤어! 가서 덮쳐! 네가 사랑하는 여자잖아!'

늑대가 아웅거린다.

'포기하면 편해져. 이번 경우엔 편한 정도가 아니라 천국이겠지!'

꺼져라, 늑대! 빨간 망토, 나를 도와줘요!

내가 다시 거실로 이어진 문을 열 수 있게 된 건 30분도 넘게 지나서였다. 그동안 하의연이 뭐 했는지는 모르겠다. 내가 뭐 했는지도 모르는데 하의연이 뭐 했는지를 알 리가.

확실한 건 난 미친 듯이 땀을 흘리고 있었다는 거다. 30분 동안 팔굽혀펴기만 했는지 팔근육이 육안으로 보기에도 엄청나게 불룩하니 펌핑되어 있다.

"자, 작가님?"

내가 지친 얼굴로 나오자 하의연이 놀라서 벌떡 일어섰다.

"세상에! 땀 좀 봐!"

내가? 땀을 많이 흘렸나?

"작가님, 편찮으신 거 아니에요?"

놀라 뛰어온 하의연이 서슴지 않고 손을 뻗어 내 이마를 짚었다. 그럼 뭐하나. 열이 날 리 있나. 내 열은 심화心火다. 하의연이 무당이 아닌 이상 짐작할 수 없을 거다.

"열은 없는데…….."

"괜찮아요. 작업할 때마다 이래요. 내가…… 좀…… 집중하거든."

난 지옥 갈 거다. 하도 거짓말을 해서. ……하지만 내가 만든 지옥이라면 그것도 괜찮아.

"아무리 그래도."

하의연의 눈에 걱정이 가득하다. 난 정말 나쁜 놈이다. 이렇게 순수한 여자를 놓고, 별별 망상을 다 하고 30분이나 팔굽혀

이모네 집에 갔는데
이모는 없고

펴기를 해야만 진정할 수 있을 정도로 흥분하다니. 나란 놈!
짐승! 이 죽일 놈의 정력!

"걱정하지 마요."

환하게 웃어 주려고 했는데 잘되지 않았다. 이게 바로 '웃프
다'는 상황인가? 웃고 싶지만 슬프고? 슬프지만 웃기고?

"작가님, 갑상선 검사 받아 보셨어요? 스트레스를 많이 받는
사람들한테 흔한 병이라 가끔 작가님들에게서 발견되거든요.
스트레스 많이 받는 직업이잖아요."

갑상선? 갑상선 같은 소리 한다. 지금 굳이 문제를 찾자면
전립선이……

"괜찮아요. 다음 거 합시다."

아아, 이러고도 다음 걸 하고 싶은 남자의 마음이란!

"아니에요. 작가님, 쉬시는 게 나을 것 같아요. 얼굴이 진
짜…… 퀭해요."

"오늘 퀭하나, 내일 퀭하나……"

"네?"

아차, 마음속의 말이 입 밖으로 나왔다.

"괜찮아요. 좋은 글을 쓰기 위한 거니까."

나 = 나쁜 놈.

"아, 작가님이 그러시다면……"

"하 편집이 피곤하거나 싫은 거 아니면……. 아, 혹시 내가
땀을 흘려서 기분이 나쁘면 샤워하고 나올까요?"

"아뇨 아뇨, 이럴 때 샤워하시면 감기 걸려요."

또 날 더럽다고 생각하면 낭패인데.

"그냥 얼른 다음 이야기 다 하고, 쉬게 해 드릴게요. 죽 끓여 드릴까요?"

"밥 먹어도 돼요."

하의연은 걱정이 울릉도 동남쪽 뱃길 따라 이백 리까지 늘어졌지만 나는 자아 붕괴의 직전에 서 있느라 그녀를 달래 줄 생각도 못했다. 이건 남자에게 있어서 진정 시험에 드는 상황이다. 하고 싶지만 하면 안 되고, 그만하는 게 좋지만 그만하기 싫다.

"자……."

자고 나발이고, 나는 유혹에 무릎 꿇었다. 하의연의 손을 잡아끌고 소파로 데려가는 나의 모습은 무척이나 음흉했을 거다.

고백하건데 이 시점에서 나는 그녀를 돌려보냈어야 한다. 방문을 열고 나오기 전 내 이성은 오늘은 여기까지 하지 않으면 위험하다고 나에게 경고했던 것이다. 하지만 문을 열고 나와서 다시 그녀를 보는 순간 물리친 줄 알았던 늑대 놈이 내 귀에다 대고 울어 대는 아웅 소리가 너무 커서 이성의 목소리 같은 건 들리지도 않았다.

심지어 하의연이 오늘은 쉬는 게 낫겠다고까지 했는데도, 아뿔싸, 이놈의 입도 늑대의 입이었으니 쉬는 것에는 관심이 없고 진도를 빼느라 바쁘다.

"자, 다음은 뭐죠?"

하의연은 얼떨떨한 얼굴로 불안하게 나를 쳐다보았다.

"난 괜찮아요."

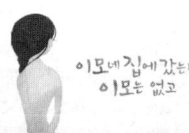

안심시키려고 웃어 보였지만, 식은땀을 질질 흘리면서 웃는 얼굴에 하의연이 안심했나까지는 모르겠다.

"일합시다. 다음은 뭡니까?"

나의 재촉에 마지못해 하의연이 시놉시스를 집어 들고 다음 장면을 확인했다.

"마주 보다가 작가님이 절 눕히시면서 팔 안에 가두고, 키스하는 거요."

내 안의 늑대가 웃는 게 느껴졌다.

"자, 그럼."

심장이 두근두근 뛰고 있었다.

일주일 전 나란히 앉아 석양을 바라보았던 그 소파에 앉은 채 우리는 한쪽 다리를 의자에 올리고 서로를 마주 보았다. 나 때문일까? 그녀도 심하게 긴장한 듯 보였고, 기묘한 텐션이 우리 둘 사이에 차올랐다.

잠깐 둘 다 자기만의 생각에 빠져 말이 없었다. 그 침묵을 깬 건 하의연이었다.

"지금은 두 사람 다 현실을 부정하기로 한 시점이에요. 그만큼 절박한 거죠."

하의연이 속삭였다. 지금 저 말이 내 소설일까? 아니면 우리 이야기일까?

"사랑하는 마음만?"

그녀의 어깨를 미는 내 목소리가 기묘할 정도로 낯설다.

"사랑하는 마음만."

되속삭이는 그녀의 목소리도.

이윽고 하의연의 등이 완전히 소파에 닿고 나는 몸을 그녀의 몸 위로 겹쳤다. 위에서 내려다보고 있자니 정신이 아득해서 아무것도 느껴지지 않고 오직 하의연만 선명하다.

움켜쥐고 있는 하의연의 손목 맥박이 선명하다. 마치 그것이 세상에 존재하는 유일한 소리인 것처럼.

나는 천천히 고개를 숙였다. 그녀의 입술에 내 입술이 닿을 정도로.

하의연은 눈을 감았다. 나도 눈을 감았다. 그녀와 내가 숨을 들이쉬고 내쉴 때마다 우리의 가슴이 마주 닿았다 떨어졌다. 몇 번이나, 몇 번이나, 몇 번이나.

그리고 입술이 겹쳐졌다.

처음 하의연은 당황한 듯했다. 그녀가 눈을 뜨고 몸을 약간 트는 것이 느껴졌지만, 나는 그녀를 놓아주지 않았다. 오히려 더 깊게 키스했다. 그녀의 호흡 하나마저 모두 삼켜 버리고 싶었다. 이대로 그녀를 내 안에 가두고 싶었다. 그녀를 소유하고 싶었다.

그녀가 나의 모든 여자라는 것을, 알려 주고 싶다.

도망가려던 하의연의 손에 힘이 풀린 것은 그때였다. 강제로 열렸던 입술이 날 받아들이기 시작한 것도 같은 때였다.

손을 풀어 주었지만, 그녀는 날 밀어내는 대신 내 목에 손을 감았다. 나는 그녀의 허벅지를 쓸어 올렸다. 연습 같은 것이 없었더라도 자연스럽게 나는 그녀의 청바지 버튼을 풀 수 있었다.

그런데.

"꺄아아아아아아아아아악!"

이모네 집에 갔는데
이모는 없고

하복부가 마주 닿는 순간 하의연이 비명을 지르며 뒤로 물러났다. 이거 기억에 있는 비명이다. 그…… 사자후.

8년이 지났음에도 혼비백산해서 나는 몸을 일으켰다. 하의연이 후다닥 옷차림을 수습하며 뒤로 물러났다. 그녀는 휘둥그레진 눈으로 나를 보고 있었다. 아니, 정확히 말하면 내가 아니라 내…… '분신'을 보고 있었다. 늠름하게 일어서 있는 나의 분신을 말이다.

"느, 느끼시잖아요!"

응? 지금 내가 미친 건가? 난 내 머리를 의심했다. 극도의 흥분 상태에서는 언어 중추가 망가질 수도 있다더니, 내 뇌에 이상이 온 건지도 모르겠다.

"느끼셨다고요!"

뭘 느껴?

하의연의 시선을 따라 나의 시선도 내 분신에게로 향했다. 설마, 이런 걸 처음 본 건가? 내가 좀 크긴 하지만, 크기 때문에 놀라는 것 같진 않고……. 이렇게 된 걸 처음 본 거야? 아니, 남자가 느끼면 이렇게 되는 걸 몰랐던 거야? 아닌데……. 이게 도대체 뭔 소리야?

"맙소사! 절 느끼시잖아요!"

……그럼 내가 지금 누굴 느껴야 하는데?

하의연

　머리에서 거대 소용돌이가 휘몰아치고 있었다. 내 상식으로 게이는 동성에게만 성적 충동을 느끼는 사람이다. 여자에게도 느낄 수 있는 걸까? 아니, 남자니까 당연한 건가? 하지만 게이 잖아. 남자지만 게이잖아.

　너무 놀라서 숨 쉬는 것도 잊은 채 단 작가의 분신을 뚫어져 라 쳐다보았다. 그것이 얼마나 부적절한지는 생각할 여유가 없 었다.

　그런 내 태도에 단 작가가 나보다 더 당황했다는 것은 그렇 게 이상한 일이 아니다. 내 얼굴을 한 번, 자신의 하복부를 한 번 번갈아 가면서 쳐다보던 그는 마치 변명을 하려는 것처럼 머리를 긁적였다.

　"그, 그러니까 이건……. 남자들은 원래…… 좀. 그러니까 아 설명을 하자면……. 건강한 남자들은 이게 가끔 변신을 하 는데 큰일은 아니고."

　땀이 난 이마를 쓸어 넘기며 단 작가는 필사적이었다.

"이거 금방 다시 원래 모습으로 바꿀 수 있어요. 그러니까…… 슈퍼맨 알죠? 평상시에는 클라크라는 아주 평범한 신문기자지만 가끔 슈퍼맨으로 변신을 하죠. 얘는 지금 슈퍼맨 상태예요. 잠깐만요. 제가 금방 다시 클라크를 불러올게요."

단 작가가 일어나더니 어기적거리며 침실로 들어갔다. 맙소사! 저 걸음걸이! 몇 번이나 본 걸음걸이다! 그런데 눈치를 못 챘다니! 하의연! 이 멍청이! 세상에서 제일가는 둔탱이!

이걸 어떻게 하지? 이건 단 작가가 게이가 아니라는 뜻인가? 그럼 단 작가님은 도대체 날 뭐로 봤을까? 그동안 이것도 하고, 저것도 하고, 그것도 하고……. 가만있어 봐. 맙소사! 이게 도대체 어떻게 된 거야?

붕괴된 멘탈이 무너지는 건물처럼 내 자아를 덮쳤다. 이 상황을 한마디로 정의하자면 머릿속에서 뻐꾸기가 울고, 도널드 덕이 그 뻐꾸기 옆구리를 걷어차는 상황이었다.

숨이 막혀서 나는 내가 숨도 안 쉬고 있다는 것을 깨달았다. 숨을 크게 들이쉬는 순간, 머리가 빠개질 것처럼 아파 왔다.

여기서 도망가야 해!

다른 생각은 나지 않았다. 내가 너무 바보 같고 싫은데, 날 죽일 수도 없으니 여기서 도망가야 한다는, 다소 두서없는 생각 외에는 아무것도.

"하 편집!"

정신없이 가방을 챙겨 가지고 달려 나오는데 뒤에서 단 작가가 나를 부르는 소리가 들렸다. 그러거나 말거나 있는 힘껏 아파트 문을 닫고 뛰었다. 호수가 내려다보이는 복도식 아파트

이모네 집에 갔는데
이모는 없고

에서 단 작가의 집은 1호, 하필 복도의 끝이다. 항상 별생각 없이 걸었던 복도가 오늘따라 어마어마하게 길었다.

그리피스 조이너에게 빙의하여 미친 듯이 달리는데 뒤에서 문이 열리는 소리가 들렸다.

"하 편집!"

뒤돌아보면 안 돼.

공포 영화를 볼 때마다 주인공들에게 바랐던 거다. 전속력으로 도망가도 부족한 상황에 쫓아오는 괴물을 확인하려 뒤를 돌아보다가 넘어지고, 그 바람에 괴물에게 잡히는 주인공들 때문에 가슴이 터질 것 같았다.

그래서 나는 뒤를 돌아보지도 않았다. 젖 먹던 힘까지 써서 뛰고, 그 기세 그대로 엘리베이터의 버튼을 눌렀을 뿐. 심장이 터질 듯한 것이 뛰어서 그런 건지, 아니면 원래부터 그렇게 뛰고 있었는지 모르겠다.

내가 뒤를 돌아본 건 마침 22층에 와 있던 엘리베이터 문이 막 열리기 시작했을 때였다.

그 짧은 순간, 나의 몸은 엘리베이터 안으로 빨려 들어가듯 움직였지만, 눈은 단 작가를 확인했다.

두 사람의 눈이 마주쳤다. 찰나에 가까운 순간이었지만 마치 시간이 멈춘 것처럼 선명하게.

말없이도 사람 눈이 얼마나 많은 이야기를 할 수 있는지 나는 깨달았다.

그리고 그다음 순간 내가 본 것은…… 단 작가가 우사인 볼트에 빙의해서 복도를 질주해 오는 모습이었다. 무서울 정도로 거리가 순식간에 좁혀지고 있었다. 구르다시피 엘리베이터 안으로 들어간 나는 손가락이 부러져라 닫힘 버튼을 눌러 댔다.

"하의연! 거기 서!"

간발의 차로 도착한 단 작가가 소리를 지르는 순간 엘리베이터의 문이 닫혔다.

오래된 엘리베이터는 약간 느렸다. 그리고 지금 이 순간은 그 느림이 도움이 되었다.

엘리베이터가 감정 없이 하강하기 시작하자 엉망진창으로 엉클어져 있던 머리가 수습되기 시작했다. 거울을 보니 웬 미친 여자가 머리를 산발한 채 숨을 몰아쉬고 있었다. 내 인생에서 가장 지옥 같은 5분여였던 것 같다.

단 작가님, 느낄 수 있었어…….

하지만 그것이 뭘 의미하는 거지? 어디서부터 뭐가 잘못되었던 거지?

'이 게이 자식아!'

윤 작가도…… 그랬잖아?

머리가 온통 혼란스러워서 도무지 판단이 되지 않았다. 그저 오늘, 그리고 저번, 저 저번. 계속해서 단 작가와 연습했던 것만 떠올랐다. 나의 턱을 잡는 단 작가의 방식과 뺨을 감싸던 단단한 손, 능과 발을 옮어 오르는 그 견고한 손의 움직임과 뚜렷하게 느껴지는 통제감……. 몸과 몸이 맞닿던 감각.

이모네 집에 갔는데
이모는 없고

띵.

어찌할 바를 모르고 양손을 부둥켜 잡은 채 몸을 떨고 있는
데 엘리베이터 문이 열렸다.

"허억!"

"허어어어어억!"

나도 모르게 숨을 크게 들이마셨는데 기다리고 있던 아이가
덩달아 놀라 소스라쳤다.

"아, 미, 미안해. 얼른 타."

9살쯤 된 아이가 이상한 여자를 보는 눈으로 나를 쳐다보다
가 마지못해서 엘리베이터에 올라탔다. 그러는데 위쪽에서 뭔
가 우당탕탕 쿵탕 하고 어마어마한 소리가 났다.

그리고 다시 엘리베이터의 문이 닫혔다.

찬바람이 한 번 들어왔다가 빠지니 아까보다 조금 더 정신
이 들었다. 내가 왜 이런 터무니없는 착각을 했는지가 떠오른
거다. 윤 작가도 윤 작가지만, 한수가 먼저였다. 유라가 밑밥
을 뿌리고 한수가 싹을 틔웠다. 어찌나 단호한지 의심할 이유
도 없었다. 아니, 단호하지 않았더라도 없는 말을 할 이유가
없었기에 의심하지 않았다.

어떻게 된 거지? 한수가 잘못 알고 있었던 건가?

흐흐흥 하며 나도 모르게 앓는 소리를 냈다. 도무지 상황 판
단이 되지 않았다. 단 작가는 게이인가 아닌가? 방금까지 우리
가 한 것은 연습인가 실제인가?

두 손을 올렸다가 내리고, 손으로 입을 가렸다가 머리를 감
싸고, 앓는 소리를 냈다가 한숨을 쉬자 나에게서 멀찌감치 떨

어져 벽에 붙어 서 있던 아이가 4층 버튼을 눌렀다. 곁눈질하는 눈동자가 동네 미친년과 함께 엘리베이터를 탔다고 말하는 것 같다.

내가 빤히 쳐다보자 설명하는 말이 요렇다.

"엄마가, 위험한 사람이랑 엘리베이터에 단둘이 타지 말라고 했거든요."

더는 묻지 않았다. 이해할 만했으니까.

4층에서 문이 열렸다. 아이가 내리더니 수상쩍은 시선을 나에게 던지고는 통통 뛰어 계단을 내려가기 시작했다. 닫힘 버튼을 누르는데 문이 막 닫히는 사이로 또다시 우당탕 쿵탕 하는 소리가 들렸다.

남은 4층을 내려가면서는 전보다 훨씬 더 차분할 수 있었다. 패닉 상태에서 뛰쳐나왔지만, 편집자로서는 옳지 않은 행동이었다. 작가님이 이해하지 못하실……. 아니, 그동안은 작가님이 이해하셨을까?

도무지 상황이 정리가 되지 않았다. 흥분이 가라앉을수록 점점 더 모든 것이 미궁처럼 느껴졌다. 짧은 시간, 수많은 생각들이 머릿속을 스쳐 지나갔다.

춘천으로 갈 때가 된 걸지도 모른다. 사표를 내고 춘천에 가서 엄마가 소개해 주는 남자 중 괜찮은 사람을 만나서 시집가는 거다. 아무 일도 없었다는 듯이 다 잊어버리고. 아니면 항상 공부를 좀 더 하고 싶었으니까 유학을 갈까? 의지 언니에 이어 나까지 얼른 치워 버리고 싶어 하는 부모님은 반대하시겠지만, 그동안 모아 놓은 저금이면 그럭저럭 학비는 될 것 같

이모네 집에 갔는데
이모는 없고

다. 그래, 한국을 떠나는 게 좋을지도 모른다.

온갖 망상들이 머릿속에서 뿌리에 뿌리를 뻗고 있는데 땡소리가 나더니 엘리베이터가 멈춰 서고 문이 열렸다.

그리고.

단 작가가 문 앞에 서 있었다.

"닥가님!"

너무 놀라 발음도 제대로 되지 않았다. 나도 모르게 위쪽을 쳐다보았다.

단 작가 집은…… 22층인데!

계단은 끝도 없어 보인다. 22층이면 한 층에 계단 스무 개씩만 쳐도 사백사십 개.

엄밀히 말하면 단 작가는 서 있지 않았다. 한쪽 손으로 벽을 짚은 채 허리를 굽히고 숨을 몰아쉬고 있는 그의 얼굴은 산소 부족 때문인지 납빛처럼 시퍼렇다. 다리는 풀리기 직전, 눈은 좀 풀려 있는 거 같다.

"서, 설마 뛰어내려 오신 거예요?"

"하아~ 하아~ 하아~."

뭔가를 말하려던 단 작가는 한 마디도 못하고 거친 숨을 토해 내며 벽에 기댔다. 내가 한 걸음 다가서자 그는 좀 기다리라는 듯이 손을 뻗었다. 하지만 저 숨이 1, 2분에 돌아올 숨은 아닌 것 같다. 점점 더 창백해지는 것이 산소호흡기라도 꽂아야 되는 게 아닌가 싶다.

"도마 허……가지 허 마흐요."

또 한 발 나서려는데 단 작가가 내 어깨를 밀었다. 그러다가 비틀거리는 바람에 나도 모르게 단 작가의 몸을 받쳤다. 몸에서 열기가 확 느껴졌다. 내 어깨를 꽉 쥐고 있는 단 작가의 손의 힘이 선명하다.

"내가 허…… 처음 허……부 허……."

단 작가는 눈을 맞추며 뭔가 말하려고 필사적이었지만 뭐라고 말하는지 하나도 모르겠다. 숨소리가 너무 커서 사실 '하허~ 하흐~ 하아~ 하후~'로밖에 안 들린다.

"한승준이 허…… 부허 흐 고…… 해쓸 때부터어……."

그가 몸무게를 거의 기대 오는 바람에 나도 모르게 뒷걸음질을 쳤다. 아직 닫히지 않았던 엘리베이터 문 사이로 내가 밀어 넣어진 꼴이다. 내 등이 엘리베이터 벽에 닿을 때까지.

등이 엘리베이터 벽에 닿는 순간, 그의 손이 턱 하고 내 왼쪽 귀 바로 위쪽을 짚었다.

"저는……."

뭐라고 할 말이 없어 뗐던 입을 도로 굳게 다물었다. 안개처럼 뿌옇기만 하던 생각이 비로소 맑아지며 하나가 확실해졌다.

단 작가가 게이인지 아닌지 모른다.

내가 단 작가와 함께했던 것이 편집자로서였는지 여자로서였는지 모른다.

하지만 하나는 확실했다.

지금, 단 작가는 나를 잡으러 왔다.

나를 내려다보고 있는 단 작가의 숨소리는 여전히 거칠었고, 내 어깨에 파고든 그의 왼손에는 잔뜩 힘이 들어가 있었다. 나를 내려다보는 눈은 참 할 말이 많아 보였지만…… 폐는

이모네 집에 갔는데
이모는 없고

할 말이 없다며 산소 흡입하느라 바쁜 모양이다.

"내가 허…… 정마 허…… 하고 시프 허…… 말이 많 허…….
하지만…… 나는, 처음부터……."

더 이상 안 되겠다는 듯이 단 작가는 고개를 흔들었다. 흐트
러진 검은 머리카락 끝에 매달려 있던 땀방울이 공중으로 날
았다.

그리고 입술이 마주 닿았다.

마치 백 마디 말이 다 필요 없다는 듯, 단 작가가 입을 맞춰
왔다.

어느새 어깨를 잡고 있던 손이 내 허리를 강하게 안고 있었
다. 목이 꺾이고, 허리가 젖혀지며, 나는 단 작가가 퍼붓는 키
스에 속수무책으로 노출되어 버렸다.

그의 마음이 강물처럼 내 가슴속으로 흘러들어 왔다. 다른
그 어떤 것도 생각할 수 없어 나에게로 기울어진 어깨에 팔을
둘렀다.

처음으로 둘이 하는 키스였다. 그 어떤 캐릭터도 아닌, 하의
연과 단나인…… 아니, 한승준이.

계속되는 키스, 천 번, 만 번, 마치 자기 자신 안에 있는 무
언가를 나에게 퍼붓는 것 같은 키스가 이어졌다.

그러는 동안 엘리베이터는 움직였고, 22층에 도착했고, 그
제야 단 작가는 입술을 떼고 말없이 내 손을 잡아끌고 도로 집
안으로 들어왔다.

"저……."

그리고 다시 키스.

다른 이야기를 하는 것을 용납하지 않겠다는 듯이 단 작가는 키스를 해 왔고, 그의 손은 단 한 번도 상상해 보지 않았던 단호함으로 나를 훑어 올렸다. 자꾸만 꺾어지려는 뒷목을 단 작가의 커다란 손이 부여잡았다.

정신이 아득해질 정도의 키스 세례에 무방비하게 나를 맡기던 내가 정신을 차린 것은 소파에 눕혀졌을 때였다. 날 안아 눕히고 그대로 내 위에 올라탄 단 작가가 목 위에 뜨겁게 입술을 눌렀다.

"자, 잠깐만요!"

있는 힘을 다해 단 작가의 어깨를 밀었지만 그는 꿈쩍도 하지 않았다. 마치 바위가 날 타고 앉은 것 같은 느낌이다. 손목 위에 단단한 손가락이 감기더니 그대로 소파 위에 붙잡아 눌렀다.

시선이 마주쳤다.

"저…… 여자, 좋아하세요?"

나를 빤히 내려다보던 단 작가가 가볍게 한숨을 내쉬더니 고개를 저었다.

"하의연을 좋아해요."

역시라고 생각하는 순간 날아온 엉뚱한 대답에 눈이 휘둥그레졌다. 담백하고 군더더기 없는, 엄청나게 효율적인 고백이다. 못 알아들을 수가 없다.

"어, 언제부터?"

"아마 발레 티켓을 줬을 때부터?"

간단히 대답했던 단 작가는 뭔가 걸리는지 부연 설명을 붙

이모네 집에 갔는데
이모는 없고

였다.

"적어도 내가 뭔가 하기 시작한 건 그때부터지."

"하, 하지만 저는……."

"지금 의연 씨가 할 수 있는 일은 두 가지쯤이에요. 내 뺨을 치고 이 집에서 나가거나, 아니면 '나도' 하고 말하거나."

둘 다 불가능하다!

"너, 너무 갑작스러워요! 생각할 시간이 필요해요!"

정확히 말하면 이 상황부터 정리할 시간이 필요하다.

내 말에 단 작가는 곰곰이 생각하는 표정을 짓더니 이렇게 말했다.

"좋아요. 생각해요."

하지만 어쩐지 내 손목을 붙든 손에 힘이 더 들어가는 것 같다.

"충분히 생각해요."

"네? 읍!"

단 작가가 단호하게 입을 맞춰 왔다. 긴 손이 효율적으로 나의 양팔을 봉쇄하고, 긴 다리가 내 다리를 옭아맸다.

"나는 처음부터 하의연 씨가 좋았고……."

"읍읍!"

그의 입술이 목덜미로 흘러내렸다가 다시 입술로 돌아왔다.

"하의연 씨도 날 좋아한다고 생각하고……."

"읍읍!"

이번에는 쇄골까지 내려갔다 돌아오고.

"난 기다릴 만큼 기다렸으니까……."

"읍읍!"

"이제 하의연 씨가 참아 봅시다."

"으으으으읍!"

말 좀 하자!

"후회하지 않을 거야."

"읍읍!"

입이 틀어 막혀 있어서 그런지 머리도 아득한 것 같고, 산소도 모자란 것 같고…… 아아, 그래서 로맨스에서 여자 주인공들이 남자들이 입을 막기 위해 키스하면 하려던 말을 까먹는 건가?

"내 옆에 있어요."

단 작가가 또 몸을 빼고 나를 내려다보았다. 그러더니 잠깐 생각에 잠겼다가 이렇게 덧붙였다.

"아니면 좀 더 생각하든지."

"네? 읍!"

이러고 있는데 어떻게 키스를 하……. 아니, 생각을 하냐고!

도무지 상황 파악을 할 수가 없었다.

단 작가가 게이만 아니면 편집자고 뭐고 간에 연애를 걸고 싶다고 생각한 건 분명 맞는데, 이 상황은 그렇게 심플하지 않다.

이게 도대체 어떻게 된 걸까? 왜 게이라던 남자가 하루아침에 세상에서 가장 소중한 뭔가를 보는 눈빛으로 나를 바라보며 고백해 오는 걸까?

심리학의 개념 중 인지 부조화cognitive dissonance라는 것이 있

이모네 집에 갔는데
이모는 없고

다. 믿고 있던 것과 실제가 불일치했을 때 생기는 것으로, 이 불일치는 무척이나 불편한 것이라 인지 부조화를 겪는 사람들은 어떻게 해서든 그 불일치를 제거하려 한다고 한다.

바로 내가 그런 상태였다. 나는 그 불일치를 제거하고 싶어 미치고 팔짝 뛸 지경이었지만 도무지 제거할 수가 없었다. 일단 단 작가가 날 불타는 눈으로 바라보는 동안에는 불가능했다. 제거는커녕 생각을 시작하기도 어려운 사정이다.

"정말 바래다주지 않아도 되겠어요?"

"네. 괜찮아요."

전혀 괜찮지 않았다.

엘리베이터가 내려가는 내내 내 손을 꼭 붙잡고 서 있는 단 작가의 표정은 불일치를 심화시킬 뿐이었다. 여느 때와 같은 표정이라고 보자면 그럴 수도 있었다.

그러나 단 작가는 5분 전 자기가 지금 구명줄처럼 잡고 있는 손가락 하나하나에 더할 나위 없는 정성을 담아 입을 맞췄다. 긴 손가락으로는 내 얼굴을 세상에서 가장 아름다운 조각상을 대하듯 어루만졌다.

그런 이상 지금 아무리 여상한 표정을 짓고 있더라도 여상하게 받아들일 수 있을 리가 없다.

"들어가세요."

아까 내가 엘리베이터에서 내렸을 때 단 작가가 서 있던 바로 그 자리에서 인사하자 단 작가가 물끄러미 나를 바라보았다.

"가서 전화할 거죠?"

마치 연인과 같은 대화다. 사실 대화야 별게 있을 리 없는데도 일단 불일치 상태로 접어든 나에게는 모든 게 새삼스럽기만 했다.

전에도 단 작가가 나를 쳐다보는 눈에 저렇게 애정이 가득 담겨 있었을까?

전에도 단 작가는 이렇게 안타깝게 나를 보냈던가?

"그럴게요."

웃으려고 했지만 되지 않았다. 나에게는 시간이 필요했다. 뭔가 혼자서 차근차근, 한 계절이 지날 동안 내가 믿어 왔던 것과 현실의 괴리를 정리하고 시비를 가려 정의 내릴 시간.

"갈게요."

막 돌아서려는 내 팔목을 단 작가가 붙잡았다. 그리고 가만히 나를 내려다보다가 이렇게 물었다.

"마지막으로 다시 한 번만 입 맞춰도 됩니까?"

오늘 하루 종일 백 번도 넘게 입을 맞춘 것 같은데, 그는 마치 단 한 번도 입을 맞춘 적이 없는 수줍은 소년처럼 물었다.

다시 머리가 아득해졌다.

"……네."

달리, 뭐라고 대답했어야 할까?

설사 다른 대답이 있었다 해도 나는 그냥 고개를 끄덕일 수밖에 없었고, 한 걸음 다가선 단 작가가 고개를 비틀어 입을 맞췄다. 나를 품고 있는 그의 품은 무척이나 따뜻했다.

도망치다시피 아파트를 빠져나오자 조금 숨통이 트이기 시작했다. 다리가 후들거려 보이는 근처의 놀이터로 가 벤치에

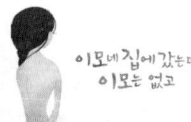
이모네 집에 갔는데
이모는 없고

주저앉았다. 내내 트레몰로처럼 뛰던 심장도 느리게 제 박동을 찾아간다.

동시에 렉이 걸린 것처럼 멍했던 머리에 피가 돌며 단 작가가 수천 번 입을 맞췄던 장면이 떠올랐다.

"어떡해."

나도 모르게 허리를 굽히며 얼굴을 손으로 가렸다. 온 얼굴에서 화끈화끈 심장이 뛰고 있었다.

남자 친구는 있었다. 연애를 해 본 적도 있고, 집착을 느껴 본 적도 있다. 하지만 어떤 연애도 영화를 보면서 설레고, 공연을 보면서 꿈꾸었던 것과는 달랐다.

무엇이 가장 달랐냐 하면…… 현실의 남자들은 날 소중하게 바라봐 주지 않았다.

단 작가가 나를 바라보던 그 지그시 누르는 듯한 눈빛. 그 눈빛 안에서 나는 굉장히 예쁜 여자가 된 것 같은 느낌이 드는 것이다. 내가 특별하다는 그런 기분…….

"결국 한 거예요?"

그때 낯익은 목소리가 머리 위에서 들렸다. 고개를 들었지만 처음에는 약간의 어지럼증 외에는 아무것도 느낄 수 없었다. 날 내려다보던 남자가 손을 뻗어 내 어깨를 붙잡아 일으켜 세웠다.

그 순간 현실감이 확 돌아왔다.

김한수다.

"너 왜 여기에 있어?"

한수는 무표정했다. 평상시에도 웃는 얼굴은 아니었지만, 그냥 붙임성이 없는 성격일 뿐 다른 감정이 섞여 있는 편은 아니었다. 그러나 지금은 마치 화가 난 것 같은 얼굴이다.

"도대체 어떻게 된 사람이……. 내가 그렇게까지 이야기했는데. 공과 사는 구별한다더니. 믿고 싶었는데."

"뭐?"

"단 작가와, 결국 한 거예요?"

"하긴 뭘 해?"

불길한 기분과 함께 위기감이 들었다. 여기는 아파트 단지이니 여차한 순간 소리를 지르면 그만이겠지만, 그래도…… 한수는…… 후배인데…….

"너 거짓말한 거구나?"

머릿속에서는 확신이, 가슴속에서는 의아함이 떠올랐다. 애당초 한수가 단 작가에게 게이라고 한 것은 거짓말이었다.

하지만 왜? 내가 아는 바로 한수와 단 작가는 일면식도 없다. 한수가 출판사에 들어온 것은 5년 전이었고 그 이전에는 글을 썼다고 했으니 우리 출판사가 첫 직장인 셈이다. 글을 쓰다가 편집자로 자리바꿈하는 거, 그리 드문 일은 아니다.

"한수……. 악!"

내 어깨를 잡고 있는 한수의 손에 힘이 들어갔다. 단단한 손가락이 어깨를 부술 듯이 파고들어 왔다.

"내가! 그 사람한테 접근하지 말라고 이야기했어, 안 했어?"

뭐?

"내가 얼마나 공들였는데 그걸 그렇게 쉽게……. 네까짓 게

이모네 집에 갔는데
이모는 없고

뭔데!"

한수가 나를 흔들어 대는 통에 제대로 생각을 할 수 없었다. 힘을 주고 균형을 잡으려 노력했지만 남자의 힘을 이길 수 없어 목이 사정없이 꺾어졌다.

"김한수!"

목소리가 바이브레이션을 준 것처럼 덜덜 떨렸다.

"네까짓 게! 감히! 단 작가는 내 건데!"

잠깐. 한수가 단 작가를? 그럼 나한테 고백한 것도, 단 작가가 게이라고 거짓말한 것도 전부 단 작가 때문에?

바둥거리다가 손으로 간신히 한수의 팔을 잡았지만 어찌나 힘이 센지 꿈쩍도 하지 않았다.

미친놈은 힘이 세다더니 정말일까? 소리를 지르고 싶은데 어느새 한수의 손이 목을 조르고 있어 그마저도 쉽지 않았다. 끄윽 하는, 목구멍이 갈라지는 소리만 간신히 입술 사이로 비집고 나와 허공에 흩어졌다.

그때였다.

"그 손 놔!"

뻑, 하는 건조한 타격 음과 함께 한수의 몸이 벌러덩 뒤로 자빠졌다. 그 서슬에 내 몸도 기우뚱 기울어졌으나 무언가 단단한 것이 내 팔을 붙잡고 당겼다. 완전히 균형을 잃은 나는 언젠가 한 번 그랬던 것처럼 단 작가의 품 안으로 떨어졌다.

"괜찮아요?"

어디 다쳤을세라 다급하게 내 양팔을 붙잡고 내 얼굴을 내려다보며 단 작가가 물었다.

"아무래도 이건 아닌 것 같아서 억지로라도 데려다 주려 내려왔더니만……."

"악! 작가님!"

한수가 뒤에서 단 작가를 덮치는 순간 단 작가는 나를 놓았고, 두 사람은 놀이터의 모래 바닥 위로 뒹굴었다.

단나인

"아프시죠? 좀 참으세요. 그래도 꿰매진 않아도 될 것 같으니 얼마나 다행이에요?"

응급실의 당직 의사가 혀를 끌끌 차며 얼굴에 반창고를 붙여 주었다. 옆에서 안절부절못하고 있던 하의연이 별문제 없다는 소리에 가슴을 쓸어내렸다. 괜찮다고 말해도 성화를 부리는 바람에 MRI까지 찍은 다음이다. 나의 완벽한 두뇌에 흠집이 났을까 봐 걱정하는 걸까? 내가 거의 맞지 않고 패 주기만 했다는 거 봤을 텐데.

"상대방은 어떻습니까?"

"팔을 삐끗한 것 외에는 깨끗합니다. 그나저나 경찰이 왔던데…… 어떤 분이 나가 보시겠어요?"

"제가……."

"제가……."

나와 하의연이 동시에 움직이자 의사가 떨떠름한 표정으로 우리를 쳐다봤다. 어쩔 건지 빨리 결정하라는 눈빛이다.

하의연이 나를 보면서 입을 뗐다.

"이건 제 후배의 문제니까요."

"아니에요. 제 스토커의 문제입니다."

"네?"

진즉에 알았어야 했다. 얼굴 봤을 때는 하의연의 옆에 서 있는 남자라는 사실에 마비되었던 이성이 한 방 얻어맞고 모래먼지 좀 마시고 나서야 제대로 작동하기 시작했다. 질투는 정말 강력한 마취제임이 분명하다.

김한수. 내 3번 스토커. 손 편지, 이메일, 전화······. 주로 소심한 방법으로 스토킹하던 그 남자다.

— 안녕하세요, 작가님. 미듬 출판사 조재희입니다. 이번에 저희 출판사에서 작가님들 보양도 시켜 드릴 겸 상반기 결산회를 할까 하는데 작가님의 참석 의향을······.

— **안녕하세요, 김한수입니다. 메시지를 받으시면······.**

— 작가님, 금동 일보 조현재 기잡니다. 전에도 한 번 전화 드렸는데 통화하기가 어렵네요.

— 안녕하세요! 제 소개를 먼저 드리고 싶습니다. 한 번 알아 두시면 절대 후회하지 않으실 사람이 바로······.

이거였다. 김한수라는 이름이 찝찝했던 이유. 응답기에 꾸

이모네 집에 갔는데
이모는 없고

준히 들어오는 메시지 중의 하나가 김한수라는 이름을 달고 들어왔다. 무시하는 데 익숙해 바로 알아차리지 못했던 것이 나의 불찰이다.

"제가 해결할 테니까…… 하의연 씨는 여기에 있어요."

하의연을 의자에 앉혀 놓고 돌아서려 할 때였다.

"아뇨. 저도 따라갈래요."

무슨 오뚝이처럼 앉았던 그 기세 그대로 발딱 일어난 하의연이 날 올려다보았다.

"왜?"

"스토커일지 몰라도, 제 후배이기도 하고……. 또 확인하고 싶은 게 있어서요."

이 여자는 어리바리 아무것도 모르는 것처럼 순진했다가 가끔은 당차고 똘똘하다. 그럴 때면 몸서리치게 좋은 게…… 아무래도 난 여왕님 타입을 좋아했나 보다.

팔을 삐끗한 데다 구른 자세가 좀 나빠 이마가 찢어졌던 김한수는 마침 상처를 꿰매고 있었다. 아는지 모르겠는데 응급실에서 꿰맬 때 마취를 안 하기도 한다. 다행스럽게도(?) 이 의사는 마취를 안 했다. 그리하여 김한수는 생살이 꿰매지는 감각을 느끼며 오만 인상을 다 찡그리고 있는 중이었다. 그래서인지 오늘따라 한층 더 얼굴이 고릴라상이다.

"어?"

칸막이를 쳐 놓은 베드로 우리가 들어서자 바늘을 휘두르고 있던 당직 의사가 눈을 동그랗게 떴다. 날 알아본…… 게 아니라 하의연을 보고다.

"한승준 씨가?"

의사가 뭐라고 말하려는데 옆에 서 있던 경찰이 나를 불렀다.

"제가 한승준입니다."

"신고하신다고요?"

"예. 철저한 처벌을 원하고요. 합의할 생각은 없습니다."

"내가 뭘 잘못했다고요!"

반성은커녕 상황 파악도 못한 고릴라가 버럭 소리를 질렀다. 그 서슬에 꿰매려던 의사가 인상을 찌푸리며 뒤로 물러났다.

"자꾸 움직이시면 상처 남아요."

"상처야 남든 말든!"

그건 곤란하다. 안 그래도 고릴라같이 생겨서 여자들에게 인기 없을 얼굴인데 이마에 상처까지 있으면 프랑켄슈타인이 되어 버리고 만다. 스토킹의 전력으로 보면 그다지 성격이 좋지 않을 것 같은데 얼굴마저 이러면…… 안 된다. 평생 혼자 살면 계속 나에게 집착할 거 아냐.

"상처 안 나게 잘 부탁드립니다."

내 말에 속도 모르고 사람들이 감동하는 표정을 지었다.

"3년 전쯤 신고서 제출한 게 있을 겁니다. 두 번인가 세 번 연행된 적도 있는데 저와 대질한 적은 없고요. 수법이 소심해서 훈방 조치 되었지만 이번에는 직접적인 위해도 가했으니 제대로 처벌받았으면 합니다."

"피해자가 한 분 더 계신다고…….."

"예."

이모네 집에 갔는데
이모는 없고

옆에서 멍하니 서 있는 하의연을 끌어당겨 내 뒤에 세우며 대답했다.

"제 여자 친구입니다."

"뭐요?"

"네?"

고릴라가 기가 막히다는 듯 눈을 치켜떴고 하의연이 놀라날 밀치고 앞으로 나왔다. 나오면, 뭐…… 어쩔 건데? 1개월사건 커플보다 우리가 키스한 횟수가 더 많을 수도 있다. 이게 연인이 아니면 뭘 연인이라고 할 거냐.

"자세한 이야기는 이 번호로……."

항상 지갑에 넣고 다니는 변호사 명함을 건네주자 경찰들이 고개를 끄덕였다.

어떻게 생각하면 안타깝지만, 우리나라에서는 '내가 힘이 있다'는 걸 보여 주는 것이 일을 쉽게 푸는 방법이다. 함께 가서 조서 쓰고 증언하고……. 처음에는 뭣도 몰라 그랬지만 대리인에게 맡기는 것이 백배 천배 편하고 심지어 일도 잘 풀린다는 걸 경험하고 나서는 어지간하면 변호사를 통해 해결하는 편이다.

"수고하셨습니다. 그럼 한승준 씨는 돌아가셔도 좋습니다. 변호사와 일을 진행하도록 하죠……."

"예. 저도 변호사에게 전화해 놓도록 하겠습니다."

"아, 저기 잠깐만요."

하의연이 고릴라 쪽을 보았다.

"그럼…… 나한테 괴상한 문자메시지 보내던 것도 너야?"

"달리 누구겠어요? 정말…… 선배가 그러지 않길 바랐는데,

왜 하필 단 작가와……."

고릴라가 시선을 피해 버렸다.

복도로 나오자마자 하의연은 땅이 꺼져라 한숨을 내쉬었다. 안다. 이런 경험이 처음이니 많이 놀랐을 거다. 사실 치료받아야 할 건 내가 아니라 하의연일 수도 있다. 나야 이런 거에 익숙한데 하의연은……. 목이 졸린 건 괜찮을까?

"많이 놀랐죠? 검진이라도 받아 보고 갈래요?"

"아뇨, 그런 건 아니지만……."

어깨를 다독여 주자 다시 한 번 한숨을 내쉰 하의연이 나를 올려다보았다.

"왜요?"

어쩐지 그 시선이 겸연쩍어 시선을 피하며 묻자 하의연이 쓰게 웃었다.

"새삼 단 작가님이 굉장한 분이구나 싶어서요. 스토커라니…… 좋아하는 사람이 진짜 많은가 봐요."

"난 하 편집만 좋아하는데……."

하의연이 눈 튀어나올 것 같은 표정으로 펄쩍 뛰었다.

"어떻게 그런 말을 육성으로 하세요!"

"내가 뭘?"

"부끄럽잖아요!"

"난 더한 말도 할 수 있어요. 거짓말이 아니니까, 생각나는 대로 말하면 된다고."

"하지 마요! 절대!"

이모네 집에 갔는데
이모는 없고

얼굴이 빨개져서 고개를 절레절레 젓는 게 귀여웠다.

"잠깐. 나 일단 변호사에게 전화하고 올게요."

보통 적당히 합의하지만, 이번에는 그냥 넘어가지 않을 생각이었다. 나만 다치고 나만 귀찮은 거면, 법적 조치를 취하느라 귀찮은 거나 누가 붙어서 귀찮은 거나 거기서 거기라고 생각하고 말 텐데, 하의연이 끼어들면 이야기가 달라진다. 하의연이 다치는 건 진짜 싫으니까. ……고릴라 말고 선글라스도 다시 엮어 넣을까?

"예. 이번에는 보석되는 일 없게……. 아뇨, 슬슬 끊어야 할 것 같아서요. 주변에도 제가 앞으로 어떻게 대응할지 알려 주는 셈 치고 독하게 하려고요. ……예. ……예."

변호사와 통화하고 있는데 아까 고릴라 이마를 꿰매던 당직 의사가 하의연에게 다가가는 게 보였다. 웃으면서 뭔가 말하는 것이 아무리 생각해도 고릴라 이마가 아름답게 꿰매졌다는 사실을 전달하는 것 같아 보이지는 않았다. 의사가 뭐라고 하니까 하의연이 눈을 동그랗게 떴다가 양손으로 입을 가리는 걸 봐도 그렇고…….

순간 기분이 나빠져서 아주 아주 독하게 처리했으면 좋겠다고 말하고 전화를 끊은 다음 얼른 의사와 하의연이 수다를 떨고 있는 쪽으로 갔다. 아, 이 여자 게임으로 치자면 제대로 익스트림 하드Extreme hard 레벨이다. 그냥 조그마할 뿐인데 왜 이렇게 툭하면 남자를 달고 있는 건지.

"아뇨. 전 그냥 그러고 나서는…… 일하느라 정신이 없어서."

"유라 씨가 그러더라고요. 의연 씨, 남자보다 일을 훨씬 더 사랑하는 사람이라고. ……그나저나 제 사진은 안 보여 줬나 봐요? 전 한눈에 알아봤는데."

"예. 전 그냥…… 사진은 안 보고……."

"이렇게 만나니까 되게 반갑네. 우리 인연인가 봐요?"

"아니, 그게 저……."

당황해서 버벅거리던 하의연은 의사 뒤에 딱 붙어 서서 분노로 활활 타오르는 눈을 하고 두 사람을 노려보는 나를 발견하고 화들짝 놀라 한 걸음 뒤로 물러섰다.

"어?"

뒤늦게 인기척을 느낀 의사 놈이 아무 걱정 없는 표정으로 날 향해 웃어 보였다.

"유명하신 작가님이시라면서요? 저 책 진짜 좋아하는데……. 필명이 뭔지 여쭤 봐도 될까요?"

지금 이렇게 해맑을 때가 아니라는 거…… 얘는 아직 모르나 보다. 내가 약사 하나를 어떻게 망가뜨렸는지 한때 하의연과 잠깐 만났다던 변태 개찌질이 약사 이야기가 출판되어야 알 수 있을 텐데.

"단나인입니다."

"우와! 단나인 작가님이시라고요?"

해맑은 의사가 눈을 화등잔만 하게 뜨고 내 손을 덥석 잡았지만 늦었다. 내 팬이 아니라 내 노트라고 해도 너는 다음 작의 악한 조연으로 당첨이다.

이모네 집에 갔는데
이모는 없고

"그러니까 소개팅 때문에 망설였던 거군요."

나란히 선 채 캔 커피 한 잔을 나눠 마시며 투덜거렸다. 아까부터 당황한 기색이 역력한 하의연은 나의 공격에 한층 더 기가 죽어 어깨를 움츠렸다.

"그런 건 아닌데요……."

"아니긴요? 이해해요. 의사 멋지죠. 사람의 생명을 구한다는 건 아무나 할 수 있는 게 아니니까. 그런데 아까 그 의사는 외과가 아닌 거 같던데……. 하긴 꼭 생명을 구해야만 하나? 사람들의 삶의 질을 높이는 것도 대단한 일이잖아요?"

남자의 질투는 무죄.

"아, 그러고 보니 작가들도 사람들의 삶의 질을 높여 주는 일을 하는 거 같은데. 책 안 읽는다고 죽는 거 아니지만, 책을 읽을 사람과 안 읽은 사람의 감수성이나 세계관은 완전히 다르죠. 흑백으로 사느냐 총천연색으로 사느냐의 차이 정도?"

"진짜 그런 거 아니라니까요. 제가 기분이 좀 다운되어 있으니까 유라가 기분 전환할 겸 소개팅 해 주겠다고 했는데, 저에게 말하지도 않고 상대방에게 제 사진을 보여 줘 버려 가지고……."

"그럼 사진 보고 저 의사는 하 편집을 좋다고 한 거예요? 이야, 우리 하 편집 잘나가네."

"그래요! 저 잘나가요!"

좀 심했는지 하의연이 발끈해서 날 노려봤다. 잘나간다고 했는데 뭐 저렇게 노려볼 것까지야……. 못 나간다고 하면 화낼 거면서.

"하지만 진짜 별거 아니었다고 말씀드렸잖아요. 제가 좋아하는 건 작가님이라고요!"

응?

나도 순간 숨을 멈췄지만 하의연도 그랬다. 제가 말해 놓고 제가 더 놀란 하의연이 입을 틀어막았다. 하지만 복배지수覆杯之水라고 한 번 엎질러진 물은 다시 담을 수 없고, 한 번 내 뱉은 말은 도로 삼킬 수 없는 법이다.

"그, 그러니까 그때 제가 시무룩하게 있었던 것도 단 작가님과는 안 된다고 생각해서, 지선이를 대신 보내고……. 그냥…… 저는……."

전에도 한 번 말했지만, 이럴 때는 가만히 있는 게 제일 좋다.

나는 손을 뻗어 당황한 나머지 아무 말이나 주어섬기고 있는 하의연의 입을 막았다. 눈을 동그랗게 뜬 채 그녀가 나를 바라본다. 그 얼굴이 너무나 사랑스러웠다.

"기뻐요."

내가 웃자 처음에는 흔들리던 하의연의 눈도 천천히 따라 미소 지었다. 손바닥 아래 하의연이 내뱉은 숨결이 피부를 간질였다.

손을 떼고, 그녀의 숨결이 내 손바닥이 아닌 내 입술을 간질이도록 살짝 입을 맞췄다. 그리고 시선을 맞추자 소독약 냄새, 시멘트 바닥을 돌돌 구르는 휠체어와 병원용 침대의 소리, 웅성거리는 사람들의 목소리가 멀어졌다.

그녀의 어깨를 감싸 품에 안았다. 차가운 병원의 복도가 순식간에 따뜻해졌다.

이모네 집에 갔는데
이모는 없고

하의연

— 연애?

하의지가 소리를 빽 질렀다.

— 작가랑?

"으응~. 그렇게 됐어."

뭘 입고 갈까 일일이 대고, 거울 보고 대고 거울 보고를 반복하면서 대수롭지 않게 대답했다.

단 작가에게 단도직입적으로 물어본 결과, 단 작가는 페미닌한 스타일을 싫어하지 않았다. 오히려 좋아한다고 봐도 좋을 정도였다.

차마 게이냐는 것은 못 물어봤지만, 이 정도면 한수가 한 말 전부가 거짓이라 생각하는 게 맞을 듯했다. 세상에! 정보가 힘이라는 캐치프레이즈를 그다지 실감하지 못했는데, 잘못된 선입견 하나가 이런 식으로 작용할 수도 있다는 건 진짜 몰랐다.

— 어떤 작가?

"이름 말하면 언니가 알아? 언니가 아는 마지막 문학 작가는 톨스토이^{1910년 사망}가 끝 아냐?"

— 아니야, 헤밍웨이^{1961년 사망}까지는 알아!

"자랑이네."

— 그래서 엄마 아빠에게는 언제 보여 줄 거야?

"언니, 내가 연애한댔지 결혼한다고 했냐? 언니는 결혼 날짜 잡고 나서야 형부를 보여 줬으면서!"

하의지는 아빠, 엄마, 내가 총공세를 펼치다 못해 미행까지 했는데도 결혼 날짜를 잡기 전에는 형부 코빼기도 안 보여 줬다. 그러다가 형부가 프러포즈할 거 다 하고, 앞으로 10년 계획에 대한 브리핑까지 완수한 후에야 겨우 우리에게 얼굴을 보여 줬다. 아빠와 엄마는 보고 싶었던 마음이 너무 자라 버린 후 만났던지라 반대할 생각도 못 했다. ……이렇게 생각하면 형부도 잘난 마누라 얻느라고 고생 좀 한 편이다. 세상에 공짜 하나 없다.

— 난 남자 보는 눈이 있잖아! 그런데 넌…… 내 동생이지만 너무 어리바리해서 걱정돼.

예수님도 자기 고향에서는 인정받지 못한다는 말이 있다. 하의지에게 나는 언제나 코 찔찔이 동생 하의연에 불과하다. 내가 가끔은 서툴고 가끔은 실패하지만, 회사에서는 인정받는 편집자고 자기 없이도 그럭저럭 잘 살고 있다는 사실은 매번 잊는다. 그리고 솔직히 말하자면 같이 살 때 가스 잠그고 다니는 건 하의지가 아니라 나였다.

— 난 뭔가 영……. 정말 괜찮은 거야?

100퍼센트 완전히라고 말하진 못하겠지만 그렇지 않을까 싶다. 단 작가님과 함께하는 시간은 즐겁다.

이모네 집에 갔는데
이모는 없고

나의 오해는 죽을 때까지 비밀로 해야겠지만.

"언니."

— 응?

나는 핸드폰을 귀와 어깨 사이에 고정시키고 양손으로 얼마 전에 새로 구입한 원피스를 거울에 비춰 보았다.

"내가 노란색이 잘 받아, 아니면 붉은색이 잘 받아?"

사실 데이트를 시작했지만, 그렇게 크게 달라진 건 없다. 다만 그냥 나란히 걷던 길을 손잡고 걷고, 약간 떨어져서 공연을 관람하던 것을 꼭 붙어 보고…… . 뭐 이 정도가 차이였다.

하지만 그것만으로도 무척 즐거웠다.

그리고 오늘은 초고를 받는 날이다.

"야아, 오늘도 예쁘네요."

문을 열자마자 단 작가는 찬사부터 보냈다. 내 옷을 제대로 보기나 하는 건가 싶을 정도로 단 작가는 날 볼 때마다 찬양 일색이다.

"초고를 받는다는 기쁨 때문인가 봐요."

나의 대답에 단 작가가 청량하게 웃었다.

밤을 새웠는지 약간 피곤하게 보였지만, 그런 모습이 묘하게 남자다워 두근거렸다. 흐트러져 있는 머리카락도, 검은 셔츠에 회색 트레이닝복도 편안하게 보이면서도 어딘지 시크해 단 작가다웠다.

어느새 거실 창의 풍경은 붉은빛으로 바뀌어 있었다. 단풍이 한창인 산 위로 하늘은 가을 해를 이고 있었다. 가을볕에 각양각색의 단풍들이 반짝반짝 빛난다.

서재 방 쪽에서 프린터 소리가 들리고 있었다.

"읽기 편하라고 프린트 중이에요. 잠깐 기다려요. 대강 편집도 해 놨지."

"편집도요? 그런 것도 아세요?"

"작가 5년에 편집기를 만지는 거지……. 어차피 이건 초고니 의미는 없어요. 읽기 편하라고 한 것뿐이야."

참고로 말하자면, 보통 원고는 이메일로 받는다. 초고 검토 역시 컴퓨터상에서 이루어진다. 수정고쯤 되어야 인쇄도 해 보고 편집본으로 만들어 분량 등을 체크하는데 아무래도 컴퓨터로 긴 글을 보는 건 무리가 따르기 때문이다.

그렇다 해도 초고를 인쇄해서 넘겨주는 작가님은 처음이다.

단 작가가 서재로 들어간 동안 손을 씻고 정결하게 자리에 앉아서 기다렸다. 그런데 테이블 위에 카페 숨의 치즈 케이크와 아메리카노가 놓여 있는 게 아닌가?

숨은 청담동 문화 거리에서 가장 유명한 카페로 환상적인 커피 맛과 언빌리버블한 티 푸드, 터무니없이 좋은 수질로 유명한 곳이다. 물론 수질은 물맛이 아니라 카페 바리스타와 아르바이트생들이 잘생겼다는 뜻이다.

그런데 이게 왜 여기에 있을까?

"손님 오셨어요?"

프린트물을 가지런히 챙긴 후 읽기 쉽게 제본기에 대고 누

이모네 집에 갔는데
이모는 없고

른 다음 가지고 나오던 단 작가가 눈썹을 치켜세웠다.

"하 편집 말고는……."

"하지만 숨의 치즈 케이크가……. 저 이거 진짜 좋아하거든요."

단 작가의 입꼬리가 비스듬히 올라갔다.

"알아요. 전에 얘기했잖아."

"제가요? 전에? 언제?"

"나한테 한 이야기는 아니지만, 하긴 했어요."

단 작가의 얼굴이 어딘지 새초롬해졌다. 뭔가 안 좋은 기억이 떠오른 듯한 얼굴이다.

"그럼…… 제가 좋아한다고 해서 사 오신 거예요?"

"에?"

단 작가가 인상을 찡그렸다.

"하 편집, 은근 공주라니까……. 그냥 지나가던 길에 보이기에 사 온 거예요. 하 편집이 좋아한다니까 어떤 맛인지 궁금하기도 하고, 그것 말고도 오페라와 모카 크런치, 스트로베리 생크림 케이크도 사 왔으니 골고루 먹어요."

"아……."

약간 무안해져서 머리를 긁적였다. 하기야 여기는 분당이고 카페 숨은 청담에 있는데 일부러 이걸 사러 갔다고 하기에는…….

하지만 뭔가 좀 이상하다는 기분이 든 것은 커피와 함께 치즈 케이크를 절반 넘게 먹었을 때였다.

"그런데 지금 시간이 2시인데 작가님이 오전 중에 청담동에 갈 일이…… 뭐가 있죠?"

내 물음에 커피 잔을 기울이던 단 작가가 품 하고 커피를 뿜었다. 제대로 사레가 걸린 듯 귀까지 빨개져 콜록거리다 그가 티슈로 입을 틀어막았다.

"저런…… 괜찮으셔요?"

놀라서 옆에 붙어 앉아 등을 두드리자 단 작가의 검은 눈동자가 쓰윽 하고 보일 것 같은 선을 그리며 내 얼굴에 닿았다.

"작가님?"

내 양 뺨을 감싼 채 단 작가가 입을 맞췄다. 내 입술에 남아 있는 치즈의 맛과, 단 작가의 입술에 남아 있던 커피의 향이 부드럽게 섞여 들어 하나가 되었다.

"에? 작가님?"

하지만 키스가 거기서 끝나지 않았을 때는 당황했다. 어떻게 된 건지 순식간에 나는 소파에 등을 대고 눕고 단 작가가 날 위에서 내려다보고 있는 자세가 되어 버리지 않았는가?

"초고…… 아직 시작도 못 했는데요?"

"그러니까. 시작하고 나면 못 끊을 테니까 지금 할 걸 하는 게 낫겠어요."

단 작가가 다시 허리를 굽히는 걸 입을 막고 밀어냈다.

"케이크랑 커피…… 사러 나갔다 오신 거죠?"

"아니에요."

"거짓말."

"진짜 아니라니까."

"그럼 아닌 걸로 해요. 시간상으로 보면 케이크 나오는 시간까지 기다렸다가 나오자마자 얼른 사 가지고 날아서 돌아왔을

이모네 집에 갔는데
이모는 없고

것 같지만. 작가님이 정 아니라고 하시면, 그냥 오다 주운 걸로 하죠 뭐."

"이⋯⋯."

단 작가의 단점을 하나 찾았다. 이 남자는, 불리해지면 키스로 무마하려고 한다.

하지만 귀까지 빨개지는 건⋯⋯ 너무 귀엽다.

"그럼 나 커피 한 잔만."

"안 돼요. 작가님하고 같이 올라가면 작가님 집에서와 똑같은 상황만 반복되잖아요."

초고 한 장도 제대로 못 봤다. 프롤로그가 엄청 흥미진진했는데도 불구하고, 도대체 뭘 했는지 모르겠는데 그냥 시간이 막 흘러 해가 져 버린 것이다.

결국 집에 가서 읽기로 하고 단 작가가 날 데려다 준 참이다. 괜찮다고 했지만 오는 것까지는 몰라도 혼자 보낼 수는 없다며 굳이 데려다 준다고 우기더니 막상 집에 도착하자 쿨하게 날 내려 주기는커녕 차 문에 로크Lock을 걸어 놓고 커피 한 잔 주지 않으면 열어 주지 않겠다며 진상을 부리고 있는 중이다.

나라고 헤어지고 싶겠느냐마는. 이런 말 미안하지만⋯⋯ 초고가 너무 보고 싶었다. 내가 단 작가의 글을 얼마나 좋아하는지 당사자는 모르는 모양이다. 시놉시스를 보면서 별별 상상을 다 했는데 이제 그 결과물이 내 손에 있단 말이다.

내일 이대로 원고를 가지고 출근하면 다른 사람은 몰라도 편집장님은 자기가 직접 보겠다며 내 손에서 인터셉트해 갈 텐데……. 오늘 다 보지 못하면 내일도 못 보는 수가 생긴다.

"그럼 진짜 딱 커피 한 잔만 하고, 나 원고 보는 거 방해하지 않기예요?"

"그래요. 하 편집이 원고 보고 있으면, 난 옆에서 커피 마시면서 원고 보는 하 편집을 볼게."

피식 웃고 말았다. 도대체 못 이기겠다. 애교를 부리는 것도 아니고, 어리광을 부리는 것도 아닌데 묘하게 가슴이 설레게 만드는 재주가 있는 사람이다.

"자, 작가님……. 읍!"

혼이 빠질 것같이 깊이 키스해 오던 단 작가의 손이 내 등속으로 파고들었다. 깜짝 놀라 진저리를 치며 그 손을 밀어내려했지만, 어찌나 힘이 센지 꿈쩍도 안 했다. 오히려 그런 나의 시도가 단 작가 안의 남자를 불러온 듯 자세가 갈수록 허물어져 정신을 차려 보니 어느새 침대 위다.

"침대가 엄청 큰 게 마음에 드네."

단 작가가 침대를 칭찬했다. 고마……운 게 아니라 지금 이 상황은!

"커피 드신다면서요?"

"이쪽이 더 급해졌어요. 내 잘못이 아니야. 그렇게 예쁜 얼굴을 하고 있으면 나더러 어쩌라고."

"작가님!"

단 작가가 약간 냉정한 표정으로 나를 내려다봤다.

"날 계속 작가라고 부르고 싶으면 그래도 좋지만, 이러면서

호칭이 그 모양이면 뭔가 좀 야한 느낌이 들지 않아요?"

뭐가? 뭐가!

"전 진짜 이러려고 작가님을 집으로 초대한 게 아니에요."

"나도 이러려고 했던 거 아니에요. 아는지 모르겠는데 세계 경제가 이 모양이 된 건 그 어떤 나라도 의도하지 않았답니다. 어떻게 하다 보니 그렇게 된 거죠."

말이 돼?

있는 힘을 다해 단 작가의 어깨를 확 밀어냈을 때는 이미 단 작가는 반쯤 옷을 벗은 다음이었다. 드러난 어깨가 말도 못하게 예쁘……지만 지금은 그게 중요한 게 아니라.

"커피 드릴게요."

"싫어요?"

"녜?"

"내가 이러는 거…… 싫으냐고."

"아, 아뇨. 싫은 게 아니라……."

싫진 않다. 오히려 좋아하는 편이다. 단 작가와 키스를 하고 있으면 정말 아무 생각 안 날 때가 많고, 입술이 떨어질 때면 항상 너무 아쉽다. 그의 길고 섬세한 손이 날 어루만지는 방식은 정말이지 책으로 펴내야 하지 않을까 싶을 정도다. 몸을 붙이고, 서로의 체온을 나눈다는 것이 이렇게 기분 좋은 일이라는 것을 처음 알았다.

"사실…… 원고가 너무 궁금한 걸요."

"뭐라고요?"

"전 작가님 책을 정말 좋아한다고요. 그런데 지금, 제가 읽지 못한 작가님 책이……, 그것도 아무도 읽지 못한 책이 제 손에 있는 거잖아요! 제가 첫 독자가 되는 셈이라고요!"

미간에 주름을 잡은 채 날 빤히 쳐다보던 단 작가가 벌떡 일어나더니 성큼성큼 테이블 위에 올려놓은 내 가방을 향해 다가갔다. 그리고 비쭉 튀어나와 있는 원고를 꺼내더니 망설이지 않고 쫙 두 쪽으로 찢어 버렸다.

"작가님!"

너무 놀라서 한달음에 달려가 그의 팔에 매달리자 단 작가가 차갑게 나를 쳐다봤다.

"난 질투심 심한 사람이에요."

"네?"

무섭다기보다 기가 막혀 단 작가를 올려다봤다. 지금 이 남자, 자기 글에 질투하고 있는 건가?

"하의연의 머릿속에는 나만 있었으면 좋겠다고. 일을 하고 싶다면 가끔 나눠 주는 것까진 참겠지만 나와 있을 때는 내 생각만 해요."

"작가님!"

그리고 다시 입을 맞춰 오려는 단 작가의 어깨를 있는 힘을 다해 냅다 떠다밀어 버렸다. 예상치 못한 반격이었던 듯 단 작가가 힘을 못 쓰고 발랑 뒤로 넘어갔다.

"도대체 몇 살이에요!"

팔로 뒤를 짚은 채 얼떨떨해서 날 바라보고 있는 단 작가는 셔츠가 흘러내려 어깨가 다 드러나 있었다. 도대체 셔츠 단추는 또 언제 푼 거람?

이모네 집에 갔는데
이모는 없고

"내 원고를…… 내 원고를!"

종이가 한 장 한 장은 얇아도 많아지면 엄청 두꺼워지는데 이걸 두 동강 내다니, 단 작가 힘이 장사다. 하지만 장사면 장사지 왜 여기다 힘자랑을 하는 건데?

손이 부들부들 떨려 할 말을 잊고 두 동강 난 원고를 슬프게 바라보았다. 그나마 집게로 집어 놓은 부분은 가지런했지만, 아래쪽은 장장이 날려 거실을 가득 덮고 있었다. 이대로는 다 줍는다고 해도 순서를 맞추는 데 시간이 엄청 걸릴 거다.

"이게 무슨 짓이에요!"

내가 버럭 소리를 지르는 순간, 도어 벨이 울렸다.

띵동.

"여기서 절대! 나오면 안 돼요. 절대!"

"왜…… 그냥 인사를 드리는 쪽이……."

날 밀고 나오려는 단 작가를 단호하게 베란다로 쑤셔 넣었다.

"안 된다고요!"

나의 절실한 표정에 단 작가가 움찔했다.

띵—동—.

벨을 누르고 있는 건 아빠와 엄마였다. 도어 스코프 속에 볼록하게 담겨 있는 아빠와 엄마를 확인하는 순간 춘천에 있어야 하는 사람들이 어째서 이 시간에 서울에 있느냐고 따지기 이전에 머릿속에 하얘졌다. 집이 원고로 엉망인 것도 문제지만, 단 작가 어떻게 해. 옷차림까지 흐트러져서 오해하기 딱 좋은 상황이다.

아빠는 전직 교사여서 그런지 보수적이기 그지없고 엄격하기 '부자' 없다. 한마디로 말하면 꼰대 중의 꼰대……. 게다가 전통적인 가부장제 사고방식으로, 남자는 하늘 여자는 땅이라는 이상한 사상을 고수하느라, 여자는 결혼 전에는 신부 수업이나 해야 하는 존재라고 생각한다. 의지 언니가 시집가고 나 혼자 살기 시작한 것이 아빠가 평생 후회하는 세 가지 중의 하나다.

내가 혼자 사는 집에 남자를 끌어 들였다는 걸 알면, 아빠는 당장 날 끌고 춘천으로 내려가 내 머리를 박박 밀어 놓을 거다. 과장이 아니라 진짜 백구白球가 되는 거다.

이해가 안 간다는 표정의 단 작가를 베란다에 내버려 두고 커튼을 쳤다. 방금 원고를 찢은 죄가 있는지라 찍소리도 못 하고 입술만 깨무는 단 작가의 모습이 흔들거리는 커튼 사이로 사라졌다.

그리고 문을 열었을 때는, 온몸이 땀으로 젖어 있었다. 가을을 넘어 겨울로 가고 있다더니……. 기상청, 구라쟁이.

"왜 이렇게 오래 걸려?"

잔뜩 수상한 눈빛으로 아빠와 엄마가 나를 스캔했다.

"……원고에 좀 문제가 생겨서 수습하느라고요."

거짓말은 아니었다. 엄마와 아빠도 거실에 날려 있는 원고들의 잔해를 보고는 이해하는 표정을 지었다. 만약 두 사람이 원고들이 왜 이 모양이 되었냐고 물었다면 좀 어려워졌을 텐데, 다행히 거기까지는 묻지 않았다.

"웬, 웬일이에요? 연락도 없이……."

이모네 집에 갔는데
이모는 없고

"너……."

엄마가 수상쩍기 그지없다는 눈으로 나를 쳐다봤다.

"연애한다며?"

하의지!

"아이, 그걸 그새……. 의지 언니는 도대체 사람이 왜 그래요?"

"걔가 쓸데없이 입 나불거릴 애야? 뭔가 이상한 게 있으니까 그러는 거지. 누구야? 어떤 남자야?"

"멀쩡하고 완전 훌륭한, 나한테는 과분한 남자예요. 그리고 이제 막 만나고 있는 중이란 말이에요. 이럴 일 아니에요."

"작가라며? 누구냐?"

가만히 침묵만 지키던 아빠가 한마디를 툭 던졌다.

아빠는 말이 많은 편은 아니지만 엄마와 달리 한 마디 한 마디에 무시할 수 없는 포스를 담는다.

"그…… 있어요. 엄마, 아빠, 도대체 왜 이러는지 몰라도 나 이제 다 큰 성인이에요. 내 연애는 내가 알아서 하면 안 될까요?"

"그 사람이……."

입을 열었던 엄마가 도저히 말을 못 잇겠다는 표정으로 입술만 달싹였다. 엄마는 항상 이런다. 단둘이 있어도 비밀을 이야기할 때면 이상하게 소리를 낮추는 게 우리 엄마다. 어차피 주변에 아무도 없는데도 그렇게 해야만 비밀을 말하는 느낌이 나나 보다.

"게이라며?"

아! 진짜! 하의지 눈치!

"아니에요!"

"진짜 아냐?"

"절대 아니에요! 엄마, 아빠, 도대체……. 아, 진짜."

오만상을 찌푸리며 과장해서 두 손을 내젓는 나를 가만히 보고 있던 아빠가 허를 찔렀다.

"확인해 본 건 아니잖아?"

나는 컥 하고 기침을 했다.

아기를 데려온 두 여인을 마주했을 때 솔로몬 대왕의 심정이 이랬을까? 이건 확인해 봤다고 할 수도 없고, 확인해 보지 않았다고도 할 수 없는 상황이었다. 머릿속이 하얗기만 하고 도대체 뭐라고 대답해야 좋을지 생각이 나지 않았다.

본디도 나는 임기응변에 그렇게 강한 타입이 아니긴 하지만 지금은 아무리 임기응변이 강한 사람이 와도 어떻게 할 수 없는 상황이다.

그때였다.

아까부터 계속 베란다 쪽을 못마땅하게 쳐다보던 엄마가 벌떡 일어났다.

"안 그래도 어두운데 왜 이렇게 커튼을 쳐 놔?"

"저, 저쪽 아파트에서 혹시 이쪽이 보일까 봐."

"거리가 그렇게 먼데 보이긴 뭐가 보여!"

필사적으로 달려갔지만 늦었다. 뚱뚱한 몸매와는 다르게 민첩하기가 석 달 열흘 굶은 시베리아 야생 호랑이 같은 엄마는 몇 걸음만에 거실을 가로질러 지체 없이 커튼을 열어젖혔다.

좌라라락!

뭐라고 말릴 틈도 없이 커튼이 열리는 소리에 심장마비가 올

이모네 집에 갔는데
이모는 없고

뻔했다. 헉 숨을 들이마시며 나도 모르게 눈을 질끈 감았다.

"훨씬 좋구먼……. 답답하게."

응?

눈을 떴을 때 보이는 건 베란다에 나열해 놓은 화분뿐, 거기에 서 있어야 하는 단 작가가 보이지 않았다. 여기는 4층……. 단 작가 집 정도는 아니지만 그래도 낮다고는 할 수 없는 높이다. 뛰어내려서 집으로 돌아갈 수는 없단 이야기다.

그렇다면 단 작가는 어디에? 하늘로 솟았을까? 땅으로 꺼졌을까?

내가 어쩔 줄 모르고 불안하게 서성이자 그러는 나를 가만히 보고 있던 아빠가 벌떡 일어나 다가와 베란다의 유리문을 밀어젖혔다.

"왜, 왜요?"

마치 화살을 맞은 사냥감을 찾는 사냥개처럼 집중력 강한 눈으로 좌우를 살피던 아빠가 끄응 하고 신음 소리를 냈다.

"뭘 찾으시는 거예요?"

아빠가 수상쩍다는 눈으로 나를 노려봤다. 그러자 그동안 죽어 있던, 왕년 호랑이 선생님의 포스가 살아나고, 내 목구멍을 비집고 딸꾹질이 올라왔다.

"딸꾹딸꾹."

내가 딸꾹질을 시작하자 아빠의 표정이 한층 더 엄해졌다. 망했다. 어렸을 때부터 나는 거짓말을 하면 딸꾹질이 나오는, 나쁜 버릇이 있었다.

베란다 난간을 잡고 주변을 돌아보던 아빠가 아래를 내려다

본 건 그때였다.

"아하하, 안녕하세요. 장인어른."

단 작가, 베란다 난간에 매달린 채 처음으로 아빠와 조우
하다.

단나인

"푸하하하하! 그래서요?"

내 스토커면 나의 아픔을 공감해 주고 안타까워해 줘야 하는데, 손지선은 아주 신이 났다. 까기 위해 팬을 한다는 사람도 있다더니만 도대체 도움이 되는 스토커 하나 없다.

"뭘 그래서야? 정식으로 인사드리겠다고 했지."

"통하던가요?"

"안 통하지. 한 마디도 안 하셨어."

"푸하하하하! 미치겠네."

이제 손지선은 배를 잡고 웃다 못해 발까지 구르기 시작했다.

"도대체 왜 베란다에는 매달려 있었어요? 이왕 걸릴 거 그냥 베란다에 숨어 있기만 했어도 훨씬 나았잖아요. 그래 봤자 모양 빠지는 건 매한가지지만."

"그렇게 샅샅이 수색하실 거란 생각은 안 했어. 이왕 숨은 거, 걸려서 모양이 빠지는 것보다는 나중에 정식으로 인사드리는 게 나을 거라고 생각했지."

"아아, 진짜 웃긴다."

"웃겨?"

"물론 의연 선배가 끌려간 대목은 안 웃기지만요."

절로 한숨이 나왔다.

대노한 하의연의 부모님은 당장 하의연을 끌고 춘천으로 내려가 버렸다. 그사이에 휴가를 내게 해 주신 것과 내가 춘천집에 방문하는 걸 허락해 주신 것 정도가 관대한 배려랄까…….

"한수 선배는 퇴직했어요. 실업 급여를 탈 수 있도록 국장님이 손써 주신 것 같더라고요."

"고마우시네."

"고맙긴……. 그렇게 당하고도 고마워요?"

"난 지금 너와도 이러고 있잖아."

"난 예외죠!"

발끈해서 두 주먹을 불끈 쥐는 손지선을 보며 빙그레 웃었다. 이게 바로 동족 혐오라는 걸까? 스토커의 선봉에 서 있는 애가 다른 스토커를 엄청 싫어한다.

"다 살게 해 줘야지. 분하다고 사람 안 되길 바라면 못써."

"칫, 보살 나셨네."

김한수는 형사처벌이 진행 중이고 그와는 별개로 민사소송도 준비하고 있다. 변호사와 의논 끝에 선글라스까지 모아서 고소장을 제출하기로 한 터다. 개인감정이 있는 건 아니라서 좀 찜찜했는데 실업 급여는 받게 되었다니, 그나마 좀 마음이 놓인다.

"그럼 이제 나와 하 편집 관계, 회사에서도 알아?"

이모네 집에 갔는데
이모는 없고

"네."

난 별로 그러고 싶지 않았지만 하의연은 당분간 비밀로 하고 싶었던 모양인데, 별로 좋아하진 않겠다.

아주 없는 일도 아니지만, 편집자와 작가의 관계는 그다지 소문이 좋지 않은 게 사실이다.

어디서나 사내 연애는 환영받지 못하는 법이다. 협업해야 하는 입장에서의 연애는 일을 훨씬 더 쉽게 만들어 주기도 하지만 상상 이상으로 망쳐 버릴 때도 많기 때문이다. 그래서 도덕적인 측면이나 상식적인 측면이나, 일하는 사이에 연애란 좋은 소리 듣기 힘든 일이다.

개인적으로 하의연이 편집자가 아니었다면 나도 편집자—작가의 연애에 대해서는 부정적인 입장이고.

안다. 이게 전형적인 바로 내가 하면 로맨스, 남이 하면 불륜이라는 거. 어쩌겠어? 내가 이렇게 뻔뻔한걸.

"사장님이랑 편집장님은 가만히 있었고?"

"가만히 안 있으셨죠."

손지선이 심각하게 고개를 끄덕였다.

"월급을 올려 줘야 하는 게 아닌가 심각하게 토론하셨어요. 하지만 요즘 회사 사정이 그냥 그래서, 단 작가님 글 나오고 돈 좀 벌면 올려 주기로 합의 보신 걸로 알아요."

이 시대에는 도덕이나 상식 같은 건 존재하지 않는 게 분명하다.

산 넘어 산, 강 건너 강. 하의연은 진정 익스트림 하드 레벨의 공주님이 분명했다. 게임 개발자들도 누가 깰 거라고 생각하지 않고 그냥 도전 의식을 불태우게 하기 위해 만들어 놓은 그런 마魔의 단계.

손지선이 물었다, 하의연이 왜 그렇게 좋으냐고.

밀어주고 있긴 하지만, 나답지 않은 것 같다며 이상하다며 고개를 갸우뚱거리는 그녀에게 해 줄 수 있는 말은 많지 않았다.

왜냐면…… 나도 모르는 걸 대답해 줄 수 없으니까.

한 가지 확실한 건, 만약 8년 전 그때, 욕실에서 부적절한 만남이 없었다 하더라도 결국 나는 하의연을 좋아하게 되지 않았을까? 그 일 없이도 이모는 나에게 연애소설을 써 보라며 하의연을 소개시켜 줬을 거고, 어쩌면 난 처음엔 그녀를 괴롭혔을 수도 있겠지만 결국에는…… 사랑하게 되지 않았을까?

손지선이 알아 온 하의연 부모님의 취향대로 한우 세트와 어머님을 위한 크림, 밍크 목도리를 든 채 차에 올라타자 중무장을 하고 공주를 구하러 떠나는 용사가 부럽지 않았다.

그나저나 하의연의 부친, 정말 무섭게 생겼던데. 역시 '끝판왕' 보스의 비주얼은 전형적이다.

이모네 집에 갔는데
이모는 없고

하의연

"그걸 엄마 아빠한테 이르냐!"

— 뭘 일러! 그럼 내 동생이 게이하고 연애한다는데 눈뜨고 봐?

"아니라고! 게이 아니라고!"

— 그러니까 왜 아닌데? 확인했어?

"했다! 어쩔래?"

— 우올~ 하의연. 진짜 확인했어?

순식간에 바뀐 하의지의 목소리에 맥이 탁 풀린다.

안다. 방정맞게 하의지에게 털어놓은 내가 잘못이지, 뛰어난 추리력 덕에 내가 연애한다는 작가가 옷 고르느라 난리 치고 만났던 게이 작가와 동일 인물이라는 걸 한눈에 알아본 하의지 잘못이겠는가?

그때는 진짜 게이인 줄 알고 있었으니 할 말이 없는 상황이다.

— 어떻게 확인했냐?

금방 희희낙락해진 목소리로 하의지가 물었다.

"몰라."

하지만 이쪽은 지금 그걸 신경 쓸 때가 아니다.

과거 하의지가 시켜서 엄마 지갑에서 몰래 돈을 훔치다 걸렸을 때 이후로, 이렇게까지 집안 분위기가 살벌했던 적이 없다. 본디 수다스러운 엄마조차 아빠가 내뿜는 어둠의 포스에 짓눌려 밥 먹을 때도 아무 말 없이 수저만 놀리고, TV도 조그맣게 틀어 놓고 본다.

"나 진짜 미치겠단 말이야."

— 그래서 남자는 뭐래?

"몰라. 무슨 말을 하고 말고 할 상황이 아니었어. 아빠 완전 화나서 한 대 패는 줄 알았다니까?"

— 정말? 우리 신랑도 엄마는 좋은데 아빠는 너무 무서워서 어떻게 해야 좋을지 모르겠다고 하던데.

"그런데 단 작가는 베란다에 매달린 채로 그 무서운 아빠와 첫인사를 나눴단 말이야!"

내 절규에 전화기 저편에서 꺄르르르르 숨넘어가는 웃음소리가 들렸다. 아까 처음에 이 이야기를 했을 때도 하의지는 숨을 헐떡이며 웃었다. 치사한 인간, 자기 일 아니라고 진짜 맘껏 즐기고 있다.

— 진짜 웃긴다. 너 같은 여자 친구를 두다니, 좀 안됐기도 하다.

"지금 내가 문제가 아니거든!"

— 맞아. 네가 문제가 아니야. 게이 아닌 건 진짜 맞는 거야? 네가 확인해 봤다는 거…… 갑자기 막 의심스럽네.

"언니!"

이모네 집에 갔는데
이모는 없고

엄마에게 이상적인 여자의 삶이란 아침 9시 출근해서 6시 퇴근하는 생활을 하면서 조신조신, 밤 마실 따위는 꿈도 꾸지 않는 생활을 하다가 좋은 남자 만나서 결혼해서 가정을 잘 일구는 거다. 가부장의 화신 아빠와 30년이 넘는 세월을 치고받고 싸운 적 한 번 없이 오순도순 사는 것만 봐도 엄마의 꿈 역시 아빠의 꿈과 다르지 않다는 것을 증명한다.

하지만 안타깝게도, 큰딸인 하의지는 전사 중의 전사로 태어나 남자들과 연애하기보다 남자들을 무찌르며 자라났고, 어지간한 스튜어디스 뺨칠 마일리지를 쌓으며 중국어 통역사로 활동하다가 임자를 만나 중국에 똬리를 틀고 사는 중이다.

그래도 혼자 살 줄 알았는데 좀 늦게나마 임자를 만났다는 데서 하의지는 고무적이다.

나로 말하자면, 아침 9시 출근 저녁 6시 퇴근은커녕 밤샘을 밥 먹듯 하고, 회사로 출근하는 대신 외부 미팅 나가는 날이 더 많을 때도 있는 그런 직장을 택해 버렸다. 엄마 아빠에게는 비밀로 하고 있지만, 우리 마감할 때 라꾸라꾸 침대를 아무 데나 펴고 자기도 한다는 걸 두 분이 알면 휴직서가 아니라 사직서를 쓰고 나오는 수가 있다.

게다가 이날 이때까지 결혼은커녕 제대로 된 연애 소식 한 번 못 전했으니 둘째 딸로서 대역 죄인보다 나을 게 없다.

하지만 그 어떤 것보다도 이번이 나빴다.

딸 혼자 사는 것도 마뜩지 않다고 회사 그만두고 내려와 결혼하라며 달달 볶았던 아빠를 말렸던 엄마가 무색하게도, 그 집에서 남자를 발견했으니 정말 할 말이 없다.

지금은 21세기라거나, 아무 일도 없던 것이 분명하지만 우리가 청순했다고는…… 말 못 한다. 분명히 쪽쪽 소리가 나는 일들을 하긴 했으니까. 내 의도가 아니었……다고도 말 못 한다. 아주 적극적이진 않았지만, 단 작가와 하는 건 다 좋았으니까.

못살겠다, 정말.

"26살?"

엄마가 소리를 빽 질렀다. 코끝에 안경을 걸치고 아까부터 왜 저렇게 컴퓨터 화면을 들여다보나 했더니 단 작가를 검색 중이었나 보다. 나를 노려보는 눈초리가 이렇게 사나울 수가 없다.

"어쩐지 어려 보인다 했더니만……. 저게 미쳤어! 정신을 놨어!"

"왜요…….."

"시집을 가도 백번을 갔어야 하는 애가 연하? 그것도 야! 네가 첫사랑에 실패만 안 했으면 걔 같은 아들이 있어!"

설마. 내 첫사랑이 4살 때였을 리도 없거니와 그렇다 쳐도 그 나이 대의 출산은 불가능하다. 하지만 지금 의학적인 오류를 짚어 줄 때가 아니었다.

"이게 어디서 호적에 잉크도 안 마른 어린애를 놓고!"

"엄마가 의지 언니 낳은 게 몇 살인데요?"

나의 역습에 엄마가 멈칫했다.

엄마가 의지 언니를 낳았을 때 24살이었고 나를 낳았을 때는 28살이었다. 그래 놓고 날 낳을 때 노산이라 힘들었다고 말하는 사람이다. 26살이 호적에 잉크가 마르지 않았다면, 26살까지는 호적에 잉크 안 말랐다가, 2년 후에 갑자기 늙어 버린 건가?

이모네 집에 갔는데
이모는 없고

"여자는 18살 이후가 어른이고 남자는 28살이 넘어야 어른이야!"

우리 엄마 우기기 시작하면 아무도 못 말린다는 거 잊어버렸다.

사실 엄마 말이 틀린 건 아니다. 단 작가를 만나기 전까지는 나도 연하에 대해서 전혀 생각이 없었던 사람이다. 내 취향은 확고한 아저씨 쪽으로, 나를 소중히 여겨 주고 나를 예쁘다고 생각하는, 어른스러운 사람이다.

문제는 단 작가가 주민등록상의 나이가 나보다 어리다는 걸 제외하고는 나를 소중히 여겨 주고, 나를 예쁘다고 생각하는, 어른스러운 사람이라는 건데…….

"정말 괜찮은 사람이란 말이에요."

"괜찮아 봤자 애지! 그리고 네가 담당하는 작가라며? 게다가 소문도 영 이상하다며?"

"소문이 뭐?"

"게이라며!"

"그거 아니라니까!"

하의지 딱 한 사람에게 들었으면서 이야기를 소문으로 둔갑시키는 엄마의 놀라운 재능. 입에서 입으로 전해지는 이야기들이 어떻게 과장되는지를 보여 주는 아주 적확한 예다.

"그냥 글 때문에 왔다 갔다 하다가 커피 한 잔 하려고 집에 데리고 간 거야. 그 바닥에 있던 게 초고인데……."

뽀뽀하겠다고 초고를 찢어 버린 건…… 이야기하지 않는 게 낫겠다.

"애 좀 봐. 너 모른다고 엄마 무시하니? 그 작가는 손이 없어? 타이핑을 못 쳐? 글은 혼자 쓰는 거지, 왜 둘이 머리 맞대고 써?"

맞는 말이지만, 장르 이해를 돕기 위해, 혹은 필요한 자료를 전달하기 위해 편집자가 작가 집에 가는 거 아주 드문 일도 아니다. 특히 몇 년 전까지만 해도 이메일을 쓰는 작가님이 많지 않아 모든 원고를 직접 받아야 했고, 요즘도 원고지를 고집하는 작가님도 있다.

하지만 이 모든 걸 엄마에게 설명할 수는 없다. 진실이 아닌 건 아니지만 진실인 건 또 아니라서…….

"어린 것도 맘에 안 들고 이상한 소문 있는 것도 마음에 안 들어! 좌우간 마음에 안 들어!"

아아, 엄마가 이렇게 나오면 대책이 없는데…….

"게다가 어려서 그런지 반지르르하니 상대적으로 네 인물이 죽는단 말이야!"

이건 좀 이상하다며 막 반론을 제기하려는데 띵동 하고 도어 벨이 울렸다.

아빠는 은퇴하면서 춘천 예술인 마을 근처에 사 두었던 땅에 조그만 전원주택을 지었다. 가끔 찾아오는 제자들이 묵고 갈 수 있게 본채와 약간 사이를 두고 만든 별채를 제외하고는 전체적으로 아담한 집이다. 가장 맘에 드는 건 정문에서 현관까지 이어지는 양쪽에 화단을 조성한 꽃길인데 어제 나는 그 길을 엄마와 아빠에게 양손이 잡힌 채 질질 끌려 입장했다. 어

이모네 집에 갔는데
이모는 없고

렸을 때 아빠 엄마 손을 잡고 그네를 탄 이후로 처음 부모님의 손을 동시에 잡아 본 것 같다.

엄마가 한껏 나에게 눈을 흘기고 현관으로 나가는 모습을 나는 거실에서 마당을 향해 나 있는 커다란 창을 통해 보았다.

최근에 선입견이라는 것이 진위 여부와 무관하게, 쉽게 사라지지 않는다는 사실을 내 스스로가 절실히 느낀 참이다. 예전 같았으면 말 한마디 잘못 듣고 온통 부정적이기만 한 엄마가 답답했을 텐데, 최근 지은 죄가 있어서 그런지 이해는 간다.

그저 어떻게 이 상황을 해결해야 할지 막막했다. 연애에는 재주가 없어서 한참 파릇파릇한 10대 때도 이런 식으로 가택 연금을 당한 적이 없는데 엄마 말마따나 다 늙어서 이게 무슨 일인지 모르겠다.

그런데.

"어?"

나도 모르게 거실의 창에 바짝 붙어 섰다. 막 중천으로 떠오르기 시작한 태양빛이 어려 있는 유리창에 손자국이 새겨지고 곧이어 이마 자국까지 새겨졌다. 암만 봐도 열린 현관문 사이로 엄마와 이야기를 하고 있는 남자는…… 단 작가인 것 같다. 엄마가 다 가리고 있어서 잘 모르겠는데 얼핏 보이는 슈트의 어깨나 단정하게 보이는 목선의 느낌이 꼭 단 작가처럼 보인다.

엄마가 내 쪽을 힐끔 쳐다봤다. 그러면서 가려져 있던 남자의 얼굴이 드러났다.

맞다. 단 작가다.

거실의 다과상 앞에 네 사람이 모여 앉기까지는 5분도 걸리지 않았다. 태연한 사람은 단 작가 한 사람뿐이다.

"아니, 뭐 이런 것을……."

엄마는 웃는 것도 아니고 우는 것도 아닌 묘한 표정으로, 나를 한 번, 그리고 내 옆에 무릎을 꿇고 앉아 있는 단 작가를 한 번, 단 작가 옆에 쌓여 있는 선물을 한 번 보았다. 선물은 척 보기에도 고급스러워 보이는 한우 세트와 유명 화장품의 기초라인 세트, 그리고 알 수 없는 박스 하나다. 옆에 꽃다발과 과일 바구니가 있지 않았다면 무슨 산타클로스가 다녀갔다고 생각했을 듯하다. 흐드러지게 핀 보라색, 베이지색, 노란색 라눙쿨루스에 점점이 초록색 라눙쿨루스를 박아 넣은 꽃다발이 엄청 근사하다. 난 이렇게 많은 라눙쿨루스를 처음 봤다.

"아닙니다. 급히 오느라 아버님, 어머님이 뭘 좋아하시는지 몰라서 무난하게 준비했습니다."

아저씨, 아줌마라고 부를 수도 없으니 아버님, 어머님이 맞겠지만 엄마 아빠는 심히 당황했고, 나는 '무난'이라는 용어 선택에 당황했다. 이게 어딜 봐서 무난인가?

짧은 시간 엄마와 아빠의 눈빛 교환이 있었다.

"그러니까……."

헛기침과 함께 포문을 연 것은 아빠였다.

"자네가 그……?"

말을 낮춰야 할지 높여야 할지 몰라 아빠는 말 뒤를 끊어 먹었다.

"네. 한승준입니다. 필명은 단나인을 쓰고 있습니다."

이모네 집에 갔는데
이모는 없고

"그러니까……?"

"네. 베란다에 매달려 있던 그 남잡니다."

나는 풉 하고 입안에 들어 있던 주스를 내뱉었고, 아빠와 엄마는 웃을 수도 울 수도 없는 얼굴이 되어 부들부들 떨기 시작했다.

그나저나 단 작가가 잘생긴 거야 벌써 알고 있었지만 단정하게 슈트를 걸치자 사람이 말도 못하게 근사하다. 내가 처음 만났을 때의 단 작가와 회사로 찾아온 단 작가를 일치시키지 못했던 것 이상으로 아빠와 엄마도 혼란스러울 거다. 편한 차림으로 베란다에 매달려 있던 단 작가와 슈트를 쫙 빼입은 단 작가는……. 남자의 변신은 범죄 수준이다.

맞춘 듯 반듯한 어깨와 허리로 흘러내리는 우아한 슈트 선, 단정하다 못해 성스러운 저 자세, 걸어올 때도 세련된 도시 남자의 워킹을 선보이더니, 아빠에게 인사할 때는 믿음직한 이 시대의 남자였고, 마지막으로 나를 향해 잔잔히 미소 지을 때는……. 이런 거 가르쳐 주는 학원이라도 있는 걸까? 없으면 내가 차려서 대박 나야겠다.

단 작가의 부모님이 생각났다. 이런 남자를 낳고 키우시다니, 한 번도 뵌 적이 없는 분들인데 존경심이 막 생긴다.

"제가 진즉 뵙고 인사드렸어야 하는 건데 미적거리다 심려를 끼쳐 드렸습니다. 나름대로 의연 씨 마음을 분명히 하고 일을 진행하고자 했는데 그것이 부모님을 놀라게 해 드린 결과가 된 듯해 송구하기 그지없습니다."

"아니, 뭐……."

엄마가 손을 내저었다가 무안한지 다시 무릎 위로 옮겼다.

하지만 난 눈치챘다. 엄마는 이미 뿅 갔다. 아닌 척하지만 엄마는 외모 지상 주의자다. 얼굴에 무척이나 약한 것이다. 게다가 화장품 세트와 꽃다발을 보는 순간 벌써 물개 박수를 치고 싶은 기분이었을 거다.

"첫 만남이 언짢으셨던 건 안타깝습니다만, 다시 한 번 기회를 주셨으면 좋겠습니다. 전 의연 씨를 진지하게 생각하고 있습니다."

엄마와 아빠가 눈이 딱 마주쳤다. 엄마가 불신 반 기대 반을 담아 조심스레 의문을 제기했다.

"하지만…… 내가 듣기로 아직 나이가……."

"제가 나이가 좀 어린 것이 걸리시나요?"

정곡을 찌르며 단 작가가 빙그레 웃었다. 순간 엄마가 컥 하고 기침을 했다. 장담하는데, 엄마는 단 작가에게 반했을 수도 있다. 하필 정오에 떠오른 태양이 단 작가의 뒤에서 빛나고 있어 말 그대로 단 작가는 후광이 비치고 있었다.

"걱정스러우신 마음은 충분히 이해합니다. 의연 씨에 비해 제가 부족한 것이 많지만……."

우리 엄마는 나의 친엄마인데도 단 작가가 말하는 순간 강한 불신의 눈으로 나와 단 작가를 번갈아 봤다. 아무래도 단 작가가 말을 잘못했다고 생각하는 눈치다. 엄마가 딴건 몰라도 공정은 한 사람이니 내가 단 작가에 비해 부족한 게 많다고 생각하는 중일 거다.

"아버지가 돌아가시고 나서 어머니께서는 제주도에서 농장을 하고 계셔서요. 제가 혼자 생활하다 보니 결혼해서 가정을

이모네 집에 갔는데
이모는 없고

꾸렸으면 하는 마음이 크십니다."

뭐? 결혼?

엄마 아빠도 놀랐지만 나도 놀랐다. 우리가 만나기 시작한 게 얼마나 됐다고 지금 결혼?

"물론 의연 씨와 충분히 의사 조율을 한 후, 아버님과 어머님 허락을 받고 난 다음의 이야기지만요."

폭탄을 던져 놓고 단 작가는 또 한 번 빙그레 웃었다. 하지만 단 작가의 폭탄에 어질어질한 우리 가족들은 아무도 웃지 못했다.

"부족하지만 나름대로 결혼할 준비는 충분히 되어 있다고 생각하고 있습니다. 앞으로 더 열심히, 의연 씨를 행복하게 해 주기 위해서 노력하겠습니다."

뭐라 말할 수 없이 깔끔한 뒷마무리였다. 자기 소개서로 치자면 거부감 없는 서두에서 충격적인 본론과 희망을 주는 결론이다. 대개 이런 자기 소개서를 제출하면 입사하는 데 별 어려움이 없는 법이다.

"그래요……."

엄마가 말끝을 흐리더니 흘깃 아빠를 올려다보았다. 다과상에 가려 보이지는 않았지만 느낌상 옆구리를 꾹 찌른 느낌이다. 뭐라도 말하라는 뜻이다. 그리고 아빠가 한 말은 요랬다.

"필명이 단나인이라면…… 혹시 그 《젖은 어깨》의?"

단 작가가 다시 한 번 예의 바르게 웃었다.

"예. 아버님."

순간 아빠의 얼굴에서 광채가 터졌다. 눈빛이 갑자기 반짝

반짝한 게…… 마치 소녀시대 9명을 동시에 본 고등학생 남자애 같다. 뭐냐? 왜 저러는 거지?

"일어서게."

"예?"

단 작가가 얼떨떨해서 벌떡 일어선 아빠를 쳐다보다가 이내 잽싸게 일어서서, 두말 않고 서재로 간 아빠의 뒤를 따랐다.

어처구니가 없어서 그 뒤를 보고 있자니 이내 아빠의 목소리가 들렸다.

"내가 자네 책을 다 샀네. 사인 좀 해 줘도 되겠나?"

잠깐의 사이를 두고 단 작가의 목소리가 이어졌다.

"이건 사인본인데요?"

뭐? 1권에 120만 원 한다는 그 사인본이 우리 집에 있어?

"아, 그건 내가 경매에서 엄청 치열한 접전을 벌인 끝에 낙찰 받은 거지. 그거 말고 여기…… 여기에 사인하게나."

"제가 집에 돌아가서 초판본을 보내 드릴까요? 2쇄부터는 수정한 부분이 있어서 소장 가치가 있다고들 많이 하던데……."

"뭐야? 내가 그걸 구하려고 옥션에서 몇 번이나 경매를 했는데!"

서재 문이 닫혔다.

엄마가 멍하니 서 있는 내 옆구리를 쿡 찔렀다.

"≪젖은 어깨≫가 뭐야?"

"응. 엄청 유명한 책이긴 한데……. 아빠가 단 작가의 팬인 줄은 몰랐네."

그럼 처음 봤을 때는 얼굴을 못 알아본 건가?

이모네 집에 갔는데
이모는 없고

하기야 단 작가는 책에 얼굴 박지 않는 걸로 유명하다. 그래도 인터넷 뒤져 보면 사진 꽤 나도는데…….

생각해 보면 아빠가 후회하는 세 가지가 아들을 안 낳은 것, 작가가 되는 대신 선생님이 된 것, 그리고 날 혼자 살게 내버려 둔 것이다. 마지막 것은 어쩔 수 없지만, 단 작가가 저렇게 들러붙어서 아버님 아버님 하면 아들이 생긴 것 같은 기분일 테고, 하필 그 아들이 작가면 세상을 전부 가진 건 아니더라도 3분의 2는 가진 느낌 아닐까?

서재에서 큰 웃음소리가 들렸다. 아빠가 저렇게 웃는 건 은퇴한 후 처음인 것 같다.

1차적으로 아빠를 흐물흐물 녹여 놓은 단 작가는 2차적으로 엄마를 녹이기 시작했다. 꽃도 꽃이지만 정체불명의 상자에서 밍크 목도리가 나왔을 때 엄마의 표정은……. 단 작가는 우리 엄마가 밍크 마니아라는 걸 어떻게 알았을까?

"세상에! 이 색상 좀 봐!"

"마음에 드셔요? 한정판으로 딱 하나 남았다는 걸 다른 백화점에서 공수해 오느라 좀 힘들었습니다."

"이 귀한 걸!"

"어머님에게 정말 어울리네요."

단 작가가 저럴 줄 몰랐다. 어화둥둥 덩실덩실, 비위를 어찌나 잘 맞추는지 저 사람이 내가 아는 단나인이 맞나 헷갈릴 정도다. 까칠하다고 소문난 사람이 여기서 저러고 있다니.

내가 이 사실을 손지선이나 정 실장에게 말하면 둘 다 나더러 약 하냐고 물어볼 거다. 아니, 당장 나만 해도 믿기 힘들었다. 단 작가가 나에게 후하긴 했어도 저 정도는 아니었다. 저렇게 알랑방귀를 잘 뀌는 사람이었을 줄…… 정말 몰랐다.

과일 바구니에서 과일을 골라 먹기 좋게 담고 있는데 피식피식 웃음이 나왔다. 단 작가, 참 예상할 수 없는 사람이다. 하루하루 같이 있는 게 몹시 즐겁다.

그러고 있는데 엄마가 뺨을 손으로 감싸며 부엌으로 들어왔다. 얼굴에 홍조가 발그레한 게, 아무래도 단 작가가 제대로 마음에 든 모양이다.

"매일 노인네 둘이 사니까 집에 좀 침침했는데 어린애가 들어와서 그런가? 갑자기 집이 다 밝아지는 느낌이네……."

환하게 웃는 엄마의 얼굴이 마치 소녀 같다.

"애 참 괜찮다. 밝고, 긍정적이고, 성격도 무난하고……."

맘에 안 든다고 소리소리 지른 때로부터 하루도 안 지났건만, 엄마는 안면 몰수하고 자신의 의견을 바꿨다.

이해한다. 밍크에, 화장품에, 꽃에, 과일 바구니까지 받고 나서 상대에 대해 부정적인 평가를 하는 건 어렵다. 그렇지 않았으면 우리나라에 뇌물이 그렇게 횡행하진 않았을 거다.

"아우, 저녁에 뭘 먹이지? 시장에 전화해서 오골계 좋은 거 들어왔나 물어봐야겠다."

응? 오골계?

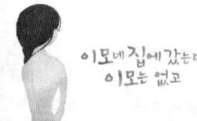

이모네 집에 갔는데
이모는 없고

단나인

복스럽다는 소리를 듣기 위해 평소보다 두 배 이상 먹었더니 어머님께서 마련해 주신 별채에 들어왔을 때는 배가 빵빵해져 있었다.

짐이랄 것도 없어 대강 침대에 드러눕자 피곤이 몰려왔다. 운전도 했지만, 아닌 척해도 긴장을 하긴 한 모양이었다. 사실 처음에는 몇 대 얻어맞는 것도 각오했는데……. 아버님이 내 팬이었을 줄이야. 내가 작가인 게 더 이상 자랑스러울 수 없는 순간이었다.

목을 죄고 있는 넥타이를 느슨하게 풀고는 방 안을 둘러보았다. 깔끔한 벽지와 장판, 침대 하나, 한 칸짜리 옷장과 교육자의 집답게 빠지지 않고 놓여 있는 낮은 책상 하나, 책장 하나가 전부인 작은 방이다.

원래는 저녁을 먹고 갈 예정이 없었고, 그다음에는 저녁만 먹고 갈 예정이었지만 어떻게 하다 보니 하루 묵고 가는 걸로 결론이 나 버렸다. 내쫓기면 어쩌나 걱정했던 거에 비하면 상당히 잘 풀린 하루였다. 손지선의 조언대로 밍크 목도리가 제대로 먹힌 것 같고.

하루 종일 아버님과 글에 대해 이야기를 나누는데 식은땀이 흥건하게 났다. 나보다 더 내 글을 잘 아는 사람이 손지선 말고 또 있을 줄이야. 게다가 시시각각 어머님이 나를 뿌듯한 표정으로 보실 때마다 어리고 상큼한, 그러면서도 점잖아서 믿을 수 있는 남자 코스프레를 하느라 젖 먹던 힘까지 끌어내야만 했다. 어찌나 미소를 지었던지 나중에는 물을 꺼내려고 냉장고 문을 열면서도 나도 모르게 물병을 향해 웃고 있었다.

잘 보이는 거 너무 어렵다. 평생을 남에게 알랑방귀 뀌는 일 없이 살아온 내가 이렇게 큰 산을 만날 줄이야. 살면서 뀌어야 할 알랑방귀는 정해져 있다더니 오늘 여기서 알랑방귀를 뀌기 위해 나는 그동안 그렇게 뻣뻣하게 살았나 보다.

하지만 전화위복이라고 일이 이렇게 풀릴 줄은 몰랐다.

몸을 일으켜 하루 종일 방치해 뒀던 핸드폰을 꺼냈다. 이쪽으로 연락할 사람이라고는 하의연밖에 없……다고 생각하려는데 문자메시지가 여러 통 들어와 있었다.

작가님, 이런 분인 줄 몰랐어요.

—하의연.

암만 봐도 작가님 아닌 거 같아요.

—하의연.

이모네 집에 갔는데
이모는 없고

너 누구야.

－하의연.

옛날에 옹고집이 어떤 독에 들어갔다가 나왔더니 2명이 되었는데, 그중 한 옹고집이 그렇게 효자고 마음씨도 착하다는 이야기가 있었어요. 오늘따라 막 그 생각이 나네요.

－하의연.

꽃 정말 예뻐요.^_^ 엄마가 너무 좋아하시네요. 감사합니다.

－하의연.

하루 종일 어른들과 함께 있느라 제대로 하지 못한 말을 문자메시지로 다 보냈나 보다. 하여간 귀여운 짓 하는 건 말로 다 못한다.

한참을 흐뭇하게 문자메시지를 보고 있다가 내일을 위해 씻으려고 막 셔츠를 벗어 걸었을 때다.

똑똑.

깜짝 놀라서 푸르던 바지 단추를 도로 잠그자마자 문이 열렸다.

"아, 잠깐."

너무 놀라서 옷장에 걸어 두었던 셔츠를 번개같이 꺼내 팔을 꿰는데 하의연이 들어서다 깜짝 놀라 뒤돌아섰다.

"조, 좀 있다가 들어올까요?"

"아니에요. 됐어요."

급하게 단추를 끼우면서 나는 고개를 저었다. 그런데 대답하고 생각하니, 된 게 아니라 하의연이 여기 온 걸 장인어른, 장모님……. 아니, 아버님, 어머님이 아시면 좀 민망하지 않을까?

"쉿!"

아니나 다를까. 하의연이 입술에다가 손가락을 갖다 대며 목소리를 낮췄다. 하지만 목소리가 문제가 아니다. 어차피 본채에서 여기 별채까지의 거리는 목소리가 새어 나갈 정도가 아니다. 그냥 하의연과 내가 단둘이 밀폐된 방에 있다는 것이 문제다.

"어떻게 된 거예요?"

"그날, 찾아뵌다고 말씀드렸잖아요."

"그건…….”

"안 믿었어요?"

"안 믿었다기보다…….”

"난 없는 말 하는 사람 아닌데. 내가 데리러 오지 않으면 하의연 씨가 곤란한 상황이었잖아요."

그건 그래, 하는 표정으로 하의연이 고개를 끄덕였다.

문득 심술도 좀 나고 그렇다. 아직 하의연은 나를 100퍼센트 믿지 못하는 거다. 하지만 어쩔 수 없는 게 하의연은 내가 자기를 생각한 세월을 모르니까, 내 글의 모든 여자가 자기라는 걸 모르니까.

뭐 앞으로도 이야기할 생각은 없지만.

가만히 고개를 숙이고 있는 정수리가 귀여워서 손으로 쓰다듬자 화들짝 놀란 하의연이 고개를 치켜들었다.

이모네 집에 갔는데
이모는 없고

"일단 방으로 돌아가요. 여기에 있는 거 어머님 아버님이 아시면 내가 곤란해지니까."

"괜찮아요. 두 분 다 단 작가님이 마음에 든 모양인 걸요."

"그렇다면 다행이지만."

빙그레 웃자 하의연이 어쩐지 심통 난 표정을 지었다.

"난 단 작가님이 그렇게 말 잘하는 줄 몰랐어요."

"저런, 아직까지 몰랐다니. 생각보다 우리가 안 친한가 봐요."

"그러게요! 엄마한테 어쩜 그렇게 알랑방귀를 잘 뀌어요?"

나도 모르게 조금 웃었다. 하의연의 조그만 입으로 알랑방귀라고 발음하는 거…… 정말 귀엽다.

그나저나 하의연, 나와 단둘이 있으면서 저렇게 침대 위에 걸터앉는 거 나쁜 습관이다. 내가 자꾸 나쁜 생각을 하게 되잖아.

"어쨌든 내일은 엄마를 좀 진정시켜 주세요."

"진정?"

"엄마는 당장 올해 내로 우리가 날 잡을 거라고 생각하신단 말이에요."

저런, 급하시기도 하지. 하지만 정 장모님이 원하신다면…….

"제가 남자를 집에 데려온 적이 없으니 당연할지도요."

"엄밀히 말하면 나도 의연 씨가 데려온 거 아닌데……. 내 차 타고 내 발로 씩씩하게 걸어왔죠."

내가 빙글빙글 웃자 미워 죽겠다는 듯이 하의연이 노려봤다.

"작가님이 이해하지 못하시는 것 같은데, 이건 저희 집에는 일대 사건이고 저한테도 엄청난 일이에요. 게다가 엄마 아빠는 작가님을 마음에 들어 하시는 것 같단 말이에요!"

정확히 내가 의도한 대로 일이 흘러가고 있습니다.

"하지만 그 상황에서 내가 의연 씨를 쉽게 만나고 있다고 할 수도 없고, 여기까지 오지 않을 수도 없는 일이잖아요?"

할 말이 없으니 하의연이 입을 다물었다.

"내가 의도한 건 아니지만 일이 이왕 이렇게 되었으니 의연 씨가 적응해 봐요."

"저번에도 나더러 참으라더니."

"난 많이 참았거든."

"언제요?"

"하의연 씨가 모르는 세월 동안에요."

빙긋 웃고 하의연을 끌어당겨 안았다. 겨우 하루를 못 봤을 뿐인데도 한참 떨어져 있던 것처럼 보고 싶었다.

"걱정하지 마요. 그냥 나 믿고, 내가 하자는 대로 따라와요."

"하지만……."

"의연 씨가 싫다고 하는 일은 하나도 안 할 거니까 걱정할 필요 없어요."

"적응해 보라면서요? 싫어도 적응하라는 거 아니었어요?"

"적응하기 싫으면 하지 마요. 내가 어떻게든 해 볼 테니까. 난 정말, 하의연 씨한테 뭐든지 다 해 주고 싶은걸. ……기회를 줘요."

하의연이 몸을 약간 떼고는 나를 빤히 바라보았다. 그러더니 내 허리에 손을 감는다.

"진짜…… 단 작가님한테는 못 당하겠어요."

누가 할 말을.

이모네 집에 갔는데
이모는 없고

이렇게 따뜻하게 끝났으면 좋았을 이야기가 왜 뜨거워졌는지는…… 나에게 묻지 않았으면 좋겠다. 나 역시도 잘은 모르겠고, 정신 차렸을 때는 어쩐지 침대 위에서 내가 하의연에게 입을 맞추고 있었으니까.

그래서는 안 된다는 건 알았는데, 마음이 판단을 넘어섰다. 이 야밤에 본채에 계신 어른들이 별채까지 건너오실 것 같지도 않고…….

뽀뽀만 좀 더 하지 뭐.

"자, 잠깐만요. 여기선 안 돼요."

"그럼 어디선 되는데요?"

내 질문에 약간 색스러웠던지 하의연이 밉지 않게 눈을 흘겼다. 그런 그녀를 얼른 다시 안아 눕히고 뺨에 입을 맞췄다. 그리고 다시 입술에……. 원래는 잠깐 붙였다 떼려고 했는데, 세상에, 무슨 입술이 이렇게 흡입력이 강한지 도저히 떨어질 수가 없었다. 그래서 어쩔 수 없이 닫힌 입술을 열고 들어갔다. 내 손이 어느새 하의연의 양팔을 단단히 잡고 있었다.

"아, 저, 작가님……."

"한승준."

내가 속삭이자 하의연이 뜨거운 숨을 내뱉었다. 내 이름을 부르는 게 아직까지는 많이 어려운 모양이다. 이해한다. 나는 어려워서는 아니지만 나도 모르게 하 편집이라고 부를 때가 있다. 처음 입에 밴 버릇은 잘 안 바뀐다.

"불러 봐요."

귓가에 대고 속삭이자 내 범위에 갇힌 작은 몸뚱이가 바르르 떨었다.

"한……승준……."

"잘했어요."

상으로 입을 맞추자 하의연이 꼼지락거렸다.

"그, 그만……."

나도 안다. 그만해야지. 그런데 이성은 마치 머릿속 한편에 위치한 작은 감옥에 갇힌 것처럼 힘이 없고, 내 몸을 지배하고 있는 건…… 그동안 억눌렸던 정력이다. 정력이 단호하게 하의연의 목덜미에 입을 맞추고 있었다. 그리고 막 그녀의 봉긋한 가슴으로 손을 옮기려는데…….

똑똑.

난 숨도 못 쉬고 발딱 몸을 일으켰고, 하의연도 그랬다. 내가 패닉에 빠져 아무 생각도 못 하고 주변을 둘레둘레 돌아보는 동안 하의연은 부지런히…… 옷장 안으로 들어갔다. 일말의 망설임도 없는, 상상치도 못할 정도로 단호한 움직임이었다.

옷장 문을 열고 몸을 던진 그녀가 지체 않고 옷장을 닫았을 때야 너무 놀라 유체 이탈을 시도했던 이성이 다시 돌아왔다. 돌아온 내 이성이 제일 먼저 본 장면은 내가…… 되노크를 하는 것이었다.

화장실도 아니고, 왜 똑똑 소리가 들린다고 똑똑 하고 답변하는 건데? 저 밖에 있는 사람이 누구든 설마 내가 이 방에 있는 줄 모르고 노크했을까?

"한 작가?"

어머님이다.

이모네 집에 갔는데
이모는 없고

"예."

아무렇지도 않게 대답하려고 했는데 가슴께가 답답했다. 나 아무래도 협심증인가 보다. 심장마비가 오는 거 같다.

"날세. 잠깐 들어가도 되나?"

"예, 어머님."

문을 열자 어머님이 들고 계시던 편한 옷과 자리끼를 내밀었다.

"편한 옷으로 갈아입으라고. 이런, 아직 불편하게 셔츠를 입고 있구먼."

아, 그런데 그 셔츠가 제대로 입혀져 있으려나?

나도 모르게 쭈뼛쭈뼛 옷차림을 가다듬은 다음 어머님이 내민 옷을 받아 들었다. 그리고 막 자리끼도 받으려는데 어머님이 눈을 초승달처럼 만들더니 '옹홍홍~' 하고 웃으셨다.

"잠깐 들어가도 되나?"

헉! 여길?

시선이 자꾸 옷장 쪽으로 가려는 걸 붙잡느라 눈이 빠질 지경이었다. 하지만 여기서 내가 '안돼욧! 거절입니다!' 하는 건 많이 이상했다. 선택의 여지가 없다.

"아, 물론 괘, 괜찮습니다."

내가 몸을 약간 비키자 어머님은 '옹홍홍~' 하고 웃으면서 방 안으로 들어오셨다. 문을 어쩔 줄 모르고 열어 둔 채 어머님을 따라 낮은 책상 앞에 앉았다. 자리끼를 내려놓은 어머님을 물을 한 잔 따르시더니…… 본인이 호쾌하게 들이마셨다.

"교장 선생님 앞에서는 말을 잘 못 해서 말이야."

저녁 식탁에서 대화를 주도하시던 그분은 누구시란 말인가.

"자네가 어련히 알아서 하겠지만 혹시나 해서 당부하려고 왔어."

"예, 말씀하셔요."

"교장 선생님도 그렇고 나도 그렇고 옛날 사람들이야. 요즘 젊은 사람들 방식이 다르다는 걸 알지만 우리는 조금……. 아, 물론 한 작가가 싫다는 건 아니야."

"감사합니다, 어머님."

"내 말은 그저 앞으로는 더욱 신중하게 해 주었으면 좋겠다는 거야. 노인네가 구닥다리라고 생각하지 말고……."

"그런 생각 안 합니다, 어머님."

환하게 웃는데 뒤통수가 쫘악 당겼다. 내 뒤에 뭐가 있냐 하면 옷장이 있다. 그 옷장 안에는 무엇이 있냐면 30초 전까지 신중하지 못했던 나의 죄가 들어 있다.

"결혼하기 전에는 서로 집에 드나들고 그러는 일이 없었으면 좋겠어. 안 그래도 교장 선생님이 여자애를 혼자 나가 살게 한다고 걱정이 태산이시거든. ……물론 우리가 한 작가를 의심하는 건 아니네만."

사실 옷장 안에 들어 있는 나의 죄를 생각하면 의심하신다 해도 할 말은 없다. 아니, 의심하셔야만 했다.

"원래 조심할수록 좋은 거니까."

"네, 무슨 말씀인지 압니다. 앞으로는 그런 일 없을 겁니다. 제가 무신경했습니다. 죄송합니다."

"그런데……."

이모네 집에 갔는데
이모는 없고

어머님의 눈이 갑자기 가늘어졌다.

"네?"

"혹시 자네, 전에도 여자 편집자 집에 드나들고 그런?"

"아, 아니요. 전혀 아니었습니다."

아, 또다시 뒤통수가 당긴다. 옷장 속에서 하의연도 함께 궁금해하고 있는 게 느껴졌다.

"전 그동안 남자 편집자들하고만 일했거든요."

거짓말이 아니었다. 글을 쓰다 보면 예민해질 때가 많은데 여자 편집자들은 불편한 부분이 있어서 남자 편집자를 고집했다. 덕분에 정 실장과만 주야장천 일했지만.

뭐 정 실장이 엄청 불만이라는 건 아니고.

"그래서 편집자 집에 드나드는 것에 대해서 제가 무심했던 것도 있습니다."

그 남자 편집자는 집에 드나들지 못하게 했다는 건 비밀로 하는 게 낫겠다. 이번에 전략상 이이제이를 쓰기 위해 불러들이기 전까지 정 실장은 우리 집에 와 본 적이 없고, 나도 정 실장 집에 가 본 적이 없다.

"그래? 그렇구먼. 이게 다 인연이 되려고 그랬나 보네."

인연. 정말 듣기 좋은 말이다.

내 대답이 마음에 들었는지 어머님의 얼굴도 한결 풀렸다. 어머님은 다시 한 번 자리끼를 물 컵에 따르더니 원 샷 하셨다. 그리고 이렇게 덧붙이셨다.

"여기까지는 공식적인 나의 입장일세."

"예?"

내가 잘 이해하지 못하는 듯한 표정을 짓자 어머님이 씩 웃
으셨다. 이제 보니 하의연의 E.T 닮은 이마는 어머님에게서
물려받은 것 같다. 아까 아버님과 이야기할 때는 아버님에게서
물려받은 줄 알았는데. 이렇게 되면…… 진한 E.T의 유전자가
하의연 안에 있는 걸까?

　"나의 비공식적 입장을 전달하지."

　"예? 예……."

　"의연이가 좀 튕기는 것 같더라도 신경 쓰지 말게."

　"예?"

　"의연이가 남자를 잘 몰라. 우리가 너무 가둬 키워서 그런
것도 있고, 본디 성격도 좀 그런 편이야. 교장 선생님이 워낙
보수적이다 보니 애들 성격이 다 그래. 그렇다고 시대가 바뀌
었는데 마냥 현모양처만 고집할 순 없는 거 아니겠나? 애가 고
집이 좀 있어도 기본적으로는 순둥이니까 자네가 밀어붙이면
또 못 이긴 척 끌려가고 그럴 거야."

　어딜?

　나의 의문이 얼굴에 드러났는지 어머님이 부연 설명을 붙였다.

　"꼭 의연이 마음을 확실히 하고 뭔가 진행하려고 마음먹지 말
란 뜻이야. 남자답게 밀어붙여! 26살이면 어린 나이 아니네. 율
곡 이이 선생은 22세 때 결혼한 끝에 아주 훌륭한 문인이 되셨
지. 결혼을 기념하려고 이름을 이이라고 지었다는 설도 있어."

　아…… 결혼. 난 또 인정사정 보지 말고 덮치라는 줄 알고
어머님의 급진적 성향을 찬양할 뻔했다. 그나저나 율곡의 이름
이 22세 때 한 결혼을 기념하여 지은 거라고?

이모네 집에 갔는데
이모는 없고

"남녀 사이 너무 질질 끄는 것도 안 좋아. 내 보니 한 작가 아주 탱탱……. 아니, 아주 훌륭한 사람 같아 믿음이 가. 다만 남자는 여자에게 너무 휘둘려도 못 쓰는 법이지, 내 말…… 알 겠나?"

"예, 어머님. 밀어붙이겠습니다."

나는 빙긋 웃었다. 방금 어머님이 방해하지 않았으면 손주가 생겼을 수도 있었다는 말은 굳이 하지 않기로 했다.

소기의 목적을 달성한 어머님은 환하게 미소를 지으며 자리끼를 들고 나가셨다. 나 주려고 갖고 온 자리끼인 줄 알았는데, 아니었나 보다. 가지고 와서 본인만 연거푸 두 잔을 드시고 가셨으니. 휴대용 물병치고는 좀 크지 않나?

내가 옷장의 문을 연 것은 문이 닫히고도 한참을 바깥 동정을 살핀 끝에 어머님의 발소리가 완전히 사라진 다음이었다. 옷장 한편에 쪼그리고 앉아서 숨소리도 크게 못 내고 있던 하의연이 고개를 들었다.

"가셨어요."

"정말요? 확실해요?"

"네."

옷장에서 끌어내는데, 어찌나 긴장했던지 하의연의 손은 축축하게 젖어 있었다. 부모님에게 진짜 겁먹었나 보다. 이렇게까지 무서운 부모님은 아닌 것 같은데……. 뭐, 나도 베란다 난간에 매달려 있다 올라왔을 때는 진짜 무서웠으니까. 같은 사람이 내 팬이라며 책을 꺼내지 않았다면 아직까지도 무서워하고 있었을지 모르겠다.

"아, 정말. 들켰으면 완전히 죽음이었을 거예요."

"안 들켜서 나도 기뻐요."

진심이었다. 여기서 일이 더 꼬이는 건 원치 않았다. 아무리 어머님이 밀어주신다고 해도 여기서 밀어붙이기는 좀 그런 것도 사실이고.

"방에 가서 자요. 혹시 어머님이 의연 씨 방으로 갈 수도 있잖아요. 이야기는 내일 또 하고."

"이야기라고요?"

나는 그만 웃고 말았다. 이 와중에도 하의연은 편집자적인 일관성을 추구해 나의 오류를 짚어 내었다. 그래, 어머님이 오시기 전에 우리가 하고 있던 게 이야기는 아니지.

"어쨌든 가요."

"그래요. 그래야겠어요. 나 갈게요."

하의연이 막 나가려고 할 때였다. 어떠한 예고도, 준비 동작도 없이 방문이 도로 열리고 어머님이 들어오셨다!

"아이구야, 내 정신 좀 보게!"

자세한 이해를 돕기 위해 설명하자면 방문은 안쪽으로 열리는 구조고, 하의연은 막 방문 앞에 서 있던 참이었다. 그리고 그녀는 문이 열리는 순간 문이 열리는 방향으로 뒷걸음쳐서 자연스럽게 문 뒤로 벽에 붙었다. 아까 옷장 안으로 들어가는 스피드도 보통이 아니더니. 부모님이 엄하면 애가 닌자로 자라나 보다.

하지만 아직 이런 상황에 익숙하지 않은 나는 숨을 쉴 수가

이모네 집에 갔는데
이모는 없고

없었다. 내가 얼굴이 퍼래져서 서 있는데도 어머님이 눈치를 못 채신 것만은 다행이다.

"자리끼를 내가 도로 들고 갔지 뭐야? 늙으면 정신이 이래요. 책상 위에 놨다가 목마르면 마시게. 그 외에 필요한 것 있으면 언제든지 이야기하고."

"예, 어머님. 감사합니다."

내가 이 대답을 하기 위해 얼마나 강한 정신력을 필요로 했는지 모른다.

"우리 아침 식사는 8시야. 괜찮겠나?"

"그라믄입죠."

나도 모르게 머슴형으로 대답한 건 너무 긴장해서였다. 말 그대로 썩은 미소를 지은 채 내 머릿속에는 온통 얼른 어머님이 이 방을 나가셨으면 좋겠다는 생각뿐이었다. 심장이 너덜너덜해져서 이제는 뛰는 게 아니라 좌우로 엉덩이만 씰룩대는 느낌이다.

"그럼 쉬게."

"예. 안녕히 주무세요."

어머님이 화사하게 미소를 지으시며 방문을 닫고 나가셨다. 방문이 닫히면서 벽에 딱 붙은 채 나만큼, 아니 나 이상으로 기함한 하의연이 나타났다.

정말 숨 쉬는 소리도 안 났다.

"숨 쉬어요."

내가 다가가서 속삭이자 그제야 하의연은 —그러나 여전히 소리도 내지 않고— 길게 숨을 내뱉었다. 그제야 약간의 여유를 두고 두 사람의 시선이 맞부딪혔다. 웃음이 터진 건 10초쯤 지난 후였다.

"큭큭큭! 아하하하!"

하의연을 끌어안은 채 내가 참지 못하고 소리 내어 웃자 내 품에 입을 묻고 킥킥대던 하의연이 깜짝 놀라 내 입을 틀어막았다. 물론 웃음소리가 새어 나가면 안 좋을 거다. 별채에서 혼자 웃고 있는 사위란, 좀 음침하게 느껴지니까.

이모네 집에 갔는데
이모는 없고

하의연

사람의 관계는 정말 이상한 거다.

처음 봤을 때 단 작가는 잘생기고 매너 좋지만 나와는 상관 없는 게이였는데, 어느 순간 나를 두근거리게 하는, 잡을 수 없는 남자가 되었고, 지금은 우리 집에서 밥을 먹는 내 남자가 되어 있다.

단 작가는 8시 정각에 본채로 올라왔다.

단 작가 덕에 언제나 익숙했던 우리 집에 새바람이 불고 있었다. 햇살도 평소보다 좀 더 밝은 것 같고, 늘 같았던 아침 메뉴가 오늘은 몹시도 다르다는 것을 알리는 듯한 냄새가 부엌에서부터 퍼지고 있었다.

식사하라고 부르기 전까지는 서재에서 책만 보시는 아빠가 거실에 나와 계신 것도 낯선 풍경 중 하나다.

"잘 잤나?"

아빠가 단 작가에게 함박웃음을 지으며 물었다. 아빠가 저렇게 좋아하는 거 정말 처음 보는 것 같다. 사위가 아니라 작가로서 좋아하는 것 같긴 한데, 엄마가 단 작가를 사위로 좋아하는 것 같은 것보다야 저게 낫다. 아침에 일어나니까 엄마는 부엌에서 《젖은 어깨》를 읽고 있었다. 안타깝지만, 엄마는 기승전결이 뚜렷하고 선과 악이 분명한 데다 미스터리적 요소를 포함한 이야기를 좋아하는지라 《젖은 어깨》는 엄마의 취향이 아닐 거다.

"예, 아버님. 안녕히 주무셨어요?"

"잘 못 잤어."

대답한 건 엄마다. '잘 잤네.' 같은 평범한 대답을 하려 했던 아빠가 엄마를 노려보았다. 어쩜 자기가 좋아하는 작가와의 대화를 방해해서 노려보는 건지도 모르겠다.

"평생 살면서 이 양반이 이러는 거 못 봤는데 어젯밤에는 거 뭐냐? 예전에 의연이 네가 무한소년인가 뭔가 하는 그룹 콘서트 갔다 와서 들떴을 때처럼 굴지 뭔가."

"엄마!"

엄마의 대답이 언제나 나에게 불리하다는 걸 알았어야 했는데.

"왜 잠도 안 자고 쫓아다니면서 우리 오빠가 얼마나 멋있었는지, 누가 누구와 어떤 식으로 춤을 췄는지 다 재연하면서 날 들볶았잖아? 아빠도 그때랑 똑같더라. 무슨 소설의 어떤 장면이 이랬다는 둥 저랬다는 둥 하는데 역시 부녀구나 했지."

"이 사람이!"

성공적으로 나와 아빠를 동시에 깐 엄마를 못마땅해하는 아빠의 나무람에도 아랑곳하지 않고 엄마는 단 작가를 향해 씩

이모네 집에 갔는데
이모는 없고

웃었다.

"나도 지금 자네 책을 보고 있네."

"그래요? 떨리는데요. 재미있어야 하는데."

나는 나의 빠순이 시절 이야기를 단 작가가 어떻게 생각할까 마음이 조마조마했지만, 단 작가는 시크하게 대화를 넘겼다. 내가 과거 아이돌 빠순이였다는 사실은 단 작가에게 그렇게 큰 인상을 남기지 못한 모양이다. 엄마가 내가 단 작가 빠순이였다는 사실을 몰라서 다행이다. 내가 단 작가 책을 소장용, 독서용, 대여용, 선물용 해서 한 번에 최소 5권은 산다는 걸 알면 신 나서 단 작가에게 고해바쳤을 텐데.

가슴을 쓸어내리며 손님용 그릇을 꺼내려 다용도실로 가려고 할 때였다. 그림자가 쓰윽 하고 앞을 가로막았다.

"작가님?"

복도의 어둠을 등진 채 단 작가가 나를 내려다보고 있다.

"왜……요?"

"무한소년이라고요?"

"아."

짧게 외마디를 끊어 내고 부지런히 딴청을 시작했다.

"이 복도에 불이 꺼지는 바람에~ 엄마가 제대로 청소를 못했다고 하시더니~ 어머, 여기에 먼지가? 작가님 거실로 가 계세요. 여기 먼지가 너무 많네요."

"무한소년?"

"에이, 왜 그러세요. 그런 건 취미 생활이죠."

"취미 생활이 빠순이에요?"

단 작가의 고귀한 입에서 빠순이라는 단어가 나오다니. 이럴 줄 정말 몰랐다.

"원래 편집자들은 대부분 빠순이 성향이 강하다고요. 우리 출판사만 해도 단 작가 스토커가 2명……. 아니, 한수도 편집자였잖아요."

대답 없이 단 작가가 나를 가만히 내려다보다가 한숨을 내쉬었다.

"빠순의 빠순이라니. 내가, 내가 빠순의 빠순이라니."

그러고는 알 수 없는 주문을 외우며 돌아섰다. 도대체 저게 무슨 말이야? 빠순의 빠순?

"와, 저 콩나물국 정말 좋아해요."

음침하게 주문을 외우며 돌아 나간 단 작가는 내가 그릇을 가져왔을 때 엄마 옆에서 열심히 애교 신공을 펼치고 있었다. 두 얼굴의 사나이인가? 저 사람이 내가 아는 단 작가가 맞는지 매일매일 새롭다.

"아, 그릇 가져왔어요?"

단 작가가 얼른 다가와 붙임성 좋게 내가 가지고 있던 그릇을 받아 들었다.

"한 번 씻어야 하죠, 어머님?"

"응~ 한 번 씻어야지."

이건 뭐 내가 딸이 아니라 며느리 같고, 저 둘이 모자 같다. 시댁에 가서 약간 소외감을 느낀다는 게 이런 건가? 둘이서 하하 호호 나란히 서서 하나는 설거지하고 하나는 국 끓이다가

이모네 집에 갔는데
이모는 없고

맛보라며 옆 사람에게 먹여 주는 모습을 보자 질투가 나는 것 같기도 하고. 기분이 이상하다.

하지만 그 기분은 아빠가 똥 마려운 강아지처럼 끙끙대며 생전 걸음하지 않던 부엌 근처를 어정거리는 모습을 발견했을 때 극도로 이상해졌다.

"다, 단 작가 내가 보여 주고 싶은 컬렉션이 있는데……."

"그 컬렉션은 책이잖아요! 책은 도망가지 않으니까 당신이 양보해요!"

"뭐야? 남자가 부엌에 들어가면 꼬추 떨어……."

아빠!

그릇에 국을 옮겨 담던 단 작가 쿡 하고 헛기침을 했다.

"이제 금방 밥 먹어야 해요. 자리에나 앉아요. 그 컬렉션은 밥 먹은 다음에 보여 주고. ……한 서방이 콩나물국을 좋아한 다지 뭐예요? 어쩐지 내가 눈을 뜨자마자 콩나물 대가리를 따고 싶더라니."

콩나물 대가리라니……, 그것도 대가리를 따고 싶다니. 언어 사용 진짜 살벌하다.

"쯧! 말본새하고는."

못마땅하게 엄마를 쏘아본 아빠가 식탁이 앉았다. 원래는 저런 사람 아닌데. 밥상 다 차릴 때까지 서재에서 나오지 않는 양반인데 이렇게 가족 식사 시간에 협조적인 거…… 처음이다.

"호호호! 내가 작가님 앞에서 너무 직설적이었나?"

그러거나 말거나 상에 그릇을 옮기며 엄마는 마냥 신 났다. 사실 정확히 따지자면 직설적인 게 문제는 아니다. 엄마는 어차피 눈치도 없고 어휘력도 없다.

　은퇴 후 함께 일하던 교사분들과 함께 정규교육에 적응하지
못한 아이들을 데려다가 수업을 하고 있는 아빠는 아침 식사 후
나가 봐야 하는 입장이었다. 보통 때 같으면 본인 식사가 끝나
자마자 숟가락 내려놓고 바로 나갈 채비를 하지만 오늘은 좀 달
랐다. 몇 번이나 단 작가와 나, 엄마가 앉아서 과일을 찍어 먹고
있는 부엌을 들락거리더니 단 작가에게 요렇게 물어본 것이다.
　"점심은 먹고 갈 거지? 내가 잠깐 수업 나갔다 와야 해서 말
이야."
　아빠 이렇게 안 봤는데, 정말 실망이다. 팬심이란 정말 수치
를 모르는 걸까? 사람이 염치가 있어야지, 남의 집 아들을 뜬
금없이 하루 재웠으면 만족해야지 점심 식사까지도 하고 싶어
하면……. 단 작가는 얼른 서울에 가서 많은 일을 해야 한다.
글도 써야 하고, 글도 써야 하고, 글도 써야 하고.
　그런데 아빠는 댈 것도 아니었다. 단 작가나 내가 뭐라고 입
도 떼기 전에 엄마가 요렇게 말한 거다.
　"하루 더 자고 가야 해요. 오늘 의지 온다고 했거든."
　"뭐라고요?"
　나도 모르게 벌떡 일어났다. '하루 더 자고 가야 해요'는 들
리지도 않았다. 오늘 누가 온다고? 누가? 하의지? 내 언니? 중
국 사는 그 여성?
　"응. 왜 그렇게 놀라? 오늘 아침에 의지가 전화해서 온다고
하더라고. 자기도 와서 한 작가 얼굴 봐야겠다는 거야. 확인해

이모네 집에 갔는데
이모는 없고

야 할 게 있다고."

하의지가 서해를 건너 무얼 확인하러 오는 건지 생각하니 모골이 송연해졌다.

나이 차가 있는 언니란 너무 귀찮다. 동생도 나이가 들다 못해 늙어 가는 입장인데, 동생을 믿지 않고 꼭 자기가 확인하겠다고 하면 나는 어쩌란 말이냐.

"안 돼요! 나도 올라가서 할 일이 많고 단 작가님도 바쁘신 분이란 말이야. 하루 잔 것도 진짜 난감한데 엄마 아빠는 어떻게……. 생각해 봐! 내가 남자 집에 인사 가서 이틀이나 자고 온다고 하면 엄마 아빠는 괜찮겠어요?"

"그게 왜?"

"그게 뭐?"

30년 넘게 산 단결력으로 두 부부가 시침 뚝 떼고 현실을 부정했다. 의지 언니 결혼했을 때 시댁에서 이틀 잤다고 우리 의지 불편하면 어떡하느냐고 전전긍긍했던 분들 같지 않다.

"안 돼! 마감도 코앞이고 아무리 휴가계를 냈다고 해도 나 이럴 때가 아니란 말이에요."

어떻게든 필사적으로 서울로 올라가야 하는 이유를 대고 있는데 단 작가가 이러고 있다.

"전 괜찮은데요."

작가님!

"온 김에 ㅊ…… 언니분도 만나고 가면 좋겠네요."

이 사람이 정말! 내가 흘겨보는데도! 어젯밤 내 손을 꼭 잡고 뭐든 다 해 주겠다던 단 작가는 어디로 간 건지 단 작가는 얼쑤 얼쑤 예쁘게 웃으면서 엄마 비위를 맞추는 데 여념이 없다.

하지만 그가 하의지를 몰라서 이러는 거지 안다면 이러지 않을 거다.

그냥 편안한 상태의 하의지도 의지 넘치는 사람인데, 지금 아마 하나뿐인 동생이 속고 있는 건가 싶어 눈에 불을 켜고 있을 테니까 의지가 솟구치는 정도가 예사롭지 않을 거다.

이럴 때면 하의지는 하의심으로 변신한다. 하의심은 하의지의 제2의 자아인데, 툭하면 출동해 소설을 쓰고, 그 소설을 바탕으로 사람을 심문한다. 게다가 의심이 얼마나 많은지 봐라. 내가 확인했다고 했는데도 내 말을 믿지 않고 직접 확인하겠다고 당장 비행기 타는 거……. 도대체 자기가 어떻게 확인할 건데?

"그으래? 그럼 내 얼른 갔다 올게."

평소 출가외인이라며 하의지의 귀국을 마냥 반기지만은 않는 아빠가 오늘만은 입장을 바꿔 기쁜 표정을 지었다. 단 작가가 하루 더 자야 한다는 말이 엄청 마음에 드나 보다. 싱글벙글 웃으며 단 작가의 어깨를 툭 치더니 엉덩이춤을 추면서 현관을 나선다.

원래 아빠가 출근할 때 엄마와 내가 일렬로 서서 배웅하는 것은 물론 문까지 열어 줘야 하는데 오늘은 그런 거 없다. 난 아빠가 혼자서 현관문을 열고 나가 출근할 수 있는 양반이라는 거 처음 알았다. 단 작가가 아빠에게 스스로 교육을 시키는구나.

"아버님, 다녀오세요."

엄마와 내가 아빠의 스피디함에 놀라 멍한 사이 단 작가가 번개같이 일어나 아빠를 배웅했다. 아빠의 얼굴은 마냥 흐뭇하

이모네 집에 갔는데
이모는 없고

지만, 지금이 기회였다. 나는 단 작가가 엄마 옆에서 떨어진 틈에 쫓아가 옆구리를 쿡 찔렀다.

"작가님, 전 오늘 올라가 봐야 해요."

단 작가가 나를 물끄러미 쳐다봤다. 그러더니 단호하게 봉창을 두드렸다.

"하의연 씨, 아침에 봐도 예쁘네요."

"고맙……. 아니, 지금 그게 문제가 아니라요! 언니는 나중에 만나요. 올라가서 해야 할 일이 많단 말이에요."

"어차피 내가 안 내려왔으면 오늘 못 올라가는 상황인데?"

분위기 파악 못 하고 단 작가가 물었다. 그래, 이 상황에서 단 작가가 분위기 파악하는 것도 이상한 거지만!

"그건 그거고!"

내 속도 모르고 단 작가가 다정하게 웃었다.

"이왕 이렇게 된 거 하 편집도 좀 쉬고 올라가요. 출판사 일, 고된 거 내가 아는데……."

배려가 넘치지만 시추에이션이 배드하다.

"아뇨, 그게 저기……."

"얘! 너희들 나만 따돌리고 둘이 쑥덕거리기 있어?"

설명할 수도, 설명하지 않을 수도 없어 내가 더듬거리는데 식탁에서 단 작가를 기다리던 엄마가 3분을 참지 못하고 우리를 채근했다. 조금 전 아침 식사 내내 아빠는 단 한 마디도 못 하게 따돌리던 엄마의 말이라고는 믿어지지 않는다.

"편하게 쉬어요. 출판사 쪽은 내가 잘 말할게요."

그게 아니라!

하지만 다독이듯 내 어깨를 한 번 쥐었다 놓은 단 작가는 벌써 팔랑팔랑 식탁에 가 앉는 참이다. 그런 단 작가를 보는 엄마의 눈이 하트다.

"한 작가~ 보통 글 한 편 쓰는데 시간 얼마나 걸리나?"

"어머님, 승준이라고 편하게 부르세요."

"오호호! 어떻게 그래."

아까 '한 서방'이라고 부른 건 마음의 소리가 무의식적으로 발로한 것인가 보다. 어쩐지 너무 아무렇지도 않게 호칭을 교체한다 했다. 그래도 다행이다. 눈치도 없고 염치도 없는 엄마가 상식마저 없진 않아서.

"날 잡고 나면 한 서방이라고 불러야지. 그리고 난 한 작가라는 호칭도 좋아. 내 평생에 작가를 이렇게 가까이 볼 줄 어떻게 알았겠어?"

"하하! 어머님도 참! 하긴 어머님이 하도 젊어 보이셔서 이름을 부르면 사람들이 큰 누님으로 알 수도 있으니까요."

단 작가…… 정말 이렇게 안 봤는데 입에 침도 안 바르고 거짓말이 청산유수다.

"호호호홍! 이 사람도!"

이상하게 두 사람이 앉아 있는 식탁 쪽이 밝게 느껴진다. 참 교과서적인 호감 표현의 대화가 아닐 수 없다. 하하호호 하하호호라는 한글 자막이 공기 중에 떠다니는 듯한 느낌이다.

뭔가 막 불만이 생기려는데 단 작가가 뒤를 돌아보더니 포크에 찍은 참외를 내게로 내밀었다.

"의연 씨, 뭐 해요? 와서 참외 먹어요."

이모네 집에 갔는데
이모는 없고

엄마의 눈에 떠오른 건 두 개였다. 하나는 '참 좋을 때다'였고, 다른 하나는 '저게 지금 복을 받으려고 여태까지 그렇게 박복했던 건가'다.

"감사합니다."

주춤주춤 걸어가서 참외를 받아먹은 내 의견을 묻는다면……
동감이다.

하의지가 위풍당당하게 문을 걷어차고 등장한 것은 단 작가가 메카닉에 빙의하여 온 집 안에 못을 다 박고, 망가졌던 전자 제품을 고친 후, 삐꺽거리는 문 경첩에 기름을 치고 있을 때였다. 뻔뻔하게 단 작가를 부려 먹는 엄마, 내가 됐다고 하는데도 그걸 땀 뻘뻘 흘리며 하고 있는 단 작가, 양쪽 다 기가 막혀 말도 못 하고 있는데 하의지가 우렁차게 엄마를 불렀다.

"엄마! 나 왔어요!"

"어머! 의지 벌써 왔나 봐!"

단 작가와 함께 문간에 쭈그리고 앉아 있던 엄마가 반짝 고개를 들고 일어났다.

"내, 내가 나갈게요!"

대기하고 있었던지라 번개와 같이 현관문을 열고 나가자 하의지의 얼굴이 밝아졌다.

"하의연!"

"언니!"

"어디 있냐? 내가 아무리 생각해도 너나 엄마 아빠한테 말릴 수가 없어서 직접 확인……. 읍!"

"제발. 제발. 제발. 아무 말도 하지 마."

달려가 언니가 들고 온 짐을 받으며 엉덩이로 언니를 정원 한쪽으로 몰았다. 무슨 말인지 모르는 듯 나에게 밀렸던 언니가 눈을 가늘게 뜨더니 날 노려봤다.

"왜 이래?"

"뭘 어떻게 확인할 건데? 엄마 아빠는 단 작가 맘에 들어 한단 말이야. 괜히 분란 일으키지 말고……."

"얘가 뭔 생각을 하는 거야."

하의지가 콧방귀를 풍 꼈다.

"그럼 내가 설마 동생 남자 친구를 덮치는 방법으로 확인하겠어? 바지를 벗겨 보겠어? 게이들은 이야기해 보면 안단 말이야."

"그, 그래?"

"그래! 너처럼 인간관계 좁고 들입다 책만 보는 애나 모르지. 난 사람도 많이 만나고 친구도 많으니까……. 내 친구 중에 게이도 많아."

그럴 수도 있다. 하의지는 나와는 달리 세계 각국에 다양한 친구들을 많이 만들어 놓은 여자다.

"아닐 수도 있지만……. 한국에서는 게이들이 설 자리가 좁기 때문에 아닌 척하고 여자 만나는 경우가 많거든. 당연히 행복할 순 없지. 본성을 거스르는 거니까. 내가 그런 사정을 이해 못 하는 건 아니지만, 내 동생을 불행하게 할 수는 없어."

하지만 그렇다기에 단 작가는…… 뽀뽀를 너무 좋아하는데.

내가 게이에 대해서, 그러니까 나와는 다른 인간들에 대해

이모네 집에 갔는데
이모는 없고

하의지보다 잘 모른다는 건 인정해야만 했다. 내가 사회생활을 글로 배우는 동안(출판사 외에는 직장 경험이 없다), 하의지는 전 세계 방방곡곡 다니면서 친구 사귀고, 놀고, 파티하고 했으니까.

그래도 아닌 거 확실한데, 느낌이 그런데……

"의연 씨?"

등 뒤에서 단 작가가 나를 부른 건 그때였다. 현관문에서 정원으로 내려오는 돌계단 참에 선 단 작가가 벽에 붙어 선 채 수상하게 쑥덕거리고 있는 우리를 바라보고 있었다.

먹이를 발견한 매의 눈초리로 하의지가 고개를 획 돌렸다. 그리고 눈이 가늘어졌다. 머리 가슴 배, 순식간에 단 작가를 해체시켜 하나하나 뜯어보는 하의지의 매서운 눈빛에 어쩐지 내 심장이 쫄깃해졌다.

하지만 단 작가는 그런 거 없는 모양이다. 두 자매가 꼼짝도 않고 서서 자기만 바라보자 고개를 갸우뚱하더니 천천히 계단을 내려와 우리 앞까지 걸어왔다. 그리고 예의 몹시도 빛나는 미소를 언니에게 날렸다.

"하 편집자 언니 되시죠? 말씀 많이 들었습니다. 들은 것보다 훨씬 미인이시네요."

엄마를 한 방에 케이오시켰던 그 화사한 미소에도 아랑곳않고 엄한 눈빛을 보내던 언니가 전투 직전의 장수가 적의 장수에게 악수를 청하듯 손을 불쑥 내밀었다.

"안녕하세요, 저도 말씀 **많이** 들었어요."

단 작가는 심각할 정도로 불길하게 들리는 '많이'를 신경 쓰지 않았다. 여전히 미소를 잃지 않은 채 양손을 들어 보였을 뿐이다.

"죄송합니다만 손이……."

경첩에 기름을 치다 말고 나와서인지 단 작가의 손은 기름으로 얼룩져 있었다.

"아, 엄마가 지금 문 소리 나는 거 고치고 싶다고 하는 중이었거든."

이 시점에서 하의지의 의지력이 조금 약해졌다. 언니는 이런 거 좋아한다. 남자가 맥가이버처럼 집안일에 만능인 거……. 형부가 그런 타입이 아니라 집에 못 박는 것도 언니가 하게 되면서 생긴 남자 취향이다.

"짐은 들고 들어갈게요. 그리고 손 씻고 다시 인사하는 걸로 하죠."

단 작가가 싱긋 웃고 내 손에서 짐을 뺏어 들고 앞장서기 시작했다. 그 뒷모습을 가만히 보던 하의지가 내 귀에 대고 속삭였다.

"야, 괜찮은데?"

"그렇다니까?"

"더 의심스러워졌어. 저런 애가 왜 네가 좋다고 우리 집에 와서 문에 기름 치고 있어?"

친언니는 친부모만큼 솔직하다. 우리 가족의 혈통에는 일정 퍼센트 이상의 진실 농도가 존재하는 것이 분명하다.

"나도 진짜 궁금해. 나 전생에 나라를 구한 게 아닌가 싶어."

나도 우리 가족이라는 건 두말할 필요가 없다.

아빠 엄마도 그렇지만, 하의지도 보통은 아닌 사람이다. 그래서인지 난 옛날부터 이런 상황에 대해 생각해 본 적이 있다. 내가 남자를 집에 데려왔을 때, 가족들의 반응은 어떨 것인가? 그 사람이 단 작가가 될 거라고는 생각해 보지 않았고, 지금도 사실 얼떨떨하기 그지없지만, 내가 누굴 데려오든 단 작가보다 더 모범적으로 반응할 수는 없을 것 같다는 생각이 든다.

　"≪보이지 않는 얼굴≫에서 화자의 의식 흐름이 ≪젖은 어깨≫와 비교해 보면 좀 더 오픈된 경향이 있는데 이건 자네가 의도한 건가?"

　"어머, 한 작가! 이것 좀 먹어 보게."

　"승준 씨는 요즘 연애에 대해서 어떻게 생각해요? 책에서 보면 주로 에로틱한 사랑보다는 에피쿠로스적이면서도 플라토닉한 사랑을 추구하는 것 같은데, 그건 개인 경험과는 무관한 거죠? 무관해야 하는데."

　"나는 언제나 단편 ≪야윈 무릎≫이 ≪젖은 어깨≫의 스핀 오프 같은 이야기라고 생각했다네. 내 생각이 맞나?"

　"한 작가, 내가 이쪽 받침대가 매일 흔들려서 겁났는데 못 두 개만 따악~ 박으면 끝날 것 같아서 말이야. 그런데 이 양반은 눈이 안 보인다면서 자꾸 뒤로 미루지 뭐야? 시간이 더 지나면 눈이 좋아지나? 자네가 못 두 개만 따악~ 박으면……."

　"승준 씨, 작가들은 경험이 다양해야 하는 거 맞아요? 어떤 사람들은 순수한 상상의 소산으로 쓴다 하고 어떤 사람들은 자신의 경험대로 쓴다고 하던데, 거기에 따르면 승준 씨 작품들은 에로틱한 부분이 너무 부족한……."

하루 종일 단 작가는 아빠, 엄마, 하의지에게 골고루 자기 자신을 분배했다. 엄마를 위해 집 안을 리모델링하고, 하의지가 의심으로 가득 차서 던지는 조금 더 노골적인 질문들에 대답하고, 아빠를 위해 형이상학적인 책 이야기를 했다. 옆에서 보는 내가 다 지칠 지경이었는데 그는 꿋꿋했다.

FBI, CIA, KGB에게 동시에 심문을 받는 것 같은 하루가 끝난 지금, 단 작가는 아빠와 바둑을 두는 중이다. 엄마는 전에 아빠 바둑알과 바둑판을 다 갖다 버린 전력을 까맣게 잊고 마치 태어날 때부터 바둑을 사랑했다는 듯이 진지하게 대국을 감상 중이고.

거실에서 TV를 보는 척하면서 단 작가를 스파이질 하던 하의지가 불안하게 뒤를 힐끔거리는 내 무릎을 발로 툭툭 쳤다.

"야, 확인 어떻게 했냐?"

하의심 출동!

"쉬! 하지 마!"

"끝까지 확인했어?"

"확인하는데 끝이 있고 시작이 있어?"

"그걸 모르는 거 보면 확인 안 했는데?"

시작은 뭐고 끝은 뭔지 궁금하다. 하지만 그러니까 설명하긴 어렵더라도 내 생각에는 확인을 한 게 맞는 것 같다.

"말해 봐. 어떻게 확인했는데?"

"그게 중요해? 아닌 거면 됐지."

"아닌 거면 되는데, 널 못 믿어서 그래."

"날 못 믿을 이유가 없는 게 애당초 속아서 착각한 거였어.

이모네 집에 갔는데
이모는 없고

단 작가님은 내가 그런 착각을 했다는 거 자체를 모른단 말이야. 알리고 싶지도 않고."

"내 말이 그거야. 넌 원래 잘 속는 사람이라서, 지금도 속고 있을 수 있다고."

진짜 내가 우리 출판사에서 얼마나 의지가 되는 인물인지 말해 주고 싶다. 내가 이람 출판사의 하의지라는 사실을 언니가 알아야 하는데.

"봤어. 봤으니까 그만해."

"뭘 봐?"

하의심이 흥미진진하게 자세를 고쳐 앉았다.

"뭘 봤는지 내가 그걸 묘사하길 바라?"

"하지만 본 거는 고자가 아니라는 증명이지 게이가 아니라는 증명이 아닌걸?"

신이시여! 언니를 좀 잡아가 주세요! ……이런 건 악마에게 빌어야 하는 걸까? 하지만 하의지라면 신이든 악마든 쌈 싸 먹고 탈출할 거 같다.

힘든 하루가 끝나고 단 작가가 별채로 간 후, 네 식구는 의미심장하게 서로를 쳐다보았다. 넷 다 단 작가와 단둘이 하고 싶은 말이 많은 상황이다.

하지만 일찍 자고 일찍 일어나는 것이 습관이 된 아빠와 엄마는 불리했고, 경계해야 할 것은 하의지 정도, 그것도 먼 거리는 아니지만 비행기를 탄 터라 유리한 건 나였다.

밤이 깊어지고, 나는 어제의 실수를 되풀이하지 않기 위해 아빠의 코 고는 소리가 울려 퍼질 때까지 기다렸다. 그리고 엄마의 숨소리와 하의지의 잠꼬대 소리까지 확인하고 나서야 살금살금 별채로 움직였다.

"의연 씨."

문을 열어 주면서 단 작가는 인상을 찡그렸다. 어제도 단 작가는 그랬다. 이래 놓고 막상 더 좋아(?)할 건 자기면서 내가 자기 혼자 있는 방에 숨어드는 것이 참 곤란하다는 얼굴이다.

뭐 어제 '모친의 습격'을 생각하면 이해가 안 가는 것도 아니다. 심장마비 오는 줄 알았으니까. 이런 식으로 밤에 둘이 같이 있다 걸리면 따 놓은 점수를 다 까먹을 거다.

하지만 나는 꼭 해야 할 말이 있었다.

"잠깐, 괜찮아요?"

단 작가가 나를 물끄러미 쳐다보다가 조그맣게 한숨을 쉬며 몸을 비켰다. 들어오라는 거다.

"어머님이 또 오시진 않겠지만……."

"그건 알 수 없어요. 얼른 말하고 갈게요."

내 말에 단 작가가 눈썹을 올렸다 내렸다.

"일단…… 하루 종일 고생 많으셨어요."

"네?"

"아빠 엄마에 의지 언니까지…… 단 작가님을 너무 편하게 대한 거 말이에요. 우리 가족이 원래 좀 사람을 편히 대하는 데다가…… 단 작가님이 얼마나 대단하신 분인지 아빠를 제외하고는 잘 모를 거거든요. 책을 잘 안 읽어서요."

사과하는데 단 작가는 영 딴청이다. 내 이마를 만지작거리

이모네 집에 갔는데
이모는 없고

다가 이렇게 말하는 거다.

"처…… 언니분도 이마가 예쁘더라고요. 진짜 유전인가 보죠."

"네?"

단 작가가 손을 떼며 빙그레 웃었다.

"고생 아니었어요. 소중한 딸과 여동생을 데려가겠다고 온 사람인데, 오히려 너무 잘해 주신 거죠. 손님 대접했으면 서운했을 거예요."

이 사람은, 어떻게 이렇게 훌륭할 수 있는 걸까? 없던 사랑도 솟아날 판이다.

"어렸을 땐 이모까지 북적거리면서 살았는데, 이모도 독립해 나가고, 아버지 돌아가시고, 어머니는 제주도에서 거의 올라오시지 않아서 적적했나 봐요. 잘 의식하지 못했는데 아버님, 어머님에 언니분까지 함께 있으니 좋네요."

"……감사합니다."

아무리 생각해도, 오늘 하루가 편하고 좋았을 것 같지 않지만…… 그렇게 여겨 주는 마음이 정말 고마웠다.

날이 가고 달이 갈수록 단 작가의 좋은 면이 보이기 시작했다. 처음에는 좀 특이한 사람이라고 생각했는데…… 지금은 도대체 어딜 보고 특이하다고 생각했던 건지 전혀 모르겠다. 오히려 내가 아는 어떤 남자보다도 너그럽고 다정하고 어른스럽다.

"그래서 찾아왔어요? 신경 쓰지 않아도 되는데……."

단 작가가 내 양 뺨을 잡고 살짝 입을 맞췄다.

"얼굴 한 번 더 봤으니 난 좋지만."

나만큼 좋을까?

나도 모르게 발그레해져서 단 작가를 올려다보고 있노라니 하려고 했던 말……, 그러니까 내가 오해하고 있었다는 사실에 대한 고백이 머릿속에서 날아갔다. 게이의 'ㄱ' 자도 꺼내기 싫다.

　꼭 하의지 때문은 아니고, 뭔가 숨기고 있다는 기분이 싫어서 고백하려고 했던 건데……. 어쩌면 그건 그냥 핑계에 불과했는지도 모르겠다. 단 작가가 보고 싶어서, 고백이나 하자(?)며 별채로 숨어든 것 같다는 생각이 들어 양심에 가책이 느껴진다.

　그래도 할 수 없다. 지금 이 순간이 너무 좋으니까.

　내 귓가를 사랑스럽게 만지작거리던 단 작가가 다시 고개를 숙여 입을 맞췄다. 그리고 관자놀이에, 귓가에, 다시 이마 위에, 코 끝에……. 나도 모르게 눈을 감아 버렸다. 그러자 낮게 웃는 소리가 귓가를 간질였다.

　그리고 다시 입술…….

　마치 처음부터 이러기로 작정했던 것처럼 단 작가의 팔이 내 등을 안고, 내 팔은 단 작가의 허리를 안았다.

　키스가 깊어졌다.

　그런데.

　똑똑.

　비상 훈련도 반복하면 익숙해진다고, 어제보다는 모든 것이 쉬웠다. 얼른 옷장으로 들어가며 슬쩍 보자 단 작가도 어제보다 훨씬 침착해 보였다. 그는 내가 옷장 문을 닫을 때까지 침착하게 기다렸다가 방문을 열었다.

　그런데…….

　"승준 씨, 잠깐 이야기 좀 괜찮을까요?"

이모네 집에 갔는데
이모는 없고

하의지다.

도로 뛰쳐나가려다가 생각하니 새삼 옷장에서 나가는 것도 꼴이 우스울 것 같아 그냥 자리를 잡고 앉아 버렸다. 어제에 이어 이틀 연속으로 옷장 속에서 쭈그리고 있자니 이제는 옷장 안에서 좀 더 편한 자세로 숨어 있는 법에 대해 책도 쓸 수 있을 것 같다. 바깥 이야기를 더 잘 엿듣는 방법에 대해서도.

하의지가 별채 내부를 매의 눈으로 스캔하는 것이 느껴졌다. 별채는 우리 집이고 암만 스캔해도 단 작가에 대한 그 무엇도 알아낼 수 없을 텐데……. 하여튼 하의지도 생각이 짧다.

이어서 옷깃 스치는 소리, '앉으세요.', '네.' 같은 의례적인 인사들이 오고 갔다.

하지만 거기까지, 예의는 딱 거기서 끝났다.

하의지의 장점이자 단점은 돌아가고 떠보는 거 없이, 곧장 목표를 향해 직진한다는 거다.

"우리 의연이…… 건드렸어요?"

나도 모르게 문을 열어젖히려 하는데 문이 쾅 하고 도로 닫혔다. 번개처럼 날아온 단 작가가 옷장 문을 밀어 누른 거다. 왜? 내가 지금 하의지의 멱살을 잡을 타이밍인데! 언니고 뭐고 없다. 저걸 말이라고!

"뭐…… 하시는 거예요?"

자기 동생을 건드렸냐고 묻자 날아가 옷장을 후려친 남자를 향해 하의지가 수상함을 가득 담아 질문했다.

"예상치 못한 질문이라서요."

약간 시간이 필요하긴 했지만 침착성을 되찾은 단 작가가 가볍게 한숨을 내쉬었다. 순간 옷장 안에 기온이 확 올라갔다. 아니, 내 얼굴이 화끈해졌다. 하의지! 하의지! 정말 가만두지 않을 테다!

"그런…… 그런 일은 없었습니다."

단 작가는 성격도 좋다. 왜 저걸 대답하고 있단 말인가?

"'그런 일'이 뭔데요?"

저따위 질문을 일삼는 하의지에게는 점잖게 대할 필요가 없는데! 하의지가 대륙의 기를 받더니 완전 이상해졌다!

"적어도 걱정하실 만한 일이 없었던 건 확실합니다."

확실히 이러저러 일이 있긴 했어도 걱정할 만한 일은 없다. 말 그대로 우문현답愚問賢答! 내 가족이 부끄럽고 단 작가가 자랑스럽구나.

하지만 이어진 하의지의 발언은 단 작가의 상상을 뛰어넘는 것이었다.

"해 주세요."

"예?"

단 작가의 목소리 끝이 갈라졌다. 그 짧은 단말마의 반문을 끝으로 방 안은 고요해졌다. 단 작가가 선 채로 돌이 되어 버린 걸까?

"이상하게 들릴 수도 있는 거 알아요. 하지만 나는, 단 작가가 우리 의연이한테 걱정할 만한 일, 해 줬으면 좋겠어요. 왜요? 못 하겠어요?"

"아니, 못 하다니……. 하지만 그건……."

처음으로 단 작가의 말문이 막혔다. 하의지 대단하다. 작가

이모네 집에 갔는데
이모는 없고

의 말문을 막히게 하다니!

"엄마 아빠는 기절하겠지만, 요즘이 어느 때인데요? 인사는 오면서 걱정할 만한 일은 안 하다니…… 요즘은 고등학생도 그런 식으로 연애하지 않……."

하의지의 말이 채 끝나기도 전이었다.

똑똑.

옷장 속에서도 뚜렷이 들을 수 있는 노크 소리가 방 안을 울렸다.

"한 작가?"

엄마의 목소리와 동시에 후다닥 소리가 들리더니 옷장 문이 열리고 하의지의 한쪽 발이 쑥 들어왔다. 그 자세로 나를 발견한 하의지의 턱이 빠졌다. 하지만 지체할 시간이 없었다. 하의지는 이내 몸의 남은 부분도 옷장 안으로 집어넣고 문을 닫았다. 옷장 문이 열리고 다시 닫히기까지의 시간은 길어야 5초? 하의지, 스피드는 전혀 안 줄었다.

그렇게 우리 자매는 옷장 속에서 만났다.

"네, 어머님."

지친 목소리로 단 작가가 오늘밤만 세 번째로 방문을 열었다.

"자리끼야. 뭐 필요한 건 없나?"

방 안으로는 안 들어오는지 엄마 목소리가 멀다.

"괜찮습니다. 감사합니다."

자리끼를 받아 든 단 작가가 잠깐 망설이더니 엄마에게 물었다.

"어머님."

"으응?"

응흥흥~ 하고 엄마가 웃는 게 보이는 것 같았다. 아까 엄마는 단 작가가 저음으로 '어머님'이라고 불러 주는 게 희한하게 좋다며 소녀 같은 얼굴로 나에게 고백했다. 합창단을 해도 테너만 하는 아빠와 평생 같이 살아서인지 남자의 저음에 참 약한 엄마다.

"어제 밀어붙이라고 조언 주신 거 말인데요."

"으응, 왜애~?"

말꼬리를 길게 늘이는 모양새로 안 봐도 입꼬리가 귀에 걸렸다는 걸 알 수 있었다.

"저는 의연 씨 마음이 정말 저에게 온 건지 확신이 없어 늘 불안해서 말입니다. 정말 밀어붙여도 될까요?"

엄마가 다시 응흥흥~ 하고 웃었다. 뭔가 음흉한 생각을 할 때마다 저렇게 웃는 엄마다.

"될 거야. 의연이가 '녜.' 하니까."

"예?"

옷장 속에서 언니와 내 눈이 마주쳤다.

"애가 좀 어리바리 정신없으면 '녜' 하거든. 그게 서울 가서 공부하고 일하면서 싹 사라졌기에 제 앞가림은 하나 보다 했는데, 자네 앞에는 종종 '녜' 하고 대답하더구먼. 누군가 앞에서 마음이 풀어진다는 건 일부러 되는 일도 아니고, 그만큼 뭔가 있기에 그런 건가 보다 했지. 날 믿고 밀어붙여 봐."

단 작가가 웃는 것 같은 느낌이 들었다. 그가 웃으면 묘하게

공기가 살랑거린다.

"네, 어머님!"

"어머! 응흥흥흥~!"

정말 기분 좋은지 살래살래 웃는 엄마의 목소리가 멀어졌다. 타박타박 발걸음 소리도 어느 때보다 가볍다.

옷장 속에서 자매가 튀어나오는 모습은 이상한 나라의 토끼가 구덩이로 다이빙하는 것보다 나을 것이 하나도 없었다. 어색하게 옷장에서 나온 나와 의지 언니는 팔짱을 끼고 서 있는 단 작가 앞에서 어쩐지 죄인 같은 기분으로 한참 동안 시선만 교환했다.

먼저 웃음을 터트린 건 의지 언니다.

"아, 살다 보니 이런 일이 다 있네?"

뻔뻔한 인간.

의지 언니가 단 작가의 어깨를 두드리며 호탕하게 웃었다.

"재미있죠? 이런 일 흔하지 않아요. 작품의 소재로 쓰는 거……
인정할게요!"

"그 흔치 않은 일이 어제도 일어나서 말이죠. 두 명이나 들어갈 수 있다는 건 처음 알았지만."

단 작가가 미소 지었다. 이런 상황에서도 미소 지을 수 있다니, 단 작가는 정말 나를 좋아하나 보다.

"그나저나 네가 '네' 하는 건 난 몰랐는데 넌 알았어?"

하의지가 고개를 갸우뚱했다.

"글쎄……. 의식해 본 적이 없어서."

거짓말하면 딸꾹질하는 거 말고 또 다른 증상이 있었다니, 금시초문이다.

"전 알았어요."

"녜?"

단 작가의 말에 놀라 대답했다가 입을 막았다. 방금 '녜?'라고 했다. 하의지가 깔깔대고 웃기 시작했다.

"그게 무슨 의미인지 몰랐을 뿐이죠."

내 머리를 쓰다듬어 주는 단 작가의 눈빛 속에서, 나는 무척이나 사랑스러운 여자가 되었다.

……하의지가 분위기를 깨기 전까지.

"야야! 이리 와 봐."

분위기와는 무관한 하의지가 방문을 열고 나를 손짓해 불렀다.

"왜?"

"엄마가 진짜 몰랐을까?"

별채 마루로 들어오는 댓돌 위에 못 알아보기 힘든 하의지의 형광 '마데 인 차이나' 신발과 내 운동화가 나란히 놓여 있었다.

잠깐 나와 시선을 마주치고 있던 하의지가 결의에 찬 표정으로 단 작가를 돌아보며 이렇게 말했다.

"아무래도 진짜 엄마 마음에 든 모양이니까 이렇게 된 거 화끈하게 걱정할 만한 일을……."

"언니!"

나 진짜 못 살겠다!

이모네 집에 갔는데
이모는 없고

단나인

내가! 진짜! 가만있지! 않을 테다!

무지개 오피스텔로 향하는 언덕길을 올라가며 나는 액셀을 거칠게 밟았다. 부웅~ 하고 엔진 음을 뱉어 내며 차가 언덕을 날듯이 타고 올랐다.

이모네 집으로 가는 길이었다. 이 원수! 철딱서니라고는 찾아볼 수 없는 무철 인간!

나와 하의연의 연애 소식에 가장 기뻐한 것은 당연히 이모다. 뭐 자기가 진작 이렇게 될 줄 알았다는 둥, 결혼하면 옷 한 벌을 빼 달라는 둥 하면서 설레발을 치는 건 그러려니 했지만, 무슨 생각인지 툭하면 하의연을 집으로 불러다가 노는 건 참을 수 없다. 왜냐고? 나와 놀아야 하는데 시간이 겹치잖아!

거칠게 주차하고 단숨에 오피스텔로 올라가 문을 열어젖혔다. 벨? 그런 거 누를 이유가 없다. 이모가 문 안 잠그고 산다는 거 모르는 사람은 이제 없다. 이모가 문을 잠그고 사는 사람이었으면 나와 하의연은 만나지도 못했을 거다.

"이모!"

"어이! 드디어 왔냐!"

자기 집 식탁에 앉아서 밥을 먹고 있던 이모는 나의 우렁차고도 공격적인 목소리를 싹 무시하고 반색을 했다. 그 뒤로 앞치마를 두른 채 찌개를 나르고 있던 하의연이 나를 보더니 활짝 웃었다.

"작가님!"

활짝 웃으며 나를 반기는 하의연이 예쁜 건 그렇다 치고, 이모……. 진짜 인간이 이렇게 염치가 없을 수가 없다. 여긴 자기 집인데 왜 하의연이 앞치마를 두르고 있는 거냐?

"오늘 하의연 씨 나와 약속 있다고 말했잖아!"

눈짓으로만 하의연에게 알은척하고 대뜸 이모에게 따졌지만 이모는 반성하는 기색이 없다.

"알아. 그런데 내가 배탈이 나 가지고…… 컨디션이 너무 안좋은 거야. 하 편집자가 끓여 주는 매운탕을 먹으면 딱 나을 거 같지 뭐야?"

배탈에 매운탕이 좋다는 소리는 생전 못 들어 봤다.

"예약해 놨단 말이야!"

"세상에 예약 취소라는 제도가 있다는 건 못 들어 봤어?"

뻔뻔하게 대꾸한 이모가 연기를 하기 시작했다. 눈을 동그랗게 뜨더니 패륜아 보는 눈으로 날 쳐다보기 시작한 거다.

"넌 그럼…… 네 이모가 배탈이 나 죽어도 상관없단 말이야?"

8년 전, 모친의 '이모가 굶어 죽어도 좋아?'에 필적히는 과장법에 황당했지만, 어차피 이 자매에게 염치란 없다.

이모네 집에 갔는데
이모는 없고

"한두 번이면 이해하는데 이게 벌써 몇 번째야! 이모 일부러 이러지!"

"일부러면 좀 어때! 난 외로운 솔로인데! ……하 편집, 쟤가 나한테 소리 질러."

도대체 왜 제일 나이 많은 윤지희가 제일 귀여운 하의연에게 어리광을 부리는 건지 모르겠다. 너무 모르는 게 많으니 어디서부터 짚고 넘어가야 할지 알 수가 없어 식탁 의자를 빼고 주저앉자 하의연이 방글방글 웃으며 내 식기를 챙겨 준다.

"식사하세요. 찌개가 딱 좋게 끓었어요."

"아! 진짜 끝내주는 레스토랑에 예약했는데!"

아직 과장의 함정에서 벗어나지 못한 이모가 호들갑을 떨기 시작했다.

"하 편집, 하 편집! 얘가 하 편집이 끓인 찌개 맛없대."

"내가 언제!"

"지금 그랬잖아! 하 편집이 끓여 준 찌개 먹는 것보다 식당에 가는 게 더 좋다고!"

미치겠다. 이 인간은 언제 나잇값을 하게 될까?

내가 이모의 허튼소리를 귓등으로 들으며 나잇값이란 무엇인가, 과연 이대로 이모를 두는 게 최선일까 사색하고 있는 사이, 식사 준비를 끝낸 하의연이 손을 닦아 내며 자리에 앉았다. 그리고 나와 눈이 마주치자 환하게 웃었다.

"찌개도 먹을 만할 거예요. 끝내주는 레스토랑은, 다음에 가면 되니까."

하의연은 천사인 걸까?

성큼 자라 버린 머리카락이 어깨 근처에서 찰랑이고 있었다. 몸에 잘 맞는 캐시미어 니트가 무척이나 잘 어울린다. 상큼하고, 따뜻하고, 여성미가 물씬 풍겨, 보고 있자면 가슴께가 자르르 운다.

날이 갈수록 예뻐지고 있다.

이 오피스텔에서 처음 본 그날보다 어제가 더, 그리고 오늘이 더……. 계절이 지날수록 하의연은 점점 예뻐지고 사랑스러워졌다.

영원히 돌아오지 않을 시간을 한 발자국씩 보내면서 나는 처음으로 우리가 함께하지 못한 시간을 아쉬워하고 있다.

"미안해요."

식사를 하고 거실에 앉아 사과를 깎기 시작한 하의연의 손에서 칼과 사과를 뺏어 들면서 사과했다.

하의연이 무슨 말인지 모르는 표정으로 눈을 동그랗게 떴다.

"이모네 집에 와서 이런 거 할 필요 없어요. 이모 괜히 혼자 신 나서 하 편집 귀찮게 굴죠?"

벌써부터 시이모 노릇하고 그러면 내가 가만두지 않을 거다. 하지만 하의연은 그런 내 말이 오히려 우습다는 듯이 까르르 웃었다.

"윤지희 작가님하고 제가 몇 년인데요. 전에도 편하게 지냈어요. 작가님은 신경 쓰실 필요 없어요."

"생각해 봤는데……."

사과가 부끄럽지 않도록 껍질을 깎기 전에 톡 쳐서 기절시

이모네집에 갔는데
이모는 없고

킨 후 칼을 꽂아 넣으며 입을 열었다.

"이제 슬슬 이름을 부를 때도 된 거 같아요."

"녜?"

잠깐 당황하는 얼굴이었던 하의연이 입술을 꼭 다문 채 수줍게 웃었다. 저렇게 웃을 때면 보조개가 제법 깊게 파여, 한층 애교 있는 얼굴이 된다. 그것이 무척 사랑스러워 나도 모르게 넋을 잃고 보다가 내 손의 껍질을 깎았다.

"아!"

"어머!"

깊게 베진 않았지만 금세 빨갛게 피가 맺힌 손을 들고 있자니 화장실에 갔다 나오던 이모가 '오모모모모' 하더니 벽에 철썩 붙었다.

"나 피 못 봐! 나 피 못 봐!"

이것 참……. 별명이 군산 피바다라고 해도 납득이 가게 생기신 분이 저리 연약해서야.

오히려 피 한 방울 못 보게 생긴 하의연은 작은방으로 가더니 똘똘하게도 구급상자를 들고 온다. 장담하는데, 이모는 자기 집에 저런 게 있었는지도 몰랐을 거다.

"어라? 우리 집에 구급상자가 있었어?"

것 봐.

"많이 베진 않았으니까 소독하고, 반창고만 붙이면 될 거 같아요."

알코올 솜으로 상처를 누르면서 하의연이 진단했다. 그녀가 없었다면 침 한 번 바르고 말았을 텐데, 정말 뿌듯하다.

"야야, 둘이 머리 맞대고 그러지 말아. 그런 건 침 한 번 바르면 되는 거란 말이야."

내가 하의연과 살 집을 만들면서 독거노인이 된 이모가 살 수 있게 다락방도 만들려고 했는데 취소다. 아무래도 요양원으로 보내 버려야겠다.

춘천에서 돌아온 이후 나는 남녀가 유별하니 집 안에서 허튼짓을 하지 말라는 아버님의 말씀과, 그럼에도 불구하고 밀어붙였으면 좋겠다는 어머님의 말씀과 반드시 걱정할 만한 일을 하라는 처형의 부탁을 모두 완수하느라 바빴다.

해결책은 하나였다. 산으로 들로 다니면서 경치가 기막힌 곳에 차를 세워 놓고, 이것도 하고, 저것도 하는 것. 원래는 방 안에서 이것도 하고 저것도 한 다음 스텝인데, 어떻게 하다 보니 순서가 좀 바뀌었다.

하의연으로 말하자면 약간 의구심을 느끼는 것 같았는데 그래 봤자 소용없었던 게 나에게는 마법의 주문이 있었던 것이다.

"그러니까 이게 정말 책에 나온다는 거죠?"

"지금 날 안 믿는 거예요?"

내가 제일 좋아하는 차의 기능이 뭐냐 하면 시트가 천천히 진동하며 뒤로 젖혀지는 거다. 느리게 진동 소리를 내며 시트가 뒤로 젖혀지고 그 위에 하의연이 누워 있는 순간이 최고다.

"아니, 안 믿는다기보다……."

안전벨트를 푸르고 입술을 맞추자 하의연은 진짜 믿는 건지 아니면 그저 믿고 싶은 건지 얌전히 눈을 감았다. 그런 그녀를

이모네 집에 갔는데
이모는 없고

보는 건 또 다른 즐거움이지만, 그 즐거움을 충분히 누린 적은 그렇게 많지 않다. 입을 맞추고 있다 보면 어느새 나도 눈을 감고 있고 내 손과 다리는 각기 다른 생명을 얻은 것처럼 움직이기 때문이다.

"윤 작가님도 같이 올 걸 그랬어요. 바람 쐬는 거 좋아하시는데."

"쉿! 이모는 잊어버려요."

아직 젖살이 남아 있는 뺨에 입을 맞추고 조그마한 귓바퀴에 입을 맞추고 나니 벌써 가는 목덜미가 긴장한 것이 느껴진다. 그동안의 연구 결과(?)에 따르면 하의연은 목덜미에 뜨겁게 키스해 주는 걸 엄청나게 좋아한다. 몸의 어디를 만져도 좋아하지만, 위에서부터 아래로 쓸어 내려가면 저도 모르게 엄청 섹시한 콧소리를 내고 내가 다리를 만지기 시작하면……. 거기서부터는 나도 잘 기억이 안 나서 정확히는 모르겠다.

"내 이름을 불러 봐요."

"하지만……."

"언제까지 단 작가라고 부를 거예요?"

"그냥 익숙한 걸요. 작가님도 하 편집이라고 부르잖아요."

"하 편집이 단 작가라고 부르니까 그러죠. 자, 따라 해 봐요. 한."

하의연은 고집스레 입을 다문 채 나를 올려다보았다. 그런 하의연의 입술을 꽉 깨물고 다시 고개를 들었다.

"한."

어이가 없다는 듯이 입을 벌렸던 하의연이 내가 다시 '한' 하고 재촉하자 눈을 흘겼다. 그래 봤자 언제나 그랬듯이 난 아쉬울 거 없다.

"그럼 계속 고집부려요."

다시 입을 맞췄다. 깊고, 섹시하게.

"한."

"한."

한계까지 숨을 몰아쉬며, 하의연이 '한'이라고 따라 했다. 눈은 흘겼지만 예쁜 목소리였다.

"승."

다시 입을 맞추고.

"승."

그녀가 말하고.

"준."

다시 입을 맞추고.

"준."

그녀가 말하고.

"사."

이번에는 좀 오래 걸렸다. 눈치 없는 걸로 하기로 해 놓고선 쓸데없는 데서만 눈치가 빠른 하의연이 당최 따라 하지 않고 웃기 시작한 것이다. 하지만 그냥 둘 내가 아니었다. 다시 한 번 깊고 깊게 키스……. 웃음이 멈출 때까지.

"사."

마지못해, 그러나 여전히 웃음을 머금은 채 하의연이 나를 따라 했다.

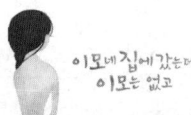
이모네 집에 갔는데
이모는 없고

"랑."

"랑."

"해."

"해."

마지막 '해' 자는 거의 웃음 속에 뭉개져서 들리지도 않았다. 뭐가 그렇게 즐거운지 몰라도 웃음을 터트린 하의연을 끌어안으면서, 나도 웃었다.

우리는 매일 이렇게 일없이 웃는다. 웃으면 엔도르핀이 나온다더니 그래서 하의연이 매일매일 예뻐지나 보다.

"아무래도…… 때가 된 거 같아요."

어스름히 내려앉은 산자락 위, 마지막 태양의 붉은 꼬리를 구경하다 가감 없이 내뱉자 하의연이 날 쳐다봤다. 차 안의 낮은 조도 속에서 마치 흑백사진처럼 보이는 얼굴 위로 까맣게 물기가 도는 눈동자가 참 예쁘다.

"무슨 때요?"

"무슨 때 같아요?"

"전…… 모르죠."

내가 말했으니 당연히 모르겠지.

헝클어진 하의연의 머리카락을 귀 뒤로 넘겨 주고 얼굴을 잡아 관자놀이에 입을 맞췄다. 입 맞출 데가 참 많은 여자다. 그게 마음에 든다.

"어? 눈 와요!"

내가 한참 키스하는데 딴청하는 건 마음에 안 들고.

마지못해 입술을 떼고 고개를 돌리자 하의연이 좋아하는 파노라마 선루프 위로 점점이 하얀 눈꽃이 피어 있었다.

"예쁘다!"

운전석으로 돌아와 선루프를 열자 눈꽃 송이가 하나둘 차 안으로 날아들었다. 그중 하나가 눈을 처음 본 아이처럼 손을 내민 하의연의 손바닥 위로 내려앉았다.

차가운 바람이 날아들어 와 젖은 머리카락을 건드리고 도망간다.

"둘이서 처음 보는 눈이에요."

하의연이 눈꼬리를 길게 늘이며 웃었다.

"그러네요."

나도 웃었다.

매해 지겹도록 보는 눈이었지만, 하의연과 함께 있을 때는 모든 게 다 달라 보인다.

그러니…… 아마도 때가 된 게 아닐까?

"그런데 말이에요."

응?

"제가 맡고 있는 다른 작가님은 시놉시스 작업이 끝난 지 얼마 안 되었는데 초고를 보내셨더라고요. 클라이맥스에서 하강하는 부분이 좀 지루하지 않느냐고 하셨는데 아기자기한 게 전혀 지루하지도 않았고요. 사실 전 그 글이 꽤 마음에 들었답니다. 물론 단 작가님이 열심히 작업 중일 글보다 더 좋지는 않을 거라고 생각하지만요."

하의연이 날이 갈수록 여우가 되어 간다는 느낌은 정말 느

이모네 집에 갔는데
이모는 없고

낌일까? 도무지 알 수 없는 여자다. 어느 때 보면 어리바리한 것이 한 입 거리도 안 되는 것 같은데, 어느 때는 숨도 쉴 수 없을 정도로 나를 쥐락펴락한다.

"아직 질문은 안 나온 것 같군요."

질문의 정의는 끝에 물음표가 붙을 수 있는 문장이다. 하지만 나의 불퉁한 답변에도 하의연은 조금도 당황하지 않았다. 그녀가 어떻게 했냐 하면 손을 뻗어 내 팔을 만졌다.

"그냥 저는 많이 기대하고 있다고요."

사랑받는다는 확신이 있는 여자들은 다 저런 걸까? 이제 글을 독촉하는 것도 어찌나 세련되게 하는지 모른다. 웃고 있는 눈이 평상시보다 백배는 예쁘고, 움직이는 것 하나하나 자신감이 넘치면서 처음 봤을 때보다 이만 배는 더 매력적이었다.

얼른 다시 조수석 쪽으로 넘어가면서 생각한 건 하나다.

안 되겠다. 진심으로 위기감을 느낀다. 이러다가 세상 남자들이 다 들러붙을 판이다.

그런 내 맘을 아는지 모르는지 하의연이 대담하게 내 목에 팔을 감아 왔다.

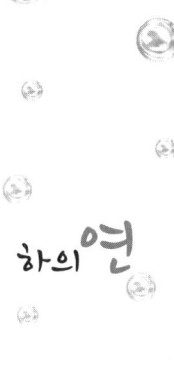

하의연

책 한 권을 만들고 나면 오만가지 생각이 다 든다. 처음 이 원고를 받기 위해 작가님을 만났을 때, 계약을 하고 시놉시스 단계에서 의논을 하며 의견을 주고받았던 때, 몇 번이나 시행 착오를 거치며 이야기 구조를 정했을 때, 이대로는 도저히 재미있는 이야기가 나올 것 같지 않다며 절망했을 때, 어울리는 표지와 카피 글을 만들기 위해 머리를 쥐어뜯었을 때, 그리하여 내 새끼라 칭할 만한 책이 마침내 내 손에 놓였을 때.

단 작가가 나와의 첫 글을 완성한 것은 내가 단 작가의 집을 방문했던 여름날 이후로 다사다난했던 세 계절을 보내고 계절의 여왕 봄의 한복판에 접어들었을 때였다.

여기까지 오는 길에 많은 일이 있었다. 그중에 가장 기억에 남는 건 제주도를 방문했던 일이다.

눈이 펑펑 와서 비행기를 타지 못하는 게 아닐까 걱정했던 겨울의 어느 날, 나와 단 작가는 제주도 행 비행기를 탔다. 명목상은 휴가였지만 결국에는 단 작가님의 어머님을 뵙기 위해서였다.

5년 전 지병으로 아버님이 돌아가신 후 어머님은 고향인 제주도로 내려가셨다고 한다.

"각오해 두는 게 좋을 거예요. 제주도에서 절반은 우리 엄마를 알거든."

단 작가는 자못 걱정스럽다는 듯 경고했지만, 사실 과장이라고 생각했다. 제주도를 안 가 본 것도 아니고. 그게 얼마나 넓은 섬인데 인구 절반이 어머님을 알겠는가?

하지만 놀랍게도 실제는 절반 이상이 어머님을 알고 있다고 해도 과언이 아닌 상황이었다.

일단, 제주 자치회의 회장, 세계 속의 제주 사이트의 운영자, 제주의 특산물 홍보 대사에 결정적으로 제주도에서 가장 큰 감귤 농장의 소유주가 어머님이셨다.

"아주 제때 왔어. 이때쯤이 맛이 제일 좋거든."

선 캡을 눌러쓴 채 쾌활하게 우리를 맞아 주신 어머님은 날 보자마자 환하게 웃으며 감귤 하나를 내미셨다. 그러는 표정과 행동이 윤 작가를 너무 닮아 당황스러울 정도였다.

"왜? 내가 너무 격의 없이 첫 인사를 했나?"

"아니에요. 그냥…… 윤 작가님과 너무 많이 닮으셔서."

"그래?"

호탕하게 웃으시자 내 눈앞에 있는 분이 어머님인지 윤 작가인지 헷갈릴 지경이었다.

"많이 닮았다는 이야기 자주 들어. 그래도 20살은 차이 나는데…… 그러면 지희가 좀 속상하지."

이모네 집에 갔는데
이모는 없고

"어머? 정말요?"

절대로 그렇게 차이가 나 보이지 않는다는 듯 아부를 날리며 나는 춘천에서 단 작가가 어떻게 그렇게 어화둥둥 덩실덩실할 수 있었는지를 절감했다. 막상 닥치자 봉산탈춤도 추고 상모도 돌릴 수 있을 것 같다.

"하하하하하! 나 이 아가씨 마음에 든다, 얘."

그제야 어머님은 내 뒤에 서 있는 단 작가를 알은체했다.

"오랜만이에요."

제주도 겨울 햇살 아래 빙그레 웃는 단 작가의 눈이 그리워 어쩐지 나는 마음이 찡했다.

이 사람에게 가족이 되어 주고 싶다. 항상 옆에서 함께하고, 챙겨 주고, 이 사람에게 상관하는 누군가가 되고 싶다는 생각을 그때 처음 했던 것 같다.

"선배, 뭐 해요?"

마지막으로 스케줄을 점검하고 있는데 편집장실에 갖다 두었던 패널을 질질 끌고 오던 손지선이 나를 발견하고 눈을 동그랗게 떴다.

오늘은 단 작가의 출판 기념회 날이다. 원래대로라면 난 벌써 출판 기념회가 열리는 호텔에 있어야 하는 건데 단 작가가 예전에 보낸 파일본을 좀 확인하고 싶다고 해서 출력하러 온 참이다.

"아, 너 지금 가니? 그럼 좀 기다려. 나와 같이 가자."

"그래요, 뭐. 바쁠 거 없죠. ……그런데 선배 오늘 그렇게 입고 온 거예요?"

"내 옷이 왜?"

출판 기념회라 고르고 고른 옷이다. 진남색의 재킷과 스트라이프 셔츠, 베이지색 바지……. 재킷을 벗으면 좀 시원하고 썰렁하면 재킷을 입으면 되는 간절기 패션의 정점이다. 이게 뭐 어때서?

"주인공이 그렇게 입으면 어떻게 해요?"

"내가 주인공이니? 단 작가님이 주인공이지."

"에휴, 이럴 줄 알았지. 역시 나 없으면 아무것도 안 돼."

뜬금없는 소리를 중얼거린 지선이 고개를 돌려 흐뭇하게 단 작가의 실물 크기 패널을 쳐다보았다. 싫다고 펄펄 뛰는 단 작가를 꼬이고 꼬여 유명 작가에게 찍은 패널이다. 비밀인데, 이 패널에 사용된 사진 말고도 100장이 넘는 사진을 손지선이 빼돌렸다. 뭐라고 한마디 하려다가 그만둔 것은 저렇게 좋아하는데 뭘 어쩌겠나 싶어서였다.

나와 단 작가의 관계가 회사에 알려졌을 때 사장님 이하 국장님과 편집장님의 반응도 그랬지만 가장 큰 걱정은 지선이었다. 그녀가 단 작가를 좋아한 세월이 보통이 아니라는 것을 알고 있었던 탓이다. 그러나 그녀는 너무나도 쏘쿨하게, '오빠의 행복은 나의 행복'이라며 '우리 오빠 행복하게 해 주시라'는 의미심장한 당부를 했다.

'사람'이라는 한 단어 안에서도 여러 부류가 있는 것처럼 '스

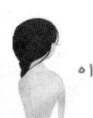
이모네 집에 갔는데
이모는 없고

토커'라는 단어 아래 정의된 스토커도 여러 종류인가 보다. 한수는…… 지금도 한수를 생각하면 마음이 복잡하다.

결국 재판까지 간 한수의 사건은 결국 실형을 선고받는 것으로 끝이 났다. 우리나라에서도 스토킹에 대한 인식이 새로워지고 있던 차라 신문에서도 꽤 크게 다루어진 사건이다.

하지만 결국 단 작가의 호의에 의해 집행유예로 합의되고, 민사 소송의 건도 추후 같은 일이 있을 때는 10배 이상의 죗값을 치른다는 것을 조건으로 일단락되었다. 그 후로 한수에 대한 이야기를 들은 적이 없다.

출판계에서는 한수가 안되었다는 평가보다는 바보 같다는 평가가 더 많았다. 그걸 걸리느냐며 떠들어 대는 사람들을 보면…… 출판계가 좀 이상하긴 한가 보다.

그렇게 생각하면 단 작가의 말이 맞는 걸까?

'어떤 열정은, 그것의 방향이 문제인 것뿐이지 모두 긍정적으로 사용될 수 있는 거예요. 방향을 잡아 줄 수 있는 사람을 만나느냐 못 만나느냐가 문제죠. 그런 의미에서 나는 운이 좋았다고 생각해요. 하 편집을 만났으니까.'

무슨 소리인지 알 듯 말 듯 한 말이었다.

평소 단 작가가 열정이라면, 그것이 설혹 자신을 불편하게 만들더라도 인정해 준다는 건 알고 있었다.

하지만 단 작가가 운이 좋은 사람이라는 뜻은 뭘까? 그가 잘못될 수도 있는 열정을 품고 있었고, 그런데 내 덕에 긍정적인 힘을 발휘하게 되었다는 뜻일까?

"하의연 씨?"

잠깐 딴생각을 하고 있는데 등 뒤에서 목소리가 들렸다. 돌아보니…… 택배 아저씨다.

"네, 맞는데요?"

"여기 택배 수령하시고 사인 부탁드립니다."

"네? 저에게요?"

당황해서 택배 위를 보니 단 작가의 이름이 보였다. 수신자는 물론 나다.

"이게 무슨……."

가로로 1미터 정도, 세로로 30센티 정도로 보이는 큰 박스였다. 정성 들여 한 포장 위에는 금색 리본이 예쁘게 묶여 있었다.

다소 의아해서 책상 위에 박스를 올려놓고 푸르다 보니 어느새 손지선이 그녀의 '오빠'에게서 눈을 떼고 조르르 달려와 내 옆에 고개를 빼쭉 내밀었다.

그리고 포장이 벗겨졌을 땐…….

"우와!"

나보다 더 크게 환성을 지른 지선이가 호들갑을 떨며 드레스를 꺼내 내 어깨에 대 보았다.

"공주님 드레스다!"

"이, 이게 뭐야?"

엄밀히 말해 공주님 드레스는 아니었고, 뭐랄까 페미닌의 상징과도 같은 원피스였다.

래글런 스타일의 어깨와 자연스럽게 몸매를 따라 흐르게끔 주름을 잡아 설계된 상체 라인, 허리를 강조하고 밑에서 퍼진 스타일의 스커트는 무릎께에서 하늘거리고 있었다. 시폰 소재였지만 이중이라 그다지 얇다는 느낌은 없었다. 기하학적인 무늬가 황금빛으로 감아든 것이 너무나 예쁘다.

"오늘 출판 기념회 때 입고 오라는 의미 아닐까요?"

"이걸? 하지만 난 구두가……."

"가면서 하나 사죠, 뭐. 이렇게 예쁜 옷을 안 입으실 거예요?"

지선이의 말이 맞았다. 이번 주에 구두를 살 계획은 전혀 없었지만 옷을 보는 순간, '어머! 구두를 사야겠어!' 하는 생각이 머리를 강타했다. 딱 내가 좋아하는 스타일의 옷이다.

"뭐 해요?"

내가 핸드폰을 꺼내 단 작가의 번호를 누르자 지선이가 뚱하게 물었다.

"고맙다고 인사해야지."

"아이, 증말."

지선이가 얼른 내 손에서 핸드폰을 빼앗았다.

"왜 이래요? 선수끼리……. 오늘 출판 기념회라 작가님 인터뷰하느라 바쁠 텐데 그걸 꼭 전화로 해야 해요? 단 작가님 대외적으로는 핸드폰 없는 사람인 거 잊었어요? 척하면 척이지. 선물을 보냈으면 예쁘게 입고 가면 되는 거 아니에요?"

그, 그런가?

지선이의 웅변에 다소 얼떨떨해져서 다시 한 번 옷을 몸에 대 봤다. 만져지는 감이 부드러운 게…… 정말 마음에 든다.

"그래! 구두 사러 가자!"

구겨지지 않게 원피스를 잘 걸어서 신주 단지 모시듯 차에 싣고 이동했다.

운전대를 잡은 지선이가 마치 안다는 듯이 구두 가게로 향하는 동안 나는 뒷좌석에서 조금 전 지선이가 옆에서 보고 있어 마음껏 좋아하지 못했던 걸 몽땅 다 토해 내고 있었다. 입이 벌쭉벌쭉 제멋대로 웃는 걸 자제할 수가 없다.

"선배, 룸 미러로 다 보이거든요."

"전방을 주시해."

"……넵!"

지선이가 차를 세운 건 그로부터 5분도 지나지 않아서다.

"왜 여기로 왔어?"

"그냥 가는 길이잖아요. 골라 보고 마음에 드는 거 없으면 다른 데로 가면 되죠."

그건 그렇다. 그런데 왜 지선이가 기다렸다는 듯이 이쪽으로 날 데려온 것 같은 기분이 들까?

어딘지 미심쩍은 기분을 접어 두고 원피스와 어울릴 만한 구두를 찬찬히 고르고 있을 때였다. 다소 화려한 원피스라 맘에 딱 드는 구두를 찾지 못해 심사숙고하는데 누군가 등 뒤에서 톡톡 내 어깨를 두드렸다.

"하의연 고객님?"

돌아보았을 때는 가게 점원 중 하나가 빙그레 웃으며 박스

이모네 집에 갔는데
이모는 없고

하나를 들고 있었다. 박스 안에는 물론 구두가 들어 있다.

"예?"

"이 구두 한번 신어 보시겠어요?"

"예?"

날 의자에 앉히고 한쪽 무릎을 꿇고 앉은 직원이 내려놓은 구두는…… 내가 찾던 바로 그 구두였다.

"이런 게 가게에 있었나요?"

놀라서 묻자 직원이 약간 겸연쩍은 듯한 표정으로 머리를 긁적였다.

"사실 이 구두는 우리 가게 제품은 아니고요. 만약 고객님께서 구두를 쉽게 고르시면 그냥 없는 셈으로 치기로 하고 예비로 마련해 놓은 구두랍니다."

전혀 이해가 가지 않는 답변이었다. 언제부터 구두 숍에서 손님이 맘에 드는 물건이 없을까 봐 타사의 구두를 상비해 놨단 말인가?

"설마……."

"예. 한승준 고객님으로부터의 선물입니다."

입을 딱 벌리고 한참을 멍 때리고 있다가 고개를 돌려 지선이 쪽을 쳐다보았다. 만면에 엄마 미소를 띠우고 날 바라보던 그녀가 조그맣게 손가락으로 V 자를 그렸다.

그러는 사이 솜씨 좋은 점원은 잽싸게 내 헌 구두를 벗기고 새 구두를 신겼다. 그리고 할 일을 다 했다는 듯이 만족스럽게 말했다.

"옷도 가지고 올 테니 아예 갈아입고 가세요. 뒤쪽에 탈의실도 마련해 놨으니까요."

"의심도 진짜……. 선배 이름 하의연이 아니라 하의심 아니
에요?"

계속되는 나의 추궁에 진저리를 내며 지선이가 고개를 절레
절레 저었다. 내 안에도 의심이가 사는지까지는 모르겠지만,
앞으로 더 놀랄 일은 없을 거라는 확답을 받아야겠다. 옷에 구
두에……. 아직까지도 심장이 두근두근 뛰고 있다.

"이제 호텔로 가잖아요. 자, 봐요. 내비게이션에 찍혀 있죠?
고구려 호텔."

"정말이지?"

"정말이죠. 좋을 게 뭐 있다고 거짓말해요?"

너무 확신 있게 말하니까 어쩐지 더 의심스러웠다.

"그나저나 선배, 원피스와 구두 정말 예뻐요. 선배에게 뭐가
잘 어울리는지 오빠가 잘 알고 있나 봐요."

"그, 그래?"

아닌 게 아니라 엄청 마음에 들긴 했다. 한 번도 이런 스타
일을 입어 본 적이 없는데도 딱 내 옷 같다는 느낌. 입는 순간
몸에 딱 달라붙는 게 이 옷만은 다른 그 누구보다도 내가 젤 잘
입어 낼 수 있을 것 같다는, 근거 없는 자신감까지 든다.

그러는데 고개를 앞으로 쭉 뺐던 지선이가 인상을 찡그렸다.

"차 좀 막히네……. 몇 시예요?"

"시계? 응? 너 차 시계 고장 났어?"

"아, 좀 됐어요. 고쳐야 하는데……. 거기 글로브 박스 열어

이모네 집에 갔는데
이모는 없고

봐요. 거기에 시계 있을 거예요."

별생각 없이 글로브 박스를 연 걸 보면 단 작가의 말이 맞다. 난 눈치가 없다.

"야…… 이거……."

"이히히히! 나도 한 건 했죠."

여태까지는 자기가 한 건 아니라며 지선이가 방식 방방식 웃었다. 글로브 박스 안에는 네모난 상자 하나가 들어 있었다. 척 봐도 꽤 고가의 시계다.

"야, 이건 좀……."

"그냥 받아요. 단 작가가 이거 고르면서 얼마나 행복해했는데요."

지선이가 으힛으힛 좋아하는 동안 커다란 리본을 풀고 박스를 뜯어냈다. 진청색의 박스 안에 들어 있는 건 은색의 시계다. 심플하지만 체인이 굉장히 예쁘다. 그나저나 설마 여기에 박힌 보석이 진짜 다이아는 아니겠지?

"얼른 차요. 눈도장 한 번 찍고 잃어버리면 그만큼 아까운 게 없으니까."

자기가 선물받은 것처럼 뿌듯해하며 지선이가 나를 재촉했다.

주차를 하고 들어오겠다는 지선이보다 한 걸음 먼저 호텔 로비로 들어섰다.

로비에 들어서자마자 보인 건 평소보다 조금 더 많은 인파 틈에 세워져 있는 단나인 작가의 패널과 그 옆에 쌓여 있는 네 번째 단편소설 ≪단 하나의 인연≫이다.

몇몇 사람들이 패널 옆에서 사진을 찍고 있었다. 책을 집어 들고 책장을 넘겨 보는 사람도 있었다.

가슴이 한층 더 두근대기 시작했다. 그 책을 만든 사람이 난데! 그 책을 쓴 사람은 내 남자 친군데! 나 오늘 선물도 받았는데!

고생한 건 단 작가인데 왜 출판 기념일에 나에게 선물을 하는 건지 조금 양심에 찔린다며 에스컬레이터 쪽으로 걸음을 옮길 때였다.

"하 편집! 하 편집! 하의연 편집자아아!"

뒤에서 누군가 방정스럽게 내 이름을 불렀다. 벌써 에스컬레이터에 올라선 터라 위로 몸이 올라가는 와중 뒤를 돌아봤는데 글과사람의 정동민 실장이다. 엘리베이터였으면 문을 닫아 버렸을 텐데 에스컬레이터라 아쉽기 그지없다.

"헉헉, 결국 책 자알 뽑아냈다며? 아주 죽이게 빠졌다고들 말이 많던데?"

헉헉하고 가쁜 숨을 내쉬며 내 바로 밑 칸까지 뛰어 올라온 정 실장이 안면 몰수하고 나를 향해 환하게 웃었다.

어느 바닥이나 그렇겠지만 출판계는 좁디좁다. 단 작가가 나와 그렇고 그런 사이라는 소문이 나자마자 폭풍 같은 비난과 부정적인 추측들이 봄철 흩날리는 벚꽃처럼 난무했다. 나는 그 소문들의 80퍼센트 이상을 정 실장이 뿌렸을 거라는 데 오늘 아침에 먹는 멸치 한 조각을 걸 수도 있다.

그런데 오늘은 왜 이렇게 붙임성이 있을까? 그 뒤로도 마주칠 때마다 영 편치 않은 표정으로 치토스의 체스터에 빙의해 '언젠가 복수할 거야.' 하는 듯 뒤통수가 따갑게 만들었던 양반

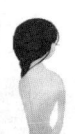

인데.

"네, 걱정해 주신 덕분에요."

그래도 이 바닥에서는 선배라 예의를 갖춰 인사하자 겸연쩍은 듯 뒤통수를 긁으며 헤헤 웃는다.

"못 알아볼 뻔했지 뭐야? 출판 기념회라고 이렇게 예쁘게 입은 거야? 선녀가 따로 없네, 선녀가! 화장도 너어무 잘 먹었어!"

그래도 이건 좀 지나치다. 덩치로 봐서는 산적인데 어쩐지 깜찍하게 말하는 게 무서워 나도 모르게 한 걸음 뒤로 물러섰는데 물색을 모르고 정 실장이 한 걸음 더 다가선다.

"머리는 미용실에 간 거야? 어쩜 이래! 예뻐!"

"그냥 드라이한 건데요."

이 사람이 도대체 왜 이러는 건지 알겠는 사람?

"이야~ 하 편집은 손재주도 좋나 봐? 내가 책 편집하는 거 보고 짐작하긴 했어. 원래 사람이 한 가지에 센스가 있으면 못하는 일 없이 다 잘하거든."

"전 잘하는 거 없고, 작가들하고 소문도 그저 그런, 아직 부족함 많은 편집자인 걸요."

살짝 뒤끝을 표시하며 거리를 두려고 했지만, 정 실장은 멈추지 않았다. 아무래도 단 작가에게 이제부터 눈치 없는 건 내가 아니라 정 실장인 걸로 치자고 건의해 봐야겠다.

"무슨 말을! 하 편집이 부족한 편집자면 다른 편집자들은 어떻게 하라고! 말이 나와서 하는 말인데 '스윙 베베'의 노지수 편집자 있잖아? 이번에 김 작가하고 조 작가와 함께 일하면서……."

"실장님."

내가 고개를 저으며 엄격한 표정을 짓자 다른 가십으로 대화를 이어 나가려던 정 실장이 멈칫하고는 헤헤 웃었다. 참, 곤란하다. 나쁘지 않은 사람인 건 알겠는데…….

　"그런데 작가님이 우리 글 말씀 안 하셔?"

　"이제 겨우 책 나왔는데 벌써 이야기하시겠어요?"

　"그래두 자기랑……. 아니, 뭐 어쨌든 우리랑도 계약한 거 있으니 이야기는 해야 할 거 아냐. 이봐, 하 편집, 우리 앞으로 자주 볼 사이인데 이러지 말자고. 좋은 게 좋은 거 아니겠어? 암만 그래도 파에야를 나눠 먹은 정이 있는데, 어떻게 나한테 이래?"

　난 그 파에야 안 먹었다. 그리고 왜 자주 봐야 하는지도 모르겠고.

　제일 궁금한 건 누가 이 인간에게 초대장을 발송했냐였다. 그리고 그 해답은 5분도 지나지 않아 제시되었다.

　에스컬레이터에서 내려선 내가 막 로즈홀 쪽으로 다가가려는데 정 실장이 내 팔을 확 잡은 것이다.

　"왜, 왜 이러세요?"

　한수 때의 기억이 확 밀려와 순간 언성을 높여 버렸다. 그 바람에 정 실장이 더 놀란 모양이다.

　"아, 아, 아니…… 난 그냥. 왜…… 왜 소리를 지르고 그래애!"

　더듬대던 정 실장이 울먹울먹하더니 뭔가를 내밀었다. 작은 상자다.

　"이게 뭐예요?"

　"몰랏! 이거 주려고 잡은 건데 나한테 소리를 지르고 그래!

이모네 집에 갔는데
이모는 없고

하 편집 미워!"

헉 소리가 날 정도의 진상 애교를 퍼붓고 내 손에 작은 상자
를 쥐어 준 정 실장이 석양을 향해, 아니 화장실을 향해 달려
갔다. 순간 미안하다는 생각이 얼핏 마음에 스쳤지만 바로 정
실장이 낸 소문 때문에 맘고생했던 게 생각나 미안함이 희석되
어 버렸다.

그나저나…… 이건 또…….

작은 상자의 정체는 귀걸이였다. 원피스와 구두, 그리고 시계
에 잘 어울리는 따뜻한 호박색 보석의 물방울 모양 귀걸이…….

"나 참……."

나도 모르게 피식 웃고는 귀걸이를 바꿔 꼈다.

진짜 단 작가, 못 말린다.

로즈홀까지 가기 위해 원형의 복도를 빙 둘러 가는 동안 시
선이 나에게로 모이는 것을 느낄 수 있었다. 내가 오늘의 책을
만든 사람이라는 것도 이유 중에 하나겠지만, 사실 옷차림 때
문이 더 컸다.

머리부터 발끝까지 단 작가가 부린 마술은 대단했다. 내가
보기에도 오늘의 나는 마치 파티의 히로인처럼 보였다.

"하 편집."

날 부르는 소리에 고개를 들어 보니 모르는 얼굴이지만 어
디선가 본 듯한 남자가 가만히 목례했다. 마주 목례하면서 생
각하니 출판인의 밤 때 본 사람 같다.

"하 편집."

그 사람을 신호탄으로 사람들이 나를 알은척하기 시작했다. 로즈홀이 가까울수록 서성이는 사람들의 대부분이 출판인인 탓이다. 중간중간 미리 온 기자들이 괜스레 나를 향해서 플래시를 터트려 본다. 아직 반에 반도 안 온 것 같은데 다 오면 괜찮지도 않겠다.

"방금 그 사람 방송국 PD 아니에요? 아까 그 사람은 매거진 트랜드 편집장이지? 그리고 자기는 못 봤는데 아까 자기 뒤에 서서 자기한테 말 걸까 말까 망설이던 사람은 이용화 작가였어. 알지? 스릴러 끝내주게 쓰는 작가."

어느새 회복하고 내 옆에 붙어 선 정 실장이 수선을 떨기 시작했다. 안 달래 줘도 혼자서도 잘하는 정 실장……. 단 작가의 말이 맞다. 그는 '나쁘지는 않은 사람'이다.

그나저나 나 너무 떨리는데 화장실에 들러서 춤이라도 한번 추고 들어가야 기념회 내내 엄숙함을 유지할 수 있지 않을까?

로즈홀에 도착하자 삼삼오오 모여 있던 사람들이 눈인사를 했다. 일일이 목례를 하면서 보니 홀의 문은 어째서인지 몰라도 닫혀 있었다. 아직 출판 기념회의 오프닝까지는 시간이 많이 남아 있고 밖에도 다과를 차려 놓긴 했지만, 홀 문이 아직도 닫혀 있으면 안 되는데…….

"우와! 하 편집! 저 사람 이내수야! 알지? 나 저분 트친인데!"

계속 신이 난 정 실장을 앞으로도 쭉 신이 나도록 다독이고 홀 문을 밀었다. 그러고 보면 사회를 볼 연예인도 지금쯤은 도착해 있어야 하고 오브리도 연주 중이어야 하는데, 호텔 측 지

이모네 집에 갔는데
이모는 없고

배인은 도대체 어디서 뭘 하는 걸까?

한 손으로는 핸드폰을 꺼내 들며 홀로 들어서는 순간, 걸음이 멈췄다. 한 걸음 뒤에 서 있던 정 실장도 덩달아 걸음을 멈췄다.

홀 안이 시커멓다.

잠깐 그대로 유체 이탈이 일어나는 바람에 숨도 못 쉬는 상태로 나는 눈동자만 굴렸다. 장소는 3층 로즈홀 여기가 맞다. 홀 밖에 이미 출판계 사람들이 와 있는 걸로 봐서 날짜를 착각한 건 당연히 아니다. 그런데 준비 완료까지는 아니라도 바쁘게 세팅 중이어야 하는 이 상황에서 홀 안이 어째서 시커먼 걸까?

제대로 판단이 되지 않는 패닉 상태에서 멍하니 서 있을 때였다.

갑자기 팟 하는 소리와 함께 집중 조명이 비췄다. 5살쯤 된, 예쁜 여자아이가 스포트라이트 한가운데 빨간 장미꽃을 들고 서 있었다.

"축하해요."

아까부터 유난히도 수선을 떨던 정 실장이 공범자적인 미소를 짓고는 뒤로 빠졌다. 그것이 신호인 것처럼 아이가 도도도 도도 뛰어와 나에게 장미꽃을 건네주었다.

그리고 두 번째 스포트라이트가 켜졌다. 이번에는 남자아이였다. 어둠속에서 갑자기 불이 켜진 것이 얼떨떨했던지 눈을 비빈 남자아이는 이내 타깃을 발견하고는 나를 향해 뛰어와 장미꽃을 내밀었다. 이번에는 고맙다는 이야기를 할 수 있을 정도로 조금 더 정신을 차리고 장미를 받을 수 있었다.

그리고 세 번째 스포트라이트.

그 안에는 단 작가가 서 있었다.

심장이 미친 듯이 뛰기 시작했다. 내가 아무리 눈치가 없다 해도, 단 작가가 무얼 하려는지 알아 버린 거다.

언제부터인지 음악이 흘러나오고 있었다. 피아노곡으로 편곡된, 함께 본 오페라 ≪토스카≫의 '오묘한 조화Recondita armonia'다. 분명 원곡의 대사 중 이런 대목이 있다. 예술은 신비로운 힘으로 서로 다른 두 아름다움을 하나로 만든다.

눈물이 날 만큼 아름다운 곡이다.

"내가 하의연 씨의 로보가 되게 해 줘요."

다가온 단 작가가 나를 내려다보았다.

"나는 하의연 씨가 나의 블랑카가 되어 줬으면 좋겠어요."

눈물이 그렁그렁해서 우는 건지 웃는 건지 모르겠는 목소리로 나는 투정을 부렸다.

"블랑카는 결국 사람들에게 잡혀 죽는 걸요……."

빙그레 웃은 단 작가가 한쪽 무릎을 꿇고 작은, 오늘 받은 상자 중 가장 작은 상자를 내밀었다.

"나는 한눈 안 팔 거니까. 믿어도 돼요. 사람들에게 잡힐 일, 없어요."

그윽하게 말한 단 작가가 다시 한 번 웃더니 약간 어조를 바꿔서 나를 놀렸다.

"나의 단 하나의 인연이 하의연 씨라는 거, 인정하면 예스라고 해요. 반지는 그만 쳐다보고. 안 그래도 커다랗다는 거 홀 끝에서도 보이니까."

이모네 집에 갔는데
이모는 없고

단 작가의 말에 어둠속에서 와르르 웃음이 터졌다. 커졌다 작아지는 피아노 소리는 여전히, 사랑한다고 속살거리고 있었다.

"어렵게 말해서 못 알아듣나 본데, 그럼 아주 쉽게 이야기합시다. ……나와 결혼해 줘요."

다시 웃음……. 이번에는 나도 웃었다. 눈자위는 뜨겁고, 가슴은 설레고, 그런데도 입은 웃고 있다.

이 사람하고 살면 계속 이럴 수 있을까? 뜨겁고 설레고, 항상 웃으면서?

오늘은 그에게 최고의 날이었다. 그리고 나에게도 최고의 날이 될 수 있었다.

내가 예스라고 말한다면.

"물론이에요."

단 작가의 품에 달려들며 외치자 폭죽이 터지고 몸이 붕 날아오르더니 세상이 빙글빙글 돌기 시작했다. 음악 소리가 커지면서 박수 소리도 커졌다.

샴페인 잔이 부딪치는 소리가 끝도 없이 이어진다.

단단하게 나를 안은 단 작가의 품 안에서, 나는 생각했다.

어쩌면 이 사람과의 하루는 마냥 뜨겁고, 마냥 설레고, 마냥 웃을 수만은 없을지도 모른다. 단 작가는 최고의 남자지만 분명 어느 날은 까치집 머리에 세수도 안 하고 나를 맞을 거고, 한 마디도 안 한 채 청소만 할 수도 있을 거다. 엉뚱한 사람의 토사물을 뒤집어쓰고 잔뜩 까칠해져서 신경질을 부리기도 할 거며, 글이 잘 안 써진다고 냉랭한 표정으로 한강 치킨의 프라이드치킨을 먹어야겠다고 투정을 부리기도 하겠지.

하지만, 그래도 이 사람의 곁에 있고 싶다.

그 모든 순간에 이 사람의 곁에 있는 것이…… 나였으면 좋겠다.

Epilogue.

이렇게 이야기는 끝이 나. 아주 전형적인 '왕자님과 공주님
은 그 후로 오래오래 행복했습니다.' 스타일로.

하지만 현실에 발을 딛고 사는 우리들은 다 알고 있지. 사실
이건 끝이 아니라 시작이라는 걸 말이야.

어쨌든 중요한 건 말이야, 나도 이제 세상의 시작과 끝이 사
랑이라는 사실을 믿는다는 거야. 인간의 시작과 끝도 사랑. 사
랑이 아니라면 살 이유가 없고, 사랑이 아니라면 세상이 존재
할 이유가 없다는 거.

왜냐고?

사랑을 한번 해 봐. 그럼 모든 게 달라지거든.

사랑하지 않고도 내 삶은 만족스러웠지. 적어도 그래 보였
어. 하지만 그게 아니라는 걸 나는 하의연을 만나고 나서 배운
거야.

정말 다행이지 않아? 이모네 집에 갔는데 이모가 없었다는 거.

하지만 이모네 집에 갔는데 이모가 있었다 하더라도 실망할

필요는 없어. 이모가 있어도 뭔가 또 다른 것도 함께 있을 수 있잖아? 운명은 어디서 어떻게 찔러 들어올지 아무도 모르는 거니까 말이야.

그러니까, 긴장의 끈을 늦추지 말고 어디든 가 보자고.

이모가 없으면 고모, 고모가 없으면…… 친구네 집에라도 가는 게 어때? 그곳 욕실에서 너의 운명이 몸을 웅크리고 있을지도 모르잖아?

이 긴 이야기를 읽어 주신 여러분께 묻습니다.
이 이야기의 주인공의 이름을 기억하시나요?
지금부터 이어지는 이야기는
하의연과 한승준이 편집자와 작가가 아닌
가족으로서 겪는 사소하게 행복한 이야기들입니다.

Her Story, Wedding Rhapsody

의연은 떨리는 마음으로 부케를 꽉 움켜쥐었다. 신부 대기실이라는 말이 무색할 정도로, 호텔의 경호원들과 친구들, 사진 촬영 기사 등등이 풀 방구리 쥐 드나들 듯 왔다 갔다 하고 있었다. 반짝이는 샹들리에의 불빛 때문에 약하게 현기증이 일어난다.

"떨려요?"

가방을 들어 주기로 자처하고 나선 지선이 창백한 의연의 얼굴을 보고 물을 한 잔 건넸다.

"떨린다기보다 기분이 이상해. 좀 어지러워. 허리도 너무 꽉 죄는 거 같고."

"그래서 바로 예쁜 거랍니다. 운명은 여자에게 편한 것과 예쁜 것을 동시에 허락하지 않았죠."

등 뒤로 돌아간 지선이 허리를 잔뜩 당겨 묶은 코르셋을 확인하고 의연의 어깨를 툭툭 쳤다.

"괜찮아요, 이 정도면……. 손가락 하나는 들어갈 정도로 남아 있는데 뭐."

"그 손가락을 마구 비집어서 넣는 것 같다는 건 기분 탓이야?"

"……괴로움은 잠깐이지만 사진은 영원해요. 조금만 참아 봐요."

하기야 지금의 이 흥분은 코르셋을 좀 푼다고 해서 사라질 것이 아니었다. 이 흥분은…… 다분히 커리어적인 흥분이다.

결혼식이 열리고 있는 호텔은 대한민국에서 껌 좀 씹고 침도 뱉는다는 문인들로 북적이고 있었다. 지금 열린 게 결혼식인지 아니면 작가의 밤 행사인지 아리아리할 정도다.

"아까 공이원 작가님 봤지? 유라한테 가서 인사하고 명함 드리라고 해. 내 명함도……. 악! 내 명함, 내 지갑 어디 있지?"

"선배, 오늘은 선배 결혼식이에요. 일 생각은 머리에서 지워……."

"아가."

인상을 찌푸린 지선이가 잔소리를 늘어놓으려는데 시어머니가 친구와 함께 신부 대기실로 들어섰다. 시어머니……. 아직도 의연에게는 익숙하지 않은 단어다.

결혼이 진행되면서, 의연은 많은 걱정을 했더랬다. 시월드라는 것이 워낙 악명이 높은지라 마냥 사람 좋아 보였던 승준의 모친이 결혼에 어떤 변수로 작용할지 짐작할 수 없었던 것이다.

그리고 신부 대기실에 앉아 있는 지금, 의연은 하나는 확신할 수 있었다. 그녀의 시어머니는 어떤 것을 해 줄지는 모르겠지만 요구하는 타입은 아니었다. 하나뿐인 아들인데 어떻게 그

이모네 집에 갔는데 이모는 없고

럴 수가 있나 싶을 정도로 무관심하고 시큰둥했던 것이다.

오히려 시어머니의 관심을 독차지하고 있는 것은······.

"언니! 나 노리개가 사라졌어!"

"뭐? 너 그 비싼 걸!"

뒤따라 들어오던 지희가 입을 내밀고 있다가 의연과 눈이 마주치자 '헤~' 하고 웃었다.

"하 편집, 예쁘다! 내가 본 신부 중 가장 예뻐!"

"감사합니다, 윤 작가님도 오늘 예쁘세요. 한복이 엄청 잘 어울리시네요."

"에헴! 한복은 나를 위한 옷이지. 배, 엉덩이, 다리 다 가려 주잖아."

"시끄러! 가서 승준이한테 물어보면 예비로 챙겨 온 노리개 있을 테니까 그거나 달아. ······아니다. 내가 가서 챙겨 줘야 지. 아가, 이쪽은 내 친구들, 친구들? 이쪽은 내 며늘아기야. 인사들 나눠."

무척이나 무성의한 소개를 남긴 채 시어머니는 지희의 손목을 붙잡고 부지런히 홀로 나갔다. 그 스피드함에 얼떨떨해진 친구들과 의연은 멍하니 문 쪽을 바라보다가 웃고 말았다.

"와, 쟤도 여전하네. 어째 자기 며느리보다 동생을 더 챙겨?"

"왜애······ 유명했잖아. 아들도 안중에 없고 동생뿐이라고······."

낄낄 웃던, 샤넬 백을 들고 있는 럭셔리 친구분이 의연을 따 뜻하게 쳐다봤다.

"자기가 서운해도 좀 참아. 저래 봬도 맘은 따뜻한 애니까."

"아니에요. 전 어머님 좋은 걸요."

의연이 화사하게 웃자 친구들이 까르르 웃었다. 그리고 돌아서서 '과연 결혼 생활 하고도 좋을까?' '근데 간섭하는 것보다는 무관심이 나을 수도 있어. 쟤가 그거 하나는 잘하잖아. 무관심…… 방목의 아이콘, 윤홍희.' 이런 대화를 나누며 신부 대기실을 빠져나갔다.

방목의 아이콘이라…… 정말 어울리는 별명이다.

"단 작가님이 저렇게 바르게 자란 게 놀랍네요."

시어머니의 편애 현장을 목격한 지선이 입을 딱 벌렸다.

"아냐. 워낙 정이 많아서 그래. 게다가 좋은 게 뭔지 알아?"

"뭔데요?"

"어머님은 여자는 힘든 걸 하면 안 된다는 주의시더라고. 나랑 있을 때도 단 작가가 설거지도 하고 청소도 한다?"

"진짜요? 우와! 짱이다."

"그치? 단 작가가 맨날 자기만 미워한다고 어찌나 투덜거리던지. 어머님 매력 있지 않으시니?"

"그러네요!"

감탄에 감탄을 거듭하던 지선이 고개를 갸우뚱한 건 3초쯤 지난 다음이었다.

"그런데요……."

"응?"

"윤 작가님하고 단 작가님이 붙으면 윤 작가님이 이기는 것도 알겠고, 선배하고 단 작가님이 붙어도 선배가 이기는 거 알겠거든요."

"응."

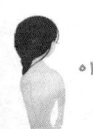
이모네 집에 갔는데
이모는 없고

"그럼 윤 작가님하고 선배하고 붙으면 누가 이겨요?"

오래 생각할 필요는 없었다.

"역시 윤 작가님이겠지."

아무래도 윤지희 작가는 전생에 나라를 구한 것 같다고 의연은 생각했다.

하지만 의연이 모르는 게 있었다. 지희는 나라를 구했다기보다, 있어야 하는 순간에 집에 있지 않았다는 것을.

그것이 윤지희가 가진 홍복의 원인이다.

의연의 닦달에 못 이겨 지선이 명함을 돌리러 홀로 나갔을 때였다. 하필 사진 기사도 신랑 측 사진을 찍기 위해 나가고 호텔 측 진행 요원도 자리를 비운 사이, 한복을 곱게 차려입은 두 여자가 대기실로 들어왔다.

30대 후반? 40대 정도로 보이는 두 여자는 풀 메이크업 상태라 의연은 순간적으로 소개받지 못한 친척인가 고민했다. 식사 자리를 한 번 갖긴 했지만 한두 명도 아닌 일가친척들의 얼굴을 모두 외우는 것은 무리였던 것이다.

"아…… 저……."

누군지 몰라 엉덩이를 들썩하는데 한복녀 중 눈매가 좀 더 매섭게 생긴 여자가 손을 내밀어 그냥 앉아 있으라는 시늉을 했다.

"우리는…… 오빠의 수호천사예요."

응?

순간적으로 의연은 자신의 귀를 의심했다. 오빠라는 단어도 그렇고 수호천사라는 단어도 그렇고. 귀가 잘못된 게 아니면 오빠는 누구고 수호천사는……. 수호천사가 한복을 입고 다니던가?

한복녀들의 오빠가 누군지도 짐작 못 한 채, 수호천사의 의미가 무언지는 더더욱 짐작 못 한 채, 의연이 말똥말똥 눈을 뜨고 있는 동안 매서운 눈이 한마디를 내질렀다.

"우리 오빠 눈에서 눈물 나게 했다가는 네 눈에서 피눈물이 날 것이야!"

흠칫 놀란 의연이 매서운 눈을 쳐다보았다. 지금 저 매서운 눈의 오빠가…… 한승준 a.k.a 단나인인 걸까? 정황상은 그런데, 암만 봐도 이분들은 첫사랑에 실패하지 않았다면 승준 같은 아들이 있을 나이로 보인다.

"아, 저기…… 뭔가 오해가 있으신 거 같은데."

"오해는 무슨 오해? 너의 평생 행운을 오빠와 결혼하는 데 썼으니 앞으로는 오빠에게 헌신 봉사 하면서 살도록."

매서운 눈이 다시 일갈하고는 들고 있던 가방에서 선글라스를 꺼내 썼다.

한복에 선글라스……. 아방가르드 패션의 선두 주자 매서운 눈이 위풍당당하게 신부 대기실을 빠져나가는 모습을 멍하니 보던 의연은 결국 웃음을 터트리고 말았다.

"왜 그렇게 웃고 있어요?"

배를 붙잡고 눈물이 날 정도로 웃고 있는데 지선과 함께 신부 대기실로 들어오던 승준이 그런 그녀를 보고 고개를 기울였다.

"아니, 무슨……."

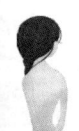
이모네 집에 갔는데
이모는 없고

웃느라 제대로 말도 못 하고 의연이 헐떡였다.

"무슨 스토커들이 이렇게 다 웃겨요?"

옆에 있던 한승준의 스토커 1호가 흠칫 놀라 내가 웃긴 거 아니라는 듯이 양손을 내저었다.

"무슨 일 있었어요?"

걱정스럽다는 듯이 의연의 옆에 앉는 승준이 그녀의 등을 쓸어 주었다. 진정하라는 의미였지만, 어쩐지 그의 늙은 동생들이 자꾸 생각나 웃음을 멈출 수가 없는 의연이었다.

"승준 씨와 산다는 건…… 어쩔 수 없이 스토커들과 함께 간다는 뜻인가 봐요."

한쪽 구석에서 제 발이 저린 손지선이 '나아?' 하고 손가락으로 자기 자신을 가리켜 보인다.

그러거나 말거나 신부는 깔깔대고 웃고 있었다.

"사랑해요."

눈물을 닦으며 하의연이 고백했다.

"이래도 좋은 거 보면 난 정말 승준 씨를 사랑하나 봐요."

어떤 방해가 끼어들어도 행복의 농도가 짙으면 행복한 법이라, 마냥 행복하고 화창하기만 한 결혼의 날이었다.

His Story. Deadline Rhapsody

　승준이 담배를 피우기 시작한 건 20살, 대학교 신입생 때였다. 겉멋이 든 여타 남자애들이 그렇듯 담배 불을 손으로 튕겨 끄는 걸 연습하며 배운 건 아니었고, 자의로 담배 맛을 찾았던 것도 아니었다. 단지 승준이 속해 있는 학회가 '문학 발전회'라고 쓰고 '너구리 소굴'이라고 읽는, 그런 종류의 학회였던 것뿐이다.

　뭣도 모르고 뿌연 공기를 들이마시며 6개월을 보내고 여름방학을 맞은 승준은 집에서 뒹굴거리면서 괜스레 불안 증상이 일어난다는 걸 깨달았다.

　"왜 이러지?"

　두 손이 덜덜 떨리고, 심장이 두근거리고, 뭔가 먹고 싶은데 막상 먹으면 입맛이 없는……. 생전 처음 겪어 보는 증상에 병원까지 찾았던 승준은 자신이 니코틴 금단 증상에 시달리고 있다는 사실을 깨달았다.

　"내가 중독자라니! 내가 중독자라니!"

그길로 당장 학회실로 달려가 선배들에게 니킥을 날린 다음 공기청정기를 구입한 승준……. 하지만 때는 이미 늦어 그도 니코틴의 노예가 되고 말았다.

그나마 깔끔하기 그지없는 성격에 평소에는 그럭저럭 버틸 수 있었는데 아뿔싸! 그가 택한 직업이 하필 가만히 앉아서 머리만 쓰는 작가이지 않은가?

이 직업을 가진 사람들이 담배를 피우지 않은 확률은 10퍼센트 미만이라고 알려져 있습니다.

이미 벗어날 수 없는 중독 하나에 시달리고 있던 승준은 담배의 노예만은 되지 않겠다고 몸부림쳤으나, 결국 '작업 중에만'이라는 양해 각서에 서명을 하게 되고 만다.

그 조건은 꽤나 성실히 지켜진 편이었다. 그가 결혼을 하기 전까지는 말이다.

셰익스피어는 ≪한여름 밤의 꿈≫에서 결혼은 인생의 무덤이라고 말했지만, 승준은 말 그대로 무덤 가까이에 임한 참이었다.

"정말 오늘 운동해도 괜찮은 거예요?"

주먹대장의 걱정 어린 물음에 끄응, 하고 벤치프레스를 밀어 올리며 승준이 고개를 끄덕였다.

"오늘 쉬면 내일도 쉬어야 할 텐데, 내일모레라고 해서 컨디션이 더 나아진다는 법 없고……. 그냥 해요."

"세상에! 담배를 끊는다는 게 이렇게 힘든 일인 줄 몰랐어

이모네 집에 갔는데
이모는 없고

요. 고객님 얼굴이 진짜 잿빛이네요."

오른손으로는 승준에게 과부하가 걸리지 않도록 벤치프레스를 보조한 채, 왼손으로는 덤벨을 움직이며 주먹대장이 중얼거렸다. 주먹대장에게 탈출하기 위해 왼팔 근육을 강화하는 중이라지만 이런 식이면 영영 주먹대장을 벗어나긴 틀린 노릇이다. 보조라고는 해도 벤치프레스가 더 무겁겠어, 덤벨이 더 무겁겠어?

"운동할 때 안 좋다고 끊으라 말씀드려도 안 들으시더니. 결혼하니 달라지긴 하네요. 부인이 끊으라 하시던가요?"

"글쎄……. 그런 건 아닌데."

결국 지지대에 벤치프레스를 올려놓은 승준은 눈을 감고 길게 숨을 내쉬었다. 진짜 미치겠다. 눈앞이 뱅글뱅글 돌고, 손발에 힘이 하나도 안 들어가는 게…… 그냥 쓰러져서 자고만 싶다. 눕는다고 해서 자는 것도 아니라는 게 여기서 문제긴 하지만.

"다른 때는 괜찮은데 마감 때면 와이프가 좀 예민해지거든요. 담배 냄새를 싫어하는 거 같아서 마침 끊을 때다 싶어요. 아기도 가져야 할 테고……. 솔직히 이렇게까지 힘들 줄은 예상 못 했어요."

진짜 몰랐다. 작업할 때 외에는 담배를 거의 피우지 않던 승준이라 끊고 싶으면 딱 끊을 수 있을 줄 알았다.

그런데 생각보다 너무 힘들었다. 입맛도 없고 일도 안 되고 몸은 찌뿌드드하고 속은 뒤집혔다. 20살 때 느꼈던 금단증상은 별거 아니었을 정도다.

가장 나쁜 건 이 모든 걸 티 낼 수 없다는 사실이었다. 승준의 금연 선언에 의연이 다이아 반지를 사 줄 때보다 더 기뻐한 데다가…… 하필 지금도 마감 중이었던 것이다.

승준과 의연의 집에는 룰이 있다. 마감 중인 자가 왕이다. 첫날밤에 미래의 청사진을 그리며 한 약속인데, 엄청난 불공정 계약이라는 걸 승준이 깨달은 것은 두 달도 지나기 전이다.

작가로서 단나인의 마감은 1년에 한 번 올까 말까인데 편집 자인 하의연의 마감은 시도 때도 없다. 결국 집안의 헤게모니 는 하의연에게로.

딱히 불만인 건 아닌데…… 금연과 마감이 겹치니 좀 힘들다.

비칠비칠 일어난 승준이 기다시피 러닝 머신을 향해 움직 였다.

"오늘은 조금만 뛰세요. 그러다가 진짜 큰일 나겠어요."

어지간하면 이런 말 안 하는 양반인데 주먹대장이 운동하는 걸 말리는 걸 봐서 안색이 정말 안 좋은 모양이다.

"다른 때보다 더 뛰어야 해요. 그게…… 요즘 담배를 안 피 우는 대신 주전부리를 좀 했더니 뱃살이 붙기 시작하는 거 같 아서."

진퇴양난이란 이런 걸 놓고 하는 말이다.

마감을 마치고 거실로 나온 의연은 거실 한복판에 누워 이 리 뒤집었다 저리 뒤집었다 몸을 어쩌지 못하고 괴로워하는 승 준을 보고 걸음을 멈췄다. 내내 물도 떠다 주고 커피도 만들어 주는 등 그녀 옆에서는 아무 내색도 안 하더니 문 닫고서는 몸 부림 꽤나 쳤나 보다.

이모네 집에 갔는데
이모는 없고

"뭐 해?"

"아. 나왔어? 왜? 야식 줄까?"

바닥에 머리를 박고 바둥대던 승준이 초점 없는 눈으로 주섬주섬 일어나서 의연을 챙겼다. 담배를 끊는다는 건 좋은 일이지만, 저렇게까지 힘들어하는 걸 보니 조금…… 안됐다.

"나 마감 쳤어."

"진짜?"

몸을 일으켰던 승준이 힘없이 웃고는 도로 푹 쓰러졌다. 그런 승준의 옆에 다가가 앉은 의연이 그의 머리를 쓸었다.

"많이 힘들어?"

"아니."

세상에서 가장 '응.' 같은 '아니.'였다.

"나 마감 끝났으니까 피워도 돼."

"괜찮아. 내가 당신한테 이 정도도 못 해 줄까 봐?"

의연을 당겨 무릎을 베고 한숨을 푹 쉬면서 승준이 우울하게 눈을 감았다.

"그래도 7년이나 피웠던 건데 단숨에 끊는 건 무리 아니겠어? 차츰 줄여 나가는 게 어때?"

"안 돼. 원래 '줄인다'라는 게 제일 어려운 개념이야. 딱 끊는다고 생각하면 해야 할 일이 명확하니까 흔들리지 않는다. '줄인다'고 생각하면 어느 정도까지가 줄이는 건지 애매해져서 결국 할 거 다 하게 되거든. 다이어트를 할 때를 생각하면 간단해. 음식을 반으로 줄인다라고 하는 건 간단해도 조금씩 먹으면서 장기간으로 빼자는 힘든 거."

하지만 그렇게 힘들어서 괜찮겠어? ……라고 물으려던 의연은 자기 입만 아프지 싶어 입을 다물었다. 일단 마음먹으면 그 누구의 말도 안 듣는 고집쟁이라는 걸 결혼한 후 깨달은 참이다.

"내가 마감할 때 그렇게 예민해?"

안쓰럽게 승준의 머리카락을 매만지던 의연이 불쑥 물었다.

"응?"

"생각해 보니 자기가 이렇게 힘들어하는데 담배…… 나는 안 끊어도 될 것 같아."

"……내가 끊고 싶어."

할 말이 많은 표정으로 승준은 말을 아꼈다. 마감이 끝났다더니 진짜인가 보다. 착한 하의연이 나타났다. 마감만 끝나면 이렇게 착한데……. 관두자 하고 그는 고개를 저었다. 사랑하는 사이에는 흉한 이야기를 하는 게 아니라고 했다. 하의연을 만나지 않았으면 마감이 사람에게 미치는 영향을 과소평가했을 승준이다.

승준 자신도 이럴까? 지희도 마감 때면 징징거리지만, 하의연은…… 오감이 예민해져서는 미각은 초밥왕에 빙의하고 후각은 개코 중에서도 가장 까다롭고 지랄 맞은 개코, 시각으로는 날아다니는 먼지도 잡아내는 데다가 청각은 날아다니는 전파를 느낀다.

미각이야 맛있는 거 사 주면 되고, 시각은 부지런히 청소하면 되고, 청각은 핸드폰 끄고 응답기 끄면 되는데, 후각은…….

담배, 그냥 끊고 만다.

……응? 오감인데 뭔가 하나 빠졌다고? 시각, 청각, 미각,

이모네 집에 갔는데
이모는 없고

후각, ……그리고 촉각!

갑자기 눈을 번쩍 뜬 승준이 의연을 빤히 쳐다보았다.

"……왜?"

"마감 끝났다고?"

"응. 원고 넘겼으니까, 뭐 책이 나올 때까지야 스탠바이지만 일단은……."

승준이 벌떡 일어나 의연을 안아 들었다.

"꺄악!"

멍하니 있다가 강제 공중 부양을 당한 의연이 손을 허공에 휘젓다가 반사적으로 승준의 목을 부여잡았다. 목적지가 어딘지 눈을 감고도 알 것 같았다.

침대다.

"또 왜 이래애……. 아직 해도 안 졌어."

"당신이 몰라서 그러는데 지금이 제일 좋을 때야."

"뭐?"

마감 즈음해서는 의연의 촉각도 예민해진다. 세상 모든 일에는 장점이 있다는 걸 보여 주는 단적인 예다.

"자기 힘들다더니!"

"힘들어. 그런데 이이제이라고 알아?"

항의하는 의연의 옷깃을 풀어 헤치고 입술을 쇄골에 누른 승준이 그 상태로 속삭였다.

"이이제이?"

침대 위에 눕혀 놓고 무슨 이이제이냐며 의연이 의아해했을 때다.

"응. 중독은 중독으로 치료해야지. 나의 또 다른 중독은 당신이니까…… 당신이 책임져."

"뭐야?"

너무 어이가 없어 빵 터졌는데 승준은 아랑곳 않고 의연의 치맛자락 속으로 손을 집어넣었다. 통통한 허벅지를 쓰다듬는 손이 뜨겁고, 절박하다.

"책임져."

"자기가 담배 끊는다고 호언장담하고 나한테 왜 그래? 이렇게 되면 내가 끊는 거지, 자기가 끊는 거야?"

"그럼 당신이 끊는 걸로 쳐."

"읍!"

자기 할 말만 쏙 하고 입을 막아 버리는 승준의 버릇은 변함이 없다. 아주 괘씸한데…… 꼭 싫지만도 않은 게, 그는 무척이나 키스를 잘했다. 혼이 쏙 빠져나갈 것처럼 섹시하게 키스하는 남자는 흔하지 않다.

아아, 하지만 이대로 넘어가면 담배를 완전히 끊기 전까지 나를 못살게 굴 텐데…….

의연은 몽롱해지는 의식 속에서 마지막으로 당치 않은 걱정을 했다. 그러다 문득.

"자기!"

한참 자기 할 일에 열중(?)하던 승준은 의연이 그의 어깨를 밀어내자 놀란 눈으로 그녀를 내려다보았다.

"지금 나 위해서 금연 선언한 거 아니지?"

"뭐?"

이모네 집에 갔는데
이모는 없고

무슨 말인지 못 알아듣겠다는 듯 승준이 눈썹을 치켜세웠다.

"이러려고 담배 끊는다고 한 거 아니야?"

"허……."

기가 막히다는 듯 신음을 흘린 승준이 의연의 손을 붙잡아 꽉 고정시키고는 거만하게 내려다보았다.

"그럼 어쩔래?"

"뭐야아? ⋯⋯⋯읍읍읍!"

하의연을 위해 금연을 하느냐, 금연을 하려고 하의연을 위하(?)느냐⋯⋯. 닭이 먼저냐, 달걀이 먼저냐보다 더 어려운 문제가 아닐 수 없다.

Their Story. Happily ever after

안녕하세요? 한지호입니다.

우리 가족은 네 명입니다. 원래는 세 식구였는데 얼마 전 동생 지민이가 태어나면서 네 식구가 되었습니다.

아빠는 유명한 작가입니다. 작가란 글을 쓰는 사람인데, 사실 아빠의 글은 제게는 너무나 어려워 왜 사람들이 아빠 글이 재미있다고 하는지 잘 이해가 가지 않습니다. 엄마는 웃으며 이다음에 제가 자라면 다 알게 될 거라고 말씀하셨습니다.

엄마는 편집자입니다. 엄마가 몇 번이나 설명해 주셨지만 아직도 편집자가 뭐 하는 사람인지 잘 모르겠습니다. 편집이라는 단어를 사전에서 찾아보니 '일정한 방침 아래 여러 가지 재료를 모아 신문, 잡지, 책 따위를 만드는 일'이라고 적혀 있었습니다. 그래서 사람들이 엄마가 아빠 책을 만드는 사람이라고 하는 모양이지만 잘 이해는 안 갑니다. 제가 보기엔 아빠보다 엄마가 더 바빠 보이는데 엄마는 항상 아빠가 최고라고 한다는 것만 압니다.

그리고 제 동생 지민이는 젖먹이입니다. 아마 직업이 젖을 먹는 거라 젖먹이라고 하는 것 같습니다. 참 오지게도 자주 먹습니다. 처음에 엄마가 지민이에게 젖을 물렸을 때는 왜인지 몰라도 굉장히 화가 났습니다. 그런데 아빠가 더 화를 내는 바람에 표현하지 못했습니다. 아빠는 '내 건데. 내 건데. 내 건데.' 하면서 거실을 왔다 갔다 했습니다. 어쩐지 그 동작이 내 기분을 잘 표현하는 것 같아 그런 아빠를 따라 하자 아빠는 '어제의 적이 오늘의 동지가 되다니.' 하시고는 저를 끌어안아 주셨습니다. 무슨 뜻인지는 잘 이해하지 못하겠습니다. 아빠는 때론 잘 이해하지 못할 행동을 하십니다.

마지막으로 저는 한지호입니다. 직업은 아들이고, 키가 좀 작은 것 빼고는 잘생겼습니다. 아빠도 중학생 때 엄청 컸다고 해서 기대 중입니다만 아빠 말이라 좀 의심스럽습니다. 인터넷에서 봤는데 작가는 거짓말을 하는 사람이라고 했습니다. 아빠는 작가니 아빠도 거짓말을 하겠지요. 엄마가 저에게 인터넷 좀 그만하라고 하는데 왜 그러는 건지 모르겠습니다. 여하튼 저는 키가 좀 작은 걸 빼고는 잘생기고 공부 잘하고 운동도 잘하는 쾌남입니다. 쾌남이라는 단어는 이모할머니께 배웠는데 완벽한 남자를 뜻한다고 합니다. 그러면서 세수를 할 때는 허리를 굽히지 말고 물방울을 휘익 날리면서 해야 진정 쾌남이라고 했습니다. 그래서 쾌남처럼 세수하다가 옷을 다 적시는 바람에 아빠는 이모할머니에게 막 화를 냈습니다. 그 바람에 이모할머니는 삐쳐서 다락방으로 올라갔습니다. 이모할머니는 우리 집 다락방에 삽니다.

이모네 집에 갔는데
이모는 없고

어젯밤에는 자다가 쉬야가 마려워 화장실로 가려는데 안방에서 이상한 소리가 들리고 있었습니다. 우리 집 취침 시간은 9시인데 새벽 1시가 넘은 야심한 시각이었습니다.

무슨 일인가 하고 안방으로 갔더니 엄마의 목소리가 들려왔습니다.

"정말 이게 책에 나온단 말이야?"

"분위기가 맞으면 넣어야지. 한 바퀴 돌아봐."

아빠의 목소리도 납니다.

열린 문틈으로 보니 아빠는 침대에 걸터앉아 있고, 엄마는…… 엄마는 이상한 옷을 입고 있었습니다. 얼마 전 TV에서 ≪배트맨≫이라는 영화를 해 줬는데 거기에 나오는 캣우먼이 입었던 옷 같은, 몸에 찰싹 달라붙는 옷을 입고 있었던 것입니다. 무릎 너머 올라오는 양말인지 부츠인지 알 수 없는 까만 발싸개에서는 반짝반짝 빛이 나고 있었습니다.

"아무래도 이건 개인적 도락용인 거 같은데?"

아빠가 시키는 대로 한 바퀴 돌면서 엄마가 처음 보는 이상한 표정을 지었습니다. 그런 엄마의 뺨에는 홍조가 가득해 마치 빨간 머리 앤처럼 느껴졌습니다. 빨간 머리 앤은 만화에 나오는 주인공으로 되게 못생겼는데 자기가 예쁜 줄 압니다. 엄마가 그렇다는 이야기는 아닙니다.

"도락용이면…… 어쩔 거야?"

아빠가 은근하게 목소리를 깝니다.

"나쁜 아이네…… 어떻게 할까?"

엄마도 요사스럽게 말꼬리를 길게 늘입니다. 요사스럽다는 말은 이럴 때 쓰는 게 맞을까요? TV에서 어떤 파마한 여자가 눈을 게슴츠레 하고 '오빠, 오늘 나 집에 안 가도 돼.' 이러자 옆에서 이모할머니가 '저런! 요사스러운 것!' 했는데 엄마도 딱 그런 말투였습니다. 그나저나 엄마가 나한테 TV 좀 그만 보라고 하는데 왜 그러는지도 알 수가 없습니다.

엄마가 천천히 아빠에게 다가가더니 아빠를 눕히고 그 위에 올라탔습니다. 말 타기 놀이를 하려나 봅니다. 나도 진짜 좋아하는 건데.

그렇지만 힘이 센 아빠가 힘없이 뒤로 밀린 건 좀 이상합니다. 평소에는 내가 아무리 매달려도 꿈쩍도 않고 버티는 아빠데요. 힘껏 버티긴커녕 아빠는 여유만만하게 누운 채 손을 뻗었습니다. 약속하고 도장 찍고 사인하는 것과 같은 동작이었습니다. 그러나 엄마는 그런 아빠의 손을 단호히 뿌리쳤습니다.

"나쁜 아이는 나한테 손대지 못해."

나한테 하는 소린 줄 알고 깜짝 놀랐지만 엄마는 아빠만 보고 있습니다. 아빠는 아이가 아닌데, 이상합니다.

그나저나……손만 안 대면 되는 걸까요?

엄마는 자기가 아빠를 깔고 앉아 있으며 이상한 소리를 합니다.

"내가 손을 대는 거야."

엄마가 손가락을 세워 아빠의 이마를 짚었습니다. 그러더니 천천히 아래로…… 아래로……, 아빠의 콧날을 따라, 인중을 지나, 입술을 매만지고, 턱을 움켜쥐었습니다. 그리고 나서 허리를 굽혀 점점 아래로 아래로 입을 내리더니 아빠를……아빠를…….

이모네 집에 갔는데
이모는 없고

"우에에에에에엥! 아빠 잡아먹지 마아아아아아아아!"

내가 울면서 들어가자 엄마는 어찌나 놀랐는지 그대로 침대에서 굴러떨어져 데굴데굴 장롱까지 굴러갔습니다. 엄마보다 덜 놀라지 않은 아빠는 펄쩍 뛰다가 전등에 머리를 부딪쳤습니다.

"너! 너! 한지호! 너 왜 안 자고 여기에!"

"우리 아빠 잡아먹지 마아아아아아아!"

울면서 아빠를 끌어안자 아빠와 엄마가 난감하게 시선을 교환합니다.

왜 그러는지 알 수 없습니다.

하지만 아빠를 지켰으니 만족합니다. 엄마가 무슨 생각으로 아빠를 잡아먹으려고 했는지는 알 수 없지만 아빠는 좋은 아빱니다. 나는 아빠와 오래오래 행복하게 살고 싶습니다.

우리 집은 지금 충분히 행복하거든요. 아빠, 엄마, 나, 그리고 꼬맹이 지민이는 오래오래 행복하게 살 겁니다.

그나저나 요즘 엄마와 아빠가 한밤에 내 방으로 들어오는 일이 많아졌습니다. 들어와서는 내 눈앞에서 손도 흔들어 보고 조그맣게 이름도 불러 보고 '자는 거 맞지?' 하는데⋯⋯ 왜 그러는지 알 수가 없습니다.

혹시 아시는 분 있으신가요?

_Story is over, but Love is forever.

이모가 집에 없을 때 생길 수 있는 일을 보내며

처음 이 글은 단편이었습니다.

5년 전쯤 처음 빛을 본 글로 그때는 욕실에서의 트라우마를 이기지 못해 독야청청 살아가는 유명 작가가 자신의 뮤즈를 만나 연습에 연습을 거듭하고, 그 연습의 과정에서 뮤즈를 얻게 되는 간략한 이야기였습니다.

살이 좀 붙긴 했지만 지금과 크게 다르지 않은 이야기죠? =)

쓰면서 무척이나 즐거웠습니다.

저는 어딘지 약간 모자라는 사람을 좋아하는 경향이 있는 것도 같습니다. 꽉 차고 완벽하고 손해 보기 싫어하는 고결한 사람보다는 뭔지는 모르겠는데 희한하게 웃기고, 빈틈 많고, 똑똑하지 못한 사람들이 제 스타일인 것 같아요.

여기에 나오는 한승준과 하의연도 그런 사람들이어서 참 좋았습니다.

한승준의 눈으로 보는 하의연은 별다른 부족함 없이 '똘망'

이모네 집에 갔는데
이모는 없고

하고 귀여운 여자지만, 사실상 하의연은 일 외에는 형편없이 서툰 여자고 하의연의 눈으로 보는 한승준은 완벽한 작가지만 사실상 한승준은 쪼잔하기도 하고 전전긍긍하기도 하는 보통의 질투심 강한 남자입니다.

그렇게 쓰고 싶었는데, 표현이 제대로 되었을지 모르겠습니다. 만일 그리 읽지 못하셨다면…… 지금부터는 그렇게 생각하기로 우리 약속해요.(응?)

고백할 것이 두 가지가 있습니다.

하나는 프러포즈 장면에서 사용된 음악, 오페라 ≪토스카≫의 '오묘한 조화Recondita armonia'입니다. 들어 보신 분들은 아시겠지만 프러포즈 곡으로는 전혀 어울리지 않는 음악입니다. 깜짝 놀라실 수도 있어요. 이런 곡을 배경으로 '결혼하자' 하는 남자라니…… 저 같으면 이단 옆차기를!

하지만 ≪토스카≫ 자체는 무척 훌륭한 오페라고 =), 또 거기에 나온 대사 '예술은 신비로운 힘으로 서로 다른 두 아름다움을 하나로 만든다'가 너무나 마음에 들어 사용하고 말았습니다. 소설을 쓰면서 하나가 된 두 사람이니 주제가로 어울린다고 생각했거든요.

그래서 피아노 편곡이라는 꼼수를 부렸습니다. 모차르트 급의 편곡자가 나타나서 편곡을 해 주었다고 생각해 주셨으면 좋겠습니다. 그냥 막 아름답고 감미롭고 그런 음악이었다고요.

또 하나는…… 뭔지 까먹었네요. 오메가—3를 아무리 복용해도 안 되는 게 있다는 걸 깨닫고 있는 요즘입니다. 제가 친구에게 오메가—3가 효과 없다고 투덜거렸더니 그녀는 그나마 먹어서 이 정도가 아닐까? 하긴 했지만요.

중요한 건, 제가 쓸 때 즐거웠던 것만큼 읽으시면서도 즐거우셨길 제가 바란다는 겁니다. 한 번이라도 웃어 주셨다면, 팍팍한 하루를 잊고 잠깐 머리가 가벼워지셨다면, 울증 타파를 목표로 한 이 글은 소임을 다한 거니까요.=)

항상 마음의 의지가 되는 분이 많습니다. 구석기 시대에서 우가우가하고 있던 저에게 신석기 시대를 열어 주신 서울의 L 작가님, 양식업에 몰두하고 계시는 춘천의 L 작가님, 잘생긴 아들의 엄마가 되신 미국의 L 작가님, 항상 도움받고 갚을 길을 못 찾고 있는 J 작가님, 모두모두 감사드립니다. 베트남에서 외국인 노동자로 활동하고 계신 Y 언니, 오겡끼데스까?

언제나 함께해 주시고 아낌없는 격려, 등 두드림, 엉덩이 토닥토닥을 선사해 주시는 분들, 힘 많이 얻고 있습니다. 복 많이 받으실 거예요.

마지막으로 이게 최선일까 고민하고 있을 때 힘을 주시고 부족한 글 함께해 주신 박지해 팀장님께도 감사의 인사를 전합니다. 고생하셨습니다.

글 하나를 완성하고 나서 느끼는 아쉬움이 언젠가는 뿌듯함과 자랑스러움으로 채워지길 이번에도 기도하면서,

항상 좋은 일만 가득가득하시길.

2012년 9월 신해영 드림

이모네 집에 갔는데
이모는 없고